Nicci French

Höhenangst

Jutta
März '01

NICCI FRENCH

HÖHEN ANGST

ROMAN

Deutsch von
Birgit Moosmüller

BECHTERMÜNZ

Die Originalausgabe
erschien im Frühjahr 1999
unter dem Titel
Killing Me Softly
bei Michael Joseph, London

Im Bechtermünz Verlag ist
von Nicci French
außerdem erschienen:
Der Glaspavillon

Genehmigte Lizenzausgabe
für Weltbild Verlag GmbH, Augsburg

Übersetzung: Birgit Moosmüller
Umschlaggestaltung: Philippa Walz, Stuttgart
Umschlagmotiv: Corbis/Picture Press, Hamburg
Gesamtherstellung: Wiener Verlag, Himberg
Printed in Austria
ISBN 3-8289-6887-2

2003 2002 2001 2000

Die letzte Jahreszahl gibt
die aktuelle Lizenzausgabe an.

FÜR KERSTI UND PHILIP

PROLOG

Er wußte, daß er sterben würde. Und irgendwo tief in seinem Innern wurde ihm dunkel bewußt, daß er sich das nicht wünschen sollte. Er wollte etwas unternehmen, um sich zu retten, aber er wußte nicht, was. Vielleicht würde ihm etwas einfallen, wenn er ein wenig klarer sähe, was überhaupt passiert war. Wenn nur der Wind und der Schnee nachlassen würden. Der Wind und der Schnee peitschten schon so lang auf ihn ein, daß er das Geräusch kaum mehr von der stechenden Kälte auf seinem Gesicht unterscheiden konnte. Ständig galt es, diesen Kampf durchzustehen, diesen wirklich letzten Kampf, in einer Höhe von achttausend Metern über dem Meeresspiegel, wo Menschen eigentlich nicht vorgesehen waren, Sauerstoff aus der Luft zu saugen. Seine Sauerstoffflaschen waren längst leer, die Ventile eingefroren, die Maske nur noch eine Last.

Es konnte innerhalb von Minuten vorbei sein, aber wahrscheinlicher war, daß es noch ein paar Stunden dauern würde. Auf jeden Fall würde er tot sein, bevor der Morgen kam. Das machte aber nichts. Er fühlte sich schläfrig und ruhig. Unter mehreren Schichten aus windundurchlässigem Nylon, Gore-Tex, Wolle und Polypropylen schlug sein Herz doppelt so schnell wie sonst – ein Gefangener, der verzweifelt gegen seine Brust hämmerte. Sein Gehirn aber arbeitete träge, wie in Trance. Was nicht gut war, weil sie alle wach und in Bewegung bleiben mußten, bis sie gerettet wurden. Er wußte, was er eigentlich tun sollte: aufstehen, wild die Hände zusammenschlagen und seine Gefährten aufwecken. Aber dazu fühlte er sich zu wohl. Es war ein gutes Gefühl, endlich zu liegen und sich auszuruhen.

Daß er die Kälte nicht mehr spürte, machte es leichter. Er blickte nach unten, wo eine seiner Hände, die aus dem Handschuh gerutscht war, in einem seltsamen Winkel von seinem Körper abstand. Bisher war sie immer dunkelrot gewesen, aber inzwischen wirkte sie weiß wie Wachs. Seltsam, daß er solchen Durst hatte. In seiner Jacke befand sich eine Flasche, aber die war eingefroren und daher nutzlos für ihn. Um ihn herum lag lauter Schnee, der genauso nutzlos war. Irgendwie war es fast schon komisch. Zum Glück war er nicht Arzt wie Françoise.

Wo war sie? Als sie das Ende der Leine erreicht hatten, hätten sie eigentlich an dem Paß mit dem dritten Camp sein müssen. Françoise war weitergegangen, und sie hatten sie nicht mehr gesehen. Die anderen waren zusammengeblieben und herumgetappt, bis sie völlig die Orientierung verloren hatten und überhaupt nicht mehr wußten, an welcher Stelle des Berges sie sich befanden. Das hatte ihnen die Entschuldigung dafür geliefert, sich irgendwann resigniert in diese Schneerinne zu kuscheln. Trotzdem war da etwas, woran er sich erinnern mußte, etwas, das in seinem Kopf verlorengegangen war. Er hatte nicht nur vergessen, wo es war, sondern auch, *was* es war.

Er konnte nicht einmal bis zu seinen Füßen sehen. Als sie am Morgen aufgebrochen waren, hatten die Berge in der dünnen Luft geschimmert, und während sich ihre Gruppe langsam über die schrägen Eishänge in Richtung Gipfel vorgekämpft hatte, hatte sich über den Rand der Berge gleißendes Sonnenlicht ergossen, das von dem bläulichweißen Eis reflektiert worden war und ihre schmerzenden Köpfe durchbohrt hatte. Erst waren bloß ein paar Kumuluswolken auf sie zugetrieben, aber dann hatte plötzlich dieser Schneesturm eingesetzt.

Neben sich spürte er eine Bewegung. Noch jemand war bei Bewußtsein. Mühsam drehte er sich auf die andere Seite. Eine rote Jacke, also mußte es Peter sein. Sein Gesicht war unter einer dicken Schicht grauen Eises verborgen. Es gab nichts, was er für ihn tun konnte. Sie waren eine Art Team gewesen, aber nun steckte jeder von ihnen in seiner eigenen, von den anderen abgetrennten Welt.

Er fragte sich, wer an diesem Berghang noch im Sterben lag. Aber auch für die anderen konnte er nichts tun. In seinem Schneeanzug hatte er einen Zahnbürstenbehälter mit einer Spritze voller Dexamethason stecken, aber mittlerweile ging selbst das Halten einer Spritze über seine Kräfte. Er konnte die Hände nicht einmal genug bewegen, um die Riemen seines Rucksacks zu lösen. Was hätte er auch tun sollen? Wohin sollte er sich von hier aus wenden? Besser, er wartete. Man würde sie schon finden. Die Leute wußten schließlich, wo sie waren. Warum blieben sie so lange aus?

Die Welt, die unter ihm lag, das Leben, das er vorher geführt hatte, diese Berge, all das war inzwischen so weit unter die Oberfläche seines trägen Bewußtseins gesunken, daß nur noch Spuren davon übriggeblieben waren. Er wußte, daß mit jeder Minute, die er hier oben in dieser sauerstoffarmen Todeszone lag, Millionen seiner Gehirnzellen ausgelöscht wurden. Ein winziger Teil seines Gehirns sah voller Entsetzen und Mitleid zu, wie er langsam starb. Er wünschte, es wäre vorbei. Er wollte nur noch schlafen.

Er kannte die verschiedenen Stadien des Todes. Fast neugierig hatte er verfolgt, wie sein Körper sich hier auf den letzten Kämmen unterhalb des Chungawatgipfels gegen seine Umgebung zur Wehr gesetzt hatte: Er hatte mit Kopfschmerzen und Durchfall reagiert, mit Atemnot und geschwollenen Händen und Knöcheln. Er wußte, daß er nicht mehr in der Lage war, klar zu denken. Vielleicht würde er Halluzinationen bekommen, bevor er starb. Er wußte, daß er an Händen und Füßen bereits Erfrierungen hatte. Seine verkohlten Lungen waren der einzige Teil seines Körpers, den er noch spürte. Es kam ihm vor, als wäre sein Verstand das letzte, was in dieser zerstörten Hülle noch schwach vor sich hinglomm. Er wartete darauf, daß auch sein Verstand ein letztes Mal aufflackern und dann sterben würde.

Schade, daß er es nicht bis zum Gipfel geschafft hatte. Der Schnee fühlte sich unter seiner Wange wie ein Kissen an. Tomas war warm. Voller Frieden. Was war falsch gelaufen? Es hätte alles so einfach sein sollen. Irgend etwas mußte er sich wieder ins Gedächtnis rufen, etwas, das falsch gelaufen war. Da war ein falscher Ton gewesen. Ein Teilchen des Puzzles paßte nicht. Er schloß die Augen. Die Dunkelheit tat gut. Sein Leben war so hektisch gewesen. Die ganze Mühe. Wofür? Nichts. Es mußte ihm einfach wieder einfallen. Sobald es ihm wieder einfiel, war alles andere unwichtig. Wenn bloß das Heulen des Windes aufhören würde. Wenn er bloß denken könnte. Ja, das war es. Es war so blöd, so einfach, aber jetzt erinnerte er sich. Er lächelte. Er spürte, wie die Kälte sich in seinem Körper ausbreitete, ihn in der Dunkelheit willkommen hieß.

Ich saß reglos auf dem harten Stuhl. Mein Hals schmerzte. Von dem flackernden Neonlicht wurde mir langsam schwindlig. Ich stützte die Hände auf den Schreibtisch, der uns voneinander trennte, legte die Fingerspitzen leicht aneinander und versuchte, gleichmäßig zu atmen. Wie seltsam, daß das Ganze an einem solchen Ort enden mußte.

Um uns herum klingelten die Telefone, und die Luft summte von Gesprächen, als wäre sie elektrisch aufgeladen. Irgendwo im Hintergrund waren andere Leute, uniformierte Männer und Frauen, die hektisch vorbeieilten. Hin und wieder streiften uns ihre Blicke, aber sie wirkten nicht neugierig. Warum sollten sie auch? Sie bekamen hier drin so vieles zu sehen, und ich war nur eine ganz normale Frau mit geröteten Wangen und einer Laufmasche in der Strumpfhose. Wer sah mir schon an, wie es mir ging? Meine Füße schmerzten in ihren lächerlichen Stiefeletten. Ich wollte nicht sterben.

Inspektor Byrne griff nach einem Stift. Ich nahm meinen ganzen Mut zusammen und versuchte ihn anzulächeln. Er hatte buschige Augenbrauen und einen geduldigen Blick. Am liebsten wäre ich in Tränen ausgebrochen und hätte ihn angefleht, mich zu retten. O bitte! Ich hatte schon so lange nicht mehr richtig geweint. Wenn ich jetzt damit anfing, würde ich dann je wieder aufhören?

»Erinnern Sie sich, wo wir stehengeblieben sind?« fragte er.

O ja, ich erinnerte mich. Ich erinnerte mich an alles.

1. KAPITEL

Alice! Alice! Du bist spät dran!«

Ich hörte ein leises, widerwilliges Grunzen. Erst dann wurde mir bewußt, daß das Geräusch von mir selbst kam. Draußen war es kalt und dunkel. Ich kuschelte mich noch tiefer unter die aufgebauschte Bettdecke und kniff die Augen zusammen, um den schwachen Schimmer des Winterlichts nicht sehen zu müssen.

»Aufstehen, Alice!«

Jake roch nach Rasierschaum. Seine Krawatte war noch nicht gebunden. Ein neuer Tag. Es sind eher die kleinen Gewohnheiten als die großen Entscheidungen, die zwei Menschen zu einem richtigen Paar machen. Jake und ich kannten einander bis ins trivialste Detail. Ich wußte, daß er seinen Kaffee mit mehr Milch trank als seinen Tee, und er wußte, daß ich bloß einen Tropfen Milch im Tee mochte und meinen Kaffee schwarz trank. Er konnte mit sicherem Griff den harten Knoten lokalisieren, der sich neben meinem linken Schulterblatt bildete, wenn ich einen harten Arbeitstag im Büro hinter mir hatte. Ich tat seinetwegen kein Obst in den Salat und er meinetwegen keinen Käse. Was konnte man von einer Beziehung mehr erwarten? Wir waren gerade dabei, uns als Paar einzuspielen.

Ich hatte vorher noch nie mit einem Mann zusammengelebt – zumindest nicht mit einem, mit dem ich eine Beziehung hatte –, und fand es interessant zu sehen, wie beide Partner im Haushalt bestimmte Rollen übernahmen. Als Ingenieur kannte sich Jake unendlich gut mit all den Drähten und Röhren aus, die hinter unseren Wänden und unter unseren Böden verliefen. Ich sagte einmal zu ihm, daß das einzige, was ihn an unserer Wohnung störe, die Tatsache sei, daß er sie nicht eigenhändig auf der grünen Wiese gebaut habe, und er faßte diese Bemerkung nicht als Beleidigung auf. Ich hatte Biochemie studiert, was bedeutete, daß ich fürs Bettenmachen zuständig war und den Mülleimer in der Küche ausleerte. Jake reparierte den Staubsauger, aber ich benutzte ihn. Ich putzte auch das Bad, es sei denn, Jake hatte sich vorher dort rasiert. Da zog ich die Grenze.

Das Seltsame an unserer Aufteilung war, daß Jake die ganze Bügelwäsche erledigte. Er behauptete, heutzutage wüßten die Leute gar nicht mehr, wie Hemden richtig gebügelt würden. Ich hielt das für völlig bescheuert und hätte mit Sicherheit beleidigt reagiert, wenn es nicht so schwer wäre, beleidigt zu sein, wenn man mit einem Drink auf der Couch liegt und fernsieht, während jemand anderer bügelt. Jake holt die Zeitung, und ich lese sie über seiner Schulter, was ihn ziemlich nervt. Wir gehen beide einkaufen, wobei ich aber immer eine Liste mitnehme und alles abhake, während er viel planloser vorgeht und mehr Geld ausgibt als ich. Er taut den Kühlschrank ab, ich gieße die Pflanzen. Er bringt mir jeden Morgen eine Tasse Tee ans Bett.

»Du bist spät dran«, sagte er. »Hier ist dein Tee. Ich gehe in genau drei Minuten.«

»Ich hasse den Januar«, sagte ich.

»Das hast du über den Dezember auch schon gesagt.«

»Der Januar ist wie der Dezember. Bloß ohne Weihnachten.«

Aber er hatte bereits den Raum verlassen. Nach einer schnellen Dusche sprang ich in einen hellbeigen Hosenanzug, bei dem mir die Jacke fast bis an die Knie reichte. Dann bürstete ich mein Haar und drehte es zu einem lockeren Knoten zusammen.

»Du siehst gut aus«, sagte Jake, als ich in die Küche kam. »Ist das neu?«

»Ich habe es schon seit Ewigkeiten«, log ich, während ich mir eine zweite, lauwarme Tasse Tee einschenkte.

Auf dem Weg zur U-Bahn teilten wir uns einen Schirm und

versuchten, allen größeren Pfützen auszuweichen. Am Drehkreuz blieben wir kurz stehen. Er klemmte sich den Schirm unter den Arm, nahm mich fest an den Schultern und gab mir einen Kuß.

»Mach's gut, Schatz«, sagte er. Ich wußte, daß er in einem solchen Moment gern verheiratet gewesen wäre. Jake möchte, daß aus uns ein Ehepaar wird. Mit diesen beklemmenden Gedanken beschäftigt, vergaß ich ganz, seinen Gruß zu erwidern. Zum Glück fiel es ihm nicht auf. Er trat auf die Rolltreppe und fuhr mit einer ganzen Schar von Männern in Regenmänteln nach unten. Er sah sich nicht um. Fast war es, als wären wir schon verheiratet.

Ich wollte nicht in die Besprechung. Auch körperlich fühlte ich mich dazu kaum in der Lage. Am Vorabend waren Jake und ich essen gewesen, um Mitternacht nach Hause zurückgekehrt und dann erst gegen halb drei zum Schlafen gekommen. Wir hatten unseren Jahrestag gefeiert – unseren ersten. Es war kein besonderer Jahrestag, aber Jake und ich haben sonst keinen zu feiern. Obwohl wir uns hin und wieder das Gehirn zermartert haben, können wir uns nicht an unsere erste Begegnung erinnern. Wie zwei Bienen, die denselben Bienenstock umschwirren, halten wir uns schon so lange in derselben Umgebung auf. Wir können uns auch nicht daran erinnern, wann wir Freunde geworden sind. Wir gehörten beide zu einer Clique, die mal etwas kleiner, mal etwas größer war. Jake und ich wußten alles über die Eltern, die Schulzeit und das frühere Liebesleben des anderen. Einmal betranken wir uns ganz schrecklich, weil ihn seine Freundin verlassen hatte. Wir saßen unter einem Baum im Regent's Park und leerten gemeinsam eine halbe Flasche Whisky. Dabei war unsere Stimmung mal traurig, mal albern, insgesamt aber ziemlich sentimental. Ich erklärte ihm, daß seine Ex schon noch merken würde, was sie an ihm gehabt habe, woraufhin er einen Schluckauf bekam und mein Haar streichelte.

Wir lachten über die Witze des anderen, tanzten auf Partys miteinander, solange die Musik nicht zu langsam wurde, schnorrten Geld voneinander, bildeten Fahrgemeinschaften und erteilten uns gegenseitig Ratschläge. Wir waren Freunde.

Wir konnten uns beide noch an den Abend erinnern, an dem wir zum erstenmal miteinander geschlafen haben. Das war am siebzehnten Januar vergangenen Jahres gewesen. An einem Mittwoch. Ein paar von uns wollten sich im Kino eine Spätvorstellung ansehen. Dann konnten plötzlich mehrere nicht kommen, und als wir uns schließlich im Kino trafen, waren nur noch Jake und ich übriggeblieben. Irgendwann während des Films sahen wir uns an und lächelten ziemlich dümmlich, wahrscheinlich, weil uns beiden klarwurde, daß das Ganze nun auf eine Art Rendezvous hinauslief, und wir uns beide fragten, ob das wohl eine gute Idee war.

Hinterher lud er mich auf einen Drink in seine Wohnung ein. Es war gegen ein Uhr morgens. Er hatte eine Packung Räucherlachs im Kühlschrank und selbstgebackenes Brot. Darüber mußte ich im nachhinein lachen, weil er seitdem nie wieder Brot oder sonst was gebacken hat. Wir gehören zu den Paaren, die von Fertiggerichten leben oder sich irgendwo etwas zum Essen mitnehmen. Als ich ihn an diesem Abend zum erstenmal küßte, fand ich das irgendwie komisch, denn schließlich waren wir schon lange gute Freunde. Ich sah sein Gesicht auf mich zukommen, bis es dem meinen so nahe war, daß seine vertrauten Züge plötzlich fremd wirkten. Am liebsten hätte ich losgekichert oder einen Rückzieher gemacht, nur um den plötzlichen Ernst der Situation zu durchbrechen, diese neue Art von Stille zwischen uns. Aber ich fühlte mich sofort wohl, so als hätte ich mein Zuhause gefunden. Wenn es Phasen gab, in denen mich die Vorstellung, seßhaft geworden zu sein, störte (was war aus meinen Plänen geworden, im Ausland zu arbeiten, Abenteuer zu erleben, eine andere Art von Mensch zu sein?) oder ich mich fragte, ob ich mit meinen knapp dreißig Jahren schon an einem Endpunkt angelangt war, nun, dann schüttelte ich diese Gedanken ab.

Mir ist klar, daß Paare an einem bestimmten Punkt die Entscheidung treffen zusammenzuleben. Es ist eine Station auf dem Lebensweg, wie das Austauschen von Ringen oder das Sterben. Bei uns war das nicht so. Es fing einfach damit an, daß ich hin und wieder über Nacht blieb. Jake stellte mir eine Schublade für Slips und Strümpfe zur Verfügung. Gelegentlich hängte ich auch mal ein Kleid in seinen Schrank. Ich fing an, meine Haarspülung und meinen Eyeliner bei ihm im Bad zu deponieren. Nach ein paar Wochen fiel mir auf, daß etwa die Hälfte der Videos meine Handschrift trug.

Eines Tages fragte mich Jake, ob es denn sinnvoll sei, weiter Miete für mein Zimmer zu bezahlen, wenn ich mich nie dort aufhielte. Ich druckste eine Weile herum, konnte mich aber zu keiner Entscheidung durchringen. Im Sommer kam meine Cousine Julie in die Stadt, um dort bis zum Collegebeginn zu jobben. Ich bot ihr als Übergangslösung mein Zimmer an. Um Platz für ihre Sachen zu machen, mußte ich noch mehr von meinen Dingen ausräumen. Ende August – es war ein heißer Sonntagabend, und wir saßen in einem Pub, von dem aus man quer über den Fluß auf St. Paul's hinüberblicken konnte – fing Julie damit an, uns die Ohren vollzujammern, daß sie sich etwas suchen müsse, wo sie auf Dauer bleiben könne. Ich schlug ihr vor, einfach mein Apartment zu übernehmen. So kam es, daß Jake und ich plötzlich zusammenwohnten und als einzigen Jahrestag unsere erste sexuelle Begegnung zu feiern hatten.

Aber diese Feier hatte ihre Folgen, und wenn man voller Widerwillen zu einer Geschäftsbesprechung geht und befürchtet, sich nicht gut genug präsentieren zu können, sollte man zumindest pünktlich und ordentlich gekleidet dort erscheinen. Das gehört zwar nicht unbedingt zu den zehn Geboten für Manager, aber an jenem dunklen Morgen, an dem mein Magen nichts anderes als Tee vertrug, erschien es mir wie eine Überlebensstrategie. In der U-Bahn versuchte ich meine Gedanken zu ordnen. Ich hätte mich besser vorbereiten sollen, ein paar Notizen machen oder etwas in der Art. Ich setzte mich nicht hin, weil ich hoffte, daß mein neuer Hosenanzug auf diese Weise faltenfrei bleiben würde. Mehrere freundliche Herren boten mir einen Sitzplatz an und wirkten peinlich berührt, als ich ablehnte. Womit würden sich all die anderen Fahrgäste an diesem Tag beschäftigen? Bestimmt würde keiner etwas so Seltsames tun wie ich. Ich war unterwegs in das Büro einer kleinen Abteilung eines sehr großen multinationalen Pharmakonzerns, um im Rahmen einer Geschäftsbesprechung über einen Gegenstand aus Plastik und Kupfer zu reden, der wie eine New-Age-Brosche aussah, in Wirklichkeit aber der unbefriedigende Prototyp eines Intrauterinpessars war.

Ich hatte miterlebt, wie mein Chef Mike zunächst verblüfft, dann wütend, dann frustriert und schließlich verwirrt reagiert hatte, weil wir mit Drakloop IV nicht vorankamen. Drakloop IV war das Intrauterinpessar – von uns kurz IUP genannt –, mit dem der Drakon-Konzern die intrauterine Empfängnisverhütung revolutionieren wollte, falls das Ding je den Weg aus dem Labor schaffen sollte. Ich selbst war sechs Monate zuvor für das Projekt engagiert, mit der Zeit aber immer mehr in einen bürokratischen Sumpf hineingezogen worden: Budgetpläne, Marketingziele, Defizite, regionale Besprechungen, Besprechungen wegen Besprechungen. All das und die unmögliche Hierarchie des Entscheidungsprozesses hatten mich fast vergessen lassen, daß ich als Wissenschaftlerin in ein Projekt eingebunden war, das entfernt mit weiblicher Fruchtbarkeit zu tun hatte. Ich hatte den Job angenommen, weil mir die Vorstellung, ein Produkt zu kreieren und zu verkaufen, wie ein Urlaub von meinem sonstigen Arbeitsleben vorgekommen war.

An diesem Donnerstagmorgen wirkte Mike bloß mißmutig, aber man durfte seine Stimmung nicht unterschätzen. Er war wie eine an den Strand gespülte rostige alte Mine aus dem Zweiten Weltkrieg, die auf den ersten Blick harmlos wirkte, aber durch einen unbedachten Stoß an der falschen Stelle in die Luft gehen konnte. Dieser Stoß würde nicht von mir kommen – nicht heute.

Nacheinander betraten die Leute den Konferenzraum. Ich hatte mir bereits einen Platz gesucht, wo ich mit dem Rücken zur Tür saß, so daß ich einen guten Blick aus dem Fenster hatte. Das Büro lag südlich der Themse in einem Labyrinth schmaler Straßen, die nach Gewürzen und deren fernen Herkunftsländern benannt waren. Hinter unseren Büros erstreckte sich ein Grundstück, das immer kurz davorstand, aufgekauft und saniert zu werden. Vorerst aber wurde es als Sammelstelle für recyclingfähige Materialien genutzt. Als Müllhalde. In einer Ecke türmte sich ein riesiger Berg aus Flaschen. An sonnigen Tagen glitzerte er geheimnisvoll, aber selbst an einem schrecklichen Tag wie diesem hatte ich gute Chancen, den Bagger dabei beobachten zu können, wie er die Flaschen zu einem noch höheren Berg auftürmte. Das war interessanter als alles, was im Konferenzraum C passieren würde. Ich ließ den Blick durch den Raum schweifen. Drei der anwesenden Männer waren eigens zu dieser Besprechung aus dem Labor in Northbridge angereist. Sie schienen sich nicht besonders wohl zu fühlen. Dann gab es da noch Philip Ingalls von oben, meine sogenannte Assistentin Claudia und Mikes Assistentin Fiona. Mehrere Leute fehlten. Mike blickte noch mißmutiger drein und zog hektisch an seinen Ohrläppchen. Ich sah aus dem Fenster. Gut. Der Bagger näherte sich dem Flaschenberg. Meine Stimmung besserte sich.

»Kommt Giovanna nicht?« fragte Mike.

»Nein«, antwortete einer der Forscher. Er hieß Neil, glaube ich. »Sie hat mich gebeten, sie zu vertreten.«

Mikes resigniertes Schulterzucken verhieß nichts Gutes. Ich setzte mich gerade hin, machte eine aufmerksame Miene und griff voller Optimismus nach meinem Stift. Die Besprechung begann mit Hinweisen auf die letzte Konferenz und anderen monotonen Routineangelegenheiten. Ich kritzelte ein wenig auf meinem Block herum und versuchte mich dann an einer Skizze von Neils Gesicht, das mich mit seinen traurigen Augen an einen Bluthund erinnerte. Dann blendete ich mich aus und sah dem Bagger zu, der inzwischen mitten in der Arbeit steckte. Leider konnte man durch die Fenster das Geräusch des brechenden Glases nicht hören, aber ich fand es trotzdem höchst interessant. Nur mit Mühe konzentrierte ich mich wieder auf das Gespräch, als Mike nach den Plänen für den Februar fragte. Neil begann über anovulatorische Blutungen zu sprechen. Absurderweise ärgerte es mich plötzlich, daß ein männlicher Wissenschaftler einem männlichen Manager etwas über eine Technologie erzählte, die für die weibliche Anatomie bestimmt war. Ich holte tief Luft, um etwas zu sagen, überlegte es mir dann aber anders und wandte meine Aufmerksamkeit wieder dem Recyclingzentrum zu. Der Bagger hatte seine Arbeit beendet und war gerade dabei wegzufahren. Ich fragte mich, wie man wohl an einen Job als Baggerfahrer kam.

»Und was dich betrifft…« Schlagartig wurde ich mir meiner Umgebung bewußt, als wäre ich abrupt aus dem Schlaf gerissen worden. Mike hatte seine Aufmerksamkeit mir zugewandt, und alle verdrehten die Hälse, um ja nichts von dem bevorstehenden Fiasko zu verpassen. »Du mußt das in die Hand nehmen, Alice. In dieser Abteilung liegt einiges im argen.«

Sollte ich mir die Mühe machen, mit ihm zu diskutieren? Nein.

»Ja, Mike«, flötete ich in süßem Ton, gab ihm aber gleichzeitig durch ein Augenzwinkern zu verstehen, daß ich mich von ihm nicht einschüchtern ließ. Sein Gesicht lief rot an.

»Und kann irgend jemand dieses verdammte Licht reparieren?!« schrie er.

Ich blickte auf. Eine der Neonröhren flackerte leicht. Sobald man einmal darauf aufmerksam geworden war, hatte man das Gefühl, als würde einem jemand im Gehirn herumkratzen. Kratz, kratz, kratz.

»Ich mache das«, sagte ich. »Ich meine, ich sorge dafür, daß es gemacht wird.«

Ich saß an einem Bericht, den Mike Ende des Monats nach Pittsburgh schicken wollte. Mir blieb also noch eine Menge Zeit, so daß ich den Rest des Tages ruhig und ohne allzuviel Arbeit verbringen konnte. Eine wichtige halbe Stunde brauchte ich, um zwei Modekataloge durchzusehen. Ich entschied mich für ein Paar hübsche Stiefeletten, einen langen Samtrock, der als »unverzichtbar« beschrieben wurde, und einen kurzen taubenblauen Satinrock. Das würde mich hundertsiebenunddreißig Pfund tiefer in die roten Zahlen stürzen. Nach dem Mittagessen – mit einer netten Pressedame, deren Gesicht von rechteckigen, schwarzgerahmten Brillengläsern dominiert wurde – schloß ich mich in meinem Büro ein und setzte meine Kopfhörer auf.

»Je suis dans la salle de bains«, sagte eine übertrieben fröhliche Stimme in mein Ohr.

»Je suis dans la salle de bains«, wiederholte ich gehorsam.

»Je suis en haut!«

Was bedeutete *en haut*? Ich konnte mich nicht daran erinnern. *»Je suis en haut«*, sagte ich.

Das Klingeln des Telefons holte mich aus der sonnigen Welt der Lavendelfelder und Straßencafés zurück ins winterliche Londoner Hafenviertel. Es war Julie, die irgendein Problem mit der Wohnung hatte. Ich schlug ihr vor, mich mit ihr nach der Arbeit auf einen Drink zu treffen. Da sie bereits mit ein paar anderen Leuten verabredet war, rief ich Jake auf seinem Handy an und fragte ihn, ob er Lust habe, ebenfalls ins Vine zu kommen. Mein Arbeitstag war fast geschafft.

Als ich eintraf, sah ich Julie mit Clive an einem Ecktisch sitzen. Hinter ihrem Rücken rankten sich ein paar Kletterpflanzen die Wand hoch. Das Vine versuchte seinem Namen gerecht zu werden.

»Du siehst schrecklich aus«, sagte sie mitfühlend. »Verkatert?«

»Ich bin mir nicht sicher«, antwortete ich vorsichtig. »Auf jeden Fall könnte ich einen Antikatertrunk gebrauchen. Ich bestell' euch auch einen.«

Clive war gerade dabeigewesen, Julie von einer Frau zu erzählen, die er am Vorabend auf einer Party kennengelernt hatte.

»Eine sehr interessante Frau«, sagte er. »Sie ist Physiotherapeutin. Ich habe ihr von meinem lädierten Ellbogen erzählt, ihr wißt ja...«

»Ja, wir wissen Bescheid.«

»Sie hat meinen Arm genommen und so einen Spezialgriff angewendet, und sofort tat er weniger weh. Ist das nicht erstaunlich?«

»Wie sieht sie aus?«

»Wie meinst du das?«

»Wie sieht sie aus?« fragte ich noch einmal.

Unsere Drinks kamen. Er nahm einen Schluck.

»Sie ist ziemlich groß«, antwortete er. »Größer als du. Sie hat braunes, etwa schulterlanges Haar. Sie sieht gut aus, hat eine gesunde Bräune und auffallend blaue Augen.«

»Kein Wunder, daß es deinem Ellbogen gleich besserging. Hast du sie gefragt, ob sie mit dir ausgehen will?«

Clive sah mich entrüstet, aber auch ein bißchen unsicher an. Er lockerte seine Krawatte.

»Natürlich nicht.«

»Aber du hättest es gern getan.«

»Man kann ein Mädchen nicht einfach fragen, ob es mit einem ausgehen will.«

»Klar kann man das«, mischte sich Sylvie ein. »Sie hat schließlich deinen Ellbogen berührt.«

»Und? Ich glaub's einfach nicht! Sie hat als Physiotherapeutin meinen Ellbogen berührt, und daraus schließt du, daß sie auf mich scharf ist?«

»Nicht notwendigerweise«, entgegnete Sylvie affektiert. »Aber du solltest sie wenigstens fragen. Ruf sie an. Sie klingt interessant.«

»Natürlich war sie... attraktiv, aber es gibt da zwei Probleme: Das eine ist, wie ihr wißt, daß ich noch nicht das Gefühl habe, richtig über Christine hinweg zu sein. Und zweitens kann ich so etwas nicht. Ich brauche einen Vorwand.«

»Weißt du, wie sie heißt?« fragte ich.

»Gail. Gail Stevenson.«

Nachdenklich nippte ich an meiner Bloody Mary.

»Ruf sie an.«

Ein Anflug von Panik huschte über Clives Gesicht, was ziemlich komisch wirkte.

»Was soll ich sagen?«

»Es spielt keine Rolle, was du sagst. Wenn sie dich sympathisch gefunden hat – und die Tatsache, daß sie auf der Party deinen Ellbogen genommen hat, spricht dafür –, dann kannst du so ziemlich alles sagen, und sie wird trotzdem mit dir ausgehen. Falls sie dich wider Erwarten nicht sympathisch gefunden hat, wird sie sowieso nicht mit dir ausgehen, egal, was du sagst.« Clive wirkte verwirrt. »Ruf sie einfach an«, meinte ich. »Sag: ›Ich bin der Mensch mit dem lädierten Ellbogen, den Sie auf der Party kürzlich behandelt haben. Hätten Sie Lust, mal mit mir auszugehen?‹ Das gefällt ihr vielleicht.«

Clive sah mich entgeistert an.

»Einfach so?«

»Klar.«

»Wo soll ich mit ihr hingehen?«

Ich lachte.

»Was erwartest du von mir? Soll ich euch auch noch ein Zimmer besorgen?«

Ich holte uns noch eine Runde Drinks. Als ich zurückkam, hielt Sylvie gerade eine dramatische Rede und fuchtelte dabei theatralisch mit ihrer Zigarette herum. Ich war müde und hörte ihr nur mit halbem Ohr zu. Von dem Gespräch auf der anderen Seite des Tisches bekam ich ebenfalls nur Bruchstücke mit, aber allem Anschein nach erzählte Clive Julie gerade von der geheimen Bedeutung des Musters auf der Marlboro-Zigarettenschachtel. Ich fragte mich, ob er betrunken oder verrückt war. Jake war nicht in der Stadt. Er war unterwegs, um eine Baustelle zu inspizieren. Ein besonders schönes, von mehreren Religionen als heilig betrachtetes Fleckchen Erde sollte untertunnelt werden. Ich rechnete nicht damit, daß er es noch ins Pub schaffen würde. Da ich mich schon leicht benebelt fühlte, ließ ich mir mit dem Rest meines Drinks viel Zeit. Die Leute am Tisch gehörten alle zu unserer Clique, einer Gruppe von Leuten, die sich fast alle an der Uni kennengelernt und seitdem nie wieder aus den Augen verloren hatten, engen Kontakt pflegten und viel Zeit miteinander verbrachten. Sie waren eigentlich meine Familie.

Als ich zu Hause den Schlüssel ins Schloß steckte, öffnete mir Jake die Tür. Er hatte sich bereits umgezogen und trug Jeans und ein kariertes Hemd.

»Ich dachte, du würdest viel später kommen«, sagte ich.

»Das Problem hat sich erledigt«, antwortete er. »Ich koche dir gerade was zum Abendessen.«

Auf dem Tisch standen mehrere kleine Kartons. Paprikahuhn. Taramosalata. Pittabrot. Ein Miniaturkuchen. Ein Karton mit Sahne. Eine Flasche Wein. Ein Video. Ich küßte ihn.

»Eine Mikrowelle, ein Fernseher und du«, sagte ich. »Was will man mehr?«

»Und hinterher werde ich es die ganze Nacht mir dir treiben.«

»Was, schon wieder? Du Tunnelgräber, du!«

2. KAPITEL

Am nächsten Morgen war die U-Bahn voller als sonst. Mir war unter den vielen Schichten, die ich anhatte, ziemlich heiß, und ich versuchte mich abzulenken, indem ich über andere Dinge nachdachte, während der Zug durch die Dunkelheit ratterte. Mein Haar brauchte dringend einen neuen Schnitt. Vielleicht konnte ich für die Mittagspause einen Friseurtermin vereinbaren. Ich ging in Gedanken den Kühlschrank durch, ob für abends genug zu essen im Haus war oder ob wir uns etwas besorgen mußten. Vielleicht würden wir ja mal wieder tanzen gehen. Mir fiel ein, daß ich an diesem Morgen vergessen hatte, meine Pille einzunehmen, und das schleunigst nachholen mußte, sobald ich im Büro war. Dieses Versäumnis ließ mich auch an das IUP und die gestrige Besprechung denken, der ich es zu verdanken hatte, daß ich an diesem Morgen noch widerwilliger aufgestanden war als sonst.

Eine magere junge Frau mit einem dicken Baby quetschte sich durch den Zug. Da ihr niemand einen Platz anbot, blieb sie im Gang stehen, wo man vor lauter Gedränge sowieso nicht umfallen konnte. Das Baby auf ihrer knochigen Hüfte war so warm verpackt, daß man nur sein heißes, mißmutiges Gesicht sehen konnte. Wie zu erwarten, begann es bald zu weinen. Seine heiseren, langgezogenen Schreie ließen seine ohnehin schon geröteten Wangen dunkelrot anlaufen, aber seine Mutter achtete gar nicht darauf. Ihre bleiche Miene wirkte starr, als wäre sie völlig abwesend. Obwohl ihr Baby wie für eine Südpolexpedition angezogen war, trug sie selbst bloß ein dünnes Kleid und darüber einen offenen Anorak. Ich horchte in mich hinein, ob sich in mir so etwas wie ein Mutterinstinkt regte. Negativ. Dann ließ ich meinen Blick über all die korrekt gekleideten Männer und Frauen gleiten. Ich beugte mich zu einem Mann in einem edlen Kaschmirmantel hinunter, bis ich ihm nahe genug war, um seine Pickel zu sehen, und flüsterte dann leise in sein Ohr: »Entschuldigen Sie. Könnten Sie dieser Frau Ihren Platz überlassen?« Er sah mich verblüfft und abweisend an. »Sie braucht einen Sitzplatz.«

Er stand auf, und die junge Mutter kam mit schlurfenden Schritten herüber und zwängte sich zwischen zwei *Guardians.* Das Baby schrie weiter, und sie starrte immer noch geradeaus. Wenigstens konnte sich der Mann jetzt rühmen, eine gute Tat vollbracht zu haben.

Ich war froh, als ich endlich aussteigen konnte, auch wenn ich mich nicht auf den vor mir liegenden Arbeitstag freute. Sooft ich an meine Arbeit dachte, ergriff ein Gefühl der Lethargie von mir Besitz, als wären all meine Glieder plötzlich zentnerschwer und die Kammern meines Gehirns verstaubt. Die Straßen waren eisig, und mein Atem stieg in Ringen in die Luft. Ich wickelte mir den Schal fester um den Hals. Ich hätte einen Hut aufsetzen sollen. Vielleicht konnte ich mich in einer Kaffeepause kurz davonstehlen und mir Stiefel kaufen. Rund um mich herum eilten die Leute mit gesenktem Kopf in ihr jeweiliges Büro. Vielleicht sollten Jake und ich im Februar mal wegfahren, irgendwohin, wo es heiß und einsam war. Mir war jeder Ort recht, solange es sich nicht um London handelte. Vor meinem geistigen Auge sah ich mich schlank und gebräunt im Bikini an einem weißen Sandstrand liegen, über mir nur blauen Himmel. Ich hatte zuviel Werbung gesehen. Normalerweise trug ich nur Einteiler. Außerdem hatte Jake mir erst kürzlich ins Gewissen geredet, mehr zu sparen.

Am Zebrastreifen blieb ich stehen. Ein Lastwagen donnerte

vorbei. Ich erhaschte einen Blick auf den Mann, der hoch oben in seinem Fahrerhaus saß, ohne die Leute wahrzunehmen, die unten auf der Straße ihrer Arbeit entgegentrotteten. Der nächste Wagen kam mit quietschenden Bremsen zum Stehen. Ich trat auf den Zebrastreifen hinaus.

Ein Mann überquerte die Straße von der gegenüberliegenden Seite. Ich registrierte, daß er schwarze Jeans und eine schwarze Lederjacke trug. Dann wanderte mein Blick hinauf zu seinem Gesicht. Ich weiß nicht, wer zuerst stehenblieb, er oder ich. Wir standen beide auf der Straße und starrten uns an. Ich glaube, ich hörte jemanden hupen. Ich konnte mich nicht von der Stelle bewegen. Das Ganze schien eine Ewigkeit zu dauern, aber wahrscheinlich war es nur eine Sekunde. Ich spürte ein leeres Gefühl im Magen und bekam nicht richtig Luft. Wieder hörte ich ein Auto hupen. Eine Stimme rief irgend etwas. Seine Augen waren stechend blau. Wir setzten uns beide wieder in Bewegung. Als wir aneinander vorübergingen, waren wir nur Zentimeter voneinander entfernt und konnten den Blick nicht abwenden. Wenn er die Hand ausgestreckt und mich berührt hätte, wäre ich ihm wahrscheinlich gefolgt, aber er berührte mich nicht, und ich erreichte die andere Straßenseite allein.

Ich ging ein paar Schritte auf das Gebäude zu, in dem die Drakon-Büros untergebracht waren, blieb dann aber stehen und wandte den Kopf. Er war noch da und beobachtete mich. Statt zu lächeln oder sonst eine Geste zu machen, sah er mich einfach nur an. Es kostete mich große Anstrengung, mich wieder abzuwenden. Ich hatte das Gefühl, als würde er mich mit seinem Blick zu sich ziehen. Als ich die Türen des Drakon-Gebäudes erreichte, drehte ich mich ein letztes Mal um. Der Mann mit den blauen Augen war verschwunden. Das war's.

Ich ging sofort auf die Toilette, schloß mich in eine Kabine ein und lehnte mich gegen die Tür. Mir war schwindlig, meine Knie zitterten, und meine Augen kamen mir seltsam schwer vor, als wären sie voller ungeweinter Tränen. Vielleicht brütete ich eine Erkältung aus. Vielleicht war meine Periode überfällig. Ich dachte an den Mann und die Art, wie er mich angestarrt hatte. Dann schloß ich die Augen, als könnte ich ihn auf diese Weise irgendwie aussperren. Eine andere Frau kam in den Raum und drehte den Wasserhahn auf. Ich stand so still und reglos da, daß ich unter meiner Bluse mein Herz klopfen hörte. Ich legte eine Hand auf meine brennende Wange, dann auf meine Brust.

Nach ein paar Minuten konnte ich wieder richtig atmen. Ich wusch mir das Gesicht mit kaltem Wasser, kämmte mein Haar und dachte sogar daran, eine winzige Pille aus ihrem Folienkalender zu drücken und hinunterzuschlucken. Der seltsame Schmerz in meinem Magen ließ allmählich nach, und ich fühlte mich bloß noch schwach und nervös. Gott sei Dank hatte niemand etwas mitbekommen. Ich holte mir am Automaten im zweiten Stock einen Kaffee und einen Schokoriegel, weil ich plötzlich schrecklich hungrig war. Dann ging ich in mein Büro. Dort riß ich das Papier von der Schokolade und verschlang sie in großen Bissen. Mein Arbeitstag begann. Ich las meine Post, warf einen Großteil davon in den Papierkorb, schrieb ein Memo an Mike und rief dann Jake in der Arbeit an.

»Wie läuft dein Tag?« fragte ich.

»Er hat gerade erst angefangen.«

Mir kam es vor, als wären schon Stunden vergangen, seit ich von zu Hause aufgebrochen war. Wenn ich mich zurückgelehnt und die Augen geschlossen hätte, hätte ich stundenlang schlafen können.

»Gestern nacht war es schön«, sagte er mit leiser Stimme. Wahrscheinlich war er nicht allein im Raum.

»Mmm. Obwohl ich mich heute morgen ein bißchen seltsam gefühlt habe.«

»Geht es dir jetzt wieder besser?« Er klang besorgt. Ich bin sonst nie krank.

»Ja. Bestens. Wunderbar. Geht es dir auch gut?«

Mir war der Gesprächsstoff ausgegangen, aber ich wollte trotzdem noch nicht auflegen. Jake klang plötzlich beschäftigt. Ich hörte ihn mit jemand anderem reden, konnte aber nicht verstehen, was er sagte.

»Ja, Liebes. Hör zu, ich muß jetzt aufhören. Bis später.«

Der Morgen verging. Ich nahm an einer weiteren Besprechung teil, diesmal mit der Marketingabteilung, und brachte es fertig, einen Krug Wasser über den Tisch zu verschütten und kein Wort von mir zu geben. Anschließend ging ich die Forschungsunterlagen durch, die Giovanna mir per E-Mail geschickt hatte. Sie wollte um halb vier bei mir vorbeischauen. Ich rief bei meinem Friseur an und vereinbarte für ein Uhr einen Termin. Ich trank eine Menge bitteren, lauwarmen Kaffee aus Kunststoffbechern. Ich goß die Blumen in meinem Büro. Ich lernte, *»Je voudrais quatre petits pains«* und *»Ça fait combien?«* zu sagen.

Kurz vor eins nahm ich meinen Mantel, legte meiner Assistentin einen Zettel hin, daß ich etwa eine Stunde weg sein würde, und polterte die Treppe hinunter und auf die Straße hinaus. Es fing gerade zu nieseln an, und ich hatte keinen Schirm dabei. Ich sah zu den Wolken hinauf, zuckte mit den Achseln und ging los, um mir in der Cardamom Street ein Taxi zu nehmen. Nach ein paar Schritten blieb ich wie angewurzelt stehen. Die Welt verschwamm vor meinen Augen. Mein Magen machte einen Satz. Ich hatte das Gefühl, als müßte ich mich zusammenkrümmen.

Da stand er, nur wenige Schritte von mir entfernt. Als hätte er sich seit dem Morgen nicht von der Stelle bewegt. Er trug noch seine schwarze Jacke und Jeans. Auch jetzt lächelte er nicht, sondern stand einfach nur da und sah mich an. Es kam mir vor, als hätte mich noch nie zuvor jemand richtig angesehen, und plötzlich wurde mir mein Körper auf eine besonders intensive Weise bewußt – das Pochen meines Herzes, das Heben und Senken meiner Brust beim Atmen, die Oberfläche meines Körpers, die vor Panik und Aufregung prickelte.

Er war etwa so alt wie ich, Anfang Dreißig. Ich glaube, mit seinen blaßblauen Augen, seinem wirren braunen Haar und seinen hohen, flachen Wangenknochen war er als schön zu bezeichnen, aber damals wußte ich nur, daß er mich mit seinen Augen derart fixierte, daß ich das Gefühl hatte, von seinem Blick festgehalten zu werden. Ich hörte mich nach Luft schnappen, konnte aber weder weitergehen noch mich von ihm abwenden.

Ich weiß nicht, wer den ersten Schritt machte. Vielleicht stolperte ich auf ihn zu, oder vielleicht wartete ich einfach auf ihn. Als wir uns schließlich gegenüberstanden, ohne uns zu berühren, sagte er mit leiser Stimme:

»Ich habe auf dich gewartet.«

Ich hätte laut loslachen sollen. Das war nicht ich, so etwas konnte unmöglich mir passieren. Ich war doch nur Alice Loudon, unterwegs, mir an einem feuchtkalten Januartag die Haare schneiden zu lassen. Aber ich konnte weder lachen noch lächeln. Ich konnte ihn bloß ansehen, seine weit auseinanderstehenden blauen Augen, seinen leicht geöffneten Mund, die zarten Lippen. Seine Zähne waren weiß und ebenmäßig, mit Ausnahme eines Schneidezahns, bei dem ein Stück abgebrochen war. Sein Kinn war voller Bartstoppeln. Am Hals hatte er einen Kratzer. Sein Haar war lang und ungekämmt. O ja, er war schön. Am liebsten hätte ich die Hand ausgestreckt und seinen Mund ganz sanft mit dem Daumen berührt. Ich wollte das Kratzen seiner Bartstoppeln an meinem Hals spüren. Ich versuchte etwas zu sagen, aber alles, was ich herausbrachte, war ein ersticktes, gekünsteltes »Oh«.

»Bitte«, sagte er, ohne den Blick von mir abzuwenden. »Kommst du mit?«

Er konnte ein Straßenräuber sein, ein Vergewaltiger, ein Psychopath. Ich nickte wie betäubt, und er trat auf die Straße hinaus und winkte ein Taxi herbei. Er hielt mir die Tür auf, berührte mich aber noch immer nicht. Als wir beide im Wagen saßen, nannte er dem Fahrer eine Adresse und drehte sich dann zu mir um. Ich sah, daß er unter seiner Lederjacke nur ein dunkelgrünes T-Shirt trug. Er hatte ein Lederband um den Hals, an dem eine kleine silberne Spirale hing. Ich betrachtete seine langen Finger mit den gepflegten, sauberen Nägeln. Am linken Daumen hatte er eine weiße, wellige Narbe. Seine Hände sahen aus, als könnten sie zupacken, stark und gefährlich.

»Sagst du mir deinen Namen?«

»Alice«, antwortete ich.

»Alice«, wiederholte er. »Alice.« So, wie er es sagte, klang das Wort fremd in meinen Ohren. Er hob die Hände und lockerte mit einer ganz sanften Bewegung meinen Schal, achtete dabei aber darauf, ja nicht meine Haut zu berühren. Er roch nach Seife und Schweiß.

Das Taxi hielt an. Ein Blick aus dem Wagenfenster sagte mir, daß wir in Soho waren. Ich sah einen Schreibwarenladen, ein Feinkostgeschäft, Restaurants. Der Geruch von Kaffee und Knoblauch lag in der Luft. Er stieg aus und hielt mir wieder die Tür auf. Ich spürte, wie das Blut in meinem Körper pulsierte. Er lehnte sich gegen eine schäbige Tür neben einem Bekleidungsgeschäft, und ich folgte ihm eine schmale Treppe hinauf. Er zog einen Schlüsselbund aus der Tasche und sperrte zwei Schlösser auf. Hinter der Tür lag nicht bloß ein Zimmer, sondern eine kleine Wohnung. Mein Blick fiel auf ein Regal, Bücher, Bilder, einen Teppich. Zögernd blieb ich an der Schwelle stehen. Das war meine letzte Chance. Durch die Fenster drang Straßenlärm herein, das Gewirr von Stimmen, das Brummen der Autos. Er schloß die Tür und verriegelte sie von innen.

Ich hätte Angst haben sollen und hatte sie auch, aber nicht vor ihm, diesem Fremden, sondern vor mir selbst. Ich erkannte mich nicht wieder. Ich verging vor Verlangen, als würden sich die Umrisse meines Körpers langsam auflösen. Ich wollte meinen Mantel ausziehen, machte mich mit ungeschickten Händen an den Samtknöpfen zu schaffen.

»Warte«, sagte er. »Laß mich das tun.«

Zuerst nahm er mir den Schal ab und hängte ihn behutsam über den Kleiderständer. Als nächstes zog er mir langsam den Mantel aus. Dann kniete er sich auf den Boden und streifte mir die Schuhe ab. Ich stützte eine Hand auf seine Schulter, um nicht das Gleichgewicht zu verlieren. Er stand wieder auf und begann, meine Strickjacke aufzuknöpfen. Ich sah, daß seine Hände leicht zitterten. Nachdem er mir die Jacke ausgezogen hatte, öffnete er den Reißverschluß meines Rocks. Beim Herabziehen kratzte der Stoff über meine Strumpfhose. Dann rollte er die Strumpfhose herunter und legte sie neben meine Schuhe. Noch immer vermied er jede Berührung meiner Haut. Als letztes zog er mir mein Unterhemd und meinen Slip aus. Nackt und leicht schaudernd stand ich in dem fremden Raum.

»Alice«, sagte er. Es hörte sich fast wie ein Stöhnen an. »O Gott, wie schön du bist, Alice!«

Ich zog ihm die Jacke aus. Seine Arme waren muskulös und gebräunt; von seinem linken Ellbogen bis zum Handgelenk verlief eine weitere lange, wellige Narbe. Ich folgte seinem Beispiel und kniete mich auf den Boden, um ihm Schuhe und Socken auszuziehen. Am rechten Fuß hatte er nur noch drei Zehen. Ich beugte mich hinunter und küßte die Stelle, an der die anderen beiden gewesen waren. Er seufzte leise. Ich zog ihm das Shirt aus der Jeans, und er hob wie ein kleiner Junge die Arme, als ich es ihm über den Kopf streifte. Er hatte einen flachen Bauch, über den eine schmale Haarspur nach unten verlief. Ich öffnete den Reißverschluß seiner Jeans und manövrierte sie vorsichtig über seinen Po. Seine Beine waren sehnig und sehr braun. Ich zog ihm den Slip aus und ließ ihn zu Boden fallen. Jemand stöhnte, aber ich weiß nicht, wer es war, er oder ich. Er schob eine Strähne meines Haars hinter mein Ohr. Dann fuhr er mit dem Zeigefinger ganz langsam meine Lippen entlang. Ich schloß die Augen.

»Nein«, sagte er. »Sieh mich an.«

»Bitte«, sagte ich. »Bitte.«

Er nahm mir die Ohrringe ab und ließ sie fallen. Ich hörte sie auf dem Holzboden klirren.

»Küß mich, Alice!« sagte er.

So etwas war mir noch nie passiert. Sex war für mich noch nie so gewesen. Es hatte in meinem Leben mittelmäßigen Sex gegeben, peinlichen Sex, schmutzigen Sex, guten Sex, großartigen Sex. Das hier hatte mehr von vernichtendem Sex. Wir krachten ineinander, versuchten die trennende Barriere aus Haut und Fleisch zu überwinden. Wir klammerten uns aneinander, als würden wir ertrinken. Wir kosteten einander, als wären wir völlig ausgehungert. Und die ganze Zeit sah er mich an. Er sah mich an, als wäre ich das Schönste, was er je gesehen hätte, und während ich auf dem harten, staubigen Boden lag, fühlte ich mich tatsächlich schön – schön, schamlos und ziemlich am Ende.

Hinterher zog er mich vom Boden hoch und führte mich in die Dusche. Er seifte meine Brüste ein und wusch mich zwischen den Beinen. Er wusch mir die Füße und Beine. Er wusch mir sogar das Haar, wobei er das Shampoo gekonnt einmassierte und meinen Kopf nach hinten neigte, damit mir nichts in die Augen lief. Dann trocknete er mich ab, wobei er darauf achtete, daß ich auch unter den Armen und zwischen den Zehen richtig trocken war, und während er dies tat, erforschte er meinen Körper. Ich fühlte mich wie ein Kunstwerk, aber auch wie eine Prostituierte.

»Ich muß zurück in die Arbeit«, sagte ich schließlich. Er hob meine Sachen vom Boden auf und zog mich an, steckte die Ohrringe wieder durch meine Ohrläppchen und bürstete mir das nasse Haar aus dem Gesicht.

»Wann hast du Schluß?« fragte er. Ich dachte an Jake, der zu Hause auf mich wartete.

»Um sechs.«

»Ich werde da sein«, sagte er. Ich hätte ihm antworten sollen, daß ich einen Partner hatte, ein Zuhause, ein ganzes anderes Leben. Statt dessen zog ich sein Gesicht zu mir heran und küßte seine wunden Lippen. Ich konnte mich kaum von ihm losreißen.

Als ich schließlich im Taxi saß, stellte ich ihn mir vor, dachte an seine Berührungen, seinen Geschmack, seinen Geruch. Ich wußte nicht mal seinen Namen.

3. KAPITEL

Völlig außer Atem traf ich wieder in der Arbeit ein. Ich griff nach ein paar Nachrichten, die mir Claudia entgegenstreckte, und eilte in mein Büro. Rasch sah ich sie durch. Nichts, was nicht warten konnte. Draußen begann es schon zu dämmern, und ich versuchte, im Fenster einen Blick auf mein Spiegelbild zu erhaschen. Ich hatte ein ungutes Gefühl wegen meiner Kleidung. Die Sachen fühlten sich irgendwie fremd an, weil sie mir von einem Fremden aus- und wieder angezogen worden waren. Ich hatte Angst, daß das für die anderen genauso offensichtlich war wie für mich. Hatte er meine Bluse richtig zugeknöpft? Oder hatte er mir meine Sachen womöglich in der falschen Reihenfolge angezogen? Es schien alles in Ordnung zu sein, aber ich war mir nicht sicher. Ich eilte mit meinem Schminkzeug auf die Toilette. In dem unbarmherzigen Licht vor dem Spiegel überprüfte ich, ob ich geschwollene Lippen hatte oder sonst irgendwie lädiert wirkte. Das meiste ließ sich mit Lippenstift und Eyeliner kaschieren. Meine Hand zitterte. Erst nachdem ich sie ein paarmal gegen ein Waschbecken geschlagen hatte, wurde sie ruhiger.

Ich rief Jake auf seinem Handy an. Er klang sehr beschäftigt. Ich erklärte ihm, daß ich in eine Besprechung müsse und eventuell später nach Hause käme. Wie spät? Das wisse ich nicht, gab ich ihm zur Antwort, das lasse sich überhaupt nicht vorhersagen. Würde ich es bis zum Abendessen schaffen? Ich riet ihm, ohne mich anzufangen. Nachdem ich aufgelegt hatte, beruhigte ich mich damit, daß das eine reine Vorsichtsmaßnahme gewesen sei. Wahrscheinlich würde ich vor Jake zu Hause sein. Dann setzte ich mich hin und dachte über das nach, was geschehen war. Ich rief mir sein Gesicht ins Gedächtnis. Ich schnupperte an meinem Handgelenk und roch die Seife. Seine Seife. Schaudernd schloß ich die Augen. Ich konnte wieder die Fliesen unter meinen Füßen spüren und das Wasser gegen den Duschvorhang prasseln hören. Seine Hände. Wie würde es nun weitergehen? Wie *sollte* es weitergehen? Ich kannte weder seinen Namen noch seine Adresse. Ich war mir nicht sicher, ob ich seine Wohnung wiederfinden würde, selbst wenn ich es wollte. Falls ich also um sechs aus dem Gebäude trat und er nicht da war, hatte die Sache damit sowieso ein Ende. Sollte er aber da sein, würde ich ihm genau das in aller Deutlichkeit sagen müssen: daß die Sache ein Ende haben mußte. Das Ganze war Wahnsinn, und wir taten am besten so, als wäre es nie passiert. Das war die einzig vernünftige Lösung.

Bei meiner Rückkehr ins Büro hatte ich mich wie betäubt gefühlt, aber nun war mein Kopf so klar wie schon lange nicht mehr, und ich verspürte neue Energie. Während der nächsten Stunde führte ich eine kurze Unterhaltung mit Giovanna und erledigte dann ein Dutzend Telefonate, ohne mich mit Smalltalk aufzuhalten. Ich rief verschiedene Leute an, vereinbarte Termine, erkundigte mich nach Zahlen. Sylvie rief mich auf einen Plausch an, aber ich erklärte ihr, daß ich mich am nächsten oder übernächsten Tag mit ihr treffen würde. Ob ich abends schon etwas vorhätte? Ja. Eine Besprechung. Ich verschickte ein paar Nachrichten und arbeitete die Akten auf meinem Schreibtisch durch. Eines Tages würde ich gar keinen Schreibtisch mehr haben, aber doppelt soviel schaffen.

Ich sah zur Uhr hinüber. Fünf vor sechs. Ich kramte gerade nach meiner Tasche, als Mike hereinkam. Bei ihm stand am nächsten Morgen noch vor dem Frühstück eine Konferenzschaltung auf dem Programm, und er wollte noch ein paar Dinge mit mir durchgehen.

»Ich bin heute ein bißchen im Streß, Mike. Ich muß zu einer Besprechung.«

»Mit wem?«

Einen Moment lang überlegte ich, ob ich behaupten sollte, daß ich mich mit jemandem aus dem Labor träfe, aber ein Aufflackern von Überlebensinstinkt hielt mich davon ab.

»Es ist etwas Privates.«

Er zog eine Augenbraue hoch.

»Ein Vorstellungsgespräch?«

»In diesem Aufzug?«

»Du wirkst tatsächlich ein bißchen verknittert.« Er fragte nicht weiter nach. Wahrscheinlich nahm er an, daß es sich um eine Frauensache handelte, irgend etwas Gynäkologisches. Aber er ging auch nicht wieder. »Es dauert bloß eine Sekunde.« Er ließ sich mit seinen Unterlagen, die er Punkt für Punkt durchgehen wollte, nieder. Eine oder zwei Sachen mußte ich überprüfen und wegen einer dritten jemanden anrufen. Ich schwor mir selbst, kein einziges Mal auf die Uhr zu sehen. Es spielte sowieso keine Rolle. Schließlich ergab sich eine Pause, und ich sagte, daß ich nun aber wirklich gehen müsse. Mike nickte. Ich warf einen Blick auf meine Armbanduhr. Vierundzwanzig Minuten nach sechs. Fünfundzwanzig. Ich beeilte mich nicht, nicht einmal, nachdem Mike weg war. Auf dem Weg zum Aufzug durchströmte mich ein Gefühl der Erleichterung, weil sich das Problem von selbst gelöst hatte. Es war am besten so. Ich mußte das Ganze möglichst schnell vergessen.

Ich lag schräg auf dem Bett. Mein Kopf ruhte auf Adams Bauch. Er hieß Adam. Das hatte er mir auf der Herfahrt im Taxi erzählt. Sonst hatte er fast nichts gesagt. Mir lief der Schweiß übers Gesicht. Ich schwitzte am ganzen Körper: am Rücken genauso wie an den Beinen. Sogar mein Haar war naß. Und ich spürte den Schweiß auf seiner Haut. In seiner Wohnung war es so heiß. Wie konnte es im Januar überhaupt irgendwo so heiß sein? Der kalkige Geschmack in meinem Mund wollte nicht vergehen. Ich setzte mich auf und sah ihn an. Seine Augen waren halb geschlossen.

»Ist irgendwas zu trinken da?« fragte ich.

»Ich weiß es nicht«, antwortete er schläfrig. »Warum siehst du nicht einfach nach?«

Ich stand auf und hielt nach etwas Ausschau, das ich mir um den Körper wickeln konnte, aber dann dachte ich: Warum eigentlich? Es war eine sehr kleine Wohnung. Neben diesem Raum, in dem sich außer dem Bett fast keine anderen Möbel befanden, gab es nur noch das Bad, wo ich an diesem Tag bereits geduscht hatte, und eine winzige Küche. Ich öffnete den Kühlschrank. Ein paar halb ausgedrückte Tuben, ein paar Gläser, ein Karton Milch. Keine anderen Getränke. Inzwischen war mir kalt. Auf einem Regal entdeckte ich einen Karton Orangensaft. Verdünnten Orangensaft hatte ich zum letztenmal als Kind getrunken. Ich fand ein Glas, mischte ein wenig Saft mit Wasser und trank in großen Schlucken. Dann schenkte ich mir noch einmal ein Glas ein und nahm es mit zurück ins Schlaf- oder Wohnzimmer – was immer es war. Adam saß inzwischen gegen das Kopfteil des Bettes gelehnt. Offenbar hatte er die ganze Zeit auf die Tür gestarrt und auf mich gewartet. Er lächelte nicht, sondern starrte bloß auf meinen nackten Körper, als müßte er ihn sich einprägen. Ich lächelte ihn an, aber er erwiderte mein Lächeln nicht. Ein Gefühl tiefer Freude stieg in mir auf.

Ich ging zu Adam und hielt ihm das Glas hin. Er nahm einen

kleinen Schluck und gab mir das Glas zurück. Ich nahm ebenfalls einen kleinen Schluck und hielt es ihm von neuem hin. Nachdem wir das Glas auf diese Weise gemeinsam geleert hatten, lehnte er sich über mich und stellte das Glas neben dem Bett ab. Die Bettdecke war auf den Boden gerutscht. Ich zog sie hoch und deckte uns damit zu. Dann ließ ich den Blick durch den Raum schweifen. Die Fotos auf der Kommode und dem Kaminsims waren lauter Landschaftsaufnahmen. Im Regal standen ein paar Bücher, deren Titel ich nacheinander studierte: mehrere Kochbücher, ein großer Kunstband über Hogarth, die gesammelten Werke von W. H. Auden und Sylvia Plath. Eine Bibel. *Sturmhöhe,* ein paar Reiseberichte von D. H. Lawrence. Zwei Bände über britische Feldblumen. Ein Band über Touren durch und um London. Ein Stapel Reiseführer. An einer Kleiderstange hingen ein paar Klamotten, ein paar andere lagen ordentlich zusammengefaltet auf dem Korbstuhl neben dem Bett: Jeans, ein Seidenhemd, eine weitere Lederjacke, T-Shirts.

»Ich versuche gerade herauszufinden, wer du bist«, sagte ich. »Indem ich mir deine Sachen ansehe.«

»Nichts davon gehört mir. Das ist die Wohnung eines Freundes.«

»Oh.«

Ich drehte mich zu ihm um. Er lächelte noch immer nicht. Allmählich fand ich das beunruhigend. Ich wollte gerade wieder etwas sagen, als er plötzlich doch ein wenig den Mund verzog, den Kopf schüttelte und mit einem Finger meine Lippen berührte. Wir lagen ohnehin schon ganz nah beieinander, aber er kam noch ein paar Zentimeter näher und küßte mich.

»Was denkst du gerade?« fragte ich, während ich mit den Fingern durch sein weiches, langes Haar fuhr. »Rede mit mir. Erzähl mir von dir.«

Er antwortete nicht sofort. Statt dessen zog er die Bettdecke von meinem Körper und drehte mich auf den Rücken. Dann nahm er meine Hände und drückte sie über meinem Kopf auf das Laken, als wollte er sie dort fixieren. Ich fühlte mich, als läge ich auf dem Objektträger eines Mikroskops. Sanft berührte er meine Stirn und ließ seine Finger dann über mein Gesicht und meinen Hals bis zu meinem Bauch gleiten, wo sie in meinem Nabel haltmachten. Schaudernd schüttelte ich sie ab.

»Entschuldige«, sagte ich.

Er beugte sich über mich und berührte meinen Nabel mit der Zunge.

»Ich mußte gerade daran denken«, sagte er, »daß das Haar unter deinen Armen genauso ist wie dein Schamhaar. Aber nicht so wie das wunderschöne Haar auf deinem Kopf. Und ich mußte daran denken, daß ich deinen Geschmack mag. Ich meine, alle deine unterschiedlichen Geschmacksnuancen. Am liebsten würde ich dich von oben bis unten ablecken.« Er ließ den Blick über meinen Körper gleiten, als wäre ich eine Landschaft.

Ich kicherte, und er sah mir in die Augen. »Warum lachst du?« fragte er mit einem Blick, der fast ein wenig panisch wirkte.

Ich lächelte ihn an.

»Ich finde, du behandelst mich wie ein Sexobjekt.«

»Nicht!« sagte er. »Mach keine Witze darüber.«

Ich spürte, wie mir die Röte ins Gesicht stieg. Oder wurde mein ganzer Körper rot?

»Entschuldige«, sagte ich. »Das war nicht meine Absicht. Es gefällt mir ja. Mir wird ganz schwindlig davon.«

»Was denkst *du* gerade?«

»Leg *du* dich erst mal zurück«, antwortete ich, und er gehorchte. »Und schließ die Augen.« Ich ließ meine Finger über seinen Körper gleiten, der nach Sex und Schweiß roch. »Was ich denke? Ich denke, daß ich total verrückt bin und selbst nicht weiß, was ich hier eigentlich tue, aber es war...« Ich hielt inne. Mir fehlten die Worte, um den Sex mit ihm zu beschreiben. Allein der Gedanke daran löste kleine Wellen der Lust in meinem Körper aus. Mein Verlangen nach ihm regte sich schon wieder. Mein Körper fühlte sich weich und neu an, völlig offen für ihn. Ich ließ meine Finger über die samtige Haut an der Innenseite seines Oberschenkels gleiten. Was dachte ich noch? Ich mußte mich zwingen, mich zu konzentrieren. »Außerdem denke ich... ich denke daran, daß ich einen Freund habe. Mehr als einen Freund. Ich lebe mit jemandem zusammen.«

Ich weiß nicht, womit ich gerechnet hatte. Vielleicht mit Wut oder ausweichendem Verhalten. Adam blieb ganz still. Er öffnete nicht mal die Augen.

»Aber du bist hier«, war alles, was er sagte.

»Ja«, antwortete ich. »Gott, das bin ich.«

Wir lagen noch lange Zeit so nebeneinander. Eine Stunde, zwei Stunden. Jake sagt immer, daß ich mich nicht entspannen, daß ich weder stillhalten noch den Mund halten kann. Jetzt redeten wir kaum ein Wort. Wir berührten uns. Ruhten uns aus. Sahen uns an. Ich lag da und lauschte den Stimmen und Motorengeräuschen unten auf der Straße. Mein Körper fühlte sich unter seinen Händen dünner an als sonst, als hätte er mich von überflüssigen Schichten befreit. Schließlich sagte ich ihm, daß ich gehen müsse. Ich duschte und zog mich vor seinen Augen an. Sein Blick ließ mich schaudern.

»Gib mir deine Telefonnummer«, sagte er.

Ich schüttelte den Kopf.

»Gib du mir deine.«

Ich beugte mich über ihn und küßte ihn sanft. Er nahm meine Hand und zog meinen Kopf zu sich hinunter. Ich spürte in meiner Brust einen Schmerz, der mir den Atem raubte, aber ich befreite mich aus Adams Arm.

»Ich muß gehen«, flüsterte ich.

Es war nach Mitternacht. Als ich die Wohnung aufsperrte, war alles dunkel. Jake war schon ins Bett gegangen. Auf Zehenspitzen schlich ich ins Schlafzimmer. Ich warf meinen Slip und meine Strumpfhose in den Wäschebeutel. Dann duschte ich zum zweitenmal innerhalb einer Stunde. Zum viertenmal an diesem Tag. Ich seifte mich mit meiner eigenen Seife ein. Wusch mir das Haar mit meinem eigenen Shampoo. Anschließend kroch ich zu Jake ins Bett. Er drehte sich zu mir um und murmelte etwas.

»Ich dich auch«, sagte ich.

4. KAPITEL

Jake weckte mich mit meinem Tee. Er saß im Bademantel auf der Bettkante und strich mir das Haar aus der Stirn, während ich langsam wach wurde. Ich starrte ihn an, und die Erinnerung flutete zurück, katastrophal und übermächtig. Meine Lippen fühlten sich wund und aufgedunsen an, mein Körper schmerzte. Bestimmt sah er es mir auf den ersten Blick an. Ich zog die Decke bis zum Kinn hoch und lächelte ihn an.

»Du siehst heute morgen sehr hübsch aus«, sagte er. »Hast du eine Vorstellung, wie spät es ist?«

Ich schüttelte den Kopf. Mit einer theatralischen Geste blickte er auf seine Uhr.

»Fast schon halb zwölf; zum Glück ist Wochenende. Wann bist du denn gestern gekommen?«

»Mitternacht. Vielleicht ein bißchen später.«

»Sie nehmen dich zu hart ran«, sagte er. »Trink deinen Tee. Du weißt ja, daß wir bei meinen Eltern zum Mittagessen eingeladen sind.«

Das hatte ich völlig vergessen. Inzwischen schien nur noch mein Körper so etwas wie ein Erinnerungsvermögen zu besitzen. Mein Körper erinnerte sich: an Adams Hände auf meiner Brust, Adams Lippen an meinem Hals, Adams Augen, die in meine starrten. Jake lächelte mich an und massierte meinen

Nacken, während ich mich nach einem anderen Mann verzehrte. Ich nahm Jakes Hand und küßte sie.

»Du bist ein netter Mann«, sagte ich.

Er verzog das Gesicht.

»Nett?«

Er beugte sich zu mir herunter und küßte mich auf die Lippen. Dabei hatte ich das Gefühl, als würde ich jemanden betrügen. Jake? Adam?

»Soll ich dir ein Bad einlassen?«

»Das wäre wunderbar.«

Ich goß einen Schuß Zitronenbadeöl in das Wasser und säuberte mich erneut von oben bis unten, als könnte ich das, was passiert war, einfach wegwaschen. Ich hatte gestern überhaupt nichts gegessen, aber allein der Gedanke an Essen verursachte mir Übelkeit. Während ich in dem heißen, duftenden Wasser lag, schloß ich die Augen und gestattete mir, an Adam zu denken. Ich durfte ihn nie, nie wiedersehen, soviel war klar. Ich liebte Jake. Mir gefiel mein Leben. Ich hatte mich unmöglich benommen und würde alles verlieren. Ich mußte ihn wiedersehen, und zwar sofort. Das einzige, was wirklich zählte, waren seine Berührungen, der sehnsüchtige Schmerz meines Fleisches, die Art, wie er meinen Namen sagte. Ich würde ihn noch einmal sehen, nur noch ein einziges Mal, um ihm zu sagen, daß es vorbei sei. Wenigstens das war ich ihm schuldig. Was für ein Schwachsinn! Ich belog mich selbst genauso wie Jake. Wenn ich ihn wiedersehen und in sein schönes Gesicht blicken würde, dann würde ich auch wieder mit ihm schlafen. Nein, das einzig Richtige war, mich von allem zu distanzieren, was gestern passiert war. Mich auf Jake und meine Arbeit zu konzentrieren. Aber ein einziges Mal noch, ein allerletztes Mal.

»Noch zehn Minuten, Alice? In Ordnung?«

Der Klang von Jakes Stimme brachte mich wieder zur Besinnung. Natürlich würde ich bei ihm bleiben. Vielleicht würden wir heiraten und Kinder bekommen, und eines Tages würde das alles nur noch eine Erinnerung sein, eins von den lächerlichen Dingen, die man getan hatte, bevor man erwachsen geworden war. Ich wusch mich ein letztes Mal. Von meinem Körper, der mir plötzlich fremd vorkam, perlten Luftblasen nach oben. Ich stieg aus der Wanne. Jake hielt mir ein Handtuch hin. Während ich mich abtrocknete, spürte ich seinen Blick.

»Vielleicht wäre eine kleine Verspätung doch nicht so schlimm«, sagte er. »Komm her.«

Ich ließ zu, daß Jake mit mir schlief und mir sagte, daß er mich liebe. Feucht und fügsam lag ich unter ihm und stöhnte vor geheuchelter Lust. Er merkte nicht, daß ich ihm nur etwas vorspielte. Es würde mein Geheimnis bleiben.

Zum Mittagessen gab es Spinatauflauf mit Knoblauchbrot und grünem Salat. Jakes Mutter ist eine gute Köchin. Ich spießte ein Stück des krausen Salats auf meine Gabel, schob es mir in den Mund und kaute langsam darauf herum. Das Schlucken fiel mir schwer. Ich nahm einen Schluck Wasser und versuchte es noch einmal. Ich würde es nie schaffen, all das Essen auf meinem Teller hinunterzubekommen.

»Geht es dir nicht gut, Alice?« Jakes Mutter sah mich besorgt an. Sie mag es nicht, wenn ich nicht aufesse, was sie gekocht hat. Normalerweise gebe ich mir Mühe und nehme sogar eine zweite Portion. Sie mag mich lieber als Jakes frühere Freundinnen, weil ich für gewöhnlich großen Appetit habe und mehrere Stücke ihres Schokoladenkuchens verschlinge. Ich spießte ein Stück Auflauf auf, schob es mir in den Mund und begann entschlossen zu kauen.

»Doch«, antwortete ich, nachdem ich es hinuntergeschluckt hatte. »In den letzten Tagen hatte ich wohl einen leichten Anflug von Grippe, aber inzwischen geht es wieder.«

»Meinst du, du bist fit genug für heute abend?« fragte Jake.

Ich sah ihn fragend an. »Du Schussel hast natürlich wieder vergessen, daß wir mit den anderen beim Inder verabredet sind. Drüben in Stoke Newington. Hinterher steigt irgendwo eine Party, falls uns nach Tanzen zumute ist.«

»Großartig«, erwiderte ich.

Ich knabberte an meinem Knoblauchbrot. Jakes Mutter beobachtete mich.

Nach dem Essen brachen wir alle zusammen zu einem gemütlichen Spaziergang im Richmond Park auf, wo wir zwischen Herden zutraulicher Rehe dahinschlenderten. Als es dunkel zu werden begann, fuhren Jake und ich nach Hause. Während er noch einmal loszog, um Milch und Brot zu kaufen, kramte ich in meiner Tasche nach der alten Interflora-Visitenkarte, auf deren Rückseite ich Adams Nummer notiert hatte. Ich ging zum Telefon, nahm den Hörer ab und wählte die ersten drei Zahlen. Dann legte ich wieder auf. Schwer atmend stand ich über das Telefon gebeugt. Ich zerriß die Karte in viele kleine Fetzen und warf sie ins Klo. Ein paar von den Stückchen widersetzten sich der Spülung. In einem Anfall von Panik füllte ich einen Eimer mit Wasser und spülte sie auf diese Weise hinunter. Im Grunde hätte ich mir das Ganze sparen können, weil ich die Nummer längst auswendig wußte. In dem Moment kam Jake zurück. Pfeifend stieg er mit seinen Einkäufen die Treppe herauf. Schlimmer als jetzt kann es nicht werden, sagte ich mir. Jeden Tag wird es ein bißchen besser werden. Es ist nur eine Frage der Zeit.

Als wir beim Inder eintrafen, waren die anderen schon da. Sie hatten eine Flasche Wein und mehrere Gläser Bier auf dem Tisch stehen. Im Kerzenlicht wirkten ihre Gesichter fröhlich und weich.

»Jake, Alice!« rief Clive vom einen Ende des Tisches zu uns herüber. Jake und ich quetschten uns nebeneinander ans andere Ende, aber Clive winkte mich zu sich.

»Ich habe sie angerufen«, sagte er.

»Wen?«

»Gail«, antwortete er leicht entrüstet. »Sie hat meine Einladung angenommen. Wir treffen uns nächste Woche auf einen Drink.«

»Na siehst du«, sagte ich und zwang mich, so zu tun, als würde ich mich prächtig amüsieren. »Vielleicht sollte ich in Zukunft als freiberufliche Kummertante mein Brot verdienen.«

»Ich wollte sie schon fast für heute abend einladen. Aber dann dachte ich, die Crew könnte beim ersten Treffen ein bißchen viel für sie sein.«

Ich warf einen Blick in die Runde.

»Manchmal habe ich das Gefühl, die Crew ist sogar für *mich* ein bißchen zuviel.«

»Jetzt hör aber auf. Du bist doch die Seele jeder Party!«

»Ich frage mich, warum das in meinen Ohren so schrecklich klingt.«

Ich saß neben Sylvie. Gegenüber saß Julie mit einem Mann, den ich nicht kannte. Rechts von Sylvie befand sich Jakes Schwester Pauline mit Tom, ihrem neuen Ehemann. Die beiden waren noch nicht lange verheiratet. Pauline fing meinen Blick auf und begrüßte mich mit einem Lächeln. Sie ist wahrscheinlich meine beste Freundin, und ich hatte die letzten paar Tage versucht, nicht an sie zu denken. Ich erwiderte ihr Lächeln und begann, in irgend jemandes Zwiebelbhaji herumzustochern. Dabei versuchte ich, mich auf das zu konzentrieren, was Sylvie mir erzählte. Es ging dabei um einen Mann, mit dem sie sich in letzter Zeit häufig getroffen hatte, genauer gesagt um das, was sie im Bett beziehungsweise auf dem Boden gemacht hatten. Sie zündete sich eine neue Zigarette an und nahm einen tiefen Zug.

»Die meisten Männer scheinen einfach nicht zu kapieren, daß es ziemlich weh tun kann, wenn sie einem die Beine über die Schultern drapieren, um tiefer eindringen zu können. Als Frank das letzte Nacht bei mir gemacht hat, hatte ich das Gefühl, als würde er mir gleich die Spirale herausreißen. Aber du bist ja Spiralenexpertin«, fügte sie hinzu. Dabei sah sie mich an, als wollte sie dieses Problem allen Ernstes diskutieren.

Sylvie war der einzige Mensch in meinem Bekanntenkreis, der mein grundsätzliches Interesse befriedigte, wenn es um die Frage ging, was andere Leute eigentlich taten, wenn sie Sex hatten. Ich vermied es für gewöhnlich, mich mit eigenen Enthüllungen zu revanchieren. Vor allem jetzt.

»Vielleicht sollte ich dich unseren Designern vorstellen«, meinte ich. »Du könntest unser neues IUP probefahren.«

»Probefahren?« wiederholte Sylvie mit einem wölfischen Grinsen. Sie hatte die Lippen knallrot geschminkt, und ihre Zähne blitzten weiß. »Eine Nacht mit Frank ist wie die Rallye Monte Carlo. Ich habe mich heute so wund gefühlt, daß ich in der Arbeit kaum sitzen konnte. Wenn ich mich bei Frank darüber beschwere, faßt er es als verkapptes Kompliment auf, auch wenn ich es überhaupt nicht so meine. Ich bin sicher, daß es dir viel besser gelingt zu kriegen, was du willst. Sexuell, meine ich.«

»Keine Ahnung«, antwortete ich und sah mich um, ob uns jemand zuhörte. Tische voller Leute, ja ganze Restaurants neigten dazu, plötzlich zu verstummen, wenn Sylvie sprach. Ich unterhielt mich lieber allein mit ihr, wenn nicht die Gefahr bestand, belauscht zu werden. Ich schenkte mir ein weiteres Glas Rotwein ein und trank die Hälfte in einem Zug. Nachdem ich praktisch nichts gegessen hatte, würde ich bald betrunken sein, wenn ich in diesem Tempo weitermachte. Vielleicht würde ich mich dann nicht mehr so schlecht fühlen. Ich starrte auf die Speisekarte. »Ich nehme, ähm ...« Ich verstummte. Gerade war mir so gewesen, als hätte draußen vor dem Restaurant jemand in einer schwarzen Lederjacke gestanden. Als ich erneut hinausspähte, war niemand mehr zu sehen. Natürlich nicht. »Vielleicht bloß ein Gemüsegericht«, sagte ich.

Ich spürte Jakes Hand auf meiner Schulter. Er wechselte die Tischseite, weil er in meiner Nähe sein wollte, aber das konnte ich in diesem Moment kaum ertragen. Ich verspürte den absurden Drang, ihm alles zu sagen. Für einen Augenblick lehnte ich den Kopf gegen seine Schulter. Dann trank ich weiter meinen Wein, lachte, wenn die anderen lachten, und nickte hin und wieder, wenn ich den Eindruck hatte, daß die Intonation eines Satzes eine Reaktion verlangte. Wenn ich ihn noch ein einziges Mal sehen könnte, würde ich in der Lage sein, es zu ertragen, sagte ich mir. Da draußen war doch jemand. Natürlich war es nicht er, aber irgend jemand mit einer dunklen Jacke stand draußen in der Kälte. Ich sah zu Jake hinüber. Er und Sylvie unterhielten sich gerade angeregt über einen Film, den sie beide letzte Woche gesehen hatten. »Nein«, sagte er, »und er hat nur so *getan,* als würde er es tun.«

Als ich aufstand, scharrte mein Stuhl laut über den Boden. »Entschuldigt, ich muß bloß mal kurz aufs Klo, bin gleich wieder da.«

Kurz vor der Treppe, die neben dem Eingang zu den Toiletten hinunterführte, warf ich einen Blick über die Schulter. Niemand achtete auf mich. Sie saßen alle einander zugewandt, tranken und unterhielten sich. Die ganze Gruppe machte einen fröhlichen Eindruck. Ich glitt durch die Eingangstür nach draußen. Die Kälte traf mich wie ein Schlag. Während ich keuchend nach Luft rang, blickte ich mich um. Da stand er, nur ein paar Meter die Straße entlang, neben einer Telefonzelle. Er wartete auf mich.

Ich rannte zu ihm.

»Wie kannst du es wagen, mir zu folgen!« zischte ich ihn an. »Wie kannst du es wagen?« Dann küßte ich ihn. Ich lehnte mein Gesicht gegen seines, suchte mit den Lippen seinen Mund, schlang die Arme um ihn und preßte mich gegen ihn. Er griff mit beiden Händen in mein Haar, zog mit einem Ruck meinen Kopf nach hinten, bis ich ihm in die Augen sah, und sagte dann:

»Du hättest mich nicht angerufen, stimmt's?« Er drängte mich gegen die Wand und hielt mich fest, während er mich erneut küßte.

»Nein!« antwortete ich. »Nein, ich kann nicht! Ich kann das nicht tun!« O doch, und wie ich kann.

»Du mußt!« sagte er. Er zog mich in den Schatten der Telefonzelle, knöpfte meinen Mantel auf und schob die Hand unter mein Shirt. Stöhnend legte ich den Kopf in den Nacken. Er küßte mich auf den Hals. Seine Bartstoppeln kratzten auf meiner Haut.

»Ich muß zurück«, sagte ich, während ich mich weiter an ihn drückte. »Ich werde zu dir in die Wohnung kommen. Ich verspreche es.«

Er nahm seine Hand von meiner Brust und ließ sie zu meinen Oberschenkeln hinuntergleiten. Von dort wanderte sie nach oben bis zu meinem Slip. Plötzlich spürte ich einen Finger in mir.

»Wann?« fragte er und sah mich an.

»Am Montag«, keuchte ich. »Montagmorgen um neun.«

Er ließ mich los und hob die Hand. Bewußt langsam, damit ich es ja mitbekam, schob er seinen feucht glänzenden Finger in den Mund und leckte ihn ab.

Am Sonntag strichen wir den Raum, der mein Arbeitszimmer werden sollte. Ich band mir das Haar mit einem Tuch zurück und schlüpfte in eine von Jakes alten Jeans, schaffte es aber trotzdem, mich mit erbsengrüner Farbe zu bekleckern. Wir aßen spät zu Mittag, und nachmittags machten wir es uns Arm in Arm auf dem Sofa bequem und sahen uns einen alten Film an. Unter dem Vorwand, ich hätte immer noch leichte Magenschmerzen, legte ich mich eine Stunde in die Badewanne und ging dann früh ins Bett. Als Jake später neben mich unter die Decke kroch, tat ich, als würde ich schon schlafen, während ich in Wirklichkeit noch stundenlang im Dunkeln wach lag. Ich überlegte, was ich anziehen sollte. Ich stellte mir vor, wie ich ihn halten und seinen Körper erkunden würde, wie ich seine Rippen und seine Wirbelsäule nachfahren und seine vollen, weichen Lippen mit meinen Fingern berühren würde. Meine Gedanken erschreckten mich.

Am nächsten Morgen stand ich als erste auf und nahm erneut ein Bad. Bevor ich ging, erklärte ich Jake, daß ich ziemlich lange arbeiten würde und eventuell zu einer Besprechung mit Kunden nach Edgware müsse. An der U-Bahn-Station rief ich Drakon an und hinterließ Claudia die Nachricht, daß ich krank im Bett läge und auf keinen Fall gestört werden wolle. Dann winkte ich ein Taxi herbei – der Gedanke, mit der U-Bahn zu fahren, kam mir gar nicht – und nannte dem Fahrer Adams Adresse. Ich versuchte, nicht über das nachzudenken, was ich tat. Ich vermied auch jeden Gedanken an Jake, sein fröhliches Gesicht, seine lebhafte Art. Ich sah aus dem Fenster, während das Taxi langsam durch den Berufsverkehr kroch. Ich bürstete mir noch einmal das Haar und zupfte an den Samtknöpfen meines Mantels herum, den mir Jake zu Weihnachten gekauft hatte. Vergeblich versuchte ich mich an meine alte Telefonnummer zu erinnern. Falls irgendwelche Passanten einen Blick in das Taxi warfen, sahen sie bloß eine Frau in einem strengen schwarzen Mantel auf dem Weg zur Arbeit. Ich konnte es mir immer noch anders überlegen.

Ich klingelte, und Adam riß die Tür auf, bevor ich Zeit hatte, ein Lächeln aufzusetzen oder mir eine scherzhafte Begrüßung auszudenken. Fast hätten wir es schon im Treppenhaus getrieben, schafften es dann aber doch noch bis in die Wohnung. Wir nahmen uns nicht die Zeit, uns auszuziehen oder hinzulegen. Er öffnete meinen Mantel, schob mir den Rock bis über die Taille und drang im Stehen in mich ein. Das Ganze dauerte nur eine Minute.

Hinterher nahm er mir den Mantel ab, strich meinen Rock glatt und küßte mich auf Augen und Mund. Heilte mich.

»Wir müssen reden«, sagte ich. »Wir müssen uns überlegen, wie...«

»Ich weiß. Warte.«

Er ging in die winzige Küche, wo ich ihn Kaffee mahlen hörte.

»Hier.« Adam stellte eine Kanne Kaffee und ein paar Mandelcroissants auf den kleinen Tisch. »Die habe ich unten für dich geholt.«

In dem Moment merkte ich erst, was für einen Heißhunger ich hatte. Adam sah mir beim Essen zu, als würde ich etwas ganz Außergewöhnliches tun. Einmal beugte er sich vor und zupfte mir einen Croissantkrümel von der Unterlippe. Er schenkte mir eine zweite Tasse Kaffee ein.

»Wir müssen reden«, sagte ich noch einmal. Er wartete. »Ich meine, ich weiß doch gar nicht, wer du bist. Ich weiß weder deinen Nachnamen noch sonst etwas über dich.«

Er zuckte mit den Achseln.

»Ich heiße Adam Tallis«, sagte er einfach, als würde das alle meine Fragen beantworten.

»Was machst du?«

»Was ich mache?« fragte er, als wäre das alles weit weg und lange her. »Verschiedene Dinge an verschiedenen Orten, um Geld zu verdienen. Aber eigentlich klettere ich. Wenn ich die Möglichkeit dazu habe.«

»Was? Berge?« Ich hörte mich an wie eine Zwölfjährige, piepsig und erstaunt.

Er lachte.

»Ja, Berge. Manchmal allein, manchmal als Führer.«

»Führer?« Ich entwickelte mich zu einem Papagei.

»Ich stelle Zelte auf und lotse reiche Touristen am Seil auf berühmte Gipfel, damit sie so tun können, als hätten sie sie wirklich bestiegen. So in der Art.«

Ich mußte an seine Narben und seine starken Arme denken. Ein Kletterer. Ich hatte vorher noch nie jemanden kennengelernt, der kletterte.

»Klingt…« Eigentlich wollte ich »aufregend« sagen, verkniff es mir dann aber, noch so etwas Dummes von mir zu geben, und fuhr statt dessen fort: »…nach etwas, wovon ich nicht die geringste Ahnung habe.« Ich lächelte ihn an. Das alles war für mich so neu, daß mir richtig schwindlig davon wurde.

»Das macht nichts«, sagte er.

»Ich bin Alice Loudon«, sagte ich und kam mir schon wieder vor wie eine Idiotin. Noch vor ein paar Minuten hatten wir uns geliebt und einander hingerissen ins Gesicht gestarrt. Was konnte ich über mich sagen, das in diesem kleinen Raum einen Sinn ergab? »Eigentlich bin ich Wissenschaftlerin, auch wenn ich zur Zeit für eine Firma namens Drakon arbeite. Sie ist sehr bekannt. Ich manage ein Projekt für sie. Ich komme aus Worcestershire. Ich habe einen Freund, mit dem ich zusammenwohne. Ich sollte eigentlich gar nicht hier sein. Was ich tue, ist falsch. Damit wäre so ziemlich alles über mich gesagt.«

»Nein, das stimmt nicht«, widersprach Adam. Er nahm mir die Kaffeetasse aus der Hand. »Das ist noch längst nicht alles. Du hast blondes Haar, dunkelgraue Augen und eine Stupsnase, und wenn du lächelst, bekommst du im ganzen Gesicht Lachfältchen. Ich habe dich gesehen und konnte den Blick nicht mehr von dir abwenden. Du bist eine Hexe und hast mich verzaubert. Du weißt nicht, was du hier tust. Du hast das ganze Wochenende mit dir gerungen und am Ende beschlossen, daß du mich nicht mehr sehen darfst. Mir dagegen war schon das ganze Wochenende klar, daß wir zusammensein müssen. Und in Wirklichkeit würdest du dich am liebsten vor meinen Augen ausziehen. Jetzt auf der Stelle.«

»Aber mein ganzes Leben…«, fing ich an. Aber ich konnte den Satz nicht zu Ende sprechen, weil ich gar nicht mehr wußte, wie mein ganzes Leben eigentlich aussehen sollte. Hier saßen wir in einem kleinen Raum in Soho, und die Vergangenheit war ebenso ausgelöscht wie die Zukunft. Da waren nur noch ich und er. Ich hatte keine Ahnung, was ich tun sollte.

Ich blieb den ganzen Tag bei ihm. Wir liebten uns, und wir redeten, auch wenn ich später nicht mehr wußte, worüber. Lauter kleine Dinge, seltsame Erinnerungen. Gegen elf schlüpfte er in Jeans, Sweatshirt und Turnschuhe und ging zum Markt. Als er zurückkam, fütterte er mich mit kalter, saftiger Melone. Um eins machte er uns ein Omelette mit Tomaten und öffnete eine Flasche Champagner. Es war richtiger Champagner, nicht nur Sekt oder Prosecco. Er hielt das Glas, während ich trank. Dann nahm er selbst einen Schluck und ließ mich den Champagner aus seinem Mund trinken. Er legte mich aufs Bett und sprach über meinen Körper, wobei er alle meine Vorzüge aufzählte, als wollte er sie katalogisieren. Wenn ich etwas sagte, hörte er mir genau zu, achtete wirklich auf jedes einzelne Wort, als müßte er alles speichern, um sich später daran erinnern zu können. Der Sex, unsere Gespräche und das Essen wurden eins. Wir aßen, als würden wir einander essen, und berührten uns, während wir sprachen. Wir liebten uns unter der Dusche, auf dem Bett und auf dem Boden. Meinetwegen hätte der Tag ewig dauern können. Ich war so glücklich, daß es schmerzte. Irgendwie fühlte ich mich wie ein neuer Mensch, erkannte mich selbst nicht mehr. Sobald er die Hände von mir nahm, begann ich zu frieren und fühlte mich verlassen.

»Ich muß gehen«, sagte ich schließlich. Draußen war es schon dunkel.

»Ich möchte dir etwas geben«, sagte er und löste das Lederband mit der silbernen Spirale von seinem Hals.

»Aber ich kann es nicht tragen.«

»Faß es manchmal an. Trag es in deinem BH oder in deinem Slip.«

»Du bist verrückt.«

»Verrückt nach dir.«

Ich nahm das Halsband und versprach ihm, daß ich ihn anrufen würde. Diesmal wußte er, daß ich es ernst meinte. Dann eilte ich nach Hause. Zu Jake.

5. KAPITEL

In den folgenden Tagen war mein Leben ganz und gar auf die kurzen Zeiten voller Sex mit Adam ausgerichtet – auf die Mittagspausen, die frühen Abende und eine ganze Nacht, als Jake zu einer Konferenz mußte. Und ich log und log und log, wie nie zuvor in meinem Leben. Ich belog Jake, unsere Freunde und meine Kollegen im Büro. Ich war gezwungen, eine Reihe alternativer fiktionaler Welten aus Terminen, Besprechungen und Besuchen zu schaffen, um mein geheimes Leben mit Adam zu vertuschen. Es war ungeheuer anstrengend, ständig darauf zu achten, daß meine Lügen stimmig waren, und im Gedächtnis zu behalten, was ich zu wem gesagt hatte. Zu meiner Verteidigung kann ich nur anführen, daß ich von etwas gefangen war, das ich selbst kaum begriff.

Einmal hatte Adam sich angezogen, um uns schnell etwas zu essen zu holen. Nachdem er die Stufen hinuntergepoltert war, wickelte ich mich in die Bettdecke, ging zum Fenster und schaute ihm nach, wie er auf die Straße hinaustrat, sich durch den Verkehr drängte und in Richtung Berwick Street Market verschwand. Nachdem er außer Sichtweite war, beobachtete ich die anderen Leute auf der Straße, die gehetzt irgendwelchen Zielen entgegeneilten oder gemächlich von Schaufenster zu Schaufenster bummelten. Wie konnten sie ohne die Leidenschaft leben, die ich empfand? Wie konnten sie es für wichtig halten, Karriere zu machen oder ihren Urlaub zu planen, obwohl doch das einzig Wichtige im Leben dieses Gefühl war – das Gefühl, das ich gerade empfand?

Alles in meinem Leben, was sich außerhalb dieses Raums in Soho abspielte, erschien mir völlig bedeutungslos. Die Arbeit war eine Farce, die ich für meine Kollegen inszenierte. Ich spielte die Rolle der geschäftigen, ehrgeizigen Managerin. Meine Freunde lagen mir nach wie vor am Herzen, ich wollte sie bloß nicht mehr sehen. Mein Zuhause kam mir vor wie ein Büro oder ein Waschsalon, ein Ort, an dem ich mich gelegentlich sehen lassen mußte, um einer Pflicht nachzukommen. Und Jake. Jake. Das war das Schlimme daran. Ich fühlte mich, als säße ich in einem führerlosen Zug. Irgendwo vor mir, einen Kilometer oder fünftausend Kilometer entfernt, lag die Endstation, wo mich Prellböcke und eine Katastrophe erwarteten, aber im Moment fühlte ich nur die berauschende Geschwindigkeit. Adam kam wieder um die Ecke gebogen. Er blickte nach oben und sah mich am Fenster stehen. Statt zu lächeln oder zu winken, beschleunigte er seinen Schritt. Ich war sein Magnet, und er war meiner.

Als wir mit dem Essen fertig waren, leckte ich ihm das Tomatenmark von den Fingern.

»Weißt du, was ich an dir liebe? Unter anderem, meine ich.«

»Was?«

»Alle anderen Menschen, die ich kenne, tragen eine Art Uniform, zu der alles mögliche gehört: Schlüssel, Brieftasche, Kreditkarten. Bei dir hat man das Gefühl, als wärst du gerade nackt von einem anderen Planeten gefallen und bloß rasch in irgendwelche Klamotten geschlüpft.«

»Soll ich etwas anderes anziehen?«

»Nein, aber...«

»Aber was?«

»Als du gerade draußen warst, habe ich dir nachgesehen. Dabei ist mir durch den Kopf gegangen, daß ich das eigentlich wunderbar finde.«

»Dann ist es ja gut«, meinte Adam.

»Ja, aber ich nehme an, insgeheim habe ich auch daran gedacht, daß wir eines Tages dort hinaus müssen, hinaus in die Welt. Ich meine, wir beide zusammen, in irgendeiner Form. Wir werden bestimmte Dinge tun, uns mit anderen Leuten auseinandersetzen müssen.« Sogar in meinen eigenen Ohren klangen meine Worte seltsam, als spräche ich über die Vertreibung aus dem Paradies. Plötzlich empfand ich ein Gefühl von Panik. »Das hängt natürlich auch davon ab, was du möchtest.«

Adam runzelte die Stirn.

»Ich möchte dich«, antwortete er.

»Ja«, sagte ich, ohne zu wissen, was dieses Ja bedeutete. Lange Zeit schwiegen wir beide, bis ich schließlich sagte: »Du weißt so wenig über mich, und ich weiß so wenig über dich. Wir kommen aus verschiedenen Welten.« Adam zuckte mit den Achseln. Seiner Meinung nach spielte das alles keine Rolle – meine Lebensumstände, mein Beruf, meine Freunde, meine politische Einstellung, meine moralischen Ansichten, meine Vergangenheit –, nichts davon. Für ihn gab es eine Alice-Essenz, die er erkannt zu haben glaubte. In meinem anderen Leben hätte ich mit ihm heftig über seine mystische Vorstellung von der absoluten Liebe diskutiert, denn ich war immer der Meinung gewesen, Liebe sei etwas Biologisches, Darwinsches, Pragmatisches, von äußeren Umständen Abhängiges, etwas, das leicht zerbrechen konnte und mühsam gepflegt werden mußte. Inzwischen aber fühlte ich mich so berauscht und losgelöst, daß ich mich gar nicht mehr richtig erinnern konnte, wie ich eigentlich über dieses Thema gedacht hatte. Es war, als würde ich die Liebe plötzlich wieder so sehen wie damals als Kind: als etwas, das einen aus der realen Welt rettete. Deswegen sagte ich bloß: »Ich kann es einfach nicht glauben. Ich meine, ich weiß nicht mal, was ich dich fragen soll.«

Adam streichelte mir übers Haar. Ich schauderte.

»Warum willst du mich etwas fragen?« antwortete er.

»Willst du denn gar nichts von mir wissen? Interessiert es dich nicht, was ich beruflich mache?«

»Erzähl mir, was du beruflich machst.«

»Im Grunde willst du es doch gar nicht wissen.«

»Doch. Wenn du glaubst, daß deine Arbeit für uns wichtig ist, dann will ich es wissen.«

»Ich habe dir ja schon erzählt, daß ich für einen großen Pharmakonzern arbeite. Seit einem Jahr bin ich einer Arbeitsgruppe zugeteilt, die ein neues Intrauterinpessar entwickelt. Nun weißt du es.«

»Damit hast du mir noch nichts über dich erzählt«, meinte Adam. »Bist du diejenige, die das Ding entwickelt?«

»Nein.«

»Bist du für die wissenschaftliche Seite des Ganzen zuständig?«

»Nein.«

»Vermarktest du das Produkt?«

»Nein.«

»Was zum Teufel tust du *dann*?«

Ich lachte.

»Dieses Gespräch erinnert mich an ein Erlebnis, das ich als Kind mal in der Sonntagsschule hatte. Ich meldete mich und sagte, ich wisse, daß der Vater Gott sei und der Sohn Jesus, aber was mache denn eigentlich der Heilige Geist?«

»Was hat dein Lehrer geantwortet?«

»Er hat ein ernstes Wort mit meiner Mutter gesprochen. Aber bei der Entwicklung von Drakloop IV bin ich so eine Art heiliger Geist. Ich fungiere als Nahtstelle, organisiere dieses und jenes, pendle von einem zum anderen und gehe zu Besprechungen. Kurz gesagt, ich bin Managerin.«

Adam lächelte. Dann wurde sein Blick wieder ernst.

»Macht dir das Spaß?«

Ich überlegte einen Moment und schüttelte dann den Kopf.

»Ich weiß nicht, so richtig habe ich mir das noch nie eingestanden. Das Problem ist, daß mir als Wissenschaftlerin gerade die Routinearbeiten, die andere immer so langweilig finden, am besten gefallen haben. Es hat mir Spaß gemacht, Protokolle zu schreiben, Versuchsanordnungen aufzubauen, Beobachtungen anzustellen, Zahlen zu vergleichen und Ergebnisse zu notieren.«

»Und dann?«

»Ich nehme an, ich war zu gut darin. Ich bin befördert worden. Aber eigentlich sollte ich dir das alles gar nicht verraten. Wenn ich nicht aufpasse, merkst du noch, was für eine langweilige Frau du da in dein Bett gelockt hast.« Da Adam weder lächelte noch sonst irgendwie reagierte, wurde ich verlegen und versuchte krampfhaft, das Thema zu wechseln. »Aktivitäten im Freien waren nie so mein Ding. Hast du sehr hohe Berge bestiegen?«

»Manchmal.«

»So richtig hohe? Wie den Everest?«

»Manchmal.«

»Das ist ja toll!«

Er schüttelte den Kopf.

»So toll auch wieder nicht. Der Everest ist...« Adam suchte nach dem richtigen Wort. »*Technisch* keine wirklich interessante Herausforderung.«

»Willst du damit sagen, daß es leicht ist?«

»Nein, nichts, was höher ist als achttausend Meter, ist leicht. Aber wenn man Glück mit dem Wetter hat, ist der Everest keine große Sache. Da werden Leute hinaufgeführt, die nicht mal richtige Kletterer sind. Sie sind bloß reich genug, um richtige Kletterer als Führer anzuheuern.«

»Aber du warst ganz oben?«

Adam schien die Frage unangenehm zu sein, als fiele es ihm

schwer, das jemandem zu erklären, der sowieso nichts davon verstand.

»Ich war schon ein paarmal oben. 1994 habe ich eine ganze Expedition hinaufgeführt.«

»Wie war es?«

»Ich fand es schrecklich. Neben mir standen zehn fotografierende Leute auf dem Gipfel. Und der Berg… Der Everest sollte eigentlich etwas Heiliges sein. Als ich oben war, sah der Berg aus wie ein Ausflugsziel für Touristen, das sich langsam in eine Müllhalde verwandelte. Alles mögliche lag herum: alte Sauerstoffflaschen, Zeltzubehör, gefrorene Scheiße, im Wind flatternde Seile, Kadaver. Auf dem Kilimandscharo ist es noch schlimmer.«

»Bist du in letzter Zeit auch wieder geklettert?«

»Seit dem letzten Frühjahr nicht mehr.«

»Warst du da auf dem Everest?«

»Nein. Ich war einer von mehreren Führern, die für eine Expedition auf den Chungawat angeworben worden waren.«

»Den Namen dieses Berges habe ich noch nie gehört. Ist der in der Nähe des Everest?«

»Ziemlich nahe, ja.«

»Ist er gefährlicher als der Everest?«

»Ja.«

»Habt ihr es bis zum Gipfel geschafft?«

»Nein.«

Adams Stimmung war umgeschlagen. Seine Augen wirkten schmal, sein Blick verschlossen.

»Was ist, Adam?« Er gab mir keine Antwort. »War das dort, wo…?« Ich ließ meine Finger zu seinen verstümmelten Zehen hinuntergleiten.

»Ja«, sagte er.

Ich küßte die Stelle.

»War es sehr schlimm?«

»Du meinst die Zehen? Nicht wirklich.«

»Ich meine das Ganze.«

»Ja, es war sehr schlimm.«

»Wirst du es mir eines Tages erzählen?«

»Eines Tages. Nicht jetzt.«

Ich küßte seinen Fuß, seinen Knöchel. Langsam arbeitete ich mich weiter nach oben. Eines Tages, dachte ich.

»Du siehst müde aus.«

»Streß in der Arbeit«, log ich.

In meinem Freundeskreis gab es eine Person, die ich nicht ständig auf ein andermal vertrösten konnte. Pauline und ich trafen uns fast jede Woche zum Mittagessen, und hinterher bummelten wir normalerweise durch ein, zwei Geschäfte, wo sie geduldig zusah, während ich lauter unpraktische Sachen anprobierte: im Winter Sommerkleider, im Sommer Samt und Wolle, Kleidungsstücke für ein anderes Leben. Heute mußte sie einkaufen, und ich begleitete sie. Nachdem wir uns in einer Bar am Rand von Covent Garden ein paar Sandwiches gegönnt hatten, standen wir erst in einem Kaffeeladen und anschließend in einem Käsegeschäft Schlange.

Mir war sofort klar, daß ich das Falsche geantwortet hatte. So etwas wie »Streß in der Arbeit« sagten wir normalerweise nicht zueinander. Ich fühlte mich plötzlich wie eine Doppelagentin.

»Wie geht es Jake?« fragte sie.

»Sehr gut«, antwortete ich. »Das Tunnelprojekt ist fast... Jake ist wundervoll. Er ist absolut wundervoll.«

Pauline sah mich besorgt an.

»Ist mit dir alles in Ordnung, Alice? Vergiß nicht, daß du von meinem großen Bruder redest. Wenn jemand Jake als absolut wundervoll beschreibt, kann irgend etwas nicht in Ordnung sein.«

Ich mußte lachen, sie stimmte mit ein, und der gefährliche

Moment war vorüber. Sie erstand eine große Tüte Kaffeebohnen und zwei Becher Kaffee zum Mitnehmen, und wir spazierten langsam in Richtung Covent Garden, wo wir uns auf einer Bank niederließen. Es ging mir schon ein bißchen besser. Es war ein sonniger, klarer, sehr kalter Tag, und der Kaffee brannte angenehm auf meinen Lippen.

»Wie ist das Leben als verheiratete Frau?«

Paulines Blick wurde sehr ernst. Sie war eine auffallend schöne Frau, auch wenn sie mit ihrem glatten dunklen Haar ein wenig streng wirkte.

»Ich habe die Pille abgesetzt«, sagte sie.

»Wegen der Risiken?« fragte ich. »Sie ist nicht wirklich ...«

»Nein«, lachte sie. »Ich habe sie einfach abgesetzt. Ich nehme nichts anderes.«

»O mein Gott!« stieß ich überrascht aus und umarmte sie. »Seid ihr wirklich schon so weit? Ist das nicht ein bißchen zu früh?«

»Ich glaube, es ist immer zu früh«, antwortete Pauline. »Außerdem ist ja noch nichts passiert.«

»Du hast also noch nicht angefangen, nach dem Sex einen Kopfstand zu machen oder was man da so tut?«

Wir sprachen über Fruchtbarkeit, Schwangerschaft und Mutterschaftsurlaub, und je länger wir redeten, desto schlechter fühlte ich mich. Bis zu diesem Augenblick hatte ich die Geschichte mit Adam als dunkles Geheimnis betrachtet, als mein ganz persönliches Problem. Mir war klar, was ich Jake mit diesem schrecklichen Betrug antat, aber als ich nun Pauline betrachtete, die von der Kälte, vielleicht aber auch vor Aufregung über eine bevorstehende Schwangerschaft ganz rote Wangen hatte und mit den Händen ihren Kaffeebecher umklammerte, hatte ich plötzlich das verrückte Gefühl, daß sie bei alldem von völlig falschen Voraussetzungen ausging. Die Welt war nicht so, wie Pauline glaubte, und das war meine Schuld.

Wir starrten beide auf unsere leeren Becher, mußten plötzlich lachen und standen auf. Ich nahm sie fest in den Arm und drückte mein Gesicht an ihres.

»Danke«, sagte ich.

»Wofür?«

»Die meisten Leute erzählen einem erst nach sechs Monaten, daß sie ein Baby haben wollen.«

»Oh, Alice«, entgegnete sie vorwurfsvoll. »Wie könnte ich dir *das* verschweigen?«

»Ich muß los«, sagte ich plötzlich. »Ich muß zu einer Besprechung.«

»Wo?«

»Oh«, antwortete ich überrascht. »In, ähm, Soho.«

»Ich begleite dich. Das liegt auf meinem Weg.«

»Das wäre wunderbar«, antwortete ich in Panik.

Unterwegs sprach Pauline von Guy, der achtzehn Monate zuvor völlig unerwartet und auf ziemlich brutale Weise mit ihr Schluß gemacht hatte.

»Kannst du dich noch daran erinnern, wie es mir damals ging?« fragte sie mit einer kleinen Grimasse. Einen Moment lang sah sie genauso aus wie ihr Bruder. Ich nickte, während ich krampfhaft überlegte, wie ich aus dieser Patsche herauskommen konnte. Sollte ich mich einfach vor irgendeinem Bürogebäude von ihr verabschieden? Oder sollte ich so tun, als hätte ich die Adresse vergessen? »Natürlich kannst du dich erinnern. Schließlich hast du mir damals das Leben gerettet. Ich glaube nicht, daß ich jemals wiedergutmachen kann, was du alles für mich getan hast.« Sie hielt ihre Kaffeetüte hoch. »Wahrscheinlich habe ich mir in deiner alten Wohnung mindestens ein Kilo Kaffee einverleibt, während ich in deinen Whisky heulte. Gott, damals hatte ich das Gefühl, daß ich nie wieder in der Lage sein würde, allein die Straße zu überqueren, geschweige denn ein normales Leben zu führen und glücklich zu sein.«

Ich drückte ihre Hand. Es heißt, die besten Freunde sind die, die einfach zuhören können. Wenn das stimmt, war ich während jenes schrecklichen Spaziergangs die beste aller Freundinnen. Nun hatte ich die Bescherung, sagte ich mir, die schreckliche Strafe für alle meine Täuschungen. Als wir in die Old Compton Street einbogen, entdeckte ich vor uns eine vertraute Gestalt. Adam. Mir wurde ganz schwindlig im Kopf, und ich hatte das Gefühl, gleich ohnmächtig zu werden. Ich drehte mich um, und mein Blick fiel auf eine offene Ladentür. Da ich kein Wort herausbrachte, nahm ich einfach Paulines Hand und zog sie hinein.

»Was ist?« fragte sie besorgt.

»Ich brauche ein bißchen...« Ich starrte auf die gläserne Theke. »Ein bißchen...«

Mir fiel einfach nichts ein.

»Parmesan«, meinte Pauline.

»Parmesan«, pflichtete ich ihr bei. »Und noch einiges andere.«

Pauline blickte sich um.

»Aber es stehen so viele Leute an. Heute ist Freitag.«

»Ich brauche die Sachen.«

Unentschlossen trat Pauline von einem Fuß auf den anderen. Sie warf einen Blick auf ihre Armbanduhr.

»Tut mir leid«, sagte sie. »Ich muß gehen.«

»Ja«, antwortete ich erleichtert.

»Was?«

»Ist schon gut«, sagte ich. »Geh ruhig. Ich ruf' dich an.«

Wir küßten uns, und sie ging. Ich zählte bis zehn, bevor ich einen Blick riskierte. Von Pauline war nichts mehr zu sehen. Ich sah auf meine Hände hinunter. Sie waren ruhig, aber meine Gedanken rotierten.

In dieser Nacht träumte ich, daß mir jemand mit einem Küchenmesser die Beine abschnitt und ich mich nicht dagegen wehrte.

Ich wußte, daß ich nicht schreien oder mich beklagen durfte, weil ich es verdient hatte. In den frühen Morgenstunden wachte ich schweißgebadet und völlig verwirrt auf. Einen Moment lang wußte ich nicht, wo ich war und neben wem ich lag. Ich streckte die Hand aus und spürte warme Haut. Jake schlug die Augen auf.

»Hallo, Alice«, sagte er und glitt friedlich in den Schlaf zurück.

Ich konnte so nicht weitermachen. Ich hatte mich immer für einen ehrlichen Menschen gehalten.

6. KAPITEL

Ich kam zu spät zur Arbeit, weil ich warten mußte, bis das Schreibwarengeschäft um die Ecke aufmachte. Eine Weile starrte ich auf den Fluß, hypnotisiert von der überraschenden Kraft seiner Strömung. Dann verbrachte ich viel zuviel Zeit damit, an den Drehständern eine Postkarte auszusuchen. Nichts schien zu passen, weder die Reproduktionen alter Gemälde noch die Schwarzweißaufnahmen städtischer Straßen und malerischer armer Kinder. Auch die teuren Karten mit Collagen aus Pailletten und Muscheln, zwischen die dekorativ ein paar Federn gesteckt waren, erschienen mir nicht angemessen. Am Ende kaufte ich gleich zwei: eine friedliche japanische Landschaft mit silbernen Bäumen vor einem dunklen Himmel und eine abstrakte Komposition im Stil von Matisse, die ganz in fröhlichen Blautönen gehalten war. Außerdem erstand ich einen Füllfederhalter, obwohl ich bereits eine ganze Schreibtischschublade voll davon besaß.

Was sollte ich schreiben? Ich schloß die Tür meines Büros, nahm die beiden Karten heraus und legte sie vor mich hin. Ich muß minutenlang so dagesessen und sie einfach nur angestarrt haben. Hin und wieder ließ ich zu, daß Adams Gesicht vor meinem geistigen Auge vorüberzog. So schön. Wie er mir in die Augen blickte. Noch nie hatte mich jemand so angeschaut. Ich hatte ihn das ganze Wochenende nicht gesehen, seit Freitag nicht mehr, und jetzt...

Jetzt drehte ich die japanische Karte um und schraubte meinen Füller auf. Ich wußte nicht, wie ich anfangen sollte. Auf keinen Fall mit »Liebster Adam«, »Mein Liebling« oder »Geliebter«. So durfte ich ihn nicht mehr nennen. »Lieber Adam« klang zu kalt. Nur »Adam« kam auch nicht in Frage. Dann eben ganz ohne Anrede.

»Ich kann mich nicht mehr mit dir treffen«, schrieb ich, wobei ich darauf achtete, die schwarze Tinte nicht zu verwischen. Dann hielt ich inne. Was gab es sonst noch zu sagen? »Bitte versuch nicht, mich umzustimmen. Es war –« War was? Schön? Schmerzhaft? Umwerfend? Falsch? Das Wundervollste, was mir je passiert ist? Es hat mein ganzes Leben auf den Kopf gestellt?

Ich zerriß das Bild von den japanischen Bäumen, warf es in den Papierkorb und griff nach den blauen Klecksen. »Ich kann mich nicht mehr mit dir treffen.«

Bevor ich noch etwas anderes hinzufügen konnte, steckte ich die Karte in einen Umschlag und schrieb in ordentlichen Großbuchstaben Adams Namen und Adresse darauf. Dann verließ ich mein Büro mit dem Kuvert in der Hand und fuhr mit dem Lift in die Eingangshalle hinunter, wo Derek mit seinen Passierscheinen und seiner *Sun* am Empfang saß.

»Könnten Sie mir einen Gefallen tun, Derek? Dieser Brief ist sehr dringend, und ich habe mich gefragt, ob Sie vielleicht einen Fahrradkurier damit losschicken könnten. Ich hätte sonst Claudia gefragt, aber...« Ich ließ den Satz unvollendet in der Luft hängen. Derek nahm den Umschlag und warf einen Blick auf die Adresse.

»Soho. Etwas Geschäftliches, oder?«

»Ja.«

Er legte den Umschlag neben sich. »Meinetwegen, aber nur ausnahmsweise.«

»Ich bin Ihnen wirklich sehr dankbar. Und Sie sorgen dafür, daß er gleich weggeht?«

Ich erklärte Claudia, daß sich bei mir eine Menge Arbeit angesammelt hätte und daß sie Anrufer nur durchstellen solle, wenn es sich um Mike, Giovanna oder Jake handle. Sie sah mich neugierig an, sagte aber nichts. Es war halb elf. Noch rechnete er damit, daß ich mittags zu ihm in sein verdunkeltes Zimmer kommen und die Welt draußen vor der Tür lassen würde. Gegen elf würde er die Nachricht erhalten. Er würde die Treppe hinunterlaufen, nach dem Umschlag greifen, mit dem Finger unter die Lasche fahren und den einen Satz lesen. Ich hätte wenigstens dazuschreiben sollen, daß es mir leid tue. Oder daß ich ihn liebte. Ich schloß die Augen. Ich fühlte mich wie ein Fisch auf dem Trockenen. Keuchend rang ich nach Luft. Jeder Atemzug schmerzte.

Als Jake vor ein paar Monaten mit dem Rauchen aufgehört hatte, hatte er mir erklärt, der Trick bestehe darin, nicht ans Rauchen zu denken: Was man sich verweigere, hatte er gesagt, sei sonst doppelt interessant und beginne einen irgendwann richtig zu verfolgen. Ich strich mit einem Finger über meine Wange und stellte mir vor, daß Adam es war, der mich berührte. Ich durfte ihn mir nicht mehr vorstellen. Ich durfte nicht mehr mit ihm telefonieren, ihn nicht mehr sehen. Sofortiger Totalentzug.

Um elf sperrte ich den grauen, naßkalten Tag aus, indem ich die Jalousien herunterließ. Nur für den Fall, daß er herkommen und draußen auf mich warten würde. Ich sah nicht auf die Straße hinunter. Claudia brachte mir eine Liste mit den Namen der Leute, die angerufen und eine Nachricht hinterlassen hatten. Adam war nicht dabei. Vielleicht war er unterwegs und wußte noch gar nichts. Vielleicht würde er meine Nachricht erst lesen, wenn er in seine Wohnung zurückkam, um sich dort mit mir zu treffen.

Mittags blieb ich in meinem verdunkelten Büro sitzen und starrte auf den Bildschirm meines Computers. Jeder, der hereingekommen wäre, hätte mich für sehr beschäftigt gehalten.

Gegen drei rief mich Jake an, um mir zu sagen, daß er am Freitag unter Umständen für ein paar Tage geschäftlich nach Edinburgh müsse.

»Kann ich mitkommen?« fragte ich. Aber das war eine dumme Idee. Er würde den ganzen Tag arbeiten. Außerdem war ich bei Drakon im Moment nicht abkömmlich.

»Wir fahren bald mal zusammen weg«, versprach er. »Laß uns doch heute abend zur Abwechslung mal zu Hause bleiben und Reisepläne schmieden. Ich bring' uns was zum Essen mit. Chinesisch oder Indisch?«

»Indisch«, antwortete ich. Am liebsten hätte ich mich übergeben.

Ich ging zu unserer wöchentlichen Konferenz, bei der uns Claudia unterbrach, um mich zu informieren, daß ein Mann da sei, der seinen Namen nicht nennen wolle, mich aber dringend zu sprechen wünsche. Ich trug ihr auf, ihm zu sagen, daß ich nicht weg könne. Claudia war anzusehen, daß sie vor Neugier fast platzte.

Gegen fünf beschloß ich, früh Schluß zu machen. Ich verließ das Gebäude durch den Hinterausgang und nahm mir ein Taxi. Während wir im dichten Berufsverkehr am Haupteingang vorbeifuhren, wandte ich den Kopf ab und schloß die Augen. Ich traf vor Jake zu Hause ein, schleppte mich ins Schlafzimmer – unser Schlafzimmer – und legte mich aufs Bett, wo ich zusammengerollt darauf wartete, daß die Zeit verging. Das Telefon klingelte, aber ich ging nicht hin. Als ich die Klappe des Briefkastens klappern und etwas auf die Türmatte fallen hörte, rappelte ich mich hoch. Ich mußte es holen, bevor Jake es in die Hände bekam. Aber es war nur Werbung. Jemand wollte wissen, ob meine Teppiche eine Spezialreinigung nötig hätten. Ich ging wieder nach oben, legte mich aufs Bett und versuchte, ruhig zu atmen. Bald würde Jake kommen. Jake. Ich dachte an Jake. Stellte mir vor, wie er die Stirn krauszog, wenn er lächelte. Wie er ganz leicht die Zunge herausstreckte, wenn er sich konzentrierte. Wie er johlte, wenn er lachte. Draußen war es dunkel, und die Straßenlampen leuchteten orange. Ich hörte Motorengeräusche, Stimmen, spielende Kinder. Irgendwann schlief ich ein.

Ich zog Jake in der Dunkelheit an mich.

»Der Inder kann warten«, flüsterte ich.

Ich sagte ihm, daß ich ihn liebte, und er sagte mir, daß er mich auch liebe. Ich hatte das Bedürfnis, es ihm wieder und wieder zu sagen, beherrschte mich aber. Draußen regnete es leicht. Später aßen wir die kalten Speisen aus den silberfarbenen Alubehältern, das heißt, er aß, und ich stocherte darin herum. Die wenigen Bissen, die ich schaffte, spülte ich mit großen Schlucken billigem Rotwein hinunter. Als das Telefon klingelte, ließ ich Jake rangehen, obwohl mein Herz wie wild hämmerte.

»Jemand, der gleich wieder aufgelegt hat«, erklärte er. »Wahrscheinlich ein heimlicher Verehrer.«

Wir lachten beide fröhlich. Ich trank einen weiteren großen Schluck Wein und stellte mir dabei vor, wie Adam in seiner leeren Wohnung auf dem Bett saß. Jake schlug vor, für ein Wochenende nach Paris zu fahren. Um diese Jahreszeit könne man mit dem Eurostar recht günstig reisen, meinte er.

»Schon wieder ein Tunnel«, antwortete ich. Ich wartete darauf, daß das Telefon erneut klingelte. Diesmal würde ich abnehmen müssen. Was sollte ich tun? Ich überlegte krampfhaft, wie ich am besten »Ruf mich nicht mehr an« sagte, ohne daß Jake deswegen Verdacht schöpfte. Aber es klingelte nicht. Vielleicht war ich einfach zu feige gewesen und hätte es ihm ins Gesicht sagen sollen. Aber ich hätte es ihm nicht ins Gesicht sagen können. Jedesmal, wenn ich in sein Gesicht sah, stürzte ich mich in seine Arme.

Ich sah zu Jake hinüber, und er lächelte mich gähnend an.

»Zeit fürs Bett«, sagte er.

Ich versuchte es. Während der nächsten Tage gab ich mir wirklich große Mühe. Ich nahm keinen seiner Anrufe im Büro entgegen. Er schickte mir einen Brief an meine Büroadresse, aber ich öffnete ihn nicht, sondern zerriß ihn in viele kleine Fetzen und warf sie in den großen metallenen Müllbehälter neben der Kaffeemaschine. Einige Stunden später, als die anderen beim Mittagessen waren, wollte ich ihn wieder herausholen, aber der Behälter war bereits geleert worden. Ich fand nur noch ein einziges kleines Stück Papier, auf dem mit seiner energischen Handschrift geschrieben stand: »... für ein paar ...« Ich starrte auf die Buchstaben und berührte den Fetzen Papier, als hätte Adam ein Stück von sich hinterlassen. Ich versuchte, ganze Sätze um die drei nichtssagenden Worte zu konstruieren.

Ich hörte zu den seltsamsten Zeiten zu arbeiten auf und verließ das Gebäude immer durch den Hintereingang, wenn möglich im Schutz einer großen Schar Menschen. Die Londoner Innenstadt mied ich vorsichtshalber. Ich ging überhaupt wenig aus dem Haus und blieb mit Jake daheim, zog die Vorhänge zu, um das schlechte Wetter auszusperren, sah mir mit ihm Videos an und trank ein bißchen zuviel, jedenfalls genug, um jede Nacht wie betäubt zu schlafen. Jake war mir gegenüber sehr aufmerksam. Er sagte mir, daß ich seit ein paar Tagen einen zufriedeneren Eindruck machte und nicht mehr »von einer Sache zur nächsten hetzen« würde. Ich antwortete ihm, daß es mir tatsächlich sehr gutgehe.

Am Donnerstag abend, drei Tage, nachdem ich Adam die

Nachricht geschickt hatte, kamen ein paar unserer Freunde vorbei: Clive, Julie, Sylvie, Pauline und Tom und ein Freund von Tom, der Duncan hieß. Clive hatte Gail mitgebracht, die Frau, die auf der Party seinen Ellbogen behandelt hatte. Sie wirkte ein bißchen verwirrt, was nicht weiter verwunderlich war. Schließlich handelte es sich erst um ihr zweites Rendezvous, und sie hatte bestimmt das Gefühl, plötzlich einer ganzen Großfamilie vorgestellt zu werden.

»Ihr redet alle so viel«, sagte sie zu mir, als ich sie fragte, ob sie sich wohl fühle. Ich warf einen Blick in die Runde. Sie hatte recht: Alle schienen gleichzeitig zu reden. Plötzlich brach mir der Schweiß aus, und ich hatte einen Anfall von Platzangst. Der Raum war mir mit einemmal viel zu klein, zu voll und zu laut. Ich legte eine Hand an meine Schläfe. Das Telefon klingelte.

»Kannst du mal rangehen?« rief Jake, der gerade Bier aus dem Kühlschrank holte. Ich hob den Hörer ab.

»Hallo.«

Schweigen.

Ich wartete auf seine Stimme, aber es kam nichts. Wie betäubt legte ich auf und kehrte ins Wohnzimmer zurück. Ich ließ meinen Blick durch den Raum schweifen. Das waren meine besten und ältesten Freunde. Ich kannte sie schon zehn Jahre, und in zehn Jahren würde ich sie immer noch kennen. Wir würden uns immer noch treffen und uns dieselben alten Geschichten erzählen. Ich beobachtete, wie Pauline mit Gail sprach, ihr etwas erklärte. Sie legte die Hand auf Gails Arm. Clive trat auf sie zu. Er wirkte nervös und unsicher. Die beiden Frauen lächelten ihn an. Jake kam zu mir herüber und reichte mir eine Dose Bier. Er legte den Arm um mich und drückte mich an sich. Morgen früh würde er nach Edinburgh aufbrechen.

Immerhin, so redete ich mir ein, ging es mir schon ein bißchen besser. Ich konnte ohne ihn leben. Die Tage würden vergehen. Bald würde es eine Woche her sein, dann einen Monat...

Wir spielten eine Runde Poker. Gail gewann, und Clive verlor. Er machte für sie den Clown, und sie kicherte über seine Späße. Sie war nett, dachte ich. Netter als Clives sonstige Freundinnen. Irgendwann würde er sie verlassen, weil sie nicht berechnend genug sein würde, um sich auf Dauer seine Bewunderung zu sichern.

Am nächsten Tag hörte ich um die übliche Zeit zu arbeiten auf und verließ das Gebäude durch den Vorderausgang. Ich konnte mich nicht den Rest meines Lebens vor ihm verstecken. Mit einem seltsamen Schwindelgefühl trat ich durch die Drehtür und sah mich um. Er war nicht da. Ich war sicher gewesen, daß er vor der Tür stehen würde. Vielleicht war er all die Tage, an denen ich mich durch den Hintereingang hinausgeschlichen hatte, ebenfalls nicht dagewesen. In mir stieg ein schreckliches Gefühl von Enttäuschung hoch, was mich selbst überraschte. Schließlich hatte ich mir vorgenommen, jedes Zusammentreffen mit ihm zu vermeiden. Oder etwa nicht?

Ich wollte nicht nach Hause, aber ich wollte auch nicht zu den anderen ins Vine. Plötzlich wurde mir bewußt, wie müde ich war. Ich fand es schon anstrengend, einen Fuß vor den anderen zu setzen. Außerdem quälte mich ein dumpfer, pochender Schmerz zwischen den Augen. Ich ließ mich vom dichten Gedränge der Rush-hour die Straße entlangtreiben. Im Vorbeigehen spähte ich in die Schaufenster. Es war Ewigkeiten her, seit ich mir etwas zum Anziehen gekauft hatte. Ich erstand ein herabgesetztes T-Shirt in einem kräftigen Blauton, hatte dabei aber ein wenig das Gefühl, mich dazu zwingen zu müssen. Anschließend bummelte ich in der kleiner werdenden Menge ziellos weiter. Ein Schuhgeschäft. Ein Schreibwarenladen. Ein Spielwarenladen, in dessen Auslage ein riesiger rosa Teddy thronte. Ein Wollshop. Eine Buchhandlung, die in ihrem Fenster außer Büchern auch noch andere Dinge anpries: eine kleine Axt, eine

Rolle dünnes Seil. Durch die offene Tür schlug mir warme Luft entgegen, und ich ging hinein.

Es handelte sich nicht wirklich um eine Buchhandlung, auch wenn es dort Bücher zu kaufen gab. Es war ein Geschäft für Bergsteiger. Wahrscheinlich hatte ich es die ganze Zeit über gewußt. Außer mir waren nur noch ein paar andere Kunden da, lauter Männer. Mein Blick fiel auf Nylonjacken, Handschuhe aus für mich geheimnisvollen modernen Materialien, Schlafsäcke, die im hinteren Teil des Ladens in einem großen Regalfach gestapelt waren. Von der Decke hingen Laternen. Sie führten auch kleine Campingöfen. Zelte. Riesige, schwere Stiefel aus einem harten, glänzenden Material. Rucksäcke mit unzähligen Seitentaschen. Scharf wirkende Messer. Holzhämmer. Ein Regalfach voller Heftpflaster, Jodtupfer, Latexhandschuhe. Essenspakete und Energieriegel. Es sah fast so aus, als würden sich Leute dort für Reisen in den Weltraum ausrüsten.

»Kann ich Ihnen helfen?«

Ein junger Mann mit borstigem Haar und Knollennase stand neben mir. Wahrscheinlich war er ebenfalls Bergsteiger. Ich hatte ein schlechtes Gewissen, als hätte ich mich unter Vorspiegelung falscher Tatsachen in den Laden eingeschlichen.

»Ähm, nein, eigentlich nicht.«

Ich verdrückte mich zu den Bücherregalen und ließ den Blick über die Titel wandern: *Everest ohne Sauerstoff, In luftiger Höhe, Angeseilt, Der dritte Pol, A–Z für Bergsteiger, Erste Hilfe für Kletterer, Mit dem Kopf in den Wolken, Ein Gottesgeschenk, Auf den Gipfeln der Welt, Die Auswirkungen der Höhe, K2: eine Tragödie, K2: Der schreckliche Sommer, Sie kletterten um ihr Leben, Am Rand, Der Abgrund…*

Ich zog aufs Geratewohl ein paar Bände heraus und sah im Index unter T nach. Da war er, in *Auf den Gipfeln der Welt,* einem exklusiven Bildband über Himalajabesteigungen. Schon allein der Anblick seines gedruckten Namens verursachte mir eine Gänsehaut und ein leichtes Gefühl von Übelkeit. Es war, als wäre es mir bis dahin gelungen, so zu tun, als würde er außerhalb jenes Zimmers in Soho nicht existieren, als hätte er nur das Leben, das er mit mir verbrachte, die Zeit, die er auf mich verwandte. Die Tatsache, daß er als Bergsteiger einen Beruf ausübte, über den ich nichts wußte, hatte es mir leichter gemacht, ihn als eine Art Phantasiegestalt zu betrachten: ein reines Objekt der Begierde, das nur existierte, wenn ich bei ihm war. Aber sein Name stand schwarz auf weiß in diesem Buch. Tallis, Adam, Seiten 12–14, 89–92, 168.

Ich blätterte zu den Farbfotos in der Mitte des Buches und starrte auf das dritte Bild, auf dem eine Gruppe von Männern und Frauen in Nylon- oder Vliesjacken vor einem Hintergrund aus Schnee und Geröll in die Kamera lächelten. Er lächelte als einziger nicht, sondern hatte den Blick in die Ferne gerichtet. Damals kannte er mich noch nicht. Ich spielte in seinem Leben noch keine Rolle. Wahrscheinlich liebte er zu dem Zeitpunkt eine andere, auch wenn wir nie über andere Frauen gesprochen hatten. Er wirkte jünger, weniger traurig. Sein Haar war kürzer und stärker gelockt. Ich blätterte weiter und stieß auf ein Foto von ihm allein. Auch hier blickte er nicht in die Kamera. Da er eine Sonnenbrille trug, waren weder sein Gesichtsausdruck noch seine Blickrichtung zu erkennen. Hinter ihm in der Ferne war ein kleines grünes Zelt zu sehen und dahinter ein steil abfallender Berg. Er trug schwere Bergstiefel, und das Haar war vom Wind zerzaust. Ich fand, daß er bekümmert wirkte, und obwohl es lange vor meiner Zeit und in einer anderen Welt war, empfand ich ein starkes Verlangen, ihn zu trösten. Dieses neu erwachte Verlangen war so schmerzhaft, daß es mir den Atem raubte.

Ich klappte das Buch zu und stellte es zurück ins Regal. Ich nahm ein anderes heraus und warf einen Blick in das Register. Kein Tallis zu finden.

»Tut mir leid, wir schließen jetzt.« Der junge Mann tauchte wieder auf. »Möchten Sie etwas kaufen?«

»Entschuldigen Sie, mir war nicht klar, daß es schon so spät ist. Nein, ich glaube nicht.«

Ich schaffte es bis zur Tür. Weiter kam ich nicht. Ich machte kehrt, griff nach *Auf den Gipfeln der Welt* und ging mit dem Buch zur Kasse.

»Reicht die Zeit noch für das hier?«

»Natürlich.«

Ich bezahlte und steckte das Buch in meine Tasche. Vorsichtig wickelte ich es in mein neues blaues Shirt, bis fast nichts mehr davon zu sehen war.

7. KAPITEL

So ist es gut, zieh die linke Leine ein bißchen nach unten, aber paß auf, daß sie nicht mit der anderen kollidiert! Na, macht das nicht Spaß?«

In jeder Hand hielt ich eine Spule mit einer Leine, die bei jeder Windbö zuckte und sich ein Stück weiter abrollte. Der Drachen – das Geschenk, das Jake mir aus Edinburgh mitgebracht hatte – vollführte über unseren Köpfen gerade einen Sturzflug. Es war ein ziemlich protziger, rot-gelber Kunstflugdrachen mit einer langen Schnur.

»Paß auf, Alice, er kracht sonst auf den Boden! Zieh an!«

Jake trug eine alberne Bommelmütze. Seine Nase war von der Kälte gerötet. Er sah aus wie sechzehn und wirkte so glücklich wie ein kleiner Junge bei einem Ausflug. Ich zog aufs Geratewohl an beiden Leinen, woraufhin sich der Drachen drehte und abzustürzen drohte. Die Leinen hingen durch, und er krachte mit voller Wucht zu Boden.

»Bleib, wo du bist! Ich hole ihn!« rief Jake.

Er rannte den Hügel hinunter, hob den Drachen auf, ging damit ein Stück, bis die Leinen wieder straff gespannt waren, und ließ ihn dann ein weiteres Mal steigen. Ich überlegte, ob ich Jake sagen sollte, daß meiner Meinung nach die kurzen Phasen, in denen der Drachen in der Luft war, nicht die Zeit aufwogen, die er im Gras lag und in der man mit klammen Fingern die Leinen entwirren mußte. Ich beschloß, mir die Bemerkung zu verkneifen.

»Wenn es schneit«, sagte Jake, nachdem er keuchend zu mir zurückgekehrt war, »können wir rodeln gehen.«

»Was ist denn in dich gefahren? So energiegeladen kenn' ich dich ja gar nicht!«

Er trat hinter mich und schlang die Arme um mich. Ich konzentrierte mich auf den Drachen.

»Wir könnten unser großes Küchentablett dafür nehmen«, meinte er. »Oder einfach große Müllsäcke. Oder wir kaufen uns einen Schlitten. So ein Ding kostet nicht viel, und man hat es ewig.«

»Bis dahin bin ich längst verhungert«, antwortete ich. »Außerdem kann ich meine Finger schon nicht mehr spüren.«

»Gib her.« Er nahm mir den Drachen ab. »In meiner Jackentasche stecken Handschuhe. Zieh sie an. Wie spät ist es?«

Ich warf einen Blick auf meine Armbanduhr.

»Fast schon drei. Bald wird es dunkel.«

»Laß uns Pfannkuchen essen. Ich liebe Pfannkuchen.«

»Wirklich?«

»Es gibt vieles, was du noch nicht über mich weißt.« Er fing an, die Drachenleinen aufzurollen. »Hast du beispielsweise gewußt, daß ich mit fünfzehn schrecklich in ein Mädchen namens Alice verliebt war? Sie war eine Klasse über mir, und für sie war ich natürlich nur ein pickliger Knabe. Ich litt Höllenqualen.« Er lachte. »Ich möchte um nichts in der Welt noch mal jung sein. Wieviel Kummer man in dem Alter hat! Ich konnte es kaum erwarten, erwachsen zu werden.«

Er kniete sich auf den Boden, faltete den Drachen vorsichtig zusammen und packte ihn in seine schmale Nylontasche. Ich erwiderte nichts. Lächelnd blickte er zu mir auf. »Natürlich hat man als Erwachsener auch seine Probleme. Aber zumindest fühlt man sich nicht mehr ständig so linkisch und unsicher.«

Ich kauerte mich neben ihn. »Was hast du denn zur Zeit für Probleme, Jake?«

»Zur Zeit?« Er zog die Stirn in Falten und sah mich überrascht an. »Eigentlich keine.« Er legte seine Arme so ungestüm auf meine Schultern, daß ich fast das Gleichgewicht verlor. Ich küßte seine kalte Nasenspitze. »Als ich noch mit Ari zusammen war, hatte ich das Gefühl, ständig beurteilt zu werden und nie ihren Ansprüchen zu genügen. Bei dir habe ich dieses Gefühl noch nie gehabt. Du sagst, was du denkst. Du kannst zwar auch ganz schön sauer werden, aber du versuchst nie, mich zu manipulieren. Bei dir weiß ich, woran ich bin.« Ari war seine Exfreundin, eine große, grobknochige Frau mit rotbraunem Haar, die Schuhe entwarf, die meiner Meinung nach aussahen wie Blätterteig mit Fleischfüllung. Sie hatte Jake wegen eines Mannes verlassen, der für eine Ölfirma arbeitete und einen Großteil des Jahres im Ausland verbrachte.

»Und wie steht's mit dir?«

»Was?«

»Was sind deine Erwachsenenprobleme?«

Ich stand auf und zog ihn hoch.

»Laß mich mal nachdenken. Ein Job, der mich wahnsinnig macht. Eine Phobie vor Fliegen, Ameisen und allem anderen Krabbelgetier. Und eine schlechte Durchblutung. Jetzt aber los, ich bin am Erfrieren!«

Wir aßen tatsächlich Pfannkuchen, schreckliche, plastikartige Dinger, die vor Fett nur so trieften. Am frühen Abend gingen wir ins Kino. Der Film hatte einen traurigen Schluß, der es mir erlaubte, ein bißchen zu weinen. Zur Abwechslung trafen wir uns mal nicht mit den anderen auf einen Drink im Vine oder beim Inder, sondern gingen allein zu einem billigen Italiener in der Nähe unserer Wohnung, wo wir Spaghetti aßen und einen trockenen Rotwein tranken. Jake war in nostalgischer Stimmung. Er redete noch eine Weile über Ari und die Frauen vor ihr. Dann kauten wir erneut das Thema »Wie wir uns kennenlernten« durch – die schönste Geschichte jedes glücklichen Paars. Keiner von uns konnte sich daran erinnern, wann wir uns zum erstenmal begegnet waren.

»Es heißt, die ersten paar Sekunden in einer Beziehung sind die wichtigsten«, sagte Jake. Ich mußte daran denken, wie Adam mich mit seinen blauen Augen quer über die Straße fixiert hatte.

»Laß uns nach Hause gehen.«

Ich stand abrupt auf.

»Willst du nicht noch einen Kaffee?«

»Wir können uns zu Hause einen machen.«

Er faßte es als sexuelle Einladung auf, was es in gewisser Weise auch war. Ich wollte mich irgendwo verstecken, und wo ging das besser als im Bett, in seinen Armen, mit geschlossenen Augen in der Dunkelheit, wo mir niemand Fragen stellte oder Geständnisse von mir verlangte? Jake und ich kannten uns so gut, daß unser Sex fast etwas Anonymes hatte: nacktes Fleisch auf nacktem Fleisch.

»Was ist denn das?« fragte er, als wir hinterher naßgeschwitzt nebeneinanderlagen. Er hielt *Auf den Gipfeln der Welt* in der Hand. Am Vorabend, als er in Edinburgh war, hatte ich das Buch unter mein Kopfkissen geschoben.

»Das?« Ich bemühte mich, möglichst beiläufig zu klingen. »Jemand aus der Arbeit hat es mir geliehen. Angeblich soll es sehr gut sein.«

Jake blätterte das Buch durch. Ich hielt den Atem an. Da. Die Fotos. Er betrachtete ein Foto von Adam.

»Ich hätte nicht gedacht, daß dich so etwas interessiert.«

»Tut es wahrscheinlich auch nicht. Ich glaube kaum, daß ich es lesen werde.«

»Wer auf einen solchen Berg klettert, muß verrückt sein«, sagte Jake. »Erinnerst du dich an die Leute, die letztes Jahr im Himalaja gestorben sind?«

»Mmm.«

»Bloß um auf einem Berggipfel zu stehen und hinterher wieder runterzugehen.«

Ich gab ihm keine Antwort.

Am nächsten Morgen hatte es geschneit, wenn auch nicht genug, um rodeln zu gehen. Wir drehten die Heizung auf, lasen die Sonntagszeitung und tranken kannenweise Kaffee. Ich lernte, wie man auf französisch nach einem Doppelzimmer fragte und *»janvier est le premier mois de l'année«* sagte, oder *»fevrier est le deuxiéme mois«*. Anschließend ackerte ich mich durch ein paar technische Zeitschriften, die sich schon seit längerem bei mir stapelten, und Jake las weiter in dem Kletterbuch. Er hatte schon die Hälfte geschafft.

»Du solltest das wirklich lesen.«

»Ich geh' mal kurz runter und besorg' uns was zum Mittagessen. Pasta?«

»Wir haben doch erst gestern abend Pasta gegessen. Lieber ein richtig fettiges Pfannengericht. Ich koche, und du spülst ab.«

»Aber du kochst doch sonst nie«, protestierte ich.

»Ich bin gerade dabei, mein Leben zu ändern.«

Nach dem Essen schauten Clive und Gail bei uns vorbei. Sie hatten den Vormittag offenbar im Bett verbracht. Beide hatten so ein postkoitales Strahlen an sich, und hin und wieder lächelten sie sich verschwörerisch an. Sie fragten uns, ob wir Lust hätten, mit ihnen zum Kegeln zu gehen. Vielleicht würden Pauline und Tom ja ebenfalls mitkommen.

Also verbrachte ich den Nachmittag damit, eine schwere schwarze Kugel über die Kegelbahn zu rollen und mein Ziel jedesmal zu verfehlen. Wir mußten alle viel kichern: Clive und Gail, weil sie wußten, daß sie hinterher wieder ins Bett gehen würden, Pauline, weil sie vorhatte, ein Baby zu bekommen, und noch immer nicht fassen konnte, wie gut es ihr wieder ging, und Tom und Jake, weil sie nette Männer sind. Ich kicherte, weil alle es von mir erwarteten. Meine Brust tat mir weh. Meine Drüsen schmerzten. Vom Lärm und dem grellen Licht in der Bowlinghalle schwirrte mir bald der Kopf. Ich kicherte, bis mir Tränen in die Augen traten.

»Alice«, sagte Jake im selben Moment, als ich »Jake« sagte.

»Entschuldige, du zuerst«, erwiderte ich.

»Nein, du zuerst.«

Wir saßen eine Handbreit voneinander entfernt auf dem Sofa. Jeder hatte eine Tasse Tee in der Hand. Es war bereits dunkel, und wir hatten die Vorhänge zugezogen. Alles war still. Draußen schneite es, und der Schnee erstickte jedes Geräusch. Jake trug einen alten graumelierten Pulli, eine ausgewaschene Jeans und keine Schuhe. Sein Haar war zerzaust. Er sah mich aufmerksam an. Ich hatte ihn so gern. Ich holte tief Luft.

»Ich kann so nicht weitermachen, Jake.«

Noch verzog er keine Miene. Ich zwang mich, weiter in seine freundlichen braunen Augen zu sehen.

»Was?«

Ich nahm seine rechte Hand. Er ließ es mit sich geschehen.

»Ich muß dich verlassen.«

Wie brachte ich es nur fertig, das zu sagen? Es war, als würde ich mit jedem Wort einen Ziegelstein nach ihm schleudern. Jake sah mich an, als hätte ich ihm eine heftige Ohrfeige verpaßt. Am liebsten hätte ich alles zurückgenommen und wäre dorthin zurückgekehrt, wo wir noch vor einer Minute waren, als wir friedlich mit unserem Tee auf dem Sofa saßen. Ich konnte mich nicht mehr daran erinnern, warum ich ihm das überhaupt antat. Er sagte kein Wort.

»Ich habe jemand anderen kennengelernt. Es ist alles so...«

»Wie meinst du das?« Er starrte mich wie durch einen dicken Nebel an. »Du mußt mich verlassen? Soll das heißen, du willst nicht mehr mit mir zusammensein?«

»Ja.«

Dieses Wort kostete mich so große Anstrengung, daß ich nichts weiter herausbrachte. Ich starrte ihn wie betäubt an. Noch immer hielt ich seine Hand, die schlaff in meiner lag. Ich wußte nicht, wie ich es anstellen sollte, sie loszulassen.

»Wen?« Seine Stimme klang, als würde sie ihm gleich den Dienst versagen. Er räusperte sich. »Entschuldige. Wen hast du kennengelernt?«

»Bloß..., niemanden, den du kennst. Es ist bloß... Gott, es tut mir so leid, Jake.«

Er fuhr sich mit der Hand übers Gesicht. »Aber das ergibt doch keinen Sinn. Wir waren in letzter Zeit doch so glücklich. Ich meine, dieses Wochenende...« Ich nickte. Es war schlimmer, als ich es mir vorgestellt hatte. »Ich habe geglaubt – ich – wie hast du ihn kennengelernt? *Wann?*«

Diesmal konnte ich ihm nicht in die Augen sehen.

»Das spielt doch keine Rolle.«

»Ist der Sex mit ihm so gut? Nein, tut mir leid, das wollte ich nicht sagen, Alice. Ich verstehe es einfach nicht. Du willst das alles zurücklassen? Einfach so?« Er ließ seinen Blick durch den Raum schweifen, über unsere gemeinsamen Sachen. »Warum?«

»Ich weiß es nicht.«

»So schlimm steht es also?«

Reglos saß er auf dem Sofa. Es wäre mir lieber gewesen, wenn er mich wütend angeschrien oder sonst eine Reaktion gezeigt hätte. Statt dessen lächelte er mich an.

»Weißt du, was ich dir sagen wollte?«

»Nein.«

»Ich wollte dir sagen, daß ich es schön fände, ein Baby mit dir zu haben.«

»O Jake.«

»Ich war glücklich.« Seine Stimme klang irgendwie erstickt. »Und die ganze Zeit hast du, hast du ...«

»Nein, Jake«, unterbrach ich ihn mit flehender Stimme. »Ich war auch glücklich. Du hast mich glücklich gemacht.«

»Wie lange geht das schon?«

»Ein paar Wochen.«

Ich sah, wie er überlegte, die jüngste Vergangenheit Revue passieren ließ. Er runzelte die Stirn und wandte sich von mir ab. Den Blick auf das Fenster gerichtet, sagte er in sehr förmlichem Ton: »Ändert es etwas, wenn ich dich bitte zu bleiben, Alice? Uns noch eine Chance zu geben? Bitte!«

Er sah mich nicht an. Hand in Hand saßen wir nebeneinander und starrten beide geradeaus. Ich spürte einen großen Druck auf meiner Brust.

»Bitte, Alice!« sagte er noch mal.

»Nein.«

Er zog seine Hand aus meiner. Während wir schweigend dasaßen, fragte ich mich, wie es nun weitergehen würde. Sollte ich sagen, daß ich meine Sachen irgendwann später abholen würde? Jake liefen Tränen über die Wangen. Ein paar rollten in seinen Mund, aber er machte keine Anstalten, sie wegzuwischen. Ich hatte ihn noch nie weinen sehen. Langsam hob ich die Hand, um ihm die Tränen wegzuwischen, aber er wandte sich mit einer abrupten Bewegung ab. Endlich regte sich bei ihm so etwas wie Wut.

»Mein Gott, Alice, was willst du eigentlich? Willst du mich trösten oder was? Willst du mir beim Heulen zusehen? Wenn du gehen mußt, dann geh einfach.«

Ich ließ alles zurück. Alle meine Kleider, meine CDs, mein

Schminkzeug, meinen Schmuck. Meine Bücher und Zeitschriften. Meine Fotos. Meine Aktenmappe voller Arbeitsunterlagen. Mein Adreßbuch und mein Tagebuch. Meinen Wecker. Meinen Schlüsselbund. Meine Französischkassetten. Ich holte nur meine Brieftasche, meine Zahnbürste und meinen Pillenvorrat. Dann zog ich den dicken schwarzen Mantel an, den Jake mir zu Weihnachten geschenkt hatte, und trat mit den falschen Schuhen in den Matsch hinaus.

8. KAPITEL

In Zeiten wie diesen, glaubt man, würde man seine Freunde brauchen. Doch ich wollte niemanden sehen, weder meine Freunde noch meine Familie. Mir gingen die wildesten Gedanken durch den Kopf. Ich sah mich auf der Straße schlafen, unter irgendwelchen Torbogen oder in Hauseingängen, aber sogar die Selbstbestrafung hatte ihre Grenzen. Wo konnte ich billig übernachten? Ich hatte in London noch nie in einem Hotel gewohnt. Mir fiel ein, daß mir kürzlich vom Taxi aus eine Straße aufgefallen war, in der sich ein Hotel an das andere reihte. Das war irgendwo südlich der Baker Street gewesen. Dort würde ich bestimmt etwas finden. Ich nahm die U-Bahn und stieg an der Baker Street aus. Nachdem ich das Planetarium hinter mir gelassen hatte, überquerte ich die Straße und ging noch einen Häuserblock weiter. Da war es, eine lange Straße mit weißen Stuckhäusern, die alle in Hotels umgewandelt worden waren. Ich entschied mich für das Devonshire und ging hinein.

Am Empfang saß eine sehr dicke Frau, die in barschem Tonfall etwas zu mir sagte, das ich wegen ihres starken Dialekts nicht verstand. Aber ich sah hinter ihr an der Wand eine Menge Schlüssel hängen. Momentan war keine Touristensaison. Ich deutete auf die Schlüssel.

»Ich möchte ein Zimmer.«

Sie schüttelte den Kopf und redete weiter. Ich war mir nicht sicher, ob sie mit mir sprach oder ob ihre lauten Worte jemandem in dem Raum hinter der Rezeption galten. Ich fragte mich, ob sie mich wohl für eine Prostituierte hielt, aber eine solche Frau wäre bestimmt nicht so schlecht – oder zumindest nicht so bieder – gekleidet gewesen wie ich. Aber ich hatte kein Gepäck bei mir. Ein kleiner Winkel meines Gehirns fand es amüsant, daß sie mich vielleicht falsch einschätzte. Ich zog eine Kreditkarte aus der Tasche und legte sie auf die Theke. Sie nahm die Karte und unterzog sie einer eingehenden Prüfung. Dann hielt sie mir ein Blatt Papier hin, das ich unterschrieb, ohne es mir genauer anzusehen. Sie reichte mir einen Schlüssel.

»Kann ich etwas zu trinken bekommen?« fragte ich. »Eine Tasse Tee vielleicht?«

»Hier gibt es nichts zu trinken!« schrie sie mich an.

Ich kam mir vor, als hätte ich sie um eine Flasche Fusel gebeten. Ich überlegte, ob ich noch einmal losziehen sollte, um mir etwas zu besorgen, fühlte mich der Aufgabe aber nicht gewachsen. Ich nahm den Schlüssel und ging die zwei Treppen zu meinem Zimmer hinauf. Es war gar nicht so schlecht, wie ich befürchtet hatte, und besaß ein Waschbecken und ein Fenster mit Blick auf einen gepflasterten Hinterhof und die Rückseite eines anderen Hauses. Ich zog den Vorhang zu. Hier saß ich nun, ganz allein und ohne Gepäck in einem Londoner Hotelzimmer. Ich zog mich bis auf die Unterwäsche aus und legte mich ins Bett. Ein paar Augenblicke später stand ich wieder auf, schloß die Tür ab und kroch erneut unter die Decke. Ich brach nicht in Tränen aus. Ich lag auch nicht die ganze Nacht wach und dachte über mein Leben nach. Ich schlief sofort ein. Aber ich ließ das Licht brennen.

Als ich aufwachte, war es schon spät. Ich fühlte mich benommen, aber nicht selbstmordgefährdet. Ich stand auf, zog meinen BH und meinen Slip aus und wusch mich am Waschbecken. Dann putzte ich mir ohne Zahnpasta die Zähne. Zum Frühstück nahm ich eine Antibabypille, die ich mit einem Plastikbecher voll Wasser hinunterspülte. Anschließend zog ich mich an und ging hinunter. Die Rezeption war nicht besetzt, und auch sonst war niemand zu sehen. Ich spähte in einen Speisesaal mit einem glänzenden, marmorartigen Boden, in dem auf sämtlichen Tischen Plastikstühle standen. Irgendwo waren Stimmen zu hören, und es roch nach gebratenem Schinken. Ich durchquerte den Raum und schob einen Vorhang zur Seite. An einem Küchentisch saßen die Frau vom Vorabend, ein Mann ihres Alters und Umfangs, offensichtlich ihr Ehemann, und mehrere fette kleine Kinder. Sie alle richteten den Blick auf mich.

»Ich wollte mich bloß verabschieden«, sagte ich.

»Möchten Sie etwas zum Frühstück?« fragte der Mann lächelnd. »Wir haben Eier, Fleisch, Tomaten, Pilze, Bohnen und Müsli.«

Ich schüttelte schwach den Kopf.

»Sie haben dafür bezahlt. Trinken Sie wenigstens eine Tasse Kaffee.«

Den Kaffee nahm ich dankend an. Ich trank ihn im Stehen und sah von der Küchentür aus zu, wie sie die Kinder für die Schule fertig machten. Bevor ich ging, betrachtete mich der Mann mit besorgter Miene.

»Alles klar bei Ihnen?«

»Ja, danke.«

»Bleiben Sie noch eine Nacht?«

Ich schüttelte den Kopf und ging. Draußen war es kalt, aber wenigstens trocken. Ich blieb einen Moment stehen, um mich zu orientieren. Von hier aus konnte ich zu Fuß gehen. In einer Drogerie in der Edgware Road kaufte ich Papiertücher mit Zitronenduft, Zahnpasta, Wimperntusche und Lippenstift. Anschließend erstand ich in einem Wäschegeschäft einen einfachen weißen Slip. In der Oxford Street entdeckte ich einen Laden mit schlichter, zweckmäßiger Kleidung. Ich nahm ein schwarzes T-Shirt und eine einfache Jacke mit in die Umkleidekabine. Bevor ich in die Sachen schlüpfte, zog ich meinen neuen Slip an. Dann rieb ich mir mit den Papiertüchern über Gesicht und Hals, bis meine Haut brannte, und legte anschließend ein wenig Make-up auf. Ich fühlte mich schon besser. Zumindest sah ich nicht mehr aus wie eine wandelnde Leiche. Kurz nach zehn rief ich Claudia an. Ich hatte eigentlich vorgehabt, ihr eine Notlüge aufzutischen, aber irgendein seltsamer Impuls veranlaßte mich dazu, wenigstens bis zu einem gewissen Grad ehrlich zu ihr zu sein. Ich erklärte ihr, ich würde gerade eine schlimme persönliche Krise durchmachen und sei im Moment einfach nicht in der Verfassung, im Büro zu erscheinen. Claudia war so besorgt um mich, daß ich es kaum schaffte, das Gespräch mit ihr zu beenden.

»Mir wird schon was einfallen, was ich Mike erzählen kann«, sagte sie schließlich.

»Vergiß nicht, mir zu sagen, was du ihm erzählt hast, bevor ich ihn das nächstemal sehe.«

Von der Oxford Street waren es zu Fuß nur ein paar Minuten bis zu Adams Wohnung. Als ich dann vor seinem Haus stand, wurde mir bewußt, daß ich im Grunde keine Ahnung hatte, was ich ihm eigentlich sagen wollte. Ich verharrte eine ganze Weile ratlos vor der Tür, ohne daß irgend etwas passierte. Da die Tür nicht abgeschlossen war, ging ich schließlich die Treppe hinauf und klopfte an seine Wohnungstür. Sie schwang auf. Ich trat einen Schritt vor und öffnete den Mund, um etwas zu sagen, hielt dann aber überrascht inne. In der Tür stand eine beunruhigend attraktive Frau. Ihr dunkles Haar war ordentlich hochgesteckt. Über ihrer Jeans trug sie ein kariertes Hemd, unter dem ein schwarzes T-Shirt hervorlugte. Sie wirkte müde und gedankenverloren.

»Ja?« fragte sie.

Mein Magen verkrampfte sich, und ich spürte, wie mein Gesicht vor Verlegenheit heiß und rot wurde. Ich hatte das ungute Gefühl, daß ich mein ganzes altes Leben hingeschmissen hatte, bloß um mich so richtig zum Narren zu machen.

»Ist Adam da?« fragte ich benommen.

»Nein«, antwortete sie in forschem Ton. »Er ist weitergezogen.«

Sie war Amerikanerin.

»Wissen Sie, wohin?«

»Lieber Himmel, fragen Sie mich was Leichteres. Kommen Sie erst mal rein.« Ich folgte ihr in die Wohnung, weil ich nicht wußte, was ich sonst hätte tun sollen. Gleich neben der Tür lagen ein sehr großer, ziemlich mitgenommen aussehender Rucksack und ein offener Koffer. Überall waren Klamotten verstreut.

»Sie müssen entschuldigen«, sagte sie und deutete auf das Chaos. »Ich bin heute morgen erst aus Lima zurückgekommen. Ich bin völlig am Ende. Möchten Sie einen Kaffee? Ich habe gerade welchen gemacht.« Sie streckte mir die Hand hin. »Deborah«, sagte sie.

»Alice.«

Mein Blick wanderte zum Bett hinüber. Deborah forderte mich auf, Platz zu nehmen. Während ich mich auf einen altvertrauten Stuhl sinken ließ, goß sie Kaffee in zwei altvertraute Tassen. Sie bot mir eine Zigarette an, aber ich schüttelte den Kopf. Sie zündete sich eine an.

»Sind Sie eine Freundin von Adam?« fragte ich zögernd.

Sie blies eine dicke Rauchwolke in die Luft und zuckte mit den Achseln.

»Ich bin ein paarmal mit ihm geklettert. Wir waren in denselben Teams. Ja, ich bin eine Freundin von ihm.« Sie nahm einen weiteren tiefen Zug und schnitt eine Grimasse. »Meine Güte, habe ich einen Jetlag. Und diese Luft! Ich habe mich während der letzten anderthalb Monate nie unter fünfzehnhundert Metern aufgehalten.

Und Sie? Sind *Sie* eine Freundin von Adam?« fuhr Deborah fort.

»Erst seit kurzem«, antwortete ich. »Wir kennen uns noch nicht lange. Aber ja, ich bin seine Freundin.«

»Ja«, sagte sie mit einem wissenden Lächeln, das mir sehr peinlich war, aber ich erwiderte ihren Blick, bis ihr Lächeln etwas freundlicher und weniger spöttisch wurde.

»Waren Sie mit ihm auf diesem Chunga-Berg? Ich kann mir den Namen nicht merken.« Eigentlich interessierte mich etwas ganz anderes: Haben Sie eine Affäre mit ihm gehabt? Sind Sie auch seine Geliebte?

»Chungawat. Sie meinen, letztes Jahr? Lieber Himmel, nein! So etwas mache ich nicht.«

»Warum nicht?«

Sie lachte.

»Wenn Gott gewollt hätte, daß wir weiter hinaufsteigen als achttausend Meter, dann hätte er uns einen anderen Körper gegeben.«

»Ich weiß, daß Adam letztes Jahr an dieser schrecklichen Expedition beteiligt war.« Ich versuchte, mit ruhiger Stimme zu sprechen, als hätte ich bloß an ihre Tür geklopft, um bei einer Tasse Kaffee freundlich mit ihr zu plaudern. Wo ist er? schrie eine Stimme in mir. Ich muß ihn sofort sehen – bevor es zu spät ist. Vielleicht ist es jetzt schon zu spät.

»*Beteiligt*? Wissen Sie denn nicht, was auf dieser Expedition passiert ist?«

»Ich weiß, daß mehrere Menschen ums Leben gekommen sind.«

Deborah zündete sich eine weitere Zigarette an.

»Fünf, um genau zu sein. Die für die Expedition zuständige Ärztin, die zugleich Adams ähm…« Sie sah mich an. »Sie war eine enge Freundin von Adam. Und vier Kunden.«

»Wie schrecklich.«

»Das habe ich nicht gemeint.« Sie zog an ihrer Zigarette und inhalierte tief. »Wollen Sie die Geschichte hören?« Ich nickte. Wo *ist* er? Sie lehnte sich zurück, als hätte sie alle Zeit der Welt. »Als der Sturm losbrach, mußte der Expeditionsführer Greg McLaughlin passen, und das, obwohl er zu den besten Himalajakennern der Welt gehört und damals der Meinung war, eine narrensichere Methode entwickelt zu haben, um auch die unsportlichsten Typen einen Berg hinaufzuschaffen. Ich glaube, er litt plötzlich unter akuter Hypoxie, irgend etwas in der Art. Adam begleitete ihn hinunter und übernahm die Führung. Der zweite professionelle Bergführer, ein Franzose namens Claude Bresson, ein phantastischer Sportkletterer, war inzwischen nämlich ebenfalls am Ende. Er hatte schon Halluzinationen.« Deborah klopfte gegen ihren Brustkorb. »Wie sich später herausstellte, hatte er ein Lungenödem. Adam trug den Bastard ins Camp hinunter. Zu dem Zeitpunkt waren noch elf Kunden oben. Es war dunkel und hatte dreißig Grad minus. Adam kehrte mit Sauerstoff zu ihnen zurück und brachte sie in Gruppen nach unten. Er ist immer wieder losgezogen. Der Mann hat eine Kondition wie ein Stier. Aber eine Gruppe ging verloren. Er konnte sie nicht mehr finden. Ohne ihn hatten sie nicht die geringste Chance.«

»Warum gehen die Leute überhaupt da hinauf?«

Deborah rieb sich die Augen, sie wirkte völlig geschafft. Dann gestikulierte sie mit ihrer Zigarette.

»Sie meinen, warum geht *Adam* da hinauf? Ich kann Ihnen nur sagen, warum *ich* hinaufgehe. Als Studentin – ich habe Medizin studiert – hatte ich mal einen Freund, der Kletterer war. Den habe ich manchmal begleitet. Die Leute haben gern einen

Arzt dabei. Deswegen bin ich auch heute noch gelegentlich mit von der Partie. Manchmal bleibe ich unten im Camp, manchmal gehe ich mit hinauf.«

»Mit Ihrem Freund?«

Sie schüttelte den Kopf.

»Er ist inzwischen gestorben.«

»Oh, das tut mir leid.«

»Das liegt schon Jahre zurück.«

Wir schwiegen beide. Ich überlegte krampfhaft, was ich noch sagen könnte.

»Sie sind Amerikanerin, nicht wahr?«

»Kanadierin. Ich bin aus Winnipeg. Kennen Sie Winnipeg?«

»Nein, tut mir leid.«

»Dort schaufeln sie schon im Herbst die Gräber für den Winter aus.« Ich muß sie ziemlich verdutzt angesehen haben. »Der Boden ist monatelang beinhart gefroren. Sie schätzen, wie viele Leute im Lauf des Winters sterben werden, und heben die entsprechende Anzahl von Löchern aus. Es hat Nachteile, in Winnipeg zu leben, aber man lernt dort immerhin, die Kälte zu respektieren.« Sie steckte sich eine Zigarette zwischen die Lippen und hielt die Hände hoch. »Hier. Was sehen Sie?«

»Ich weiß nicht.«

»Zehn Finger. Vollzählig und unverstümmelt.«

»Adam fehlen mehrere Zehen«, sagte ich. Deborah lächelte vielsagend, und ich lächelte reuevoll zurück. »Er *könnte* mir auch davon erzählt haben.«

»Stimmt. Aber was Adam betrifft, liegt der Fall sowieso anders. Bei ihm war es eine bewußte Entscheidung. Ich sage Ihnen was, Alice, diese Leute haben Glück gehabt, daß sie ihn dabeihatten. Waren Sie jemals während eines Unwetters auf einem Berg?«

»Ich war noch nie auf einem Berg.«

»Man kann nichts sehen, man kann nichts hören, man weiß

nicht einmal mehr, wo oben und unten ist. Man braucht eine gute Ausrüstung und viel Erfahrung, aber selbst das reicht nicht immer aus. Ich weiß nicht genau, woran es liegt. Manche Menschen behalten einfach die Nerven und können auch in Krisensituationen noch rational denken. Adam ist so ein Mensch.«

»Ja«, antwortete ich und schwieg dann einen Moment, um sie meine Ungeduld nicht spüren zu lassen. »Wissen Sie, wo ich ihn finden kann?«

Sie überlegte kurz.

»Er ist ein Mann, bei dem man das nie so genau weiß. Er wollte sich in einem Café mit jemandem treffen. Drüben in Notting Hill Gate, glaube ich. Wie hieß es noch mal? Moment.« Sie durchquerte den Raum und kam mit einem Telefonbuch zurück. »Hier.« Sie schrieb einen Namen und eine Adresse auf einen benutzten Briefumschlag.

»Wann wird er dort sein?«

Sie warf einen Blick auf ihre Armbanduhr.

»Jetzt, nehme ich an.«

»Dann gehe ich wohl besser gleich.«

Sie begleitete mich zur Tür.

»Wenn Sie ihn dort nicht antreffen, kann ich Ihnen noch ein paar Leute nennen, bei denen Sie es versuchen können. Soll ich Ihnen meine Nummer geben?« Dann grinste sie. »Aber die haben Sie ja schon, oder?«

Während ich im Taxi die Bayswater Road entlangfuhr, fragte ich mich ständig, ob er wohl dort sein würde. Ich dachte mir verschiedene Szenarien aus. Er ist nicht da, und ich verbringe die nächsten Nächte in Hotels und streife tagsüber durch die Straßen. Er ist da, hat aber ein Mädchen bei sich, und ich muß die beiden aus der Ferne beobachten, um herauszufinden, was zwischen ihnen läuft. Ich folge ihm, bis ich ihn irgendwann allein erwische. Ich ließ den Taxifahrer an dem Café in der All

Saints Road vorbeifahren und ging die paar Meter zu Fuß zurück. Vorsichtig spähte ich von draußen in das Lokal. Ich sah ihn sofort. Er saß an einem Tisch am Fenster und hatte kein Mädchen dabei, sondern war in Begleitung eines farbigen Mannes, der seine langen Dreadlocks zu einem Pferdeschwanz zurückgebunden hatte. Im Taxi hatte ich auch darüber nachgedacht, wie ich mich Adam nähern soll, aber mir war nichts eingefallen. Wie sich herausstellte, mußte ich gar keine Strategie anwenden, weil Adam im selben Moment, in dem ich ihn entdeckte, den Kopf hob und genau in meine Richtung blickte. Es war wie im Film: Er mußte erst ein zweites Mal hinschauen, bevor er seinen Augen traute. Mit der Tüte, die all meine derzeitigen Habseligkeiten enthielt – einen getragenen Slip, ein gebrauchtes Hemd, ein paar neuerworbene Schminkutensilien –, kam ich mir vor wie ein armes, obdachloses Kind aus einem viktorianischen Roman. Ich sah, wie Adam etwas zu seinem Begleiter sagte und dann aufstand und das Café verließ. Bis Adam mich erreicht hatte, vergingen zehn seltsame Sekunden, in denen der andere Mann mich aus dem Fenster heraus anstarrte und sich offensichtlich fragte: »Wer zum Teufel ist denn *das?*«

Dann war Adam bei mir. Ich hatte mich gefragt, was wir wohl zueinander sagen würden, aber Adam schwieg. Er hielt mein Gesicht zwischen seinen großen Händen und küßte mich leidenschaftlich. Ich ließ meine Tüte fallen und schlang die Arme um ihn, so fest ich konnte. Unter meinen Händen spürte ich den alten Pulli, den er trug, und darunter seinen starken Körper. Als wir uns schließlich voneinander trennten, sah er mich fragend an.

»Deborah hat mir gesagt, daß du hier sein würdest.« Nach diesen Worten brach ich in Tränen aus. Ich zog ein Papiertuch aus meiner Tasche und putzte mir die Nase. Statt mich in den Arm zu nehmen und zu trösten, beobachtete er mich fasziniert wie ein exotisches Tier – darauf wartend, was ich als nächstes tun würde. Nachdem ich mich etwas gefangen hatte, sagte ich, was ich zu sagen hatte: »Es tut mir leid, Adam, daß ich dir diese verrückte Karte geschrieben habe. Ich wünschte, ich hätte sie nie abgeschickt.« Adam schwieg. »Und noch was.« Ich mußte eine kurze Pause einlegen, bevor ich den Sprung wagte. »Ich habe Jake verlassen. Ich habe die letzte Nacht in einem Hotel verbracht. Ich sage dir das nur, damit du informiert bist. Nicht, um Druck auf dich auszuüben. Wenn du willst, daß ich gehe, dann gehe ich, und du brauchst mich nie wiederzusehen.«

Mein Herz hämmerte wie wild. Adams Gesicht war ganz nah vor meinem, so nah, daß ich seinen Atem spüren konnte.

»Möchtest du, daß ich jetzt zu dir sage, du sollst gehen?«

»Nein, das möchte ich nicht.«

»Dann gehörst du mir.«

Ich schluckte.

»Ja.«

»Gut«, sagte Adam. Dabei klang seine Stimme weder überrascht noch erfreut, sondern sachlich, als hätte er bloß eine Tatsache festgestellt. Vielleicht war das ja auch so. Er wandte sich zum Fenster des Cafés um und schaute dann wieder zu mir. »Das ist Stanley«, sagte er. »Dreh dich um und winke ihm.« Ich winkte nervös. Stanley reckte den Daumen nach oben. »Ein Freund von Stanley hat gleich um die Ecke eine Wohnung. Dort werden wir wohnen.« *Wir.* Ich spürte, wie eine Welle sexueller Vorfreude durch meinen Körper lief. Adam nickte Stanley zu. »Stanley kann sehen, daß wir uns unterhalten, aber er kann nicht von unseren Lippen ablesen, was wir sagen. Wir gehen jetzt für ein paar Minuten zurück ins Café, und dann werde ich dich in die Wohnung bringen und dich vögeln. So heftig, daß es dir weh tun wird.«

»Ja«, antwortete ich. »Du kannst mit mir machen, was du willst.«

Er neigte den Kopf und küßte mich erneut. Gleichzeitig fuhr

er mit der Hand über meinen Rücken und dann unter mein Hemd. Ich spürte seine Finger unter dem Träger meines BHs, spürte, wie ein Fingernagel an meiner Wirbelsäule nach unten glitt. Dann nahm er eine Hautfalte und drückte sie fest zusammen. Erschrocken schrie ich auf.

»Das hat weh getan!« sagte ich.

Adam streifte mit den Lippen über mein Ohr.

»Du hast *mir* weh getan«, flüsterte er.

9. KAPITEL

Ich wachte auf, weil das Telefon klingelte. Das Licht blendete mich so, daß ich die Augen gleich wieder schloß. Das Telefon mußte irgendwo neben dem Bett stehen. Mit geschlossenen Augen tastete ich danach. Schließlich fand ich es.

»Hallo?«

Im Hintergrund waren Geräusche zu hören, möglicherweise Verkehrslärm, aber niemand meldete sich. Statt dessen legte der Anrufer auf. Ich legte ebenfalls auf. Nach ein paar Sekunden klingelte es erneut. Ich nahm ab und meldete mich. Derselbe Niemand. Was war das für ein Geräusch? Es klang wie leises Flüstern, aber ich war nicht sicher. Wieder hörte ich das Freizeichen.

Adam öffnete schläfrig die Augen.

»Die alte Geschichte«, sagte ich. »Wenn eine Frau abhebt, wird aufgelegt.« Ich tippte vier Zahlen.

»Was machst du da?« fragte Adam gähnend.

»Ich versuche herauszufinden, wer angerufen hat.«

Ich wartete.

»Und?« fragte er.

»Eine Telefonzelle«, antwortete ich schließlich.

»Vielleicht jemand, der das Geld nicht rechtzeitig griffbereit hatte«, meinte er.

»Vielleicht«, sagte ich. »Ich habe nichts zum Anziehen.«

»Wozu brauchst du etwas zum Anziehen?« Adams Gesicht war nur ein paar Zentimeter von meinem entfernt. Er schob ein paar Haarsträhnen hinter mein Ohr und ließ dann seinen Finger an meinem Hals hinunterwandern. »Du siehst wunderschön aus. Als ich heute morgen aufgewacht bin, hatte ich das Gefühl zu träumen. Ich mußte dich die ganze Zeit ansehen.« Er zog das Laken von meinen Brüsten und bedeckte sie statt dessen mit seinen Händen. Er küßte mich auf die Stirn, die Augenlider, dann auf die Lippen, erst sanft, dann immer fester. Ich spürte den metallischen Geschmack von Blut in meinem Mund. Langsam ließ ich die Hände über seinen muskulösen Rücken bis zu seinen Pobacken hinunterwandern und drückte ihn an mich. Wir seufzten beide und veränderten ein wenig unsere Lage. Ich spürte, wie mein Herz gegen seines pochte – oder war es sein Herz, das gegen meines pochte? Der Raum roch nach Sex, und das Bettzeug war noch leicht feucht.

»Für die Arbeit, Adam«, antwortete ich. »Ich brauche etwas zum Anziehen, damit ich zur Arbeit gehen kann. Ich kann nicht einfach den ganzen Tag im Bett bleiben.«

»Warum nicht?« Er küßte meinen Hals. »Warum kannst du das nicht? Wir müssen nachholen, was wir versäumt haben.«

»Ich kann nicht schon wieder von der Arbeit wegbleiben.«

»Warum nicht?«

»Ich kann es einfach nicht. Ich bin nicht der Mensch, der das kann. Mußt du denn nie etwas arbeiten?«

Er runzelte die Stirn, gab mir aber keine Antwort. Dann saugte er demonstrativ an seinem Zeigefinger und ließ ihn in mich hineingleiten. »Geh noch nicht, Alice.«

»Zehn Minuten. Lieber Himmel, Adam ...«

Danach hatte ich noch immer nichts zum Anziehen. Die Sachen vom Tag zuvor lagen verschwitzt auf dem Boden.

»Hier, zieh das an«, sagte Adam und warf eine ausgewaschene Jeans aufs Bett. »Wir können die Beine hochkrempeln. Und das hier. Das muß für heute vormittag reichen. Um halb eins hole ich dich ab, und dann gehen wir einkaufen.«

»Genausogut könnte ich meine Sachen aus der Wohnung holen...«

»Nein. Das hat Zeit. Laß das erst mal bleiben. Ich kaufe dir etwas. Viel brauchst du ja nicht.«

Ich sparte mir die Unterwäsche und schlüpfte gleich in die Jeans, die ziemlich weit und lang war, aber mit Gürtel gar nicht so schlecht aussah. Dann streifte ich das schwarze Seidenhemd über, das weich über meine gereizte Haut glitt und nach Adam roch. Zuletzt nahm ich das Lederband aus der Tasche und legte es mir um den Hals.

»So, fertig.«

»Sehr schön.«

Er griff nach einer Bürste und fuhr damit durch mein zerzaustes Haar. Dann bestand er darauf zuzusehen, wie ich aufs Klo ging, mir die Zähne putzte und ein wenig Wimperntusche auftrug. Er ließ mich keine Sekunde aus den Augen.

»Ich fühle mich so kaputt«, sagte ich, während ich ihn im Spiegel ansah. Dabei versuchte ich zu lächeln.

»Ich möchte, daß du den ganzen Vormittag an mich denkst.«

»Was wirst du heute vormittag tun?«

»An dich denken.«

Ich dachte tatsächlich den ganzen Vormittag an Adam. Mein Körper bebte vor Sehnsucht nach ihm. Aber ich dachte auch an Jake und die Welt, zu der wir gemeinsam gehört hatten. Ein Teil von mir konnte nicht begreifen, wie es möglich war, daß ich noch immer hier in meinem vertrauten Büro saß und abgedroschene Sätze über das IUP und weibliche Fruchtbarkeit zusammenreimte, nachdem ich in mein altes Leben eine Bombe geworfen und zugesehen hatte, wie sie explodiert war. Ich versuchte mir vorzustellen, was seit meinem Weggehen passiert war. Wahrscheinlich hatte Jake Pauline informiert. Und sie hatte es den anderen erzählt. Sie würden sich alle treffen, um zusammen etwas zu trinken und über die Sache zu reden. Sie würden schockiert nach den Gründen fragen und versuchen, Jake zu trösten. Und ich, die ich so lange ein fester Bestandteil der Gruppe gewesen war, würde zum Gegenstand ihres Klatsches werden. Alle würden sich eine Meinung über mich bilden und mit Nachdruck ihre persönliche Version der Geschichte vertreten.

Wenn ich diese Welt wirklich verlassen hatte – und so, wie es aussah, hatte ich das getan –, bedeutete dies dann, daß ich nun ein Teil von Adams Welt war, einer Welt voller Männer, die auf Berge stiegen, während ihre Frauen auf sie warteten? Während ich an meinem Schreibtisch saß und die Mittagspause herbeisehnte, dachte ich darüber nach, wie wenig ich eigentlich über Adam wußte. Ich war mit seiner Vergangenheit ebensowenig vertraut wie mit seinem gegenwärtigen Leben oder seinen Zukunftsplänen. Je mehr mir bewußt wurde, daß er ein Fremder für mich war, desto mehr sehnte ich mich nach ihm.

Er hatte mir bereits mehrere Slips und BHs gekauft. Wir standen hinter einem Kleiderständer und lächelten uns an. Seine Hand streifte die meine. Es war unser erstes richtiges Rendezvous außerhalb der Wohnung.

»Die Sachen sind unverschämt teuer«, erklärte ich.

»Probier mal das hier«, sagte er.

Er reichte mir ein einfaches schwarzes Kleid und eine schmal geschnittene Hose. Ich trat in die Umkleidekabine, zog die Sachen über meine neue Unterwäsche an und betrachtete mich im Spiegel. Mit teuren Klamotten sah man tatsächlich anders aus. Als ich wieder aus der Kabine kam, hielt er mir ein schokoladenbraunes Samtkleid hin. Es hatte einen weiten Ausschnitt, lange Ärmel und einen Rock, der bis auf den Boden reichte. Vom Stil her wirkte es irgendwie mittelalterlich. Ein so schönes Kleid hatte ich noch nie besessen, und nach einem Blick auf das Preisschild wußte ich auch, warum.

»Ich kann nicht.«

Er runzelte die Stirn.

»Ich möchte es aber.«

Wir verließen den Laden mit zwei großen Tüten voller Kleidung, die mehr gekostet hatte, als ich im Monat verdiente. Ich trug die schwarze Hose und dazu ein cremefarbenes Seidenhemd. Ich mußte daran denken, wie lange Jake gespart hatte, um mir einen Mantel kaufen zu können, und wie erwartungsvoll und stolz er ausgesehen hatte, als er ihn mir endlich überreichen konnte.

»Ich komme mir vor, als würde ich mich von dir aushalten lassen.«

»Weißt du, was?« Er blieb mitten auf dem Gehsteig stehen. Links und rechts schoben sich die Leute an uns vorbei. »Ich möchte dich bis in alle Ewigkeit aushalten.«

Er hatte diesen Dreh heraus, locker dahingesagte Bemerkungen in etwas Todernstes zu verwandeln. Ich wurde rot und mußte lachen, aber er starrte mich mit ernster, fast finsterer Miene an.

»Darf ich dich heute zum Abendessen einladen?« fragte ich. »Ich möchte, daß du mir von deinem Leben erzählst.«

Aber vorher mußte ich ein paar Sachen aus der Wohnung holen. Ich hatte mein Adreßbuch, mein Tagebuch und alle meine Arbeitsunterlagen dort zurückgelassen. Erst wenn die Sachen wieder in meinem Besitz waren, würde ich nicht mehr das Gefühl haben, noch halb bei Jake zu sein. Ich versuchte, Jake telefonisch in der Arbeit zu erreichen, aber er war nicht da. Man sagte mir, er sei krank. Ich rief in der Wohnung an, und er meldete sich schon nach dem ersten Klingeln.

»Jake, hier ist Alice«, sagte ich verlegen.

»Ich kenne deine Stimme«, antwortete er trocken.

»Bist du krank?«

»Nein.«

Einen Moment schwiegen wir beide.

»Hör zu, es tut mir leid, aber ich muß vorbeikommen und ein paar Sachen holen.«

»Morgen bin ich wieder in der Arbeit. Hol sie dann.«

»Ich habe keinen Schlüssel mehr.«

Ich hörte ihn am anderen Ende tief durchatmen. »Du hast wirklich alle Brücken hinter dir abgebrochen, Alice.«

Wir vereinbarten, daß ich gegen halb sieben kommen sollte. Nach einer weiteren kurzen Pause verabschiedeten wir uns höflich voneinander, und ich legte auf.

Es ist erstaunlich, wie wenig man arbeiten muß und wie viel man sich erlauben kann, wenn einem sein Job egal ist. Warum hatte ich das nicht schon früher bemerkt? Niemand schien es zu interessieren, wie spät ich an diesem Morgen angefangen hatte oder wie lange ich Mittagspause machte. Am Nachmittag hatte ich an einer weiteren Besprechung teilgenommen, bei der ich, ohne viel gesagt zu haben, von Mike gelobt wurde, daß ich die Dinge so prägnant auf den Punkt gebracht hätte. »Du scheinst im Moment alles sehr gut im Griff zu haben, Alice«, hatte er nervös gemeint. Fast das gleiche Kompliment hatte mir Giovanna ein paar Stunden zuvor in einer E-Mail gemacht. Den Rest des Tages verbrachte ich damit, die Akten auf meinem Schreibtisch durchzusehen. Das meiste davon warf ich in den Papierkorb. Ich hatte Claudia gebeten, keine Anrufe durchzustellen. Kurz nach halb sechs ging ich mich ein wenig frischmachen. Ich bürstete mein Haar, wusch mir das Gesicht, tupfte etwas Farbe auf meine wunden Lippen und knöpfte meinen Mantel bis obenhin zu, so daß keine Spur von meinen neuen, schicken Klamotten zu sehen war. Dann fuhr ich meine alte, vertraute Strecke zurück zur Wohnung.

Ich war früh dran und machte noch einen kleinen Spaziergang. Ich wollte bei Jake nicht auftauchen, bevor er für mich bereit war, und ich wollte ihm auf keinen Fall auf der Straße in die Arme laufen. Ich überlegte, was ich zu ihm sagen sollte. Mein Entschluß, mich von ihm zu trennen, hatte ihn schlagartig in einen Fremden verwandelt, der mir anspruchsvoller und verletzlicher erschien als der ironische, bescheidene Jake, mit dem ich gelebt hatte. Kurz nach halb sieben drückte ich auf die Klingel. Jemand kam die Treppe herunter und ging auf die Tür zu.

»Hallo, Alice.«

Es war Pauline.

»Pauline.« Ich wußte nicht, was ich sagen sollte. Meine beste Freundin. Der Mensch, an den ich mich in jeder anderen Situation als erstes gewandt hätte. Nun stand sie mir im Türrahmen gegenüber. Ihr dunkles Haar war zu einem strengen Knoten hochgesteckt. Sie hatte leichte Augenringe und wirkte müde. Ihr Blick war ernst, sie lächelte nicht. Plötzlich kam es mir vor, als hätten wir uns schon Monate nicht mehr gesehen und nicht bloß ein paar Tage.

»Darf ich reinkommen?«

Sie trat beiseite, und ich ging an ihr vorbei die Treppe hinauf. In der Wohnung schien sich nichts verändert zu haben. Was hatte ich erwartet? Meine Jacken und Schals hingen noch immer an den Haken in der Diele. Das Foto, auf dem Jake und ich uns im Arm hielten und breit grinsten, stand noch immer auf dem Kaminsims. Meine roten Mokassinpantoffeln lagen neben dem Sofa auf dem Wohnzimmerboden, dort, wo wir am Sonntag gesessen hatten. Die Narzissen, die ich Ende letzter Woche gekauft hatte, standen noch immer in der Vase, auch wenn sie inzwischen die Köpfe ein wenig hängen ließen. Auf dem Tisch stand eine halbvolle Tasse Tee. Ich war sicher, daß es dieselbe Tasse war, aus der ich vor zwei Tagen getrunken hatte. Verwirrt ließ ich mich aufs Sofa fallen. Pauline blieb stehen und blickte mit ernster Miene auf mich herunter. Sie hatte noch kein Wort gesagt.

»Pauline«, krächzte ich. »Ich weiß, daß das, was ich getan habe, schrecklich ist, aber ich konnte nicht anders.«

»Erwartest du jetzt, daß ich dir verzeihe?« fragte sie.

Der Ton ihrer Stimme klang vernichtend.

»Nein.« Das war eine Lüge, natürlich hoffte ich, daß sie mir verzeihen würde. »Nein, aber du bist meine beste Freundin. Ich möchte nicht, daß du denkst, ich sei, na ja, kalt oder herzlos. Es gibt nichts, was ich zu meiner Verteidigung sagen könnte, außer daß ich mich verliebt habe. Ich bin sicher, daß du das verstehen kannst.«

Ich sah, wie sie zusammenzuckte. Natürlich konnte sie das verstehen. Vor achtzehn Monaten war sie ebenfalls von ihrem Partner verlassen worden, weil er sich neu verliebt hatte. Sie setzte sich ans andere Ende des Sofas, so weit von mir entfernt wie möglich.

»Die Sache ist die, Alice«, begann sie, und mir fiel auf, daß sogar unsere Art, miteinander zu reden, anders geworden war, irgendwie formeller und pedantischer. »Wenn ich wollte, könnte ich dich natürlich verstehen. Schließlich seid ihr nicht verheiratet und habt auch keine Kinder. Aber ich will dich gar nicht verstehen. Zumindest jetzt im Moment nicht. Er ist mein Bruder, und er ist tief verletzt worden.« Ihre Stimme schwankte, und ein paar Sekunden lang klang sie wie die Pauline, die ich kannte: »Wirklich, Alice, wenn du ihn jetzt sehen könntest, wenn du sehen könntest, wie *fertig* er ist, dann würdest du nicht ...« Aber sie sprach nicht weiter. »Vielleicht können wir eines Tages wieder Freundinnen sein, aber jetzt hätte ich irgendwie das Gefühl, ihn zu verraten, wenn ich mir deine Geschichte anhören und versuchen würde, mich in deine Situation hineinzuversetzen.« Sie stand auf. »Ich will einfach nicht fair zu dir sein. Ganz im Gegenteil, ich will dich hassen.«

Ich nickte und stand ebenfalls auf. Ich konnte sie verstehen. Natürlich konnte ich sie verstehen.

»Dann packe ich mal ein paar Sachen zusammen.«

Sie nickte und ging in die Küche. Ich hörte, wie sie den Wasserkessel vollaufen ließ.

Im Schlafzimmer war alles noch so wie zuvor. Ich nahm meinen Koffer vom Schrank und legte ihn geöffnet auf den Boden. Auf meiner Seite des ordentlich gemachten Doppelbetts lag das Buch über die Geschichte der Uhr, das ich zu lesen begonnen hatte. Auf Jakes Seite lag das Bergsteigerbuch. Ich nahm beide Bücher und packte sie in den Koffer. Dann öffnete ich die Schranktüren und fing an, meine Kleider von den Bügeln zu nehmen. Dabei zitterten meine Hände so stark, daß ich nicht in der Lage war, die Dinge ordentlich zusammenzulegen. Viel nahm ich sowieso nicht mit, denn ich konnte mir nicht vorstellen, weiterhin die alten Sachen zu tragen. Ich glaubte einfach nicht, daß sie noch zu mir paßten.

Ich starrte in den Schrank, in dem meine Kleidung zwischen der von Jake hing: meine Kleider neben seinem einzigen guten Anzug, meine Röcke und Tops zwischen seinen Bürohemden, die sauber gebügelt und ordentlich zugeknöpft auf ihren Bügeln hingen. Bei einigen seiner Hemden waren die Manschetten ausgefranst. In meinen Augen brannten Tränen, die ich wütend wegblinzelte. Was würde ich brauchen? Ich versuchte, mir mein neues Leben mit Adam vorzustellen, und merkte, daß ich es nicht konnte. Ich sah mich immer nur mit ihm im Bett. Schließlich packte ich einige Pullover ein, ein paar Jeans und T-Shirts, zwei Kostüme für die Arbeit und meine gesamte Unterwäsche. Mein liebstes, ärmelloses Kleid nahm ich ebenfalls mit, außerdem zwei Paar Schuhe. Den Rest ließ ich zurück – es war ziemlich viel. Ich mußte an all die Shoppingtouren mit Pauline denken, all die begeisterten Einkäufe.

Als nächstes warf ich meine sämtlichen Cremes, Lotionen und Schminkutensilien in den Koffer, zögerte aber, was meinen Schmuck betraf. Das meiste davon waren Geschenke Jakes: mehrere Paar Ohrringe, ein hübscher Anhänger, ein breiter Kupferarmreif. Ich wußte nicht, ob es ihn mehr verletzen würde, wenn ich die Dinge mitnahm oder wenn ich sie zurückließ. Ich stellte mir vor, wie er an diesem Abend ins Zimmer treten und nachsehen würde, was ich mitgenommen hatte und was noch da war, und wie er versuchen würde, daraus Rückschlüsse auf meine Gefühle zu ziehen. Ich nahm nur die Ohrringe von meiner verstorbenen Großmutter und die Sachen, die ich schon vor Jake besessen hatte. Dann überlegte ich es mir anders und leerte den ganzen Inhalt der kleinen Schublade in den Koffer.

In der Ecke lag ein Häufchen schmutziger Wäsche, aus dem ich ein paar Sachen herausfischte. Ich konnte schließlich nicht meine getragene Unterwäsche bei Jake herumliegen lassen. Anschließend holte ich meine Aktentasche unter dem Stuhl neben dem Fenster hervor und packte mein Adreßbuch und mein Tagebuch ein. Meine Papiere – Paß, Geburtsurkunde, Führerschein, Versicherungspolicen und Sparbuch – waren mit Jakes persönlichen Dokumenten in einem Ordner abgeheftet. Rasch suchte ich die Unterlagen zusammen. Das Bild über dem Bett nahm ich nicht mit, obwohl mein Vater es mir Jahre vor meiner Zeit mit Jake geschenkt hatte. Außerdem beschloß ich, keine unserer gemeinsamen Bücher und CDs mitzunehmen und mit Jake auch nicht wegen des Wagens zu streiten, für den ich vor sechs Monaten die Anzahlung geleistet hatte, während Jake noch immer die monatlichen Raten bezahlte.

Als ich ins Wohnzimmer zurückkam, saß Pauline mit einer Tasse Tee auf dem Sofa. Sie sah zu, wie ich drei an mich adressierte Briefe vom Tisch nahm und in meine Aktentasche legte. Ich war fertig. Das Ergebnis meiner Packaktion waren ein Koffer voller Kleidung und eine Plastiktüte mit Krimskrams.

»Ist das alles? Du reist aber mit leichtem Gepäck.«

Ich zuckte verzweifelt mit den Schultern.

»Ich weiß, daß ich bald wiederkommen und alles noch einmal genau durchsortieren muß. Aber nicht heute.«

»Dann ist es also nicht nur ein Strohfeuer?«

Ich sah sie an. Ihre Augen waren genauso braun wie die von Jake.

»Nein.«

»Und Jake kann nicht hoffen, daß du zu ihm zurückkommst? Er sollte nicht jeden Tag darauf warten, daß du auftauchst?«

»Nein.«

Ich mußte so schnell wie möglich hier raus, damit ich endlich losheulen konnte. Ich ging zur Tür. Im Vorbeigehen zog ich einen Schal vom Haken. Draußen war es kalt und dunkel.

»Pauline, sag Jake bitte, daß ich das alles ...« Ich machte eine vage Handbewegung, die all unsere gemeinsamen Habseligkeiten einschloß. »Daß wir das alles so regeln werden, wie er es möchte.«

Sie sah mich an, gab mir aber keine Antwort.

»Dann mach's mal gut«, sagte ich.

Wir starrten uns an. Ich sah, daß sie ebenfalls allein sein wollte, um endlich weinen zu können.

»Ja«, sagte sie.

»Ich sehe bestimmt schrecklich aus.«

»Nein.« Mit einem Zipfel seines Hemds trocknete er meine Tränen und wischte meine Nase sauber.

»Es tut mir leid. Aber es ist so schmerzhaft.«

»Die besten Dinge werden aus dem Schmerz geboren. Natürlich ist es schmerzhaft.«

Normalerweise hätte ich über ein solches Klischee schallend gelacht. Ich glaube nicht daran, daß Schmerz nötig ist, um den Menschen zu adeln. Aber ich steckte schon viel zu tief in der Sache drin. Ich spüre, wie mir erneut die Tränen kamen.

»Ich habe solche Angst, Adam.« Er gab mir keine Antwort. »Ich habe alles für dich aufgegeben. O Gott!«

»Ich weiß«, sagte er. »Ich weiß, daß du das getan hast.«

Wir gingen in ein einfaches Restaurant gleich um die Ecke. Ich mußte mich an ihn lehnen, weil ich das Gefühl hatte, sonst umzukippen. Wir setzten uns in eine dunkle Ecke und tranken jeder ein Glas Champagner. Mir stieg der Alkohol sofort in den Kopf. Adam legte unter dem Tisch seine Hand auf meinen Oberschenkel, so daß es mich einige Mühe kostete, mich zu konzentrieren, während ich auf die Speisekarte starrte. Wir aßen Lachsfilets mit wilden Pilzen und grünem Salat. Dazu tranken wir eine Flasche kalten, grünlich schimmernden Weißwein. Ich wußte selbst nicht genau, ob ich mich in einem Zustand der Euphorie oder der Verzweiflung befand. Irgendwie war das alles zuviel für mich. Jeder seiner Blicke war wie eine Berührung, jeder Schluck Wein berauschte mich mehr. Mit zitternden Händen versuchte ich, das Essen kleinzuschneiden. Jedesmal wenn Adam mich unter dem Tisch berührte, kam es mir so vor, als würde sich mein Körper auflösen.

»Ist es für dich schon einmal so gewesen?« fragte ich. Er schüttelte den Kopf.

Ich stellte Fragen nach meiner Vorgängerin, und er starrte mich eine Weile an.

»Es fällt mir schwer, darüber zu sprechen.« Ich wartete. Nachdem ich für ihn meine gewohnte Welt aufgegeben hatte, würde er mir zumindest von seiner letzten Freundin erzählen müssen. »Sie ist gestorben«, sagte er schließlich.

»Oh.« Ich war geschockt, aber auch traurig. Welche Chance hatte ich gegen eine Tote?

»Oben auf dem Berg«, fügte er hinzu und starrte in sein Glas.

»Du meinst, auf dem Berg, von dem du mir erzählt hast?«

»Dem Chungawat. Ja.«

Er trank noch einen Schluck Wein und gab dann dem Kellner ein Zeichen. »Können wir bitte zwei Whiskys haben?«

Die Drinks kamen, und wir schütteten sie hinunter. Ich griff nach seiner Hand.

»Hast du sie geliebt?«

»Nicht so wie dich«, antwortete er. Ich legte seine Hand an mein Gesicht. Wie war es möglich, so eifersüchtig auf eine Frau zu sein, die gestorben war, bevor er mich zum erstenmal gesehen hatte?

»Hat es vor mir viele andere Frauen gegeben?«

»Wenn ich mit dir zusammen bin, weiß ich, daß es keine andere gibt«, antwortete er, was natürlich hieß, daß es tatsächlich viele gegeben hatte.

»Warum gerade ich?«

Adam wirkte gedankenverloren.

»Wie könnte es eine andere sein als du?« fragte er schließlich.

10. KAPITEL

Wider Erwarten blieben mir vor einer Besprechung ein paar Minuten Zeit, so daß ich meinen ganzen Mut zusammennahm und Sylvie anrief. Sie ist Anwältin, und in der Vergangenheit war es mir nicht immer gelungen, telefonisch zu ihr durchzudringen. In der Regel rief sie Stunden später zurück oder erst am nächsten Morgen. Diesmal ließ sie schon nach ein paar Minuten von sich hören.

»Alice?«

»Ja«, antwortete ich matt.

»Wir müssen uns sehen.«

»Sehr gern. Aber willst du das wirklich?«

»Hast du heute schon was vor? Nach der Arbeit?«

Ich überlegte. Plötzlich erschien mir das Ganze kompliziert.

»Ich... ähm, ich bin in der Stadt mit jemandem verabredet.«

»Wo? Wann?«

»In einer Buchhandlung in Covent Garden. Ich weiß, das klingt blöd. Um halb sieben.«

»Wir könnten uns vorher irgendwo verabreden.«

Sylvie ließ nicht locker. Wir sollten doch beide etwas früher aufhören und uns um Viertel vor sechs auf einen Kaffee oder Tee treffen. Sie kenne eine nettes Café in einer Seitenstraße der St. Martin's Lane. Eigentlich paßte mir das gar nicht. Ich mußte eine geplante Konferenzschaltung verschieben, schaffte es auf diese Weise aber, um zwanzig vor sechs am vereinbarten Treffpunkt zu sein. Völlig außer Atem und sehr nervös betrat ich das Lokal. Sylvie saß bereits mit einer Tasse Kaffee und einer Zigarette an einem Ecktisch. Als sie mich sah, stand sie auf und umarmte mich.

»Ich bin froh, daß du mich angerufen hast«, sagte sie.

Wir setzten uns, und ich bestellte mir ebenfalls einen Kaffee.

»Ich bin froh, daß du froh darüber bist«, antwortete ich. »Ich habe das Gefühl, alle enttäuscht zu haben.«

Sylvie sah mich an.

»Warum?«

Darauf war ich nicht vorbereitet. Ich war gekommen, um mir Vorwürfe machen zu lassen und mich schuldig zu fühlen.

»Ich habe Jake sehr weh getan.«

Sylvie zündete sich eine weitere Zigarette an. Dabei lächelte sie fast.

»Ja, du hast Jake sehr weh getan.«

»Hast du ihn gesehen?«

»Ja.«

»Wie geht es ihm?«

»Er hat abgenommen. Und wieder zu rauchen angefangen. Manchmal ist er total still, und manchmal redet er so viel über dich, daß kein anderer zu Wort kommt. Er hat ziemlich nah am Wasser gebaut. Ist es das, was du hören willst? Aber glaub mir, er wird es überstehen. Die Zeit heilt alle Wunden. Er wird nicht den Rest seines Lebens unglücklich sein. Nur ganz wenige Leute sterben an gebrochenem Herzen.«

Ich nahm einen Schluck von meinem Kaffee. Er war noch so heiß, daß ich husten mußte.

»Ich hoffe, du hast recht. Es tut mir leid, Sylvie, aber ich fühle mich, als wäre ich gerade vom Mond gekommen. Ich stehe völlig neben mir.«

Ein paar Augenblicke herrschte zwischen uns peinliches Schweigen.

»Wie geht es Clive?« stieß ich schließlich verlegen hervor. »Und seiner neuen Freundin? Wie hieß sie noch mal?«

»Gail«, antwortete Sylvie. »Er ist sehr verliebt in sie. Sie ist wirklich nett, man kann eine Menge Spaß mit ihr haben.«

Wieder schwiegen wir beide. Sylvie sah mich nachdenklich an.

»Wie ist er?« fragte sie.

Ich spürte, wie ich rot wurde. Seltsamerweise widerstrebte es mir, von Adam zu erzählen. Mit einem schmerzhaften Gefühl, das ich nicht so recht einordnen konnte, wurde mir klar, daß sich alles, was Adam und mich betraf, bisher im verborgenen abgespielt hatte. Noch nie hatte ich mit einem anderen Menschen darüber gesprochen. Wir hatten nie gemeinsam eine Party besucht. Es gab niemanden, der uns als Paar kannte. Nun aber hatte mir Sylvie diese Frage gestellt, zum einen, weil sie selbst neugierig war, zum anderen aber auch – da war ich ganz sicher –, weil sie von den anderen beauftragt worden war, mich ein wenig auszufragen und ihnen Informationen zu liefern, auf die sie sich dann gemeinsam stürzen konnten. Am liebsten hätte ich das Ganze noch länger geheimgehalten. Ich wollte nicht zum Gesprächsthema anderer Leute werden. Allein schon der Gedanke an Adam und seinen Körper brachte mein Blut in Wallung. Plötzlich hatte ich Angst vor dem Alltag, der Routine – davor, Adam und Alice zu sein, die irgendwo zusammen wohnten, gemeinsam Dinge besaßen und miteinander unterwegs waren. Und zugleich wünschte ich mir genau das.

»Lieber Himmel«, begann ich. »Ich weiß nicht so recht, was ich sagen soll. Er heißt Adam und ... na ja, er ist völlig anders als alle anderen Männer, die ich bisher kannte.«

»Ich weiß«, sagte Sylvie. »Am Anfang ist es immer wundervoll, nicht wahr?«

Ich schüttelte den Kopf.

»Nein, so ist es nicht. Weißt du, in meinem Leben ist bisher alles mehr oder weniger nach Plan gelaufen. In der Schule war ich recht gut und auch ziemlich beliebt. Zumindest hat mich nie jemand schikaniert oder so. Mit meinen Eltern habe ich mich auch gut verstanden. Vielleicht nicht gerade blendend, aber doch gut. Und ich war immer mit netten Jungs befreundet. Manchmal habe ich sie verlassen, manchmal haben sie Schluß gemacht. Nach dem College suchte ich mir dann einen Job, lernte Jake kennen, zog bei ihm ein und ... Was habe ich all die Jahre eigentlich gemacht?«

Sylvies schön geschwungene Augenbrauen hoben sich. Einen Moment lang wirkte sie wütend.

»Du hast dein Leben gelebt, genau wie wir anderen auch.«

»Oder bin ich bloß dahingeglitten, ohne die Dinge wirklich zu berühren? Ohne mich berühren zu lassen? Du brauchst mir auf diese Frage keine Antwort zu geben. Ich habe bloß laut gedacht.«

Wir nippten an unserem Kaffee, der mittlerweile ein wenig abgekühlt war.

»Was macht er?« fragte Sylvie.

»Er hat im Grunde keinen richtigen Beruf. Zumindest nicht in dem Sinn, wie wir einen haben. Er macht alles mögliche, um Geld zu verdienen. Aber eigentlich ist er Bergsteiger.«

Sylvie wirkte ehrlich überrascht, was mich mit einer gewissen Befriedigung erfüllte.

»Tatsächlich? Du meinst, er klettert auf Berge?«

»Ja.«

»Ich bin sprachlos. Wo habt ihr euch kennengelernt? Doch wohl nicht auf einem Berg?«

»Rein zufällig«, antwortete ich vage. »Wir sind uns einfach in die Arme gelaufen.«

»Wann?«

»Vor ein paar Wochen.«

»Und seitdem seid ihr nur noch im Bett.« Ich gab ihr keine Antwort. »Du ziehst schon bei ihm ein?«

»Es sieht so aus.«

Sylvie zog an ihrer Zigarette.

»Dann ist es also die große Liebe.«

»Zumindest hat es mich ziemlich erwischt.«

Sylvie lehnte sich mit spitzbübischer Miene nach vorn.

»Sei bloß vorsichtig! Am Anfang ist es immer so. Er kann gar nicht genug von dir bekommen, ist wie besessen von dir. In dem Zustand wollen sie dich ständig vögeln, auf deinem Gesicht kommen…«

»Sylvie!« unterbrach ich sie entsetzt. »Um Gottes willen!«

»Na, es ist doch so!« meinte sie keck. Sie war sichtlich erleichtert, sich wieder auf vertrautem Terrain zu bewegen. Die wilde Sylvie, die so gern unanständige Sachen sagte – das war ihre Lieblingsrolle. »Zumindest metaphorisch gesprochen. Ich will damit doch nur ausdrücken, daß du vorsichtig sein sollst. Ich sage nicht, daß du es nicht tun sollst. Genieße es. Mach, wonach dir zumute ist, sei völlig hemmungslos, aber geh kein wirkliches körperliches Risiko ein.«

»Wovon redest du eigentlich?«

Sie wirkte plötzlich fast ein bißchen prüde.

»Das weißt du ganz genau.«

Wir bestellten uns noch einen Kaffee, und Sylvie fuhr fort, mich auszufragen, bis ich einen Blick auf die Uhr warf und feststellte, daß es schon kurz vor halb sieben war. Ich griff nach meiner Tasche.

»Ich muß gehen«, sagte ich schnell. Nachdem ich gezahlt hatte, folgte mir Sylvie auf die Straße hinaus. »In welche Richtung mußt du?« fragte ich sie.

»Wenn du nichts dagegen hast, werde ich dich begleiten, Alice.«

»Warum?«

»Ich möchte mir ein Buch kaufen«, erklärte sie dreist. »Du gehst doch in eine Buchhandlung, oder?«

»Ist schon gut«, sagte ich. »Du kannst ihn gern kennenlernen. Ich habe nichts dagegen.«

»Ich will mir bloß ein Buch kaufen«, antwortete sie.

Es waren nur ein paar Minuten zu laufen. Die Buchhandlung hatte sich auf Reisebücher und Landkarten spezialisiert.

»Ist er da?« fragte Sylvie, als wir den Laden betraten.

»Ich kann ihn nirgendwo entdecken«, antwortete ich. »Geh ruhig schon mal voraus und frag nach deinem Buch.«

Sylvie murmelte irgend etwas Unverständliches, und wir begannen beide, uns im Laden umzusehen. Ich blieb vor ein paar ausgestellten Globen stehen. Wenn er nicht auftauchte, konnte ich immer noch in die Wohnung zurückkehren. Ich spürte, wie mich jemand von hinten anstupste. Dann schlangen sich zwei Arme um mich, und jemand schmiegte sich an meinen Nacken. Ich drehte mich um. Adam.

»Alice«, sagte er.

Als er mich losließ, bemerkte ich, daß er zwei amüsiert dreinblickende Männer bei sich hatte. Sie waren beide sehr groß, genau wie Adam. Der eine besaß hellbraunes, fast blondes Haar, eine auffallend glatte Haut und markante hervortretende Wangenknochen. Er trug eine schwere Segeltuchjacke, die aussah, als wäre sie für einen Tiefseefischer angefertigt. Der andere war ein dunklerer Typ mit sehr langem, welligem braunen Haar. Er trug einen langen grauen Mantel, der ihm fast bis zu den Knöcheln reichte. Adam deutete auf den blonden Mann.

»Das ist Daniel«, sagte er, »und das Klaus.«

Ich schüttelte nacheinander ihre riesigen Hände.

»Schön, Sie kennenzulernen, Alice«, erklärte Daniel mit einer kleinen Verbeugung. Er sprach mit einem Akzent, der sich irgendwie skandinavisch anhörte. Adam hatte mich den beiden nicht vorgestellt, aber sie kannten meinen Namen. Er mußte ihnen von mir erzählt haben. Sie taxierten mich abschätzend, Adams neueste Freundin, und ich erwiderte ihren Blick, während ich im Geist bereits meinen nächsten Großeinkauf plante. Neben mir stand plötzlich Sylvie.

»Adam, das ist eine Freundin von mir, Sylvie.«

Adam wandte sich langsam zu ihr um und gab ihr die Hand.

»Sylvie«, wiederholte er, als müßte er erst einmal überlegen, ob ihm der Name zusagte.

»Ja«, antwortete sie. »Ich meine, hallo.«

Plötzlich sah ich Adam und seine Freunde durch Sylvies Augen: große, starke Männer, die aussahen, als kämen sie von einem anderen Planeten, und die in ihrer seltsamen Kleidung sehr schön, fremdartig und bedrohlich wirkten. Sie starrte Adam wie hypnotisiert an, aber Adam wandte seine Aufmerksamkeit wieder mir zu.

»Daniel und Klaus sind gerade aus Seattle zurückgekommen.« Er nahm meine Hand und preßte sie an sein Gesicht. »Wir gehen was trinken. Gleich hier um die Ecke. Möchten Sie mitkommen?« Die Frage war an Sylvie gerichtet, und er sah sie dabei scharf an. Sylvie zuckte ein wenig zusammen.

»Nein«, antwortete sie, als wäre ihr gerade eine verführerische, aber sehr gefährliche Droge angeboten worden. »Nein, nein. Ich muß, ähm...«

»Sie muß ein Buch kaufen«, erklärte ich.

»Ja«, pflichtete sie mir zögernd bei. »Unter anderem. Ich muß wirklich gehen.«

»Dann eben ein andermal«, sagte Adam, und wir verließen den Laden. Ich drehte mich um und winkte Sylvie zu, als stünde ich am Fenster eines Zuges, der gerade aus dem Bahnhof fuhr, während sie auf dem Bahnsteig zurückblieb. Ihr Gesichtsausdruck wirkte entgeistert, fast ein wenig ehrfürchtig. Im Gehen legte mir Adam die Hand auf den Rücken. Nachdem wir ein paarmal abgebogen waren, standen wir in einer winzigen Seitenstraße. Ich sah Adam fragend an, aber statt einer Antwort drückte er neben einer anonym wirkenden Tür auf einen Klingelknopf. Summend sprang die Tür auf, und wir gelangten über eine Treppe in einen gemütlichen Raum mit einer Bar, einem Kamin und ein paar locker verteilten Tischen und Stühlen.

»Ist das ein Club?«

»Ja, das ist ein Club«, antwortete Adam, als wäre das so offensichtlich, daß man es eigentlich gar nicht zu erwähnen brauchte. »Setzt euch in den Nebenraum. Ich hole uns allen ein Bier. Klaus kann euch in der Zwischenzeit von seinem bescheuerten Buch erzählen.«

Ich trat mit Daniel und Klaus in einen kleineren Raum, in dem ebenfalls ein paar Tische und Stühle herumstanden. Wir ließen uns an einem der Tische nieder.

»Was ist das für ein Buch?« fragte ich Klaus lächelnd.

»Ihr...« Er hielt inne. »Adam ist sauer auf mich. Ich habe ein Buch über das geschrieben, was letztes Jahr auf dem Berg passiert ist.« Sein Akzent klang amerikanisch.

»Waren Sie dabei?«

Er hob die Hände. An der linken Hand fehlten der kleine Finger und die Hälfte des Ringfingers. An der rechten Hand war nur noch die Hälfte des kleinen Fingers vorhanden.

»Ich habe Glück gehabt«, erklärte er. »Mehr als Glück. Adam hat mich runtergeschleppt. Er hat mir das Leben gerettet.« Er lächelte. »Ich kann Ihnen das nur sagen, weil er gerade nicht da ist. Wenn er zurückkommt, werde ich ihm wieder an den Kopf knallen, was für ein Arschloch er ist.«

Adam kehrte zurück, stellte ein paar Flaschen auf den Tisch und verschwand wieder. Als er das zweitemal zurückkam, hatte er einen Teller voll Sandwiches dabei.

»Seid ihr alle drei alte Freunde?« fragte ich.

»Freunde und Kollegen«, antwortete Daniel.

»Daniel ist für eine weitere Himalajatour angeheuert worden. Das Ganze soll nächstes Jahr stattfinden. Er will, daß ich mitkomme.«

»Wirst du gehen?«

»Ich glaube schon.« Ich muß ihn besorgt angesehen haben, denn Adam lachte. »Ist das für dich ein Problem?«

Ich schüttelte den Kopf.

»Es ist dein Beruf«, antwortete ich. »Damit habe ich kein Problem. Solange du aufpaßt, wo du hintrittst.«

Sein Gesicht wurde ernst, und er drückte sich an mich und küßte mich zärtlich.

»Gut«, sagte er, als hätte ich einen Test bestanden.

Ich nahm einen Schluck von dem Bier und lehnte mich dann zurück, um die Männer dabei zu beobachten, wie sie sich über Dinge unterhielten, von denen ich nichts verstand. Es ging um Ausrüstung und Logistik. Eigentlich lag es gar nicht so sehr daran, daß ich sie nicht verstand, sondern eher daran, daß ich ihrer Unterhaltung gar nicht bis ins Detail folgen wollte. Es bereitete mir großes Vergnügen, Adam, Daniel und Klaus dabei zuzusehen, wie sie sich über etwas unterhielten, das ihnen ungeheuer wichtig war. Mir gefielen die technischen Ausdrücke, die ich nicht kannte, und manchmal betrachtete ich verstohlen Adams Gesicht. Seine angespannten Züge erinnerten mich an etwas, und plötzlich fiel es mir ein. Genauso hatte er ausgesehen, als wir uns zum erstenmal begegnet waren.

Später, im Bett, fragte mich Adam nach Sylvie. Rund um das Bett waren unsere Kleider verstreut, und zu unseren Füßen schnurrte Sherpa, die Katze, die zur Wohnung gehörte. Da sie noch namenlos war, hatte ich sie Sherpa getauft – das einzige Wort, das ich mit Himalajabesteigungen in Zusammenhang brachte.

»Was hat sie gesagt?« fragte er.

Das Telefon klingelte.

»Diesmal gehst du ran«, sagte ich.

Adam zog eine Grimasse und hob ab.

»Hallo?«

Er legte wieder auf.

»Jeden Abend und jeden Morgen«, sagte ich mit einem grimmigen Lächeln. »Ein Anrufer mit geregelten Arbeitszeiten. Langsam macht mir die Sache angst, Adam.«

»Wahrscheinlich ist es bloß ein technischer Defekt«, meinte er. »Oder jemand, der mit dem Vormieter sprechen möchte. Was hat sie gesagt?«

»Sie hat mich über dich ausgefragt«, antwortete ich. Adam stöhnte. Ich gab ihm einen Kuß. Vorsichtig biß ich in seine Unterlippe, erst ganz sanft, dann ein wenig fester. »Und sie hat gesagt, ich soll es genießen, solange ich dabei keinen ernsthaften Schaden davontrage.«

Die Hand, die gerade noch meinen Rücken gestreichelt hatte, drückte mich plötzlich fest auf die Matratze.

»Ich habe uns heute eine Creme gekauft«, sagte er. »Cold Cream. Ich möchte dir keinen Schaden zufügen. Ich möchte dir bloß weh tun.«

11. KAPITEL

Beweg dich nicht. Bleib genauso, wie du bist.« Adam stand am Fußende des Bettes und starrte durch den Sucher einer Polaroidkamera auf mich herunter. Ich lag nackt auf dem Bett. Nur meine Füße waren zugedeckt. Die Wintersonne schien schwach durch die dünnen, zugezogenen Vorhänge.

»Bin ich wieder eingeschlafen? Wie lang stehst du schon da?«

»Beweg dich nicht, Alice!« Einen Moment lang blendete mich das Blitzlicht, dann war ein Surren zu hören, und die Plastikkarte schob sich heraus, als würde mir die Kamera die Zunge herausstrecken.

»Wenigstens gehst du damit nicht zu Boot's, um den Film entwickeln zu lassen.«

»Nimm die Arme über den Kopf. Ja, genau so!« Er trat neben das Bett und strich mir das Haar aus dem Gesicht. Dann bezog er wieder am Fußende Stellung. In voller Montur stand er da, die Kamera in der Hand, einen Ausdruck leidenschaftsloser Konzentration auf dem Gesicht. »Spreiz die Beine ein bißchen weiter.«

»Mir ist kalt.«

»Ich werde dich gleich wärmen. Warte noch einen Augenblick.«

Wieder blitzte die Kamera.

»Warum tust du das?«

»Warum?« Er legte die Kamera weg und setzte sich auf die Bettkante. Die beiden Fotos warf er neben mich aufs Laken. Ich sah zu, wie ich darauf langsam Gestalt annahm. Die Aufnahmen erschienen mir häßlich; meine Haut wirkte zum Teil fahl, zum Teil gerötet und fleckig. Sie erinnerten mich an Polizeifotos von Tatorten. Schnell schob ich den Gedanken wieder beiseite. Adam griff nach meiner Hand, die ich immer noch gehorsam über dem Kopf hielt, und preßte sie gegen seine Wange. »Weil ich es will.« Er drehte den Kopf ein wenig zur Seite und ließ seine Lippen über meine Handfläche gleiten.

Das Telefon klingelte, und wir sahen uns an.

»Geh nicht ran«, sagte ich. »Bestimmt ist es wieder er.«

»Er?«

»Oder sie.«

Wir warteten, bis das Telefon zu klingeln aufgehört hatte.

»Was, wenn es Jake ist?« fragte ich. »Der Anrufer, meine ich?«

»Jake?«

»Wer sollte es sonst sein? Früher hast du keine solchen Anrufe bekommen. Erst seit ich bei dir eingezogen bin. Das hast du selbst gesagt.« Ich sah ihn an. »Vielleicht ist es ja deine Ex.«

Adam zuckte mit den Achseln.

»Vielleicht«, antwortete er und griff wieder nach der Kamera, aber ich kämpfte mich in eine sitzende Position.

»Ich muß aufstehen, Adam. Kannst du ein bißchen für mich einheizen?«

Die Wohnung, die im obersten Stockwerk eines großen viktorianischen Hauses lag, war spartanisch ausgestattet. Es gab keine Zentralheizung und nur einige wenige Möbel. Meine Sachen beanspruchten eine Ecke des großen dunklen Schrankes, und Adams Habseligkeiten stapelten sich in der Ecke des Schlafzimmers. Er hatte sie noch nicht ausgepackt. Die Teppiche waren alt, die Vorhänge dünn, und in der Küche hing eine nackte Glühbirne über dem kleinen Herd. Wir kochten nur ganz selten. Statt dessen aßen wir fast jeden Abend in irgendeinem kleinen, schummrigen Restaurant, ehe wir in unser hohes Bett zurückkehrten und uns leidenschaftlich liebten. Ich fühlte mich vor Leidenschaft halb blind. Alles kam mir verschwommen und irreal vor. Alles bis auf mich und Adam. Mein ganzes Leben lang hatte ich einen freien Willen besessen, mein Leben fest im Griff gehabt und immer gewußt, wohin ich unterwegs war. Keine meiner Beziehungen hatte mich wirklich von meinen Zielen ablenken können. Jetzt aber fühlte ich mich, als wäre mir das Ruder entglitten – als würde ich ziellos umhertreiben. Ich hätte alles dafür gegeben, nur um seine Hände auf meinem Körper zu spüren. Manchmal, wenn ich in den frühen, noch dunklen Morgenstunden als erste aufwachte und das Gefühl hatte, im Bett eines Fremden zu liegen, weil Adam sich im Schlaf von mir abgewandt hatte und in die geheime Welt seiner Träume hinabgetaucht war, oder wenn ich nach der Arbeit das Büro verließ, empfand ich plötzlich eine große Angst, die erst nachließ, wenn ich wieder bei Adam war und seine nicht nachlassende Verzückung spürte. Ich hatte mich in einem anderen Menschen verloren.

An diesem Morgen tat mir alles weh. Im Badspiegel sah ich, daß sich ein leuchtendroter Kratzer an meinem Hals herunterzog und meine Lippen geschwollen waren. Adam kam herein und stellte sich hinter mich. Unsere Blicke trafen sich im Spiegel. Er leckte einen Finger ab und ließ ihn dann über den Kratzer gleiten. Nachdem ich mich fertig angezogen hatte, drehte ich mich zu ihm um.

»Wen hat es vor mir gegeben, Adam? Hör auf, mit den Schultern zu zucken! Ich meine es ernst.«

Er schwieg einen Moment, als würde er verschiedene Möglichkeiten abwägen.

»Ich schlage dir einen Deal vor«, sagte er schließlich. Das klang schrecklich förmlich, aber wahrscheinlich mußte es so sein. Normalerweise erzählt man sich solche Dinge in der Nacht, wenn man miteinander geschlafen hat und in so zärtlicher Stimmung ist, daß man Einzelheiten über sein früheres Liebesleben verrät, kleine Informationsschnipsel, die man sich als Zeichen der Intimität und des Vertrauens gegenseitig zum Geschenk macht. Wir hatten nichts dergleichen getan. Adam half mir in die Jacke. »Wir gönnen uns irgendwo in der Nähe ein spätes Frühstück. Dann muß ich kurz weg, um ein paar Sachen abzuholen.

Und dann«, fuhr er fort, während er die Tür öffnete, »treffen wir uns wieder hier oben, und du kannst mir erzählen, wen du gehabt hast, und ich werde dir von meinen Frauen erzählen.«

»Von allen?«

»Von allen.«

»... und davor war ich mit Rob zusammen. Rob war Graphikdesigner, er hielt sich für einen Künstler. Er war um einiges älter als ich und hatte von seiner ersten Frau eine zehnjährige Tochter. Er war ein ziemlich stiller Typ, aber ...«

»Was habt ihr gemacht?«

»Was?«

»Was habt ihr zusammen gemacht?«

»Du weißt schon, Filme, Pubs, Spaziergänge –«

»Du weißt, was ich meine.«

Natürlich wußte ich, was er meinte.

»Mein Gott, Adam! Verschiedene Sachen. Es ist schon Jahre her. An Einzelheiten kann ich mich nicht mehr erinnern.« Was natürlich gelogen war.

»Hast du ihn geliebt?«

Ich dachte wehmütig an Robs liebes Gesicht, an die schöne Zeit, die wir miteinander verbracht hatten. Ich hatte ihn vergöttert. Zumindest eine Zeitlang.

»Nein.«

»Erzähl weiter.«

Ich fühlte mich inzwischen ziemlich unwohl. Adam saß mir am Tisch gegenüber. Er hatte die Handflächen aneinandergelegt und fixierte mich mit seinem Blick. Über Sex zu reden fiel mir grundsätzlich schwer. Und dann auch noch in Form eines solchen Verhörs.

»Dann war noch Laurence, aber das dauerte nicht lang«, murmelte ich. Laurence war ein richtiger Clown gewesen, ein hoffnungsloser Fall.

»Und vor ihm?«

»Joe, ein früherer Kollege von mir.«

»Du hast mit ihm zusammengearbeitet?«

»Sozusagen. Aber nein, Adam, wir haben es nicht hinter dem Fotokopierer getrieben.«

Tapfer machte ich weiter. Ich hatte mir von diesem Gespräch etwas völlig anderes erwartet, eine Art wechselseitige erotische Beichte, die irgendwann im Bett enden würde. Nicht diese gefühllose, trockene Aufzählung von Männern, die für mich zugleich wichtig und unwichtig gewesen waren. »Damit wären wir bei meiner Schul- und Studienzeit angekommen. Na ja, du weißt schon ...« Ich verstummte. Der Gedanke, die relativ wenigen Jugendfreunde aufzählen zu müssen, ging mir an die Nieren, ganz zu schweigen von den paar One-Night-Stands, auf die ich mich in beschwipstem Zustand eingelassen hatte. Ich holte tief Luft: »Also gut, wenn du unbedingt meinst. Michael. Dann Gareth. Und Simon, mit dem ich anderthalb Jahre zusammen war, außerdem ein Mann namens Christopher, eine einmalige Sache.« Adam sah mich an. »Und ein Mann, von dem ich nicht mal weiß, wie er hieß. Das war auf einer Party, zu der ich eigentlich gar nicht gehen wollte. Das war's.«

»Das war's?«

»Ja.«

»Mit wem hattest du zum erstenmal Sex? Und wie alt warst du da?«

»Verglichen mit meinen Freundinnen ziemlich alt. Er hieß Michael, und ich war siebzehn.«

»Wie war es?«

Irgendwie erschien mir diese Frage unverfänglich. Vielleicht, weil es schon so lange her war und die Frau von heute nichts mehr mit dem Mädchen von damals zu tun hatte. Es war faszinierend gewesen. Seltsam, aber faszinierend.

»Schrecklich«, sagte ich. »Schmerzhaft. Kein bißchen lustvoll.«

Er beugte sich zu mir herüber, berührte mich aber nicht.

»Hat es dir später immer Spaß gemacht?«

»Ähm, nein, nicht immer.«

»Hast du je so getan, als ob?«

»Das hat jede Frau schon mal gemacht.«

»Bei mir auch?«

»Nie. Mein Gott, nein.«

»Können wir jetzt endlich vögeln?« Er saß noch immer mit geradem Rücken auf dem unbequemen Küchenstuhl, ein ganzes Stück weit von mir entfernt.

Ich brachte ein Lachen zustande.

»Vergiß es, Adam! Jetzt bist du an der Reihe.«

Seufzend lehnte er sich zurück und hielt die Finger hoch, um seine Affären wie ein Buchhalter abzuzählen.

»Vor dir war Lily, die ich letzten Sommer kennengelernt habe. Vor ihr war Françoise. Das hat ein paar Jahre gedauert. Vor ihr war ... ähm ...«

»Fällt es dir schwer, dich zu erinnern?« fragte ich sarkastisch, aber mit einem Zittern in der Stimme. Ich hoffte, daß er es nicht bemerkt hatte.

»Nein, das fällt mir nicht schwer. Lisa. Und vor Lisa gab es ein Mädchen namens Penny.« Er schwieg einen Moment. »Eine gute Bergsteigerin.«

»Wie lang hat das mit Penny gedauert?« Ich hatte einen Katalog von Eroberungen erwartet, nicht diese knappe Liste ernsthafter Beziehungen. Panik stieg in mir auf.

»Etwa achtzehn Monate.«

»Oh.« Wir schwiegen beide. »Warst du deinen Freundinnen treu?« zwang ich mich zu fragen. Was ich eigentlich wissen wollte, war, ob sie alle schöne Frauen gewesen waren, schöner als ich.

Er sah mich über den Tisch hinweg an.

»So war das nicht. Das waren alles keine so ausschließlichen Beziehungen.«

»Wie oft warst du ihnen untreu?«

»Hin und wieder mal.«

»Wie oft?«

Er schüttelte den Kopf.

»Komm schon, Adam. Einmal, zweimal, zwanzigmal, vierzig- oder fünfzigmal?«

»So um den Dreh rum.«

»Du meinst, vierzig- oder fünfzigmal?«

»Alice, komm her.«

»Nein! Nein, das ist so... ich fühle mich so schrecklich. Ich meine, warum bin ich etwas Besonderes?« Ein Gedanke schoß mir durch den Kopf. »Du hast doch wohl nicht...«

»Nein!« Seine Stimme klang scharf. »Lieber Gott, Alice, versteh doch endlich! Spürst du das denn nicht? Außer dir gibt es niemanden mehr.«

»Woher soll ich das wissen?« hörte ich mich mit weinerlicher Stimme sagen. »Ich habe das Gefühl, ein bißchen zu spät auf der Party erschienen zu sein.« All diese Frauen, die sein Leben bevölkerten. Was hatte ich da für eine Chance?

Adam stand auf und kam zu mir herüber. Er zog mich hoch und nahm mein Gesicht in beide Hände.

»Du weißt es, Alice, nicht wahr?«

Ich schüttelte den Kopf.

»Alice, schau mich an.« Er hielt mein Gesicht so, daß ich ihn ansehen mußte, und blickte mir tief in die Augen. »Alice, vertraust du mir? Tust du mir einen Gefallen?«

»Das kommt ganz darauf an«, sagte ich schmollend wie ein trotziges Kind.

»Warte auf mich«, sagte er.

»Wo?«

»Hier«, antwortete er. »Es dauert nur eine Minute.«

Es dauerte ein bißchen länger, aber es waren tatsächlich nur ein paar Minuten. Ich hatte kaum meinen Kaffee ausgetrunken, als es an der Tür klingelte. Er hat einen Schlüssel, sagte ich mir und machte nicht auf, aber er kam nicht herein, und es klingelte erneut. Seufzend ging ich hinunter. Ich öffnete die Tür, aber Adam war nicht da. Ein Hupen ließ mich zusammenzucken. Ich blickte mich um und entdeckte Adam in einem Wagen, irgendeinem alten, mir unbekannten Modell. Ich trat an die Fahrerseite.

»Was hältst du davon?«

»Gehört der uns?«

»Nur heute nachmittag. Steig ein!«

»Wohin fahren wir?«

»Vertrau mir.«

»Wehe, es gefällt mir nicht! Sollte ich nicht lieber abschließen?«

»Das mache ich. Ich muß noch etwas holen.«

Ein paar Sekunden lang zog ich ernsthaft in Betracht, mich zu weigern, aber dann ging ich doch zur Beifahrerseite hinüber und stieg ein. Adam lief ins Haus und kehrte eine Minute später zurück.

»Was hast du geholt?«

»Meine Brieftasche«, antwortete er. »Und das hier.« Er warf die Polaroidkamera auf den Rücksitz.

O Gott, dachte ich, sagte aber nichts.

Ich blieb lange genug wach, um mitzubekommen, daß wir London auf der M1 verließen, aber dann schlief ich ein, wie ich es immer tue, wenn ich Beifahrer bin. Irgendwann schreckte ich kurz hoch und stellte fest, daß wir die Autobahn verlassen hatten und durch eine wilde, mit Buschwerk bewachsene Landschaft fuhren.

»Wo sind wir?« fragte ich.

»Laß dich überraschen!« antwortete Adam mit einem Lächeln.

Ich schlief wieder ein. Als ich zum zweitenmal wach wurde, fiel mein Blick auf eine alte angelsächsische Kirche neben der Straße. Ansonsten wies die Landschaft keine besonderen Merkmale auf.

»Eadmund mit a«, bemerkte ich verschlafen.

»Er hat den Kopf verloren«, antwortete Adam neben mir.

»Was?«

»Er war ein angelsächsischer König. Nachdem die Wikinger ihn gefangengenommen hatten, töteten sie ihn, zerstückelten ihn und verstreuten die Leichenteile in der Gegend. Seine Gefolgsleute konnten ihn zuerst nicht finden, aber dann geschah ein Wunder. Eine Stimme rief ›Hier bin ich!‹, bis sie sämtliche Teile entdeckt hatten.«

»Ich wünschte, Schlüssel könnten das auch. Wie oft habe ich mir schon gewünscht, mein Schlüsselbund würde ›Hier bin ich!‹ rufen, so daß ich nicht in all meinen Taschen nach ihm suchen müßte.«

An einer Weggabelung stand ein aufwendig gearbeitetes, mit einem Adler versehenes Denkmal, das an die Gefallenen der königlichen britischen Luftwaffe erinnerte. Wir nahmen die rechte Abzweigung.

»Wir sind da«, erklärte Adam.

Er brachte den Wagen am Straßenrand zum Stehen und stellte den Motor ab.

»Wo?« fragte ich.

Adam griff nach der Kamera.

»Komm!« sagte er.

»Ich hätte meine Wanderstiefel mitnehmen sollen.«

»Es sind bloß ein paar hundert Meter.«

Adam nahm meine Hand, und wir gingen einen Feldweg entlang, der von der Straße abzweigte. Nach einer Weile bogen wir vom Weg ab und gingen durch ein kleines Wäldchen und dann einen rutschigen Hang hinauf, der noch mit nassem Herbstlaub bedeckt war. Adam ging schweigend und in Gedanken versunken neben mir her. Als er schließlich zu sprechen begann, erschrak ich fast.

»Vor ein paar Jahren habe ich den K2 bestiegen«, sagte er. Ich nickte und sah ihn an, aber sein Blick war in die Ferne gerichtet. Er schien noch immer in seine eigene Welt versunken zu sein. »Viele große Bergsteiger haben das nie versucht, und viele sind bei dem Versuch ums Leben gekommen. Als ich oben stand, war mir verstandesmäßig klar, daß das mit ziemlicher Sicherheit das Größte war, was ich als Bergsteiger je leisten würde, aber ich empfand nichts dabei. Ich blickte mich um, aber…« Er machte eine verächtliche Geste. »Ich stand fünfzehn Minuten dort oben und wartete, bis Kevin Doyle es auch geschafft hatte. Die ganze Zeit über stellte ich Berechnungen an, überprüfte meine Ausrüstung, ging im Kopf unsere Vorräte durch und legte unsere Abstiegsroute fest. Sogar wenn ich den Blick über die Landschaft schweifen ließ, war der Berg für mich nur als Problem vorhanden.«

»Warum tust du es dann?«

Er schüttelte ungeduldig den Kopf.

»Nein, du verstehst nicht, worauf ich hinauswill. Sieh mal!« Wir traten gerade aus den Bäumen auf eine Grasfläche hinaus, die fast wie eine Moorlandschaft aussah. »Das ist die Landschaft, die ich liebe, und nicht ein ungezähmtes Stück Berg.« Er legte den Arm um mich. »Ich war schon einmal hier, und ich empfand diese Landschaft damals als eines der schönsten Fleckchen Erde, die ich je gesehen hatte. Wir leben auf einer der am dichtesten besiedelten Inseln der Welt, und trotzdem stehen wir hier auf einem Stück Grasland abseits eines kleinen Waldwegs, weit weg von jeder größeren Straße. Betrachte es durch meine Augen, Alice. Sieh mal dort hinunter! Die Kirche, an der wir vorbeigekommen sind, fügt sich in die Landschaft, als wäre sie dort wie ein Baum aus dem Boden gewachsen. Und schau dir die Felder an, die unterhalb der Kirche liegen, aber trotzdem ganz nah wirken: wie eine Platte aus grünen Fluren. Komm und stell dich hierher, neben den Weißdornbusch.«

Es dauerte eine Weile, bis Adam mich so postiert hatte, wie er sich das vorstellte. Dann blieb er dicht vor mir stehen und blickte sich um, als müßte er sich ganz genau orientieren. Ich fühlte mich sehr unwohl und schob ihn verwirrt ein Stück von mir weg. Was hatte das alles mit seinen vielen Seitensprüngen zu tun?

»Und dann bist da noch du, Alice, meine einzige Liebe«, sagte er. Dabei trat er einige Schritte zurück und sah mich an, als wäre ich ein wertvolles Schmuckstück in einem Schaufenster. »Du kennst bestimmt die Geschichte, daß wir alle in zwei Hälften zerbrochen sind und uns ein Leben lang nach unserem anderen Ich sehnen. Bei jeder Affäre, die wir haben, und sei sie noch so trivial, hegen wir ein klein wenig die Hoffnung, daß es sich dabei um unser anderes Ich handeln könnte.« Seine Augen wurden plötzlich dunkel wie die Oberfläche eines Sees, über dem sich eine Wolke vor die Sonne geschoben hat. Schaudernd stand ich vor dem Weißdornbusch. »Deswegen können solche Affären auch so schlimm enden – weil man dabei häufig das Gefühl hat, um etwas betrogen worden zu sein.« Er schaute sich einen Moment lang um und richtete seinen Blick dann wieder auf mich. »Aber bei dir *weiß* ich, daß du meine andere Hälfte bist.« Ich spürte, wie mir die Luft wegblieb. Meine Augen füllten sich mit Tränen.

»Mein Gott, Adam, du bist heute so seltsam! Küß mich einfach, oder halte mich fest!«

Er schüttelte den Kopf und hob die Kamera vors Gesicht.

»Ich möchte hier an dieser Stelle ein Foto von dir machen. Genau in dem Moment, in dem ich dich gefragt habe, ob du meine Frau werden willst.«

Es blitzte. Ich spürte, wie meine Knie nachgaben. Ich ließ

mich auf das feuchte Gras sinken. Adam stürzte auf mich zu und schlang die Arme um mich.

»Bist du in Ordnung?«

War ich in Ordnung? Ein Gefühl großer Freude stieg in mir auf. Ich stand lachend auf und küßte ihn fest auf den Mund. Als Zeichen meiner Liebe.

»Ist das ein Ja?«

»Natürlich ist es das, du Idiot. Ja. Ja, ja, ja!«

»Schau!« sagte er. »Hier ist sie.«

Und da war ich tatsächlich. Mit offenem Mund und weit aufgerissenen Augen nahm ich auf dem Foto langsam Gestalt an. Die Farben wurden intensiver, die Umrisse schärfer.

»Hier, bitte«, sagte er und reichte mir das Bild. »Es ist ein festgehaltener Moment, aber auch ein Versprechen. Für immer.«

Ich nahm das Foto und steckte es in meine Tasche.

»Für immer«, sagte ich.

Adam packte mein Handgelenk mit einer Heftigkeit, die mich erschreckte.

»Das meinst du doch ernst, oder, Alice? Es ist nicht das erstemal, daß ich mich ganz auf einen anderen Menschen einlasse, und ich bin schon ein paarmal enttäuscht worden. Deswegen habe ich dich hierhergebracht, damit wir einander dieses feierliche Versprechen geben können.« Er sah mich mit einem wilden Ausdruck in den Augen an, als wollte er mir drohen. »Dieses Versprechen ist wichtiger als jede Ehe.« Seine Stimme wurde ein wenig weicher. »Ich könnte es nicht ertragen, dich zu verlieren. Ich könnte dich niemals gehen lassen.«

Ich schlang meine Arme um ihn. Dann nahm ich seinen Kopf zwischen meine Hände und küßte seinen Mund, seine Augen, sein Kinn und seinen Hals. Ich sagte ihm, daß ich sein sei und er mein. Ich spürte seine Tränen auf meiner Haut, heiß und salzig. Meine einzige Liebe.

12. KAPITEL

Ich schrieb an meine Mutter. Sie würde sehr überrascht sein. Ich hatte ihr bloß mitgeteilt, daß Jake und ich uns getrennt hatten. Sie wußte noch gar nichts von Adam. Ich schrieb auch an Jake und versuchte, die richtigen Worte zu finden. Ich wollte nicht, daß er es von jemand anderem erfuhr. Nach und nach lernte ich weitere Freunde und Kollegen Adams kennen – Leute mit denen er geklettert war, Leute, mit denen er das Zelt und das Klo geteilt und für die er sein Leben riskiert hatte –, und überall, wo wir uns aufhielten, spürte ich Adams prüfenden Blick, der meine Haut zum Prickeln brachte. Ich ging zur Arbeit, saß an meinem Schreibtisch und nahm an Besprechungen teil, dachte aber die ganze Zeit nur an Adam und unsere lustvollen Nächte – die vergangenen und die zukünftigen. Immer wieder nahm ich mir vor, Sylvie, Clive und sogar Pauline anzurufen, aber irgendwie schaffte ich es nicht. Fast jeden Tag bekamen wir jetzt diese seltsamen Anrufe. Ich gewöhnte mir an, den Hörer ein Stück von meinem Ohr wegzuhalten, einen Moment lang dem keuchenden Atem zu lauschen und dann wieder aufzulegen. Eines Tages fanden wir nasses Laub und Erde in unserem Briefkasten, ignorierten aber auch das. Wenn ich hin und wieder so etwas wie Angst verspürte, dann wurde sie durch all die anderen heftigen Emotionen überlagert.

Ich fand heraus, daß Adam sehr gut indisch kochte. Daß ihn Fernsehen langweilte. Daß er einen sehr schnellen Gang hatte. Daß er die wenigen Kleidungsstücke, die er besaß, sehr sorgfältig flickte. Daß er gern Whisky, guten Rotwein und Weizenbier trank und daß er Bohnen, grätigen Fisch und Kartoffelbrei verabscheute. Daß sein Vater noch am Leben war. Daß er keine Romane las. Daß er fast fließend Spanisch und Französisch sprach, dieser Mistkerl. Daß er mit einer Hand einen Knoten machen konnte. Daß er früher unter Klaustrophobie gelitten hatte, bis er einmal gezwungen gewesen war, sechs Tage in einem kleinen Zelt auf einem zwei Fuß breiten Felsvorsprung des Annapurna zu verbringen. Daß sein frostgeschädigter Fuß ihm manchmal noch weh tat. Daß er nicht viel Schlaf brauchte. Daß er Katzen und Raubvögel mochte. Daß seine Hände immer warm waren, egal, wie eisig es draußen auf den Straßen war. Daß er zum letztenmal geweint hatte, als er zwölf war und seine Mutter starb. Daß er es nicht ausstehen konnte, wenn man den Deckel eines Glases nicht wieder zuschraubte oder Schubladen offenstehen ließ. Daß er mindestens zweimal am Tag duschte und sich mehrmals die Woche die Nägel schnitt. Daß er immer Papiertaschentücher dabeihatte. Daß er mich mit einer Hand auf dem Bett festhalten konnte. Daß er selten lächelte oder lachte. Jedesmal wenn ich aufwachte, war er neben mir und starrte mich an.

Ich ließ ihn Fotos von mir machen. Ich ließ zu, daß er mir beim Baden, Pinkeln und Schminken zusah. Ich ließ sogar zu, daß er mich ans Bett fesselte. Bald kam es mir vor, als wäre mein Innerstes nach außen gekehrt worden und meine ganze private innere Landschaft – alles, was einmal mir allein gehört hatte – bis ins kleinste von Adam erforscht worden. Ich glaube, ich war sehr, sehr glücklich, aber wenn das, was ich mit Adam erlebte, Glück war, dann war ich noch nie zuvor glücklich gewesen.

Am Donnerstag, vier Tage nachdem Adam mich gefragt hatte, ob ich ihn heiraten wolle, und drei Tage nachdem wir auf dem Standesamt gewesen waren, um das Aufgebot zu bestellen, die entsprechenden Formulare zu unterschreiben und die erforderlichen Zahlungen zu leisten, rief mich Clive im Büro an. Ich hatte nichts mehr von ihm gesehen oder gehört, seit wir damals beim Kegeln gewesen waren – an dem Tag, an dem ich Jake verlassen hatte. Sehr höflich und formell fragte er mich, ob Adam und ich zu Gails Geburtstagsparty kommen wollten. Das Fest finde am Freitag, also morgen, ab neun Uhr statt. Für Essen, Trinken und Tanzmusik sei gesorgt.

Ich zögerte.

»Wird Jake auch dort sein?«

»Ja, natürlich.«

»Und Pauline?«

»Ja.«

»Wissen sie, daß du mich einlädst?«

»Ich hätte dich nicht angerufen, wenn ich nicht vorher mit den beiden gesprochen hätte.«

Ich holte tief Luft.

»Dann gib mir mal die Adresse.«

Ich ging davon aus, daß Adam sich weigern würde, aber er überraschte mich.

»Natürlich, wenn es dir wichtig ist«, sagte er lässig.

Ich zog das schokoladenbraune Samtkleid mit den langen Ärmeln, dem tiefen Ausschnitt und dem geschlitzten, fließenden Rock an, das er mir gekauft hatte. Es war das erstemal seit Wochen, daß ich mich so richtig schön machte. Mir wurde bewußt, daß ich, seit ich Adam kannte, kaum mehr darauf achtete, was ich trug oder wie ich aussah. Ich hatte abgenommen und war sehr blaß. Mein Haar brauchte dringend einen Schnitt, und ich hatte dunkle Ringe unter den Augen. Trotzdem hatte ich, als ich an diesem Abend einen letzten kritischen Blick in den Spiegel warf, das Gefühl, eine neue Art von Schönheit auszustrahlen. Vielleicht lag es aber auch nur daran, daß ich krank war oder verrückt.

Gails Wohnung lag in einem großen, baufällig aussehenden Gebäude in Finsbury Park. Als wir dort eintrafen, waren alle Fenster beleuchtet, und schon vom Gehsteig aus konnten wir Musik und lachende Stimmen hören. Die Vorhänge waren zurückgezogen, so daß durch die Fenster die Silhouetten der Gäste zu erkennen waren. Ich packte Adam am Arm.

»Glaubst du, es ist eine gute Idee? Vielleicht hätten wir doch nicht herkommen sollen.«

»Laß uns eine Weile hierbleiben. Dann kannst du mit allen reden, mit denen du reden möchtest, und hinterher verschwinden wir schnell wieder und gehen noch irgendwo essen.«

Gail öffnete die Tür.

»Alice!« Sie küßte mich überschwenglich auf beide Wangen, als wären wir alte Freundinnen, und wandte sich dann mit fragendem Blick an Adam, als habe sie keine Ahnung, wer er sei.

»Adam, das ist Gail. Gail, Adam.«

Adam nahm wortlos ihre Hand und hielt sie einen Moment fest. Sie sah ihn an. »Sylvie hatte recht«, kicherte sie. Sie war bereits betrunken.

»Herzlichen Glückwunsch zum Geburtstag, Gail!« sagte ich trocken, so daß sie ihre Aufmerksamkeit wieder mir zuwenden mußte.

Der Raum war voller Leute, die alle ein Weinglas oder eine Bierdose in der Hand hielten. In einer Ecke standen ein paar Musiker mit ihren Instrumenten herum, spielten aber nicht. Statt dessen dröhnte laute Musik aus der Stereoanlage. Ich nahm zwei Gläser vom Tisch, schenkte Adam und mir etwas Wein ein und sah mich um. Jake unterhielt sich in der Nähe des Fensters mit einer Frau in einem auffallend kurzen Lederrock. Er hatte mich nicht hereinkommen sehen oder tat zumindest so.

»Alice.«

Ich drehte mich um.

»Pauline. Schön, dich zu sehen.« Ich ging auf sie zu und küßte sie auf die Wange, aber sie erwiderte meine herzliche Begrüßung nicht. Verlegen stellte ich ihr Adam vor.

»Das habe ich mir fast gedacht«, sagte sie.

Adam nahm sie am Arm und sagte mit klarer, lauter Stimme: »Pauline, das Leben ist zu kurz, um eine gute Freundin zu verlieren.«

Sie wirkte erstaunt, brachte es aber zumindest fertig, ihm eine Antwort zu geben. Ich ließ die beiden stehen und bewegte mich langsam in Jakes Richtung. Ich wollte es möglichst schnell hinter mich bringen. Inzwischen hatte er mich gesehen. Er sprach noch immer mit der Frau im Lederrock, aber sein Blick wanderte immer wieder in meine Richtung. Ich ging zu ihm hinüber.

»Hallo, Jake«, sagte ich.

»Hallo, Alice.«

»Hast du meinen Brief bekommen?«

Die Frau drehte sich um und schlenderte davon. Jake lächelte mich an und sagte: »Mein Gott, das war gerade ganz schön anstrengend. Es ist schwer, wieder Single zu sein. Ja, ich habe deinen Brief bekommen. Wenigstens hast du nicht geschrieben, daß du hoffst, wir könnten Freunde bleiben.«

Ich sah, wie Adam am anderen Ende des Raums mit Sylvie und Clive sprach. Pauline war nach wie vor an seiner Seite, er hielt noch immer ihren Arm. Mir entging nicht, daß ihn mehrere andere Frauen interessiert beäugten und sich langsam in seine Richtung treiben ließen. Eifersucht regte sich in mir. Aber dann sah Adam in meine Richtung, unsere Blicke trafen sich, und er verzog den Mund zu einem schiefen Grinsen. Jake hatte unseren Blickwechsel beobachtet.

»Jetzt weiß ich, warum du dich plötzlich so für Bergsteigerliteratur interessiert hast«, sagte er mit einem gequälten Lächeln. Ich gab ihm keine Antwort. »Ich habe das Gefühl, mich total zum Narren gemacht zu haben. Das ist alles direkt vor meiner Nase passiert, und ich hatte keinen blassen Schimmer. Ach, übrigens, herzlichen Glückwunsch.«

»Was?«

»Wann ist es denn soweit?«

»Oh. In zweieinhalb Wochen.« Er zuckte zusammen. »Ich weiß, das geht alles ein bißchen schnell, aber warum warten...«

Ich hielt inne. Meine Stimme klang bemüht hell und fröhlich. »Kommst du klar, Jake?«

Inzwischen unterhielt sich Adam mit Sylvie. Er stand mit dem Rücken zu mir, aber Sylvie starrte mit dem verzückten Gesichtsausdruck zu ihm auf, den ich nur zu gut kannte.

»Das geht dich nichts mehr an«, antwortete Jake mit leicht zitternder Stimme. »Darf ich dich etwas fragen?« Ich sah, daß sich seine Augen mit Tränen gefüllt hatten. Es war, als hätte mein Weggehen einen neuen Jake hervorgebracht – einen, der seine Fröhlichkeit und Ironie verloren und jetzt nah am Wasser gebaut hatte.

»Was?« Mir wurde klar, daß Jake ein bißchen betrunken war. Er kam mir so nahe, daß ich seinen Atem an meiner Wange spüren konnte.

»Wenn... wenn er nicht gewesen wäre, wärst du dann bei mir geblieben und hättest mich...«

»Alice, es ist Zeit zu gehen.« Adam schlang von hinten beide Arme um mich und legte sein Kinn auf meinen Kopf. Er hielt mich so fest umklammert, daß ich kaum Luft bekam.

»Adam, das ist Jake.«

Keiner der beiden Männer sagte etwas. Adam ließ mich los und streckte Jake die Hand entgegen. Es dauerte eine Weile, bis Jake reagierte. Dann griff er mit verwirrter Miene nach Adams Hand. Adam nickte ihm zu. Von Mann zu Mann. Plötzlich war mir nach Kichern zumute, aber ich beherrschte mich.

»Auf Wiedersehen, Jake«, sagte ich verlegen. Ich wollte ihn eigentlich auf die Wange küssen, aber Adam zog mich weg.

»Komm, Liebes«, sagte er und führte mich aus dem Raum. Im Gehen winkte ich noch rasch in Paulines Richtung.

Draußen vor dem Haus blieb Adam stehen und zog mich an sich. »Zufrieden?« fragte er und küßte mich leidenschaftlich. Ich ließ meine Arme unter seine Jacke und sein Hemd gleiten. Als ich mich wieder von ihm löste, sah ich, daß Jake noch immer am

Fenster stand und uns beobachtete. Unsere Blicke trafen sich, aber sonst zeigte er keine Reaktion.

13. KAPITEL

Ich versuchte, meine Frage beiläufig klingen zu lassen, obwohl ich sie mir schon seit Tagen zurechtgelegt und immer wieder neu formuliert hatte. Lange nach Mitternacht lagen wir erschöpft und eng umschlungen im Dunkeln, als mir die Gelegenheit plötzlich günstig erschien.

»Dein Freund Klaus«, begann ich. »Er hat gesagt, er habe ein Buch über das geschrieben, was auf diesem Chungaberg passiert ist. Ich kann mir den Namen einfach nicht merken.«

»Chungawat«, antwortete Adam.

Sonst sagte er nichts. Man mußte ihm wirklich alles aus der Nase ziehen.

»Er hat gesagt, du seist wegen des Buchs sauer auf ihn.«

»So, hat er das?« meinte Adam bloß.

»Bist du wirklich sauer auf ihn? Ich weiß nicht, was daran so schlimm ist. Deborah hat mir erzählt, was du getan hast. Wie heldenhaft du dich benommen hast.«

Adam seufzte.

»Ich war nicht...« Er hielt inne. »Es ging dabei nicht um Heldentum. Die meisten von diesen Leuten gehörten einfach nicht auf diesen Berg. Ich...« Er nahm einen neuen Anlauf. »In dieser Höhe und unter diesen Bedingungen sind die meisten Menschen nicht überlebensfähig, wenn irgend etwas schiefläuft und sie auf sich allein gestellt sind. Das gilt sogar für sehr trainierte und erfahrene Personen, die unter anderen Bedingungen keine Probleme haben.«

»Aber das Ganze war doch nicht deine Schuld, Adam.«

»Greg hätte es nicht organisieren, und ich hätte nicht mitmachen dürfen. Die anderen hätten nicht davon ausgehen dürfen, daß die Besteigung eines solchen Berges ein Kinderspiel ist.«

»Deborah hat von einer narrensicheren Methode gesprochen, die Greg entwickelt habe, um die Leute den Berg raufzuschaffen.«

»Das war die Theorie. Dann kam ein Unwetter, und Greg und Claude wurden krank, und der Plan funktionierte nicht mehr.«

»Warum?«

Adam klang inzwischen leicht gereizt, weil ich so hartnäckig war, aber ich hatte nicht die Absicht, klein beizugeben.

»Wir waren kein richtiges Team. Nur einer von den Kunden war schon mal im Himalajagebiet gewesen. Die Leute konnten sich untereinander nicht ausreichend verständigen. Der Typ aus Deutschland, Tomas, sprach kein Wort Englisch. Das muß man sich mal vorstellen!«

»Bist du nicht neugierig, was Klaus in seinem Buch schreibt?«

»Ich weiß, was er schreibt.«

»Woher weißt du das?«

»Ich habe ein Exemplar des Buches.«

»Was? Du hast es gelesen?« fragte ich überrascht.

»Ich habe es durchgeblättert«, antwortete er fast ein bißchen verächtlich.

»Ich dachte, das Buch sei noch gar nicht erschienen.«

»Ist es auch nicht. Klaus hat mir eine von diesen unkorrigierten, vorläufigen Fassungen geschickt. Wie nennt man die Dinger noch mal?«

»Korrekturfahnen. Hast du das Buch da?«

»Es steckt in irgendeiner von meinen Taschen.«

Ich küßte so lange seine Brust, seinen Bauch und auch die tieferen Regionen, bis ich mich selbst auf seiner Haut schmecken konnte.

»Ich möchte es lesen. Du hast doch nichts dagegen, oder?«

Ich stellte für mich selbst die Regel auf, Adam nie mit Jake zu vergleichen. Vielleicht war das ein letzter, schwacher Versuch, fair zu Jake zu sein. Aber manchmal konnte ich es nicht vermeiden. Bei Jake kam es nie vor, daß er einfach etwas tat oder irgendwo hinfuhr, ohne es mir zu sagen. Dafür war er viel zu rücksichtsvoll und aufmerksam. Er holte mein Einverständnis ein oder informierte mich zumindest. In der Regel plante er alles lange im voraus und fragte mich, ob ich mitkommen wolle oder ob ich etwas anderes vorhätte. Adam war da ganz anders. Die meiste Zeit konzentrierte er sich völlig auf mich und wollte mich ständig berühren und schmecken, mit mir schlafen oder mich einfach nur ansehen. An anderen Tagen teilte er mir knapp und präzise mit, wann und wo wir uns das nächstemal sehen würden, zog dann eine Jacke an und ging.

Am nächsten Morgen stand er schon an der Tür, als es mir wieder einfiel.

»Das Buch von Klaus«, sagte ich. Er runzelte die Stirn. »Du hast es mir versprochen«, sagte ich.

Ohne ein Wort zu sagen, ging er in das andere Zimmer hinüber, und ich hörte ihn in seinen Sachen wühlen. Als er zurückkam, hatte er ein Buch mit einem hellblauen Einband in der Hand, das er zu mir aufs Sofa warf. *Berg des Seufzens* von Klaus Smith stand darauf.

»Es ist seine persönliche Sicht der Dinge, weiter nichts«, sagte er. »Wir treffen uns dann um sieben im Pelican.«

Weg war er. Während er die Treppe hinunterrannte, stellte ich mich ans Fenster, um zu sehen, wie er vors Haus trat und die Straße überquerte. Das machte ich immer so, wenn er die Wohnung verließ. Er blieb stehen und blickte zu mir hinauf. Nachdem ich ihm eine Kußhand zugeworfen hatte, drehte er sich lächelnd um. Ich kehrte aufs Sofa zurück. Ich hatte vor, ein bißchen zu lesen, mir irgendwann einen Kaffee zu machen und dann ein Bad zu nehmen, aber statt dessen rührte ich mich drei

Stunden lang nicht von der Stelle. Anfangs überflog ich den Text nur, um nach Adams Namen Ausschau zu halten, und wurde auch bald fündig. Als nächstes suchte ich nach Fotos, fand aber keine, weil das Bildmaterial erst in der endgültigen Fassung enthalten sein würde. Dann wandte ich mich dem Anfang zu, der allerersten Seite.

Das Buch war allen gewidmet, die 1997 an der Chungawatexpedition teilgenommen hatten. Unter der Widmung folgte ein Zitat aus einem alten Bergsteigerbuch aus den dreißiger Jahren: »Mögen wir, die wir unser Leben dort leben, wo die Luft dick und der Verstand klar ist, einen Moment innehalten, bevor wir Männer beurteilen, die sich in jenes Wunderland wagen, jenes Spiegelreich auf dem Dach der Welt.«

Das Telefon klingelte, und ich lauschte ein paar Sekunden lang der Stille, bevor ich auflegte. Manchmal redete ich mir ein, daß ich die Atemgeräusche hörte. Daß jemand, den ich kannte, am anderen Ende der Leitung war. Einmal sagte ich versuchsweise »Jake?«, um zu sehen, ob irgendeine Reaktion kam, vielleicht ein scharfes Luftholen oder so etwas. Diesmal war es mir ziemlich egal, wer am Apparat war. Ich wollte *Berg des Seufzens* weiterlesen.

Das Buch setzte vor mehr als fünfundzwanzig Millionen Jahren ein, als das Himalajagebirgssystem (dem Text zufolge war es »jünger als der brasilianische Regenwald«) durch den indischen Subkontinent, der in Richtung Norden trieb, zu Falten aufgeschoben wurde. Dann sprang der Text weiter zu einer katastrophalen britischen Expedition auf den Chungawat, die kurz nach dem Ersten Weltkrieg stattgefunden hatte. Der Versuch, den Gipfel zu erklimmen, fand ein jähes Ende, als ein britischer Armeemajor den Halt verlor und drei seiner Kameraden mit in die Tiefe riß, so daß sie, wie Klaus es lapidar ausdrückte, zweitausendfünfhundert Meter von Nepal nach China fielen.

Ich überflog ein paar Kapitel, in denen über Expeditionen in den späten fünfziger und den sechziger Jahren berichtet wurde. Nachdem die Erstbesteigung des Chungawat endlich geglückt war, wurde der Berg über verschiedene Routen und mit unterschiedlichen Methoden bestiegen, die jeweils als authentischer, schwieriger oder schöner galten. Diesen Teil des Buchs fand ich nicht so interessant. Nur einmal blieb mein Blick an einer Äußerung hängen, die laut Klaus von »einem anonymen amerikanischen Bergsteiger aus den Sechzigern« stammte: »Mit einem Berg ist es wie mit einer Frau: Erst will man sie einfach nur ficken, dann will man sie auf ein paar unterschiedliche Arten ficken, und dann zieht man zur nächsten weiter. Anfang der Siebziger war der Chungawat auf jede erdenkliche Weise durchgefickt, und niemand interessierte sich mehr für ihn.«

Offenbar bot der Chungawat für die Elite der Bergsteiger nicht genügend technische Herausforderung, aber es war ein schöner Berg, über den Gedichte und ein Reiseklassiker geschrieben worden waren, und Anfang der Neunziger brachte das Greg McLaughlin auf seine große Idee. Klaus beschrieb ein Gespräch mit Greg, das in einer Bar in Seattle stattgefunden hatte. Greg hatte überschwenglich von seinem Traum geschwärmt, interessierten Kunden Pauschaltouren auf den über achttausend Meter hohen Chungawat anzubieten. Die Leute würden dreißigtausend Dollar pro Kopf bezahlen, und Greg und ein paar andere Experten würden sie auf den Gipfel eines der höchsten Berge des Himalaja führen, von wo aus sie einen großartigen Blick auf drei Länder hätten. Greg träumte davon, der Thomas Cook des Himalaja zu werden, und er hatte auch schon konkrete Vorstellungen, wie sich das Ganze realisieren ließe. Sein Plan sah vor, daß jeder der beteiligten Bergführer eine Reihe von Seilen spannen sollte, die an fest im Boden verankerten Pfählen befestigt werden würden. An diesen Seilen würden die Bergsteiger mit Hilfe von Karabinern festgemacht werden. Die Seile würden entlang einer sicheren Route von Camp zu

Camp verlaufen. Je ein Bergführer sollte für ein bestimmtes, farblich markiertes Seil verantwortlich sein und bräuchte nur noch dafür zu sorgen, daß die Kunden die richtige Ausrüstung trugen und sicher am Seil hingen. »Die einzige Gefahr«, hatte er Klaus erklärt, »besteht darin, an Langeweile zu sterben.« Klaus war ein alter Freund von ihm, und Greg bat ihn, an der ersten Expedition teilzunehmen und ihm bei der Logistik zu helfen. Im Gegenzug bot er ihm einen großen Preisnachlaß an. Klaus war hinsichtlich seiner eigenen Motive absolut ehrlich. Er habe von Anfang an Zweifel gehabt und sich von der Idee abgestoßen gefühlt, aus der Bergsteigerei ein touristisches Spektakel zu machen, aber er habe Gregs Angebot trotzdem angenommen, weil er noch nie im Himalaja gewesen war und unbedingt hin wollte.

Über seine »Mitreisenden«, zu denen unter anderem ein Börsenmakler von der Wall Street und eine kalifornische Schönheitschirurgin gehörten, äußerte sich Klaus ebenfalls ziemlich zynisch. Nur von einer einzigen Person sprach er ohne jeden Zynismus. Als Adams Name zum erstenmal erwähnt wurde, spürte ich, wie sich mein Magen verkrampfte.

> Das Goldstück der Expedition war Gregs zweiter Bergführer, Adam Tallis, ein schlaksiger, gutaussehender, schweigsamer Engländer. Mit seinen dreißig Jahren war Tallis bereits einer der hervorragendsten Kletterer der jüngeren Generation. Am meisten beruhigte mich, daß er gerade im Hinblick auf das Himalaja- und Karakorumgebiet viel Erfahrung besaß. Adam, ein langjähriger Freund, kein Mann von vielen Worten, teilte offenbar meine Zweifel an dem Projekt. Der Unterschied zwischen uns war, daß er als Bergführer sein Leben aufs Spiel setzen mußte, falls irgend etwas schiefging.

Mein Magen verkrampfte sich ein zweites Mal, als Klaus berichtete, daß Adam damals vorgeschlagen habe, seine Exfreundin Françoise Colet, die unbedingt einen Himalajagipfel besteigen wollte, als Ärztin mitzunehmen. Greg war zunächst dagegen, erklärte sich dann aber doch bereit, sie als Kundin mit großem Preisnachlaß teilnehmen zu lassen.

In der daran anschließenden Passage ging es für meinen Geschmack zuviel um bürokratische Details, Sponsoren und Rivalitäten mit anderen Kletterern. Dann wurde die erste Etappe beschrieben, der Treck durch die Gebirgsausläufer von Nepal, und schließlich, fast wie eine göttliche Offenbarung, der erste Blick auf den Chungawat mit seinem berüchtigten Gemini Ridge, einem Grat, der vom Joch direkt unterhalb des Gipfels nach unten verläuft und sich zweiteilt, wobei eine Seite zu einem Abgrund führt (den der englische Major und seine Kameraden hinunterrutschten) und die andere in einen sanft abfallenden Hang übergeht. Ich hatte beim Lesen das Gefühl, das Ganze selbst mitzuerleben und zu spüren, wie das Licht heller und die Luft dünner wurde. Anfangs enthielt der Text noch heitere Elemente; es war beispielsweise von Trinksprüchen und Gebeten an die oberste Berggottheit die Rede. Außerdem berichtete Klaus von Sex in einem der Zelte, worüber die Sherpas zum Teil amüsiert, zum Teil schockiert gewesen seien, vergaß aber diskret zu erwähnen, wer daran beteiligt gewesen war. Ich fragte mich, ob wohl Adam mit ihr im Schlafsack gesteckt hatte, wer auch immer sie war – wahrscheinlich die Schönheitschirurgin, Carrie Frank, dachte ich. Mittlerweile ging ich davon aus, daß Adam mit so ziemlich jeder Frau geschlafen hatte, die ihm jemals über den Weg gelaufen war. Deborah zum Beispiel, die kletternde Ärztin aus Soho. Sie hatte so einen Ausdruck in den Augen, der mich vermuten ließ, daß die beiden etwas miteinander gehabt hatten.

Als dann die eigentliche Besteigung begann und ein Camp nach dem anderen errichtet wurde, hörte das Buch fast auf, ein

Buch zu sein, und verwandelte sich in einen fiebrigen Traum, eine Halluzination, einen Sog, in den es mich beim Lesen immer mehr hineinzog. Die Teilnehmer der Expedition wurden vor Kopfschmerzen fast blind, konnten nicht mehr essen, krümmten sich vor Magenkrämpfen, litten sogar an der Ruhr. Sie führten endlose Debatten und stritten sich. Greg McLaughlin wurde durch verwaltungstechnische Details abgelenkt und war hin- und hergerissen zwischen seinen Aufgaben als Bergführer und seinen Pflichten als Reiseveranstalter. Über achttausend Metern reduzierte und verlangsamte sich alles. Obwohl die Teilnehmer nicht wirklich klettern mußten, bedeutete jeder noch so flache Anstieg eine enorme körperliche Anstrengung. Die älteren Teilnehmer hielten alle anderen auf, was zu Spannungen innerhalb der Gruppe führte. Während all der Zeit hatte Greg nur den einen Wunsch, es mit der ganzen Gruppe bis zum Gipfel zu schaffen und zu beweisen, daß diese Form von Tourismus funktionieren konnte. Klaus zufolge war er nicht nur wie besessen von diesem Wunsch, sondern redete ständig unzusammenhängendes Zeug darüber, daß sie sich beeilen müßten, um es noch in der Schönwetterphase Ende Mai zu schaffen, ehe der Juni mit seinen Unwettern begann und katastrophale Bedingungen brachte. Dann, nachdem sie das letzte Camp unterhalb des Gipfels erreicht hatten, überzog sich der Himmel mit dunklen Wolken, und Klaus bekam mit, daß sich Greg, Adam und Claude Bresson in irgendeinem Punkt nicht einig waren. An diesem Tag hielt das Wetter, und am nächsten Morgen brach die Gruppe kurz vor Tagesanbruch in Richtung Gemini Ridge auf. Dabei folgten sie einem befestigten Seil, das von Greg und zwei der Sherpas vorbereitet worden war. Laut Greg war alles so einfach, daß es selbst Kinder nicht überfordert hätte. Die von Greg gespannten Seile waren rot, die von Claude blau und die von Adam gelb. Den Kunden wurde gesagt, welcher Farbe sie folgen sollten. Nachdem sie den Grat hinter sich gelassen hatten und sich nur noch fünfzig Höhenmeter unterhalb des Gipfels befanden, sah Klaus, der mit Claude das Schlußlicht der Gruppe bildete, daß aus Richtung Norden bedrohliche Wolken aufzogen. Er fragte Claude, ob er deswegen keine Bedenken habe, aber dieser gab ihm keine Antwort. Rückblickend war Klaus nicht sicher, ob Claude einfach um jeden Preis auf den Gipfel wollte oder bereits krank war oder ob er seine Frage vielleicht gar nicht gehört hatte. Sie stiegen weiter, und etwa eine halbe Stunde später brach das Unwetter los. Um sie herum wurde es dunkel.

Der Rest des Buchs war ein Alptraum. Klaus beschrieb das Desaster, wie er es – in seinem kranken, verwirrten und verängstigten Zustand – erlebt hatte. Er konnte weder etwas sehen noch etwas hören, nur hin und wieder tauchten aus dem Schneesturm Gestalten auf und verschwanden wieder. Inzwischen hatten sie sich quer über das Joch bis zu dem Punkt vorgekämpft, wo Claude rein theoretisch das blaue Seil angebracht hatte, das sie bis zum Gipfel führen sollte, aber zu diesem Zeitpunkt betrug die Sichtweite nur noch ein paar Schritte, und keiner verstand mehr, was der andere sagte, es sei denn, man schrie sich direkt ins Ohr. Der einzige, der aus diesem Chaos mit Klarheit hervortrat, als würde seine Gestalt immer wieder von Blitzen erhellt, war Adam. Er tauchte plötzlich aus dem Unwetter auf, verschwand wieder, tauchte erneut auf. Er schien überall gleichzeitig zu sein, hielt die Kommunikation aufrecht und führte die in zwei Gruppen aufgeteilten Kunden zu einer relativ geschützten Stelle auf dem Joch. Das wichtigste war zunächst, Greg und den schwerkranken Claude zu retten. Zusammen mit Klaus gelang es Adam, Claude, den sie mittlerweile fast tragen mußten, entlang des Seils bis zum obersten Camp zu bringen. Dann kehrten sie zu den anderen zurück, und gemeinsam halfen die beiden Greg nach unten.

Inzwischen war auch Klaus vor Erschöpfung, Unterkühlung und Durst nicht mehr ganz bei Sinnen und brach in seinem Zelt zusammen. Adam ging allein zurück nach oben, um die praktisch hilflosen Kunden nach unten zu führen. Er brachte die erste Gruppe, zu der Françoise und vier andere gehörten, bis zum Anfang des Seils, von wo aus sie sich selbst bis zum Camp nach unten tasten sollten. Adam verließ sie, um die anderen zu holen. Aber als er mit der zweiten Gruppe zurückkam, war von dem befestigten Seil nichts mehr zu sehen. Offensichtlich war es vom Sturm weggeblasen worden. Inzwischen wurde es bereits Nacht, und der Wind hatte die Temperatur auf dreißig Grad unter Null fallen lassen. Adam führte die zweite Gruppe zurück zum Joch. Dann ging er allein und ohne Seil den Grat hinunter, um sein eigenes Seil zu holen und nachzusehen, ob von den anderen jemand in der Lage war, ihm zu helfen. Greg, Claude und Klaus waren ohne Bewußtsein, und von der ersten Gruppe fehlte jede Spur.

Daraufhin stieg Adam wieder den Grat hinauf, brachte das gelbe Seil an und führte die zweite Gruppe nach unten. Ein paar der Leute mußten sofort medizinisch versorgt werden, aber nachdem er sich um sie gekümmert hatte, zog er ein weiteres Mal los, um allein in der Dunkelheit nach der vermißten Gruppe zu suchen. Es war hoffnungslos. Mitten in der Nacht erwachte Klaus und nahm in seinem Delirium an, Adam sei ebenfalls verschwunden, bis er dann später ins Zelt gestürzt kam und vor Erschöpfung zusammenbrach.

Die erste Gruppe wurde am folgenden Tag gefunden. Den fünf Menschen war ein kleiner, aber tragischer Fehler unterlaufen. Nachdem sich das befestigte Seil gelöst hatte und in den Abgrund geweht worden war, waren sie, irritiert durch die Dunkelheit, das Schneetreiben und das Tosen des Sturms, an der falschen Seite des Gemini Ridge hinuntergestolpert und auf diese Weise hoffnungslos und unwiderruflich von ihrem Weg abgekommen, bis sie schließlich einen ungeschützten Kamm erreichten, der zu beiden Seiten steil abfiel. Die Leichen von

Françoise Colet und einem Amerikaner, Alexis Hartounian, wurden nie gefunden. Sie mußten bei dem Versuch, sich auf dem Grat nach oben zurückzukämpfen, in den Abgrund gestürzt sein. Vielleicht hatten sie aber auch vorgehabt, sich zum Lager durchzuschlagen, das sie irrtümlicherweise vor sich vermuteten. Die anderen versuchten, sich in dem nächtlichen Unwetter gegenseitig zu wärmen, und starben einen langsamen Tod. Am folgenden Morgen fand sie ein Suchtrupp von Sherpas. Wie Klaus berichtete, war nur noch einer aus der Gruppe am Leben, ein Amerikaner namens Pete Papworth, der, als sie ihn fanden, ein einziges kleines Wort vor sich hinmurmelte: »Help! Help!« Hilfe, Hilfe. Immer wieder. Help! Help! Vergebliche Hilferufe, die ungehört verhallt seien, schrieb Klaus mit dem ganzen Schmerz eines Mannes, der die Tragödie verschlafen hatte.

Benommen las ich die letzten Seiten. Ich hatte das Gefühl, kaum Luft zu bekommen, und blieb einfach auf dem Sofa liegen, wo ich stundenlang geschlafen haben muß.

Als ich aufwachte, blieb mir nicht mehr viel Zeit. Ich duschte und schlüpfte in ein Kleid. Dann fuhr ich mit dem Taxi zum Pelican in Holland Park. Zu Fuß wäre ich zwar schneller gewesen, aber in dem Zustand, in dem ich mich befand, hätte ich das Lokal gar nicht gefunden. Ich bezahlte den Fahrer und ging hinein. Es waren nur ein paar Tische besetzt. In einer Ecke saß Adam mit einem Mann und einer Frau, die ich nicht kannte. Ich stürmte schnurstracks auf ihren Tisch zu, und sie blickten überrascht auf.

»Entschuldigen Sie«, sagte ich zu den anderen beiden. »Adam, könntest du einen Moment mit nach draußen kommen?«

Er sah mich mißtrauisch an.

»Was ist?«

»Komm einfach mit. Es ist sehr wichtig. Es dauert nur eine Sekunde.«

Er zuckte mit den Schultern und nickte den anderen entschuldigend zu. Ich nahm ihn an der Hand und führte ihn hinaus. Sobald wir außer Sichtweite seiner Freunde waren, drehte ich mich zu ihm um und nahm sein Gesicht in beide Hände, so daß ich ihm direkt in die Augen sehen konnte.

»Ich habe Klaus' Buch gelesen«, sagte ich. Seine Augen flackerten beunruhigt auf. »Ich liebe dich, Adam. Ich liebe dich so sehr.«

Ich konnte vor lauter Tränen nichts mehr sehen, aber ich spürte seine Arme.

14. KAPITEL

Die Dame hat schmale Füße, Mr. Tallis.« Er hielt meinen Fuß, als wäre er ein Stück Ton, und drehte ihn in seinen dünnen Händen.

»Ja, achten Sie darauf, daß er um die Knöchel gut sitzt. Wir wollen doch nicht, daß sie Wasserblasen bekommt.«

Ich war noch nie in so einem Laden gewesen, auch wenn ich schon öfter mal an einem vorbeigekommen war und in seine dämmrigen, teuren Tiefen hineingespäht hatte. Ich probierte keine Schuhe, sondern wurde von einem Schuhmacher vermessen, der mir welche maßanfertigen sollte. Meine Socken – lila und an einigen Stellen schon recht dünn – wirkten in dieser Umgebung äußerst schäbig.

»Und einen hohen Rist.«

»Ja, das ist mir auch schon aufgefallen.« Adam griff nach meinem anderen Fuß und untersuchte ihn. Ich kam mir vor wie ein Pferd beim Beschlagen.

»An welche Art Wanderstiefel haben Sie denn gedacht?«

»Na ja, da ich noch nie …«

»Normale Trekkingschuhe. Ziemlich hoch, damit die Knöchel abgestützt sind. Möglichst leicht«, erklärte Adam in bestimmtem Tonfall.

»Wie die letzten, die ich gemacht habe? Die für –«

»Ja.«

»Für wen?« fragte ich. Beide Männer ignorierten meine Frage. Ich entzog ihnen meine Füße und stand auf.

»Sie müssen bis nächsten Samstag fertig sein«, erklärte Adam.

»Das ist doch unser Hochzeitstag.«

»Deswegen müssen sie ja bis dahin fertig sein«, antwortete er, als läge das auf der Hand. »Damit wir am Wochenende wandern gehen können.«

»Oh«, sagte ich. Ich hatte an zweitägige Flitterwochen im Bett gedacht, mit Champagner und Räucherlachs und heißen Bädern zwischen dem Sex.

Adam sah zu mir herüber.

»Am Samstag muß ich zu einem Schauklettern in den Lake District«, sagte er knapp. »Du kannst mitkommen.«

»Wie eine gute Ehefrau«, entgegnete ich. »Habe ich da auch ein Wort mitzureden?«

»Laß uns gehen, wir sind spät dran.«

»Wo müssen wir denn jetzt noch hin?«

»Das sage ich dir im Wagen.«

»In welchem Wagen?«

Adams ganzes Leben schien auf einem Tauschprinzip zu basieren. Seine Wohnung gehörte einem Freund. Unten auf der Straße parkte der Wagen eines Bekannten, den er beim Klettern kennengelernt hatte. Seine Ausrüstung war auf die Speicher und Abstellkammern mehrerer Leute verteilt. Ich fragte mich immer, wie er den Überblick darüber behielt, was wo war. Seine seltsamen Jobs bekam er, weil ihm jemand davon erzählte. Fast immer tat ihm irgend jemand einen Gefallen, um sich auf diese Weise für etwas zu revanchieren: eine Erfrierung, die Adam verhindert, eine beschwerliche Führung, die er übernommen, die

Gelassenheit, die er unter besonders großem Druck bewiesen, eine gute Tat, die er während eines Unwetters vollbracht, oder ein Leben, das er gerettet hatte.

Ich versuchte, ihn nicht als Helden zu sehen. Ich wollte nicht mit einem Helden verheiratet sein. Der Gedanke machte mir angst, aber gleichzeitig erregte er mich und schuf eine subtile und erotische Distanz zwischen uns. Ich wußte, daß ich ihn mit anderen Augen betrachtete, seit ich gestern das Buch gelesen hatte. Sein Körper, der für mich noch vor vierundzwanzig Stunden hauptsächlich der Körper gewesen war, der mich vögelte, war nun zu dem Körper geworden, der Belastungen ertragen konnte, denen alle anderen nicht gewachsen waren. Seine Schönheit, die mich verführt hatte, kam mir jetzt wie ein Wunder vor. Er war in klirrender Kälte durch die dünne Luft gestolpert, attackiert von Wind und Schnee und gepeinigt von Schmerzen, und schien trotzdem keinen Schaden genommen zu haben. Nun, da ich davon wußte, sah ich hinter allem seine Verwegenheit, seinen Mut und seine Ruhe. Wenn er mich grübelnd ansah oder mich berührte, fühlte ich mich jedesmal wie das Objekt seiner Begierde, an dem er sich beweisen und das er erobern mußte. Und ich wollte erobert werden. Es war tatsächlich so. Ich wollte erstürmt und eingenommen werden. Ich genoß es, wenn er mir weh tat. Ich genoß es, gegen ihn anzukämpfen und dann klein beizugeben. Aber wie würde es hinterher sein, wenn ich erforscht und besiegt war? Was würde dann mit mir geschehen? Während wir sechs Tage vor unserer Hochzeit durch matschigen Schnee zu dem geliehenen Wagen gingen, fragte ich mich, wie ich jemals ohne Adams Obsession leben sollte.

»Da sind wir.«

Der Wagen war ein alter schwarzer Rover mit weichen Ledersitzen und einem schönen Armaturenbrett aus Walnußholz. Im Wageninnern roch es nach Zigaretten. Adam hielt mir die Tür auf und schwang sich dann auf den Fahrersitz, als täte er das jeden Tag. Er ließ den Motor an und reihte sich in den samstäglichen Vormittagsverkehr ein.

»Wo fahren wir hin?«

»In den Peak District, westlich von Sheffield.«

»Was soll das werden? Eine Fahrt ins Blaue?«

»Ein Besuch bei meinem Vater.«

Das Haus wirkte vornehm, aber zugleich auch ziemlich trostlos, weil das Land, auf dem es stand, so flach war, daß es keinen Schutz vor dem Wind bot. Ich nehme an, es war auf eine kompromißlose Weise schön, aber an diesem Tag stand mir der Sinn eher nach Behaglichkeit als nach Strenge. Adam parkte seitlich des Hauses, neben einer Reihe von baufälligen Nebengebäuden. Große fedrige Schneeflocken schwebten langsam auf uns hernieder. Ich rechnete damit, daß uns ein bellender Hund oder ein altmodisches Faktotum begrüßen würde, aber es gab niemanden, der uns willkommen hieß. Ich hatte das beklemmende Gefühl, vor einem verlassenen Haus zu stehen.

»Erwartet er uns?« fragte ich.

»Nein.«

»*Weiß* er überhaupt von uns, Adam?«

»Nein, deswegen sind wir ja hier.«

Er ging zu der Doppeltür hinauf, klopfte der Form halber kurz an und öffnete sie dann.

Drinnen war es bitterkalt und ziemlich dunkel. Die Diele war ein kühler, quadratischer Raum mit einem schönen Holzboden und einer Großvateruhr in der Ecke. Adam nahm mich am Arm und führte mich in ein Wohnzimmer voller alter Sofas und Armsessel. Der große Kamin auf der anderen Seite des Raums sah aus, als hätte er schon seit vielen Jahren kein Feuer mehr gesehen. Ich zog meinen Mantel fester um mich. Adam nahm seinen Schal ab und wickelte ihn mir um den Hals.

»Wir bleiben nicht lang, mein Liebling«, sagte er.

Die Küche, ein Raum mit kalten Steinfliesen und viel Holz, war ebenfalls leer, obwohl auf dem Küchentisch ein Messer und ein Teller voller Brösel lagen. Das Eßzimmer war einer jener Räume, die nur einmal im Jahr benutzt wurden. Auf dem runden, auf Hochglanz polierten Tisch und der strengen Mahagonianrichte standen unbenutzte Kerzen

»Bist du hier aufgewachsen?« fragte ich, weil ich mir nicht vorstellen konnte, daß je Kinder in diesem Haus gespielt hatten. Adam nickte und deutete auf ein Schwarzweißfoto auf dem Kaminsims. Ein Mann in Uniform, eine Frau in einem langen Kleid und ein dunkelhaariger Junge posierten vor dem Haus. Sie wirkten alle sehr ernst und steif. Die Eltern sahen viel älter aus, als ich erwartet hatte.

»Bist das du?« Ich griff nach dem Foto und hielt es ins Licht, um es besser sehen zu können. Er mußte damals etwa neun Jahre alt gewesen sein. Die Hände seiner Mutter ruhten auf seinen aufsässig hochgezogenen Schultern, und er runzelte finster die Stirn. »Du siehst schon genauso aus wie heute, Adam, ich hätte dich überall erkannt. Wie schön deine Mutter war!«

»Ja. Das war sie.«

Im ersten Stock gab es mehrere Schlafzimmer, und in jedem war das Bett ordentlich gemacht, das Kissen aufgeschüttelt. Auf jedem Fensterbrett stand ein Arrangement aus getrockneten Blumen.

»Welches war dein Zimmer?« fragte ich Adam.

»Das hier.«

»Ich sah mich um, betrachtete die weißen Wände, die gelbe Tagesdecke aus Velours, den leeren Schrank, das langweilige Landschaftsbild, den kleinen Spiegel.

»Aber du bist hier gar nicht zu spüren«, sagte ich. »Ich sehe in diesem Zimmer überhaupt nichts von dir.« Adam wirkte ungeduldig. »Wann bist du ausgezogen?«

»Du meinst, endgültig? Mit fünfzehn, glaube ich. Aber ich

war sowieso nicht viel hier, weil ich schon mit sechs in ein Internat kam.«

»Wo bist du hin, als du fünfzehn warst?«

»Hierhin und dorthin.«

Ich begriff langsam, daß es keine gute Methode war, Adam direkte Fragen zu stellen, wenn man etwas über ihn erfahren wollte.

Als nächstes betraten wir ein Zimmer, von dem er mir erzählte, es sei das seiner Mutter gewesen. An der Wand hing ein Bild von ihr, und neben den getrockneten Blumen lag ein zusammengefaltetes Paar Seidenhandschuhe, das dem Raum eine eigenartige Note verlieh.

»Hat dein Vater sie sehr geliebt?« fragte ich.

Adam sah mich mit einem seltsamen Blick an.

»Nein, ich glaube nicht. Schau, da ist er!« Ich trat zu ihm ans Fenster. Ein sehr alter Mann kam durch den Garten auf das Haus zu. Auf seinem weißen Haar lagen Schneeflocken, und auch seine Schultern waren voller Schnee. Er trug keinen Mantel und war so dünn, daß man fast den Eindruck hatte, durch ihn hindurchsehen zu können, hielt sich aber sehr gerade. Den Stock, den er bei sich hatte, schien er nur zu benutzen, um damit nach den Eichhörnchen zu schlagen, die flink die alten Birken hinaufsausten.

»Wie alt ist dein Vater, Adam?« fragte ich.

»Um die Achtzig. Ich war ein Nachkömmling. Meine jüngste Schwester war sechzehn, als ich auf die Welt kam.«

Adams Vater – Adam sagte mir, ich solle ihn Colonel Tallis nennen – kam mir schrecklich alt vor. Seine Haut war bleich und pergamentartig, seine Hände mit Leberflecken übersät. Er hatte die gleichen auffallend blauen Augen wie Adam, aber bei ihm wirkten sie trüb, wie mit einem Grauschleier überzogen. Seine Hose schlackerte um seinen skelettartigen Körper. Er war nicht besonders überrascht, uns zu sehen.

»Das ist Alice«, stellte mich Adam vor. »Ich werde sie nächsten Freitag heiraten.«

»Guten Tag, Alice«, sagte sein Vater. »Eine Blondine, hm? Sie werden also meinen Sohn heiraten.« Sein Blick wirkte fast ein wenig gehässig. Er wandte sich wieder an Adam. »Na, dann schenk mir mal einen Whisky ein.«

Adam verließ den Raum. Ich wußte nicht so recht, was ich zu dem alten Mann sagen sollte, und er schien kein Interesse daran zu haben, sich mit mir zu unterhalten.

»Gestern habe ich drei Eichhörnchen getötet«, verkündete er plötzlich, nachdem wir eine Weile geschwiegen hatten. »Mit Fallen.«

»Oh.«

»Dieses Ungeziefer! Aber sie kommen immer wieder. Genau wie die Kaninchen. Von denen habe ich schon sechs erschossen.«

Adam kam mit drei Gläsern voll bernsteinfarbenem Whisky zurück. Er reichte eines seinem Vater und drückte mir ebenfalls ein Glas in die Hand.

»Wenn wir ausgetrunken haben, fahren wir«, sagte er.

Ich trank. Ich wußte nicht, wie spät es war, sah aber, daß es draußen schon dunkel wurde. Mir war nicht ganz klar, was wir hier eigentlich taten, und im Grunde wäre es mir lieber gewesen, erst gar nicht hergekommen zu sein. Eines aber hatte mir dieser Besuch verdeutlicht: Ich hatte nun ein neues, lebendiges Bild von dem Kind, das Adam einmal gewesen war: ein einsamer kleiner Junge in einem großen, kalten Haus, beherrscht von seinen viel zu alten Eltern, mit zwölf Jahren von seiner Mutter verlassen. Was für eine Art von Leben mußte er geführt haben? Wie mußte es für ihn gewesen sein, allein bei diesem Vater aufzuwachsen? Der Whisky brannte in meiner Kehle und wärmte meine Brust. Ich hatte den ganzen Tag nichts gegessen, und wie es aussah, würde ich hier auch nichts bekommen. Mir wurde bewußt, daß ich nicht mal meinen Mantel ausgezogen hatte. Jetzt lohnte es sich wohl auch nicht mehr.

Colonel Tallis saß auf dem Sofa und trank wortlos seinen Whisky. Plötzlich fiel sein Kopf nach hinten, sein Mund öffnete sich leicht, und er begann leise zu schnarchen.

»Komm«, sagte Adam. »Komm mit.«

Wir gingen wieder die Treppe hinauf und betraten eines der Schlafzimmer. Adams altes Zimmer mit dem Fasanenbild. Er schloß die Tür und schob mich auf das schmale Bett. In meinem Kopf drehte sich alles. »Du bist mein Zuhause«, sagte er rauh. »Verstehst du? Mein einziges Zuhause. Beweg dich nicht. Halt ganz still!«

Als wir wieder herunterkamen, wachte der Colonel für einen Moment auf.

»Geht ihr schon?« fragte er. »Kommt bald wieder.«

»Nehmen Sie doch noch eine Portion von dem Hackfleischauflauf, Adam.«

»Nein, danke.«

»Oder ein bißchen Salat. Bitte nehmen Sie noch etwas Salat. Ich weiß, ich habe zuviel gemacht. Es ist immer so schwer, die Menge richtig zu bemessen, nicht wahr? Aber für solche Fälle hat man ja einen Kühlschrank.«

»Nein, vielen Dank, keinen Salat mehr.«

Meine Mutter war vor lauter Nervosität rot angelaufen und redete zuviel. Mein Vater, ein eher schweigsamer Typ, hatte noch fast gar nichts gesagt. Er saß am Kopfende des Tisches und kämpfte sich durch das Essen.

»Wein?«

»Keinen Wein mehr, danke.«

»Als Alice noch ein kleines Mädchen war, konnte sie von meinem Hackfleischauflauf gar nicht genug kriegen. Stimmt's, Alice, mein Liebes?« Sie war mit den Nerven am Ende. Ich lächelte sie an, gab ihr aber keine Antwort, denn im Gegensatz zu ihr brachte ich keinen Ton heraus, wenn ich nervös war.

»Wirklich?« Völlig unerwartet hellte sich Adams Miene auf. »Was hat sie denn sonst noch gern gegessen?«

»Baisers.« Meiner Mutter war anzusehen, wie erleichtert sie war, endlich einen Gesprächsstoff gefunden zu haben. »Und die Kruste meines Schweinebratens. Und meinen Brombeer-Apfel-Kuchen. Den Bananenkuchen mochte sie auch gern. Sie war immer ein so dünnes, kleines Ding, aber Sie glauben gar nicht, wieviel sie verdrücken konnte.«

»Stimmt, ich war ein richtiger Vielfraß.«

Adam legte seine Hand auf mein Knie. Ich spürte, wie ich rot wurde. Mein Vater hustete ausgiebig und öffnete dann den Mund, um etwas zu sagen. Adams Hand schob sich unter meinen Rocksaum und streichelte meinen Oberschenkel.

»Das kommt alles ein bißchen plötzlich«, verkündete mein Vater.

»Ja«, pflichtete ihm meine Mutter eilig bei. »Wir freuen uns sehr, natürlich freuen wir uns sehr, und ich bin sicher, daß Alice sehr glücklich sein wird, es ist sowieso ihr Leben, sie kann damit machen, was sie will, aber wir haben uns trotzdem gedacht, warum diese Eile? Wenn ihr euch sicher seid, könnt ihr doch noch ein bißchen warten, und dann...«

Adams Hand glitt höher. Ich spürte seinen Daumen zwischen meinen Beinen. Reglos saß ich da, während mein Herz wie wild hämmerte und mein ganzer Körper bebte.

»Wir heiraten am Freitag«, erklärte er. »Und es kommt deswegen so plötzlich, weil auch unsere Liebe so plötzlich gekommen ist.« Er lächelte meine Mutter freundlich an. »Ich weiß, daß es schwer ist, sich an den Gedanken zu gewöhnen.«

»Und ihr wollt uns wirklich nicht dabeihaben?« fragte sie.

»Es hat nichts damit zu tun, daß wir nicht wollen, Mom, aber...«

»Nur zwei Trauzeugen von der Straße«, unterbrach mich Adam kühl. »Zwei Fremde, damit es wirklich nur Alice und ich sind. Wir wollen es so.« Mit diesen Worten richtete er seinen Blick auf mich, und ich hatte das Gefühl, als würde er mich vor meinen Eltern ausziehen. »Ist es nicht so?«

»Ja«, sagte ich leise. »Ja, so ist es, Mom.«

In meinem alten Zimmer, dem Museum meiner Kindheit, nahm er jeden Gegenstand in die Hand, als könnte er daraus wichtige Schlüsse ziehen. Meine Schwimmurkunden. Meinen alten Teddy, dem inzwischen ein Ohr fehlte. Meine alten, verkratzten Platten. Meinen Tennisschläger, der noch immer in der Ecke des Raums lehnte, gleich neben dem Papierkorb, den ich in der Schule geflochten hatte. Meine Muschelsammlung. Meine Porzellanpuppe, die ich von meiner Großmutter geschenkt bekommen hatte, als ich sechs war. Eine rosa ausgeschlagene Schmuckschatulle, die nur eine Kette aus Glasperlen enthielt. Er vergrub sein Gesicht in meinem alten Bademantel, der noch immer an der Tür hing. Er rollte ein Schulfoto von 1977 auseinander und identifizierte mein Gesicht, das scheu aus der zweiten Reihe lächelte. Er fand ein anderes Bild von mir, zusammen mit meinem Bruder. Es war aufgenommen worden, als ich fünfzehn war und mein Bruder vierzehn. Adam studierte es mit gerunzelter Stirn, betrachtete einen Moment lang mein Gesicht und dann wieder das Foto. Er berührte jeden einzelnen Gegenstand, ließ seine Finger über jede Fläche gleiten. Dann glitten seine Finger über mein Gesicht, wo sie jeden Makel, jede Unebenheit genau erforschten.

Wir spazierten am eisigen Flußufer entlang. Unsere Hände berührten sich leicht, und elektrische Schauer jagten über meinen Rücken, während der Wind mein Gesicht peitschte. Einmal blieben wir stehen und starrten auf das langsam dahinfließende braune Wasser, das voller glitzernder Luftblasen, Holzstückchen und kleiner, gurgelnder Strudel war.

»Du gehörst jetzt mir«, sagte er. »Meine einzige Liebe.«
»Ja«, antwortete ich. »Ja. Ich gehöre dir.«

Als wir am Sonntag abend spät und müde in die Wohnung zurückkamen, spürte ich beim Hineingehen etwas unter meinen Füßen. Es war ein brauner Umschlag ohne Absender. Statt einer Adresse stand auf dem Kuvert nur: »Wohnung Nr. 3.« Unsere Wohnung. Ich machte es auf und zog ein einzelnes Blatt Papier heraus. Die Nachricht war mit einem dicken schwarzen Filzstift geschrieben:

»ICH WEISS, WO DU WOHNST.«

Ich reichte es Adam. Er warf einen Blick darauf und zog eine Grimasse.

»Immer nur telefonieren wird mit der Zeit eben langweilig«, sagte ich.

Ich hatte mich inzwischen daran gewöhnt, daß hin und wieder jemand anrief und ins Telefon schwieg. Das hier war etwas anderes.

»Jemand ist an unsere Tür gekommen«, sagte ich. »Und hat den Umschlag unten durchgeschoben.«

Adam wirkte nicht beunruhigt.

»Immobilienmakler tun das auch.«

»Sollten wir nicht die Polizei anrufen? Es ist doch lächerlich, sich das einfach gefallen zu lassen und nichts dagegen zu unternehmen.«

»Was willst du ihnen sagen? Daß jemand weiß, wo wir wohnen?«

»Ich nehme an, damit bist du gemeint.«

Adams Blick wurde ernst.

»Ich hoffe es.«

15. KAPITEL

Ich nahm mir die Woche frei. »Für die Hochzeitsvorbereitungen«, sagte ich vage zu Mike, obwohl es eigentlich nichts vorzubereiten gab. Wir würden am Vormittag heiraten, in einem Rathaus, das aussah wie der Präsidentenpalast eines stalinistischen Diktators. Ich würde das Samtkleid tragen, das Adam mir gekauft hatte (»und nichts darunter«, hatte er mir aufgetragen), und als Trauzeugen würden wir uns zwei Fremde von der Straße holen. Nachmittags würden wir zum Lake District hinauffahren, wo ich in der eisigen Kälte stehen und zusehen sollte, wie Adam für die Mitglieder des ortsansässigen Kletterklubs an einer blanken Felswand hinaufkletterte. Nach dem Wochenende würden wir nach Hause zurückkehren, und ich würde wieder zu arbeiten anfangen. Vielleicht.

»Du hast dir einen Urlaub verdient«, erklärte Mike enthusiastisch. »Du hast in letzter Zeit viel zu hart gearbeitet.«

Ich sah ihn überrascht an. In Wirklichkeit hatte ich in letzter Zeit kaum einen Finger gerührt.

»Ja«, log ich. »Ich muß wirklich mal ausspannen.«

Ich wollte bis Freitag noch ein paar Dinge erledigen. Unter anderem etwas, das ich schon viel zu lange aufgeschoben hatte.

Jake war zu Hause, als ich am Dienstag morgen mit einem gemieteten Lieferwagen vorfuhr, um meine restlichen Sachen zu holen. Eigentlich brauchte ich sie gar nicht, aber ich wollte sie auch nicht in unserer alten Wohnung lassen, als würde ich eines Tages in dieses Leben zurückkehren, um wieder in meine alten Kleider zu schlüpfen.

Er machte mir eine Tasse Kaffee, blieb aber in der Küche und beugte sich demonstrativ über einen Aktenordner. Ich war mir sicher, daß er kaum wahrnahm, auf was er da so angestrengt hinunterstarrte. Er hatte sich an diesem Morgen rasiert und ein blaues Hemd angezogen, das ich ihm mal gekauft hatte. Ich wandte den Blick ab, weil ich sein müdes, kluges, vertrautes Gesicht nicht sehen wollte. Wie hatte ich nur auf die Idee kommen können, daß er für die Anrufe oder die anonyme Nachricht verantwortlich war? Alle meine düsteren Gedanken waren wie weggeblasen, und ich fühlte mich nur noch erschöpft und ein bißchen traurig.

Ich gab mich so geschäftsmäßig wie möglich. Ich packte Kleider in Plastiktüten, wickelte Porzellan in Zeitungspapier und stellte es in die Schachteln, die ich mitgebracht hatte, zog Bücher aus den Regalen und schloß die Lücken, die sie hinterließen. Dann kam der Stuhl an die Reihe, auf dem ich schon als Studentin gesessen hatte. Als letztes lud ich meinen alten Schlafsack und ein paar CDs in den Lieferwagen.

»Ist es dir recht, wenn ich meine Pflanzen dalasse?«

»Wenn es dir so lieber ist.«

»Ja.«

»Und falls ich irgend etwas übersehen habe …«

»Ich weiß, wo du wohnst«, sagte er.

Einen Moment lang schwiegen wir beide. Ich trank den lauwarmen Rest meines Kaffees und sagte dann: »Jake, es tut mir sehr leid. Etwas anderes kann ich dir nicht sagen. Nur, daß es mir leid tut.«

Er sah mich ruhig an. Dann lächelte er. Es war ein klägliches Lächeln.

»Ich komm' schon klar, Alice. Es wird noch eine Weile dauern, bis es mir wieder gutgeht, aber irgendwann wird es soweit sein. Und du, kommst du auch klar?«

»Das weiß ich noch nicht«, sagte ich und trat einen Schritt zurück. »Aber egal, wie es ausgeht, ich kann einfach nicht anders.«

Ich hatte mit dem Gedanken gespielt, zu meinen Eltern zu fahren und alles, was ich nicht brauchte, bei ihnen zu lassen, aber genauso, wie ich nicht wollte, daß meine Sachen bei Jake blieben, wollte ich auch nicht, daß sie irgendwo anders auf mich warteten. Ich wollte ganz von vorn anfangen. Ich hatte das schwindelerregende Gefühl, meine Vergangenheit zu vernichten. Am ersten Oxfam-Laden, den ich sah, hielt ich an und drückte der überraschten Verkäuferin alle meine Sachen in die Hand: Bücher, Klamotten, Porzellan, CDs, sogar meinen Stuhl.

Außerdem wollte ich mich mit Clive treffen. Er hatte mich in der Arbeit angerufen und darauf bestanden, mich vor der Hochzeit unbedingt noch einmal zu sehen. Wir verabredeten uns am Mittwoch in einem dunklen kleinen Lokal in Clerkenwell zum Mittagessen. Zur Begrüßung küßten wir uns verlegen auf die Wangen, als würden wir uns kaum kennen, ließen uns dann an einem kleinen Tisch nieder und bestellten Artischockensuppe mit dunklem Brot und zwei Gläser Rotwein.

»Wie geht es Gail?« fragte ich.

»Gut, nehme ich an. Wir sehen uns in letzter Zeit nicht mehr so oft.«

»Willst du damit sagen, daß es vorbei ist?«

Er grinste mich schuldbewußt an. Das war der alte Clive, den ich so gut kannte und der mir mit seiner Art immer ein bißchen Unbehagen bereitet hatte.

»Ja, wahrscheinlich. Mein Gott, du weißt ja, was für ein hoffnungsloser Fall ich bin, wenn es um Beziehungen geht, Alice. Ich verliebe mich, und sobald es ernst wird, gerate ich in Panik.«

»Die arme Gail.«

»Ich bin nicht gekommen, um mit dir über Gail zu reden.«

Mit verdrossener Miene rührte er in der dicken, grünlichen Suppe herum.

»Du wolltest mit mir über Adam reden, stimmt's?«

»Ja.« Er trank ein Schluck Wein, rührte noch einmal in seiner Suppe herum und fuhr dann fort. »Jetzt, wo ich dir gegenübersitze, weiß ich nicht so recht, wie ich es dir sagen soll. Versteh mich nicht falsch, es geht mir dabei nicht um Jake. Es ist … na ja, du weißt, ich habe Adam kennengelernt, und mir ist natürlich klar, daß neben ihm jeder andere Mann ziemlich blaß wirkt. Aber bist du sicher, daß du weißt, was du da tust, Alice?«

»Nein, aber das spielt keine Rolle.«

»Was spielt keine Rolle?«

»Nichts spielt eine Rolle.« Mir wurde bewußt, daß ich zum erstenmal, seit ich Adam kannte, das Bedürfnis hatte, über meine Gefühle zu sprechen. »Weißt du, Clive, ich habe mich einfach Hals über Kopf in ihn verliebt. Bist du jemals so begehrt worden, daß …«

»Nein.«

»Es war wie ein Erdbeben.«

»Früher hast du dich immer über mich lustig gemacht, wenn ich so was gesagt habe. Du hast Worte wie ›Vertrauen‹ und ›Verantwortungsgefühl‹ benutzt. Du hast immer behauptet« – dabei deutete er mit seinem Löffel auf mich –, »daß nur *Männer* Dinge sagen wie *Es ist einfach passiert* oder *Es war wie ein Erdbeben.*«

»Was soll ich jetzt deiner Meinung nach antworten?«

Clive betrachtete mich mit einem kühlen, analysierenden Blick.

»Wie habt ihr euch kennengelernt?« fragte er.

»Wir sind uns auf der Straße über den Weg gelaufen.«

»Und das war's?«

»Ja.«

»Ihr habt euch gesehen und seid einfach miteinander ins Bett gesprungen?«

»Ja.«

»Das ist doch nur Sex, Alice. Du kannst nicht für ein bißchen Sex dein ganzes Leben wegwerfen.«

»Kümmere dich um deine eigenen Probleme, Clive.« Das schien er als Antwort zu akzeptieren. Also redete ich weiter: »Adam ist einfach die Welt für mich. Ich würde alles für ihn tun. Es ist, als würde ich unter einem Zauber stehen.«

»Und so was nennt sich Wissenschaftlerin.«

»Ich *bin* Wissenschaftlerin.«

»Warum siehst du dann aus, als würdest du gleich losheulen?«

Ich lächelte.

»Ich bin glücklich.«

»Du bist nicht glücklich«, widersprach er. »Du bist völlig aus dem Gleichgewicht.«

Ich hatte auch eine Verabredung mit Lily, obwohl ich nicht wußte, warum. Im Büro war ein nur mit »Alice« adressierter Brief abgegeben worden.

»Ich muß mit Ihnen über den Mann reden, den Sie mir gestohlen haben«, stand da. Spätestens nach diesem Satz hätte ich den Brief eigentlich wegwerfen müssen. »Es ist dringend und muß unser Geheimnis bleiben. Erzählen Sie ihm nichts davon.« Sie hatte eine Telefonnummer angegeben.

Ich dachte an die Nachricht, die unter unserer Tür durchgeschoben worden war. Das Papier war anders, und Lilys Schrift war klein und ordentlich, wie die eines Schulmädchens. Eine völlig andere Schrift, aber was hieß das schon? Jeder Mensch konnte seine Schrift verstellen. Ich wollte, daß es Lily war und nicht Jake, das wurde mir jetzt klar. Natürlich hätte ich Adam den Brief sofort zeigen sollen, aber ich tat es nicht. Ich redete mir ein, daß er auch so schon genug um die Ohren hatte. Klaus' Buch würde demnächst erscheinen. Adam war bereits von zwei Journalisten angerufen worden, die mit ihm darüber sprechen wollten, »wie es ist, ein Held zu sein«. Außerdem hatten sie ihm Fragen über Greg gestellt. Ob Adam nicht auch der Meinung sei, daß Greg moralisch gesehen für den Tod der Amateurkletterer verantwortlich sei, die er auf den Berg geführt und dort ihrem Schicksal überlassen habe. Adam hatte sich voller Verachtung über das Wort »Held« geäußert und sich schlichtweg geweigert, Gregs Verhalten zu kommentieren. Aber ich hörte ihn und Klaus oft darüber diskutieren. Klaus fing immer wieder von dem Seil an, daß sich gelöst hatte. Dabei betonte er jedesmal, daß er über niemanden urteilen wolle, aber daß er sich wirklich nicht erklären könne, wie Greg so nachlässig habe sein können. Adam wiederholte immer wieder, daß in einer Höhe von über achttausend Metern niemand für sein Handeln verantwortlich gemacht werden könne.

»Dort oben sind wir alle auf die Gnade Gottes angewiesen«, sagte er.

»Nur du nicht«, warf ich ein, woraufhin mich die beiden Männer mit einem milden, leicht herablassenden Lächeln bedachten.

»Ich hatte bloß Glück«, antwortete er nüchtern. »Und Greg hatte Pech.«

Ich glaubte ihm nicht. Noch immer war ich der Meinung, daß dort oben auf dem Berg etwas passiert war, das er mir verschwieg. Nachts beobachtete ich manchmal, wie er schlief. Meist hatte er seinen Arm auf meinem Oberschenkel liegen und den anderen über dem Kopf. Er schlief mit leicht geöffnetem Mund, so daß bei jedem Atemzug ein leises Schnaufen zu hören war. Welche Träume ihn wohl in die Tiefe zogen, in die ich ihm nicht folgen konnte?

Jedenfalls beschloß ich, mich mit Lily zu treffen, ohne Adam davon zu erzählen. Vielleicht wollte ich bloß sehen, wie sie war. Vielleicht wollte ich mich mit ihr vergleichen oder einen Blick in Adams Vergangenheit werfen. Ich rief sie an, und sie bat mich mit tiefer, heiserer Stimme, sie am Donnerstag vormittag in ihrer Wohnung in Shepherd's Bush zu besuchen. Am Tag vor unserer Hochzeit.

Sie war schön. Natürlich war sie schön. Sie hatte silbriges Haar, das nicht gefärbt, aber ein bißchen fettig aussah, und war groß und langbeinig wie ein Model. Aus ihrem bleichen, leicht dreieckig geschnittenen Gesicht starrten mich riesige, weit auseinanderliegende Augen an. Sie trug eine ausgebleichte Jeans und trotz des unfreundlichen Wetters ein knappes, etwas schmuddelig wirkendes T-Shirt, unter dem ihr makelloser Bauch hervorblitzte. Sie war barfuß und hatte schlanke, schöne Füße.

Bei ihrem Anblick wünschte ich, ich wäre nicht gekommen. Wir verzichteten darauf, uns die Hand zu geben. Sie führte mich in ihre Souterrainwohnung, und als sie die Tür öffnete, wich ich erschrocken zurück. In der winzigen, überheizten Wohnung sah es aus wie auf einer Müllhalde. Überall lagen Klamotten herum. Im Spülbecken und auf dem Küchentisch stapelte sich schmutziges Geschirr. Mitten im Raum stand ein verdrecktes Katzenklo. Im ganzen Zimmer waren Zeitschriften und herausgerissene Seiten verstreut. Auf Lilys Kopfkissen stand ein Teller mit einer halben Scheibe Toast und neben dem Bett eine halbvolle Flasche Whisky. An der Wand – und bei diesem Anblick hätte ich beinahe die Flucht ergriffen – hing ein riesiges Schwarzweißfoto von Adam, auf dem er sehr ernst wirkte. Bei genauerem Hinsehen stellte ich fest, daß Adam in der ganzen Wohnung präsent war. Mehrere andere Fotos, die sie offensichtlich aus irgendwelchen Bergsteigerbüchern gerissen hatte, waren auf dem Kaminsims aufgestellt, und auf jedem davon war Adam zu sehen. Ein vergilbter Zeitungsartikel, aus dem mir ebenfalls ein Bild von Adam entgegenstarrte, war mit einem Reißnagel an die Wand geheftet. Neben dem Bett stand ein Bild, auf dem Lily und Adam gemeinsam zu sehen waren. Er hatte den Arm um sie gelegt, und sie blickte hingerissen zu ihm auf. Ich schloß einen Moment die Augen. Am liebsten hätte ich mich hingesetzt, aber es war nirgendwo ein freier Platz.

»Ich habe nicht saubergemacht«, sagte Lily.

»Nein.«

Wir blieben beide stehen.

»Das war unser Bett«, erklärte sie.

»Ja«, anwortete ich und starrte auf das Bett. Mir war übel.

»Seit er weg ist, habe ich es nicht mehr frisch bezogen. Ich kann ihn immer noch riechen.«

»Hören Sie«, begann ich. Das Sprechen bereitete mir Mühe. Ich hatte das Gefühl, in einen schrecklichen Alptraum geraten zu sein, aus dem ich nicht mehr herauskam. »Sie haben gesagt, Sie hätten mir etwas Dringendes mitzuteilen.«

»Sie haben ihn mir gestohlen«, fuhr sie fort, als hätte sie meine Worte gar nicht registriert. »Er hat mir gehört, und dann sind Sie gekommen und haben ihn mir vor der Nase weggeschnappt.«

»Nein«, widersprach ich. »Nein. Er hat mich ausgewählt. Wir haben einander ausgewählt. Es tut mir leid, Lily. Ich wußte nichts von Ihnen, aber trotzdem ...«

»Sie haben mir mein Leben einfach in Stücke geschlagen, ohne einen Gedanken an mich zu verschwenden.« Sie sah sich in ihrer chaotischen Wohnung um. »Ich war Ihnen völlig egal.« Ihre Stimme wurde leiser. »Und jetzt?« fragte sie. In ihren Augen lag eine Art apathisches Entsetzen. »Was soll ich jetzt tun?«

»Hören Sie, ich glaube, ich sollte besser gehen. Das bringt doch für uns beide nichts.«

»Sehen Sie her«, sagte sie und zog ihr T-Shirt aus. Bleich und schlank stand sie vor mir. Ihre kleinen Brüste hatten große bräunliche Brustwarzen. Ich konnte den Blick nicht von ihr abwenden. Dann drehte sie sich um. Über ihren Rücken zogen sich blasse Striemen.

»Das hat er getan«, erklärte sie triumphierend. »Na, was sagen Sie jetzt?«

»Ich muß gehen«, antwortete ich, blieb aber wie angewurzelt stehen.

»Als Zeichen seiner Liebe. Er hat mich gezeichnet. Hat er das bei Ihnen auch gemacht? Nein? Bei mir schon. Weil ich zu ihm gehöre. Er kann mich nicht einfach so wegwerfen.«

Ich ging zur Tür.

»Das ist noch nicht alles«, sagte sie.

»Wir heiraten morgen.« Ich öffnete die Tür.

»Das ist noch nicht alles, was er…«

Ein Gedanke schoß mir durch den Kopf.

»Wissen Sie, wo er wohnt?«

Sie sah mich verwirrt an.

»Wie meinen Sie das?«

»Leben Sie wohl.«

Ich schloß die Tür und rannte schnell die paar Stufen zur Straße hinauf. Nach Lilys Wohnung rochen sogar die Autoabgase angenehm.

Wir nahmen zusammen ein Bad und wuschen einander sorgfältig. Ich massierte Shampoo in sein Haar, und er tat dasselbe bei mir. Warmer Schaum trieb auf der Oberfläche des Wassers, und die feuchte Luft im Bad duftete. Vorsichtig rasierte ich ihm das Gesicht. Er kämmte mein nasses Haar, wobei er es mit einer Hand festhielt, damit er mir nicht weh tat, wenn er kleine Knoten entfernte.

Wir trockneten uns gegenseitig ab. Der Badspiegel war beschlagen, aber Adam sagte, ich dürfe mich an diesem Morgen sowieso nur in seinen Augen spiegeln. Er ließ auch nicht zu, daß ich mich schminkte. Ich zog mein Kleid über meinen nackten Körper und schlüpfte in meine Schuhe. Adam zog eine Jeans und ein langärmeliges schwarzes T-Shirt an.

»Bereit?« fragte er.

»Bereit«, antwortete ich.

»Jetzt bist du meine Frau.«

»Ja.«

»Ist das gut? Beweg dich nicht.«
»Ja.«
»Und das?«
»Nein – ja. Ja.«
»Liebst du mich?«
»Ja.«
»Immer?«
»Immer.«
»Sag mir, wenn ich aufhören soll.«
»Ja. Liebst du mich?«
»Ja. Immer.«
»Mein Gott, Adam, ich würde für dich sterben.«

16. KAPITEL

Wie weit denn noch?« Ich versuchte, mit ruhiger Stimme zu sprechen, aber was dabei herauskam, war ein atemloses Keuchen, das noch dazu von einem Stechen in der Brust begleitet wurde.

»Nur noch knapp dreizehn Kilometer«, antwortete Adam und drehte sich zu mir um. »Wenn du einen Zahn zulegen könntest, müßten wir es eigentlich schaffen, bevor es dunkel wird.« Einen Moment lag blickte er leidenschaftslos auf mich herab, dann nahm er seinen Rucksack ab, in dem er neben seinen Sachen auch meine trug, und zog eine Thermoskanne heraus. »Trink eine Tasse Tee und iß ein bißchen Schokolade«, sagte er.

»Danke. Das sind wirklich tolle Flitterwochen, *Liebling*. Wenn es nach mir gegangen wäre, würden wir uns jetzt in einem Himmelbett räkeln und Champagner trinken.« Ich legte meine Handschuhe um die Plastiktasse. »Haben wir das steilste Stück schon hinter uns?«

»Liebes, bis jetzt war es doch nur ein Spaziergang. Wir gehen da hinauf.«

Ich verdrehte den Hals in die Richtung, in die er wies.

Ein beißend kalter Wind peitschte mir ins Gesicht. Mein Kinn fühlte sich schon ganz taub an.

»Nein«, antwortete ich. »Du vielleicht. Ich nicht.«

»Bist du müde?«

»Müde? Nein, kein bißchen, ich fühle mich so richtig fit. Ich gehe schließlich jeden Tag bis zur U-Bahn. Aber ich habe von meinen neuen Schuhen Blasen an den Fußsohlen, und meine Waden brennen. Außerdem habe ich Seitenstechen, als würde mir bei jedem Schritt jemand ein Messer in die Seite rammen. Meine Nase ist eiskalt. Meine Finger spüre ich schon gar nicht mehr. Und ich habe eine verfluchte Höhenangst. Ich gehe keinen Schritt mehr weiter!« Mit diesen Worten ließ ich mich auf die dünne Schneedecke sinken und schob mir zwei Stückchen kalte, harte Schokolade in den Mund.

»Du willst hier sitzen bleiben?« Adam blickte sich um. Wir waren von einer einsamen Moorlandschaft umgeben, die von zerklüfteten Bergen begrenzt wurde. Im Sommer verirrten sich bestimmt ein paar Wanderer hierher – aber nicht an diesem Samstag Ende Februar, an dem das mit Eis überzogene Gras in stacheligen Büscheln hochstand, die wenigen kahlen Bäume im Wind ächzten und unser Atem weiß in die graue Luft stieg.

»Also gut, ich bleibe nicht hier sitzen. Ich habe bloß einen kleinen hysterischen Anfall.«

Er setzte sich neben mich und fing an zu lachen. Ich glaube, es war das erstemal, daß ich ihn so richtig lachen hörte. »Ich habe eine Memme geheiratet«, sagte er, als wäre es das Lustigste auf der Welt. »Ich verbringe mein Leben damit, auf Berge zu klettern, und ich habe eine Frau geheiratet, die nicht einmal eine sanfte Steigung bewältigen kann, ohne Seitenstechen zu bekommen.«

»Ja, und ich habe einen Mann geheiratet, der mich in die Wildnis schleppt und mich dann auch noch auslacht, wenn ich in Schwierigkeiten stecke und vor Scham am liebsten im Erdboden versinken möchte.« Ich warf ihm einen finsteren Blick zu.

Adam stand auf und zog mich hoch. Als erstes sorgte er dafür, daß zwischen meinen Handschuhen und den Ärmeln meiner Jacke kein nacktes Stück Haut mehr zu sehen war. Dann zog er einen Schal aus dem Rucksack und wickelte ihn mir um den Hals. Zuletzt band er meine Schuhbänder fest, so daß meine Stiefel nicht mehr so locker an meinen Füßen hingen.

»So«, sagte er, »und jetzt versuche, einen Rhythmus zu finden. Laß dir Zeit. Aber das tust du ja sowieso. Sieh zu, daß du ein Tempo findest, das du beibehalten kannst. Achte darauf, daß du gleichmäßig atmest. Schau nicht ständig, wie weit es noch ist, sondern richte den Blick vor dir auf den Boden. Setz einfach einen Fuß vor den anderen, bis es wie eine Art Meditation ist. Bist du bereit?«

»Ja, Captain.«

Hintereinander gingen wir den Weg entlang, der langsam an Steilheit zunahm, bis wir uns fast nur noch auf allen vieren fortbewegen konnten. Adam sah aus, als würde er trödeln, hängte mich aber trotzdem immer wieder ab. Ich unternahm gar nicht erst den Versuch, ihn einzuholen, sondern bemühte mich, seine Ratschläge zu befolgen. Links, rechts, links, rechts. Meine Nase lief, und meine Augen tränten. Meine schmerzenden Beine fühlten sich an wie Blei. Ich stellte mir so eine Art geistige Rechenaufgabe, indem ich versuchte, ein altes Lied über die chemischen Elemente vor mich hinzusingen, das ich mal bei einer Collegeaufführung zum besten gegeben hatte. »Antimon, Arsen, Aluminium, Selen...« Was kam als nächstes? Na ja, ich hatte sowieso nicht genug Luft zum Singen. Hin und wieder stolperte ich über kleine Felsbrocken oder blieb an dicken Wurzeln hängen. An eine Meditation kam ich nie so ganz heran, aber ich blieb im Rhythmus, und bald war von meinem Seitenstechen nur noch ein leichtes Ziehen übrig; meine Hände wurden warm, und die saubere Luft fühlte sich beim Einatmen eher frisch als rauh an.

Als wir eine Anhöhe erreicht hatten, blieb Adam stehen und forderte mich auf, mich umzusehen.

»Es ist, als wären wir ganz allein auf der Welt«, sagte ich.

»Genau darum geht es.«

Es begann schon zu dämmern, als wir ein kleines Stück unter uns die Hütte entdeckten.

»Wem gehört sie?« fragte ich, während wir uns zwischen riesigen Felsblöcken und verkrüppelten Bäumen einen Weg nach unten bahnten.

»Es ist eine Hütte speziell für Bergsteiger und Wanderer. Sie gehört dem britischen Alpenverein. Mitglieder können umsonst darin übernachten. Hier habe ich den Schlüssel.« Er klopfte auf die Seitentasche seiner Jacke.

Die Hütte, in der es bitterkalt war, wies keinen sichtbaren Komfort auf. Während Adam eine große Gaslampe anzündete, die von einem der Dachbalken hing, wanderte mein Blick über die schmalen Holzpritschen, die offensichtlich als Betten dienten, den leeren Kamin und das kleine Waschbecken mit einem einzelnen Kaltwasserhahn.

»Ist das alles?«

»Ja.«

»Wo ist die Toilette?«

»Da.« Er deutete auf die verschneite Landschaft draußen vor der Tür.

»Oh.« Ich ließ mich auf eines der harten Betten sinken.

»Sehr gemütlich.«

»Wart's ab.«

In der Ecke standen mehrere große Schachteln voller Holzscheite und trockener Zweige. Er zerrte eine davon zum Kamin und fing an, die Zweige in noch kleinere Stücke zu brechen, um sie anschließend über ein paar zusammengeknüllten Seiten Zeitungspapier zu einer ordentlichen kleinen Kugel anzuordnen. Darüber schichtete er ein paar größere Scheite. Er hielt ein Streichholz an das Papier, und die Flammen begannen an dem Holz zu lecken. Anfangs strahlte das Feuer keine Hitze ab, sondern war nur hell, aber bald war es vor dem Kamin so warm, daß ich schon mit dem Gedanken spielte, Jacke und Handschuhe auszuziehen. Die Hütte war klein und gut isoliert; in einer halben Stunde würde sie mollig warm sein.

Adam band den kleinen Gaskocher von seinem Rucksack los, klappte ihn auseinander und zündete ihn an. Dann füllte er einen ramponierten Kupferkessel mit Wasser aus dem Hahn und stellte ihn auf den Kocher. Während das Wasser heiß wurde, entrollte er die beiden Schlafsäcke, zog die Reißverschlüsse auf, so daß sie wie Federbetten waren, und breitete sie vor dem Feuer aus.

»Komm setz dich«, sagte er. Ich zog meine Jacke aus und gesellte mich zu ihm an den Kamin. Adam griff tief in seinen Rucksack. Zum Vorschein kamen eine Flasche Whisky, eine lange, in Papier gewickelte Salami und eines von diesen raffinierten Taschenmessern, die gleichzeitig als Schraubenzieher, Flaschenöffner und Kompaß dienen. Ich sah ihm dabei zu, wie er dicke Scheiben von der Wurst schnitt und auf das fettige Papier legte. Dann schraubte er die Whiskyflasche auf und reichte sie mir.

»Zeit fürs Abendessen«, erklärte er.

Ich nahm einen Schluck Whisky und aß ein paar Scheiben Salami. Inzwischen war es sieben Uhr. Von draußen drang kein Laut herein. Ich hatte noch nie in meinem Leben eine solch absolute Stille erlebt. In der Hütte gab es keine Vorhänge, und abgesehen von den vereinzelten Sternen war die Nacht draußen tintenschwarz. Mir wurde bewußt, daß ich aufs Klo mußte. Ich stand auf und ging zur Tür. Als ich sie öffnete, traf mich die eisige Luft wie ein Schlag. Ich zog die Tür hinter mir zu und ging in die Nacht hinaus. Dabei hatte ich wieder dieses leicht beängstigende Gefühl, daß wir ganz allein auf der Welt waren – und daß das nun immer so bleiben würde. Ich hörte Adam aus der Hütte kommen und die Tür hinter sich schließen. Wenige Augenblicke später schlang er von hinten die Arme um mich und hüllte mich mit seiner Wärme ein.

»Komm, dir wird sonst nur wieder kalt«, sagte er.

»Ich weiß nicht, ob mir das gefällt.«

»Laß uns reingehen, mein Liebes.«

Wir tranken weiter Whisky und beobachteten die zuckenden Flammen. Adam warf noch ein paar Scheite ins Feuer. Inzwischen war es in der Hütte ziemlich heiß, und ein angenehmer Harzgeruch erfüllte den Raum. Lange Zeit saßen wir da, ohne etwas zu sagen oder uns zu berühren. Als er schließlich seine Hand auf meinen Arm legte, bekam ich eine Gänsehaut. Wir zogen uns aus, jeder für sich, und beobachteten einander. Dann setzten wir uns nackt im Schneidersitz auf den Boden und sahen uns in die Augen. Ich fühlte mich seltsam scheu und unsicher. Er nahm meine Hand, deren Ringfinger das neue goldene Band zierte, hob sie an seinen Mund und küßte sie.

»Vertraust du mir?« fragte er.

»Ja.« Oder besser: nein, nein, nein, nein.

Er reichte mir die Whiskyflasche, und ich nahm einen Schluck. Der Alkohol brannte in meiner Kehle.

»Ich möchte etwas tun, das noch nie jemand mit dir gemacht hat.«

Ich gab ihm keine Antwort. Ich hatte das Gefühl, in irgendeinen Traum geraten zu sein. Einen Alptraum. Wir küßten uns, aber nur ganz sanft. Er ließ seine Finger über meine Brüste gleiten und dann weiter über meinen Bauch. Ich zählte währenddessen seine Rückenwirbel. Wir hielten uns ganz behutsam in den Armen. Eine Seite meines Körpers glühte von der Hitze des Feuers, die andere war eiskalt. Adam forderte mich auf, mich auf den Rücken zu legen, und ich tat es. Vielleicht hatte ich zuviel Whisky getrunken und zuwenig Salami gegessen. Jedenfalls hatte ich das Gefühl, über einem Abgrund zu schweben, irgendwo in der kalten, kalten Dunkelheit. Ich schloß die Augen, aber er drehte mein Gesicht in seine Richtung und sagte: »Sieh mich an.«

Sein Gesicht lag im Schatten. Ich konnte nur Teile seines Körpers ausmachen. Es fing so zärtlich an und wurde ganz langsam immer wilder. Schritt für Schritt, bis es weh tat. Ich mußte an Lily und die Striemen auf ihrem Rücken denken. Vor meinem geistigen Auge sah ich Adam oben auf seinen hohen Bergen stehen, inmitten von Angst und Tod. Wie konnte ich hierher in diese schreckliche Stille geraten? Warum ließ ich zu, daß er mir das antat, und was für ein Mensch war ich geworden, daß ich ihn gewähren ließ? Erneut schloß ich die Augen, und diesmal befahl er mir nicht, sie wieder zu öffnen. Er legte die Hände um meinen Hals und sagte: »Beweg dich jetzt nicht mehr, und hab' keine Angst.« Dann begann er zuzudrücken. Ich wollte ihn bitten aufzuhören, aber aus irgendeinem Grund tat ich es nicht, konnte es nicht. Ich lag neben dem Feuer auf den Schlafsäcken, und er drückte zu. Ich hielt die Augen geschlossen und die Hände still: mein Hochzeitsgeschenk für ihn, mein Vertrauen. Die Flammen tanzten über meine geschlossenen Augenlider, und mein Körper wand sich unter seinen Händen, als hätte ich keine Kontrolle mehr über ihn. Ich spürte das Blut durch meinen Körper rauschen. Mein Herz hämmerte, mein Kopf dröhnte. Was ich empfand, war keine Lust mehr, aber auch kein Schmerz. Ich war an einem anderen Ort, in einer anderen Welt, in der sich alle Grenzen aufgelöst hatten. O Gott! Jetzt muß er gleich aufhören. Er muß aufhören. Hinter den gleißenden Linien des bloßen Fühlens donnerte die Dunkelheit auf mich zu.

»Ist schon gut, Alice.« Er rief mich zurück. Seine Daumen glitten von meiner Luftröhre. Er beugte sich über mich und küßte meinen Hals. Ich schlug die Augen auf. Mir war schlecht, und ich fühlte mich müde, traurig und besiegt. Er zog mich hoch und drückte mich an sich. Meine Übelkeit legte sich wieder, aber mein Hals tat so weh, daß ich am liebsten geweint hätte. Ich wollte nach Hause. Er griff nach der Whiskyflasche, nahm einen Schluck und hielt sie dann an meinen Mund, als wäre ich ein Baby. Ich ließ mich wieder auf die Schlafsäcke zurücksinken, und er deckte mich zu. Eine ganze Weile lag ich so da und starrte in die Flammen. Adam saß neben mir und streichelte mein Haar. Langsam glitt ich in den Schlaf hinüber, während Adam neue Scheite auf das verlöschende Feuer legte.

Irgendwann in der Nacht wachte ich auf. Adam lag neben mir, erfüllt von Hitze und Kraft. Ein Mann, auf den man sich verlassen konnte. Das Feuer war ausgegangen, aber die Asche glühte noch. Meine linke Hand, die nicht ganz unter der Decke lag, war eiskalt.

17. KAPITEL

Nein!« rief Adam und ließ seine Faust so heftig auf den Tisch niedersausen, daß die Gläser in die Höhe sprangen. Alle Gäste des Pubs drehten sich nach ihm um. Adam schien das gar nicht zu bemerken, ihm fehlte jeder Sinn für das, was meine Mutter Anstandsformen nannte: »Ich will dieser bescheuerten Journalistin kein Interview geben!«

»Hör zu, Adam«, begann Klaus in besänftigendem Ton. »Ich weiß, daß du …«

»Ich will nicht über das reden, was da oben auf dem Berg passiert ist. Es ist vorbei, abgeschlossen, finito. Ich habe keine Lust, die ganze Scheiße noch mal aufzuwärmen, nicht einmal, um für dein Buch zu werben.« Er wandte sich an mich. »Sag du es ihm.«

Ich sah Klaus achselzuckend an. »Er will nicht, Klaus.«

Adam nahm meine Hand, preßte sie gegen sein Gesicht und schloß die Augen.

»Wenn du bloß ein einziges Interview geben würdest, dann ...«

»Er will nicht, Klaus«, wiederholte ich. »Hörst du denn nicht, was er sagt?«

»Ist ja gut, ist ja gut!« Als Zeichen seiner Kapitulation riß Klaus betont theatralisch beide Hände hoch. »Trotzdem habe ich ein Hochzeitsgeschenk für euch beide.« Er beugte sich hinunter und zog eine Flasche Champagner aus einer Segeltuchtasche zu seinen Füßen. »Ich, ähm, wünsche euch alles Gute und viel Glück. Trinkt ihn irgendwann mal im Bett.«

Ich küßte ihn auf die Wange. Adam lehnte sich lachend auf seinem Stuhl zurück.

»Also gut, du hast gewonnen, ein einziges Interview.« Er stand auf und streckte mir die Hand entgegen.

»Geht ihr schon? Daniel wollte später eventuell noch vorbeikommen.«

»Wir müssen ins Bett und den Champagner trinken«, erklärte ich. »Das duldet keinen Aufschub.«

Als ich am nächsten Tag von der Arbeit nach Hause kam, war die Journalistin bereits da. Sie saß Adam gegenüber, die Knie der beiden berührten sich fast, und auf dem Tisch neben ihr lief ein Kassettenrecorder. Sie hatte ein Notizbuch auf dem Schoß, schrieb aber nichts hinein. Statt dessen starrte sie Adam unverwandt an, während er sprach.

»Ignorieren Sie mich einfach«, sagte ich, als sie Anstalten machte aufzustehen. »Ich koche mir nur schnell eine Tasse Tee und verschwinde dann wieder. Möchten Sie etwas trinken?« Ich zog Mantel und Handschuhe aus.

»Whisky«, antwortete Adam. »Das ist Joanna, vom *Participant.* Und das ist Alice.« Er nahm mich am Handgelenk und zog mich zu sich hin. »Meine Frau.«

»Es freut mich, Sie kennenzulernen, Alice«, sagte Joanna. »In keinem der Zeitungsausschnitte wurde erwähnt, daß Sie verheiratet sind.«

Durch ein schweres Brillengestell musterten mich kluge Augen.

»Das liegt daran, daß keine der Zeitungen davon wußte«, sagte Adam.

»Klettern Sie auch?« fragte Joanna.

Ich lachte. »Nein, überhaupt nicht, ich steige nicht mal eine Treppe hoch, wenn ein Lift zur Verfügung steht.«

»Es muß ein eigenartiges Gefühl für Sie sein zurückzubleiben und zu warten«, fuhr sie fort. »Und sich seinetwegen Sorgen zu machen.«

»Bis jetzt mußte ich noch nicht warten«, antwortete ich vage und schickte mich an, das Teewasser aufzusetzen. »Außerdem habe ich mein eigenes Leben«, fügte ich hinzu, fragte mich dabei aber, ob das inzwischen nicht eine Lüge war.

Ich mußte wieder an unser seltsames Flitterwochenende im Lake District denken, wo ich zugesehen hatte, wie Adam wie eine Fliege einen überhängenden Felsen hinaufgeklettert war, ein großes Stück Himmel hinter und unter sich. Damals hatte ich einen plötzlichen und heftigen Anfall von Heimweh nach meinem alten, vertrauten, tröstlichen Leben verspürt, einem Leben, in dem es Freunde, Blödeleien und Videoabende gegeben hatte. Und normale Gefühle. Das, was in der Hütte zwischen Adam und mir geschehen war – die Gewalt, die er mir mit meinem Einverständnis angetan hatte –, beunruhigte mich immer noch. Ich versuchte, nicht zuviel darüber nachzudenken, und verbannte das Ganze in eine dunkle Ecke meines Kopfes. Ich hatte mein Leben in seine Hände gelegt und ein paar Augenblicke lang tatsächlich geglaubt, er würde mich töten, hatte aber trotzdem nicht dagegen angekämpft. Ein Teil von mir war darüber entsetzt, ein Teil fand es erregend.

Als ich so neben dem Kessel stand und mit einem Ohr dem Interview lauschte, sah ich auf der Küchentheke ein zusammengeknülltes, mit dicken schwarzen Buchstaben beschriebenes Blatt Papier liegen. Ich strich es glatt, konnte mir aber bereits denken, was mich erwartete. ICH WERDE DICH NICHT IN RUHE LASSEN, stand da. Diese Mitteilungen verursachten mir jedesmal eine Gänsehaut. Ich fragte mich, warum wir nicht schon längst zur Polizei gegangen waren. Es schien, als hätten wir uns an die Nachrichten gewöhnt, als wären sie Regenwolken über unserem Leben, die wir als gegeben hinnahmen. Als ich aufblickte, sah ich, daß Adam mich beobachtete. Ich grinste zu ihm hinüber, riß das Blatt in kleine Stücke und ließ es mit verächtlicher Miene in den Papierkorb fallen. Mit einem zustimmenden Nicken wandte er seine Aufmerksamkeit wieder Joanna zu.

»Sie waren gerade dabei, mir von den letzten paar Stunden zu erzählen«, wandte sich Joanna erneut an Adam. »Hat sich die Katastrophe irgendwie angekündigt?«

»Sie wollen wissen, ob mir bereits klar war, daß all diese Leute dort oben sterben würden? Nein, natürlich nicht.«

»Wann ist Ihnen dann klargeworden, daß das Ganze ein schlimmes Ende nehmen würde?«

»Natürlich erst, als das schlimme Ende bereits da war. Kannst du mir den Whisky bringen, Alice?«

Joanna warf einen Blick in ihr Notizbuch und versuchte es anders.

»Wie war das mit den befestigten Seilen?« fragte sie. »Wenn ich das richtig verstanden habe, hatten Greg McLaughlin und andere Expeditionsführer die verschiedenfarbigen Seile gespannt, die den Grat hinauf bis zum Gipfel führten. Aber irgendwann löste sich der letzte Abschnitt des Seils, was höchstwahrscheinlich fatale Folgen für die Bergsteiger hatte.«

Adam starrte sie an. Ich brachte ihm einen doppelten Whisky.

»Möchten Sie auch einen, Joanna?« fragte ich. Sie schüttelte den Kopf und wartete weiter auf Adams Antwort. Ich schenkte mir selbst einen Schluck ein und kippte ihn hinunter.

»Wie ist es Ihrer Meinung nach dazu gekommen?«

»Woher zum Teufel soll ich das wissen?« antwortete er schließlich. »Es war bitterkalt. Wir befanden uns mitten in einem Schneesturm und waren alle völlig weggetreten. Nichts und niemand funktionierte mehr. Ich weiß nicht, was mit dem Seil passiert ist, genausowenig wie alle anderen. Aber Sie brauchen unbedingt einen Schuldigen, stimmt's?« Er nahm einen Schluck von seinem Whisky. »Sie wollen eine schöne, klare Geschichte schreiben, in der steht, daß Soundso eine Gruppe von Leuten in den Tod geführt hat. Aber so läuft das da oben in der Todeszone nicht, Lady. Es ist nicht einer der Held und der andere der Schurke. Wir sind alle bloß Menschen, und während wir auf diesem Berg festsaßen, machten immer mehr von unseren Gehirnzellen schlapp.«

»Das Buch deutet aber an, daß Sie sich sehr heldenhaft benommen haben«, erklärte Joanna, die sich durch seinen Ausbruch nicht aus der Ruhe bringen ließ. »Und«, fuhr sie vorsichtig fort, »es deutet auch bis zu einem gewissen Grad an, daß der Leiter der Expedition zumindest einen Teil der Verantwortung trägt. Greg.«

»Kannst du mir noch einen einschenken, Alice?« Adam hielt mir sein Glas hin. Als ich es ihm aus der Hand nahm, beugte ich mich zu ihm hinunter und küßte ihn. Ich fragte mich, wie lange ich noch warten sollte, bevor ich Joanna zum Gehen aufforderte.

»Wie ich höre, ist Greg zur Zeit in ziemlich schlechter Verfassung. Glauben Sie, das liegt an seinen Schuldgefühlen?«

Wieder gab Adam keine Antwort. Statt dessen schloß er kurz die Augen und legte den Kopf zurück. Er wirkte sehr müde.

Sie versuchte es noch einmal. »Glauben Sie, daß mit dieser Expedition ein unnötiges Risiko eingegangen wurde?«

»Offensichtlich. Schließlich sind dabei Menschen ums Leben gekommen.«

»Bedauern Sie es, daß die Berge derart kommerzialisiert worden sind?«

»Ja.«

»Trotzdem sind Sie ein Teil dieses Geschäfts.«

»Ja.«

»Eine von den Personen, die damals ums Leben kamen«, sagte Joanna, »stand Ihnen sehr nahe. Eine Exfreundin, glaube ich.«

Er nickte.

»Hat es Ihnen sehr zu schaffen gemacht, daß Sie nicht in der Lage waren, sie zu retten?«

Ich brachte Adam den zweiten Whisky, und er legte den Arm um mich, als ich mich zu ihm hinunterbeugte.

»Bleib da«, sagte er, als ginge es bei dem Interview um unsere Beziehung. Ich setzte mich auf die Armlehne seines Sessels und legte meine Hand auf sein zerzaustes Haar. Einen Moment musterte er Joanna prüfend. »Was zum Teufel denken Sie denn?« antwortete er schließlich. Er stand auf. »Ich glaube, das reicht, meinen Sie nicht auch?«

Joanna machte keine Anstalten aufzustehen. Statt dessen überprüfte sie, ob sich die Spulen ihres Kassettenrecorders noch drehten.

»Sind Sie inzwischen darüber hinweg?« fragte sie. Ich beugte mich hinunter und schaltete ihren Kassettenrecorder aus. Überrascht sah sie mich an. Unsere Blicke trafen sich, und sie nickte mir zu – anerkennend, wie mir schien.

»Darüber hinweg.« Adam klang, als wollte er ihr gleich ins Gesicht springen. Dann sagte er in einem völlig anderen Ton: »Soll ich Ihnen mein Geheimnis verraten, Joanna?«

»Darüber würde ich mich sehr freuen.«

»Ich habe Alice«, erklärte er. »Alice wird mich retten.« Er brach in ein Lachen aus, das ziemlich verrückt klang.

»Eine letzte Frage«, sagte Joanna, während sie aufstand und ihren Mantel anzog. »Werden Sie weiter klettern?«

»Ja.«

»Warum?«

»Weil ich Kletterer bin. Klettern ist mein Leben.« Der Whisky ließ seine Stimme etwas verwaschen klingen. »Ich liebe Alice, und ich klettere gern auf Berge.« Er lehnte sich an mich. »Darin finde ich Erfüllung.«

»Ich bin schwanger«, verkündete Pauline. Wir spazierten Arm in Arm durch den St. James's Park, waren im Umgang miteinander aber nach wie vor unsicher. Die Initiative zu diesem Treffen war von ihr ausgegangen, und ich war gar nicht so glücklich darüber. Mein altes Leben erschien mir so weit entfernt, fast ein bißchen unwirklich, als wäre das alles jemand anderem passiert. In jenem alten Leben hatte ich Pauline geliebt und mich stets auf sie verlassen können. In meinem neuen Leben war kein Platz für eine so intensive Freundschaft. Während ich an diesem frostigen Samstagnachmittag im Februar losging, um mich mit Pauline zu treffen, wurde mir klar, daß ich unsere Freundschaft vorerst auf Eis gelegt hatte. Ich nahm an, daß ich eines Tages darauf zurückkommen würde, aber im Moment war ich noch nicht so weit. Wir waren bis Einbruch der Dämmerung zusammen durch den Park spaziert. Früher hatten wir über so ziemlich alles miteinander reden können, aber nun bemühten wir uns, bestimmte Themen möglichst zu vermeiden. »Wie geht es Jake?« hatte ich sie irgendwann im Verlauf unseres Spaziergangs gefragt. Sie war leicht zusammengezuckt und hatte geantwortet, daß es ihm gutgehe. »Und wie geht's dir mit deinem neuen Leben?« hatte sie daraufhin gefragt, obwohl sie es gar nicht wirklich wissen wollte. Ich hatte auch nur ganz vage geantwortet.

Jetzt blieb ich stehen und legte die Hände auf ihre schmalen Schultern.

»Das sind ja wunderbare Neuigkeiten!« sagte ich. »Wie weit bist du schon?«

»Achte oder neunte Woche. Weit genug, um ständig mit einem Gefühl von Übelkeit herumzulaufen.«

»Ich freue mich sehr für dich, Pauline«, sagte ich. »Danke, daß du es mir gesagt hast.«

»Das ist doch selbstverständlich, daß ich es dir sage«, antwortete sie steif. »Du bist schließlich meine Freundin.«

Wir hatten die Straße erreicht.

»Ich muß in diese Richtung«, erklärte ich. »Ich treffe mich gleich da vorn mit Adam.«

Nachdem wir uns mit einem Kuß auf beide Wangen verabschiedet hatten, drehte ich mich um und trat auf die unbeleuchtete Straße hinaus. Im selben Moment tauchte vor mir ein großer junger Mann auf, und bevor ich Zeit hatte, mehr zu registrieren als sein leichenblasses Gesicht und seinen leuchtend kupferroten Haarschopf, riß er mir auch schon die Handtasche von der Schulter.

»He!« schrie ich und rannte ihm hinterher. Ich bekam die Tasche zu fassen, die eigentlich gar nichts Wertvolles enthielt, und zerrte daran. Er fuhr herum und starrte mich an. Auf seine linke Wange war ein Spinnennetz tätowiert, und um seinen Hals zog sich eine Linie, über der stand: HIER AUFSCHNEIDEN. Ich trat nach seinem Schienbein, verfehlte es aber und startete einen zweiten Versuch. So, das hatte gesessen.

»Laß los, du blöde Kuh!« knurrte er mich an. Die Tragriemen meiner Tasche schnitten mir in die Finger, so daß ich tatsächlich loslassen mußte. »Blöde Fotze!« Er riß die Hand hoch und schlug mir ins Gesicht. Ich taumelte zurück. Als ich an meine Wange faßte, merkte ich, daß mir das Blut schon am Hals hinunterlief. Der Mann hatte den Mund weit aufgerissen, und ich sah seine violette, geschwollen wirkende Zunge. Er hob erneut die Hand. O Gott, ein Verrückter! Mir schoß der Gedanke durch den Kopf, daß das der Mann sein mußte, der uns ständig diese Nachrichten schickte. Derjenige, der es auf uns abgesehen hatte. Dann schloß ich die Augen: Ich wollte es schnell hinter mich bringen. Der Schlag blieb aus.

Ich öffnete die Augen. Es war eine Szene wie aus einem Alptraum. Der Mann hatte plötzlich ein Messer in der Hand, aber es war nicht auf mich gerichtet, sondern auf Adam. Adam hieb dem Mann die Faust ins Gesicht. Mit einem Schmerzensschrei ließ er das Messer fallen. Adam schlug erneut zu, mit voller Wucht rammte er seinem Gegner die Faust in den Hals. Dann in den Magen. Der tätowierte Mann krümmte sich. Aus einer Platzwunde unter dem linken Auge lief ihm Blut über die Wange. Mein Blick fiel auf Adams Gesicht: Es wirkte ausdruckslos, wie versteinert. Er versetzte dem Mann einen weiteren Schlag und trat dann einen Schritt zurück, weil sein Gegner bereits zu Boden ging. Wimmernd landete er vor meinen Füßen und hielt sich den Magen.

»Aufhören!« keuchte ich. Inzwischen hatte sich eine kleine Menschenmenge angesammelt. Pauline war auch dabei. Sie hatte erschrocken den Mund aufgerissen.

Adam trat dem Mann in den Bauch.

»Adam!« Ich packte ihn am Arm und versuchte ihn wegzuzerren. »Um Himmels willen, hör auf! Das *reicht*!«

Adam blickte auf den Mann hinunter, der sich am Boden wand. »Alice möchte, daß ich aufhöre«, sagte er. »Also höre ich auf. Obwohl ich dich am liebsten umbringen würde, weil du es gewagt hast, sie *anzufassen.*« Er hob meine Tasche vom Boden auf. Dann drehte er sich zu mir um und nahm mein Gesicht in beide Hände. »Du blutest ja!« sagte er. Er leckte einen Teil des Bluts weg. »Alice, mein Liebling, er hat dich blutig geschlagen!«

Aus den Augenwinkeln bekam ich mit, daß immer mehr Leute zusammenliefen, aufgeregt miteinander sprachen und sich fragten, was passiert sei. Adam hielt mich fest.

»Tut es sehr weh? Bist du in Ordnung? Sieh nur, was er deinem schönen Gesicht angetan hat!«

»Ja. Ich weiß nicht. Ich glaube schon. Ist er auch in Ordnung? Ist er ...?«

Ich sah zu dem Mann hinunter. Er bewegte sich noch, wirkte aber ziemlich angeschlagen. Adam würdigte ihn keines Blickes. Er zog ein Taschentuch heraus, befeuchtete es mit Speichel und fing an, das Blut von meiner Wange zu wischen. Eine Sirene heulte, und über Adams Schulter sah ich einen Streifenwagen, gefolgt von einem Krankenwagen.

»Gut gemacht, Mann!« Ein Passant von kräftiger Statur und in einem langen Mantel trat auf uns zu und streckte Adam die Hand hin. Verwundert beobachtete ich, wie sich die beiden Männer die Hand gaben. Das Ganze war ein Alptraum, eine Farce.

»Alice, bist du in Ordnung?« Es war Pauline. Natürlich. Sie war ja auch noch hier. Das hatte ich ganz vergessen.

»Ja, mir fehlt nichts.«

Inzwischen waren wir von Polizisten umringt. Der Streifenwagen parkte am Straßenrand. Der Vorfall hatte plötzlich etwas Offizielles, was es irgendwie leichter machte, damit umzugehen. Die Polizisten beugten sich über den Mann und zogen ihn hoch. Er wurde weggeführt.

Adam legte mir seine Jacke um die Schultern. Dann strich er mir das Haar aus dem Gesicht.

»Ich besorge uns ein Taxi«, sagte er. »Die Polizei kann warten. Rühr dich nicht von der Stelle!« Er wandte sich an Pauline. »Passen Sie auf sie auf!« sagte er und sprintete los.

»Er hätte ihn fast umgebracht«, wandte ich mich an Pauline.

Sie sah mich mit einem seltsamen Blick an. »Er scheint dich wirklich zu vergöttern«, sagte sie.

»Aber stell dir vor, er hätte ...«

»Er hat dich gerettet, Alice.«

Am nächsten Tag rief die Journalistin, Joanna, erneut bei uns an. Sie hatte in der Abendzeitung von dem Überfall gelesen. Das würde ihr Interview in einem anderen Licht erscheinen lassen, in einem völlig anderen Licht. Sie wollte, daß wir beide einen Kommentar dazu abgaben.

»Sie können mich mal», sagte Adam freundlich und reichte mir das Telefon.

»Was ist das für ein Gefühl«, fragte sie mich, »mit einem Mann wie Adam verheiratet zu sein?«

»Was für ein Mann ist Adam denn Ihrer Meinung nach?«

»Ein Held«, antwortete sie.

»Es ist ein großartiges Gefühl«, sagte ich, aber ich war mir nicht ganz sicher.

Wir lagen nebeneinander im Halbdunkel unseres Schlafzimmers. Meine Wange brannte, mein Herz hämmerte. Würde ich mich nie an ihn gewöhnen?

»Wovor hast du Angst?«

»Bitte nimm mich in den Arm.«

Durch die dünnen Vorhänge fiel das orangefarbene Licht der Straßenlampen herein. Ich konnte sein Gesicht sehen, sein schönes Gesicht. Ich wollte, daß er mich so fest und so nahe an sich drückte, daß ich mit ihm verschmolz.

»Sag mir erst, wovor du solche Angst hast.«

»Davor, dich zu verlieren. Hier, leg deine Hand hierhin.«

»Dreh dich um. Ja, so. Alles wird gut, Alice. Ich werde dich nie verlassen, und du wirst mich nie verlassen. Nein, mach die Augen nicht zu. Sieh mich an.«

Später bekamen wir Hunger, weil wir an diesem Abend noch nichts gegessen hatten. Ich stand auf, schlüpfte in Adams Hemd und ging über den kalten Dielenboden in die Küche. Im Kühlschrank fand ich etwas Parmaschinken, ein paar Pilze und ein Stück harten Käse. Nachdem ich Sherpa gefüttert hatte, die ihren kleinen Körper an meine nackten Beine schmiegte, machte ich uns aus einem nicht mehr ganz frischen, dünnen italienischen Weißbrot ein riesiges Sandwich. In unserer Einkaufskiste neben der Tür stand eine Flasche Rotwein. Ich machte sie auf. Wir aßen im Bett, unsere Kopfkissen im Rücken. Um uns herum war alles voller Brösel.

»Weißt du«, sagte ich zwischen zwei Bissen, »ich bin es einfach nicht gewöhnt, daß sich Leute so verhalten.«

»Wie verhalten?«

»Na ja, daß sich jemand für mich prügelt.«

»Der Typ hat dich geschlagen.«

»Ich habe wirklich geglaubt, du würdest ihn umbringen.«

Er schenkte mir noch ein Glas Wein ein.

»Ich war eben wütend.«

»Was du nicht sagst! Der Typ hatte ein Messer, Adam. Hast du daran denn gar nicht gedacht?«

»Nein.« Er runzelte die Stirn. »Wäre es dir lieber gewesen, wenn ich ihn freundlich gebeten hätte aufzuhören? Oder wenn ich losgerannt wäre, um die Polizei zu holen?«

»Nein. Ja. Ich weiß es nicht.«

Seufzend ließ ich mich wieder auf mein Kissen zurücksinken, schläfrig vom Sex und vom Wein.

»Verrätst du mir etwas?«

»Vielleicht.«

»Ist oben auf dem Berg etwas vorgefallen...? Ich meine, deckst du jemanden?«

Adam wirkte weder überrascht noch verärgert. Er sah mich nicht einmal an.

»Natürlich«, antwortete er.

»Wirst du es mir irgendwann erzählen?«

»Niemand braucht davon zu wissen«, erwiderte er.

18. KAPITEL

Einen Tag, nachdem der Artikel erschienen war, ging ich hinunter, um die Post zu holen, und fand im Briefkasten einen weiteren braunen Umschlag. Er war nicht frankiert, aber auf dem Kuvert stand: AN MRS. ADAM TALLIS

Noch während ich unten vor der Haustür stand, wo der Fußabstreifer meine Fußsohlen zum Prickeln brachte, riß ich den Umschlag auf. Es war das gleiche Papier und die gleiche Schrift, wenn auch diesmal ein bißchen kleiner, weil die Nachricht länger war:

HERZLICHEN GLÜCKWUNSCH ZUR
VERMÄHLUNG,
MRS. TALLIS.
GEBEN SIE AUF IHREN RÜCKEN ACHT.
PS: WARUM BRINGEN SIE IHREM GATTEN
NICHT MAL EINE TASSE TEE ANS BETT?

Ich nahm die Nachricht mit hinauf und zeigte sie Adam. Er las sie mit finsterer Miene.

»Unser Briefschreiber weiß nicht, daß ich meinen Namen behalten habe«, sagte ich, wobei ich mich um einen lockeren Ton bemühte.

»Immerhin weiß er, daß ich im Bett bin«, meinte Adam.

»Was hat das zu bedeuten? Tee?«

Ich ging in die Küche und öffnete den Schrank. Da waren nur zwei Päckchen Tee, Kenyan für Adam, Lapsang Souchong für mich. Ich schüttete aus jedem Päckchen ein bißchen was auf die Küchentheke. Beide Tees sahen ganz normal aus. Ich bemerkte, daß Adam hinter mir stand.

»Warum soll ich dir Tee ans Bett bringen, Adam? Könnte

es etwas mit dem Bett zu tun haben? Oder mit dem Zukker?«

Adam öffnete den Kühlschrank. In der Tür standen zwei Milchflaschen, eine halb volle und eine noch verschlossene. Er nahm sie beide heraus. Ich warf einen Blick in das Schränkchen unter der Spüle und fand eine große rote Plastikschüssel. Ich nahm Adam die Flaschen aus der Hand.

»Was hast du vor?« fragte er.

Ich leerte die erste Flasche in die Schüssel.

»Sieht wie normale Milch aus«, sagte ich. Dann öffnete ich die zweite Flasche und begann sie auszugießen.

»Das ist... o Gott!«

In der Milch waren kleine dunkle Schatten zu sehen, die langsam an die Oberfläche kamen. Plötzlich schwammen auf der Milch jede Menge tote Insekten, Fliegen und Spinnen. Ganz vorsichtig stellte ich die Flasche ab und leerte die Schüssel mit der Milch ins Spülbecken. Ich mußte mich sehr konzentrieren, um meinen Brechreiz zu unterdrücken. Erst war ich nur erschrocken, dann wurde ich wütend.

»Jemand war hier drin!« rief ich. »Es war jemand hier in der Wohnung!«

»Hmm?« fragte Adam geistesabwesend, als hätte er gerade über etwas ganz anderes nachgedacht.

»Jemand ist in unsere Wohnung eingebrochen.«

»Nein, das glaube ich nicht. Vergiß nicht, daß wir die Milch an die Haustür geliefert bekommen. Jemand hat einfach die Flaschen ausgetauscht.«

»Was sollen wir tun?« fragte ich.

»Mrs. Tallis», sagte Adam nachdenklich. »Das Ganze ist gegen dich gerichtet. Sollen wir die Polizei verständigen?«

Mrs. Tallis, dachte ich. Mrs. Tallis. Spinnen und Fliegen. Wer weiß, daß ich Angst vor Spinnen und Fliegen habe?

»Nein«, sagte ich laut. »Noch nicht.«

Ich fing ihn ab, als er mit seiner Aktenmappe in der Hand aus der Tür trat.

»Warum tust du mir das an? Warum?«

Er wich vor mir zurück, als wäre ich ein Straßenräuber. »Was um alles in der Welt meinst...«

»Spar dir das Theater, Jake. Ich weiß jetzt, daß du es bist. Die ganze Zeit habe ich versucht, mir einzureden, daß es jemand anderer ist, aber jetzt weiß ich, daß nur du in Frage kommst. Wer sonst sollte wissen, daß ich Angst vor Insekten habe?«

»Alice.« Er versuchte mir die Hand auf die Schulter zu legen, aber ich schüttelte ihn ab. »Alice, beruhige dich! Die Leute halten dich sonst für verrückt.«

»Warum zum Teufel hast du Spinnen in meine Milch getan, Jake? Sag es mir! Aus Rache?«

»Jetzt glaube ich langsam auch, daß du verrückt bist.«

»Komm schon, sag es mir! Was für Überraschungen hast du denn noch so auf Lager? Versuchst du, mich langsam in den Wahnsinn zu treiben?«

Er sah mich mit versteinerter Miene an. Ich fühlte mich plötzlich richtig mies.

»Wenn du mich fragst«, sagte er, »bist du schon wahnsinnig.« Mit diesen Worten machte er auf dem Absatz kehrt und ging ruhig die Straße entlang, weg von mir.

Adam zeigte überhaupt kein Interesse, aber jedesmal, wenn ich in den nächsten Tagen an einem Zeitungsladen vorbeikam, sah ich nach, ob sie den Artikel schon gedruckt hatten. Am Samstag wurde ich dann fündig. Das Bild fiel mir sofort ins Auge. Ein kleines Foto von einem Berg, mit dem der Artikel auf der Titelseite angekündigt wurde: »Extremklettern für Einsteiger: das Geschäft mit den Bergen. Lesen Sie unseren Artikel im Kulturteil.« Rasch zog ich die entsprechenden Seiten der Zeitung heraus, um zu sehen, was Joanna geschrieben hatte. Ihr Artikel war mehrere Seiten lang – zu lang, um ihn gleich im Laden zu lesen. Ich kaufte die Zeitung und nahm sie mit nach Hause.

Adam war nicht da, was mich ausnahmsweise einmal froh stimmte. Ich machte mir eine Kanne Kaffee. Ich wollte mich in aller Ruhe hinsetzen und dem Artikel die Zeit widmen, die er in meinen Augen verdiente. Auf der Titelseite des Kulturteils von *The Participant* prangte eine grandiose Aufname des Chungawat, die den Berg vor dem Hintergrund eines strahlend blauen Himmels zeigte. Die Bildunterschrift las sich wie eine Anzeige in der Auslage eines Immobilienmaklers: »Himalajagipfel zu vermieten. £ 30 000. Keine Erfahrung erforderlich.« Wieder einmal war ich fasziniert von der einsamen Schönheit des Berges. War mein Adam tatsächlich schon auf diesem Gipfel gewesen? Nun ja, nicht ganz auf dem Gipfel.

Ich schlug die Zeitung auf. Vier Seiten. Der Artikel enthielt weitere Fotos, auf denen einige der Expeditionsteilnehmer abgebildet waren. Greg, Klaus und Françoise, die mit ihren schweren Bergstiefeln sehr gut aussah, wie ich mit einem Anflug von Eifersucht feststellte, und ein paar der anderen Bergsteiger, die umgekommen waren. Und natürlich Adam, aber an seine Fotos war ich inzwischen gewöhnt. Außerdem waren eine Landkarte und ein paar Diagramme abgedruckt. Ich nahm einen Schluck Kaffee und begann zu lesen.

Genauer gesagt überflog ich den Text erst einmal, bevor ich ihn tatsächlich las. Rasch ließ ich den Blick über die Zeilen gleiten, um zu sehen, welche Namen erwähnt wurden und wie oft. Von Adam war hauptsächlich im letzten Teil die Rede. Ich las den entsprechenden Abschnitt, um sicherzugehen, daß er keine überraschenden Neuigkeiten enthielt. Was tatsächlich nicht der Fall war. Joanna hatte nur noch einmal die Geschichte erzählt, die ich bereits aus Klaus' Buch kannte, wenn auch aus einer anderen Perspektive. Klaus' Version der Chungawatkatastrophe wurde durch seine eigenen Emotionen beeinflußt: seine Aufregung, sein Gefühl, versagt zu haben, seine Desillusionierung, seine Angst, seine Bewunderung für Adam. Da kam vieles zusammen. Ich respektierte Klaus, weil er zugegeben hatte, wie verwirrend die Situation auf dem Berg gewesen war, als das Unwetter losbrach und mehrere Leute in Lebensgefahr schwebten, und daß er selbst nicht in der Lage gewesen war, diese Situation unter Kontrolle zu bringen.

Joanna sah das Ganze vor allem unter moralischen Aspekten. Für sie war es eine Geschichte über die korrumpierende Wirkung des Geldes und die Gefahren eines übertriebenen Heldenkults. Auf der einen Seite gebe es ein paar heroische Gestalten, die Geld brauchten, auf der anderen ein paar reiche Leute, die schwierige Bergbesteigungen unternehmen oder zumindest damit prahlen wollten, schwierige Bergbesteigungen unternommen zu haben; denn laut Joanna ließ sich darüber streiten, ob man so etwas tatsächlich als Bergbesteigung im engeren Sinn bezeichnen konnte. Nichts davon war mir wirklich neu. Das tragische Opfer in dieser Geschichte war natürlich Greg, den Joanna nicht vor ihr Mikrofon bekommen hatte. Nachdem sie zu Beginn ihres Artikels über die schrecklichen Ereignisse auf dem Chungawat berichtet hatte – die mich immer noch schaudern ließen, egal, wie melodramatisch sie geschildert wurden –, wandte sich Joanna den Anfängen von Gregs Karriere zu. Er hatte als Bergsteiger wirklich Erstaunliches geleistet. Bemerkenswert waren nicht nur die Gipfel, die er bezwungen hatte – Everest, K2, McKinley, Annapurna –, sondern auch die Art, wie er es getan hatte: im Winter, ohne Sauerstoff, mit einem Minimum an Ausrüstung.

Joanna hatte sich offensichtlich gut informiert. Demnach war Greg, was seine Einstellung zum Bergsteigen und Klettern betraf, in den achtziger Jahren fast so eine Art Mystiker gewesen. Damals hatte er die Besteigung eines schwierigen Gipfels als ein Privileg erachtet, das man sich erst durch eine jahrelange Lehrzeit verdienen mußte. Anfang der Neunziger war er offenbar zu einem anderen Glauben bekehrt worden: »Früher habe ich hinsichtlich der Bergsteigerei eine sehr elitäre Einstellung vertreten«, zitierte Joanna aus einem anderen Text. »Inzwischen bin ich ein Demokrat geworden. Die Besteigung eines Berges ist eine großartige Erfahrung. Ich möchte diese Erfahrung allen Menschen zugänglich machen.« Allen Menschen, kommentierte Joanna trocken, die dreißigtausend Dollar auf den Tisch blättern konnten. Greg hatte einen Unternehmer namens Paul Molinson kennengelernt und mit ihm eine Firma gegründet, die Peak Experiences. Drei Jahre lang hatten sie Ärzte, Anwälte, Arbitragehändler und reiche Erbinnen auf Gipfel geschleppt, die noch wenige Jahre zuvor nur einer auserwählten Gruppe erfahrener Bergsteiger vorbehalten waren.

Joanna richtete ihr Augenmerk vor allem auf einen der Männer, die bei der Chungawatexpedition ums Leben gekommen waren, Alexis Hartounian, einen Börsenmakler von der Wall Street. Sie zitierte in diesem Zusammenhang einen anonymen Kletterer, der sich sehr verächtlich über Hartounian geäußert hatte: »Dieser Mann hatte ein paar der höchsten Gipfel der Welt bestiegen. Obwohl er alles andere als ein Bergsteiger oder Kletterer war, erzählte er jedem, der es hören wollte, daß er auf dem Everest gewesen sei. Aus seinem Mund klang das, als handle es sich um irgendeine Bushaltestelle. Nun, am Ende wurde er eines Besseren belehrt.«

Joannas Bericht über die Ereignisse auf dem Berg war nur eine Kurzfassung dessen, was Klaus in seinem Buch geschrieben hatte. Ein beigefügtes Diagramm zeigte das Seil, das an der Westseite des Grats befestigt gewesen war. Joanna beschrieb eine chaotische Situation, die von inkompetenten, kranken Bergsteigern, von denen einer nicht einmal Englisch gesprochen habe, kaum zu bewältigen gewesen sei. Sie zitierte nicht namentlich genannte Experten, die die Meinung vertraten, in einer

Höhe von über achttausend Metern seien die Bedingungen für Bergsteiger, die sich nicht selbst helfen konnten, einfach zu extrem gewesen. Die Veranstalter hätten nicht nur ihr eigenes Leben riskiert, sondern auch das sämtlicher Expeditionsteilnehmer. Klaus hatte gegenüber Joanna geäußert, daß er dem bis zu einem gewissen Grad zustimme, aber einige der ungenannten Kommentatoren gingen noch weiter. Ein Gipfel wie der Chungawat erfordere absolute Konzentration, vor allem wenn das Wetter umschlage, meinten Gregs Kritiker. Sie äußerten den Verdacht, Greg sei so sehr mit geschäftlichen Problemen und den speziellen Bedürfnissen seiner unqualifizierten Kunden beschäftigt gewesen, daß dadurch sein Urteilsvermögen und – noch schlimmer – seine Leistungen als Bergführer beeinträchtigt gewesen seien. »Wenn man seine gesamte Energie auf die falschen Dinge verwendet hat«, meinte ein Kommentator, »dann ist es kein Wunder, wenn zum falschen Zeitpunkt etwas schiefläuft, befestigte Seile nachgeben und verwirrte Kunden in die falsche Richtung laufen.«

Es war eine zynische Geschichte über Korruption und Desillusionierung, und gegen Ende zu tauchte Adam als das Symbol eines verlorengegangenen Idealismus auf. Es war bekannt, daß er der Expedition – und nicht zuletzt seiner eigenen Teilnahme daran – von Anfang an kritisch gegenübergestanden hatte, aber als es darauf ankam, war trotzdem er derjenige gewesen, der den Berg hinauf- und hinuntergerannt war, um Leuten beizustehen, die sich selbst nicht mehr helfen konnten. Joanna war es gelungen, mit einigen der Überlebenden zu sprechen, die alle sagten, sie würden Adam ihr Leben verdanken. Die Tatsache, daß er sich weigerte, jemandem die Schuld an dem Fiasko zu geben, ja nur höchst widerstrebend bereit war, sich überhaupt darüber zu äußern, schien ihn für alle noch attraktiver zu machen. Hinzu kam, daß seine eigene Freundin unter den Opfern gewesen war. Adam hatte darüber kaum etwas geäußert, aber Joanna konnte jemanden auftreiben, der berichtete, Adam sei immer wieder losgegangen, um sie zu suchen, bis er schließlich bewußtlos in seinem Zelt zusammengebrochen war.

Als Adam zurückkehrte, warf er nur einen verächtlichen Blick auf das Cover, zeigte ansonsten aber kein Interesse an dem Artikel. »Was weiß *die* schon darüber?« lautete sein einziger Kommentar. Später, als wir zusammen im Bett lagen, las ich ihm vor, was die verschiedenen ungenannt gebliebenen Kritiker über Greg gesagt hatten.

»Wie denkst du darüber, Liebster?« fragte ich ihn.

Er nahm mir die Zeitung aus der Hand und warf sie auf den Boden.

»Ich denke, daß das alles ziemlicher Mist ist«, antwortete er.

»Du meinst, es wird dem, was tatsächlich passiert ist, nicht gerecht?«

»Ich vergaß«, antwortete er lachend, »als Wissenschaftlerin bist du natürlich an der Wahrheit interessiert.« Er klang, als würde er sich über mich lustig machen.

Es war, als wäre ich mit Lawrence von Arabien oder Captain Scott verheiratet. Fast alle Leute, die ich kannte, fanden in den nächsten Tagen einen Vorwand, um mich anzurufen. Leute, die die ungebührliche Eile mißbilligt hatten, mit der ich geheiratet hatte, schienen auf einmal größtes Verständnis für meine Entscheidung zu haben. Mein Vater rief mich an und unterhielt sich über alles mögliche mit mir, um dann irgendwann beiläufig zu erwähnen, er habe den Artikel gelesen, und wir sollten uns doch mal wieder sehen lassen. Am Montag morgen im Büro mußten mir plötzlich alle irgend etwas Dringendes vorbeibringen. Mike kam mit einer Tasse Kaffee in der Hand herein und reichte mir ein unwichtiges Formular.

»Wir werden nie so richtig getestet, stimmt's?« fragte er mit einem nachdenklichen Ausdruck in den Augen. »Das bedeutet, daß wir uns selbst gar nicht richtig kennen, weil wir nicht wissen, wie wir in einer Krisensituation reagieren würden. Es muß für deinen … ähm Mann ein wunderbares Gefühl sein, sich bei einer solchen Katastrophe derart bewährt zu haben.«

»Was meinst du mit meinem … *ähm* Mann, Mike? Er ist tatsächlich mein Mann. Ich kann dir den Wisch gern zeigen, wenn du willst.«

»So hab' ich das doch nicht gemeint, Alice. Es dauert bloß eine Weile, bis man sich daran gewöhnt hat. Wie lange kennt ihr euch eigentlich schon?«

»Ein paar Monate.«

»Erstaunlich. Ich muß zugeben, daß ich anfangs dachte, du wärst übergeschnappt, als ich von deinen Heiratsplänen hörte. Das sah der Alice Loudon, die ich kannte, gar nicht ähnlich. Aber inzwischen weiß ich, daß wir alle unrecht hatten.«

»Wir?«

»Alle hier im Büro.«

Ich war entsetzt.

»Ihr habt mich alle für verrückt gehalten?«

»Zumindest waren wir alle sehr überrascht. Aber inzwischen ist mir klargeworden, daß du recht hattest und wir unrecht. Es ist genau wie in dem Artikel. Entscheidend ist, daß man auch unter größtem Druck noch in der Lage ist, klar zu denken. Dein Mann besitzt anscheinend diese Fähigkeit.« Mike hatte die ganze Zeit in seine Teetasse oder aus dem Fenster gesehen, überallhin, bloß nicht in mein Gesicht. Jetzt wandte er sich zu mir um und sah mich direkt an. »Und du besitzt sie auch.«

Ich mußte mich sehr beherrschen, um nicht loszuprusten. Was für ein Kompliment! Falls es überhaupt eins war.

»Vielen Dank für die Blumen. Aber jetzt muß ich mich wieder an die Arbeit machen.«

Nach einigen Tagen hatte ich das Gefühl, mit allen Menschen auf der Welt gesprochen zu haben, die meine Telefonnummer besaßen, mit Ausnahme von Jake. Trotzdem war ich überrascht, als Claudia mir am Dienstag sagte, eine Joanna Noble sei für mich am Apparat. Ja, sie wolle tatsächlich mich sprechen, erklärte Joanna, und es handle sich nicht um einen Versuch, über mich an Adam heranzukommen. Ja, es sei wichtig, und sie wolle unter vier Augen mit mir reden. Wenn möglich, noch heute. Wir könnten uns irgendwo in der Nähe meines Büros treffen, gerne auch sofort, falls meine Zeit es zulasse. Es werde nur ein paar Minuten dauern. Was hätte ich da sagen sollen? Ich bat sie, sich an der Rezeption zu melden, und schon eine Stunde später saßen wir in einer fast leeren Sandwichbar gleich um die Ecke. Joanna hatte noch kein Wort gesprochen, sondern mir nur die Hand geschüttelt.

»Ihre Geschichte hat Adams Glanz irgendwie auf mich abstrahlen lassen«, erklärte ich. »Immerhin bin ich die Frau des Helden.«

Sie schien sich unbehaglich zu fühlen und zündete sich eine Zigarette an.

»Er *ist* ein Held«, sagte sie. »Unter uns gesagt, war mir bei manchen Passagen des Artikels nicht ganz wohl. Schuldzuweisungen sind immer eine heikle Sache. Aber was Adam dort oben geleistet hat, ist wirklich erstaunlich.«

»Ja«, pflichtete ich ihr bei. »Er ist überhaupt ein erstaunlicher Mann, finden Sie nicht auch?« Joanna gab mir keine Antwort. »Ich dachte, Sie würden längst an einer anderen Geschichte arbeiten«, sagte ich.

»An mehreren«, antwortete sie.

Ich sah, daß sie ein Stück Papier in der Hand hielt.

»Was ist das?«

Als sie auf das Blatt hinuntersah, wirkte ihr Blick fast ein wenig überrascht, als wisse sie nicht, wie es in ihre Hände gelangt war.

»Das ist heute morgen mit der Post gekommen.« Sie reichte

mir das Blatt. Es war ein sehr kurzer Brief. »Lesen Sie es«, sagte sie.

Der Text des Schreibens lautete folgendermaßen:

> Liebe Joanna Noble,
> als ich Ihren Artikel über Adam Tallis gelesen habe, ist mir richtig schlecht geworden. Sollten Sie Interesse daran haben, könnte ich Ihnen die Wahrheit über ihn erzählen. Falls es Sie tatsächlich interessiert, dann werfen Sie einen Blick in die Zeitungen vom 20. Oktober 1989. Wenn Sie wollen, können Sie mich anrufen, dann sage ich Ihnen, was für ein Mensch er wirklich ist. Das Mädchen in dem Artikel bin ich.
> Mit freundlichen Grüßen,
> Michelle Stowe

Verwirrt sah ich Joanna an.

»Klingt ziemlich gestört«, sagte ich.

Joanna nickte.

»Ich bekomme eine Menge solcher Briefe. Aber ich war in der Bibliothek beziehungsweise in unserem Archiv, in dem Zeitungen und Ausschnitte gesammelt werden. Dort habe ich das hier gefunden.« Sie reichte mir ein weiteres Blatt. »Es ist keine große Story. Die Meldung stand auf keiner Titelseite, aber ich dachte mir... na ja, bilden Sie sich selbst ein Urteil.«

Es war eine Fotokopie einer kleinen Zeitungsnachricht mit der Überschrift: »Richter schiebt die Schuld auf Vergewaltigungsopfer.« Im ersten Absatz war ein Name unterstrichen. Adams Name.

> Ein junger Mann, der wegen Vergewaltigung vor Gericht stand, ist gestern schon am ersten Prozeßtag freigesprochen worden. Richter Michael Clark vom Winchester

Crown Court instruierte die Geschworenen, ihn für nicht schuldig zu befinden. »Sie verlassen diesen Gerichtssaal ohne Makel«, sagte Richter Clark zu Adam Tallis, 23. »Ich kann nur bedauern, daß Sie überhaupt vor Gericht erscheinen mußten, um sich wegen einer so dürftigen und unbegründeten Anklage zu verantworten.«

Mr. Tallis war beschuldigt worden, Miss X, eine junge Frau, deren Name aus rechtlichen Gründen nicht genannt werden darf, nach einer Party, die in der Nähe von Gloucester stattgefunden hatte und von Zeugen als »Saufgelage« beschrieben worden war, vergewaltigt zu haben. Nachdem Miss X einem kurzen Kreuzverhör unterzogen worden war, das sich auf ihre sexuelle Vorgeschichte und ihren Zustand während der Party konzentrierte, beantragte die Verteidigung eine Abweisung der Anklage. Diesem Antrag wurde von Richter Clark sofort stattgegeben.

Richter Clark brachte sein Bedauern darüber zum Ausdruck, »daß Miss X den Vorteil der Anonymität genießt, während der Name und der Ruf von Mr. Tallis durch den Schmutz gezogen worden sind«. Auf der Treppe vor dem Gerichtsgebäude erklärte Mr. Tallis' Anwalt, Richard Vine, sein Mandant freue sich über die Entscheidung des Richters und habe nur den Wunsch, sein Leben unbehelligt weiterleben zu können.

Nachdem ich den Artikel gelesen hatte, griff ich ruhig nach meiner Kaffeetasse und nahm einen Schluck.

»Und?« fragte ich. Joanna gab mir keine Antwort. »Was haben Sie damit vor? Wollen Sie etwas darüber schreiben?«

»Was sollte ich darüber schreiben?«

»Sie haben Adam aufgebaut«, sagte ich. »Vielleicht ist es jetzt an der Zeit, ihn wieder vom Podest zu stoßen.«

Joanna zündete sich eine neue Zigarette an.

»Das habe ich nicht verdient«, erwiderte sie kühl. »Ich habe alles gesagt, was es über die Bergsteigerei zu sagen gab. Ich habe nicht die Absicht, mich mit dieser Frau in Verbindung zu setzen. Aber...« Sie schwieg einen Moment und sah mich dabei nachdenklich an. »Es geht mir dabei mehr um Sie als um alles andere. Ich habe hin und her überlegt, was ich tun soll. Irgendwie habe ich es dann doch für meine Pflicht gehalten, Ihnen den Artikel zu zeigen. Vielleicht denken Sie jetzt, ich möchte mich nur wichtig machen und in Ihr Leben einmischen. Sie können die Sache einfach vergessen, wenn Sie wollen.«

Ich holte tief Luft und zwang mich, mit ruhiger Stimme zu sprechen.

»Bitte entschuldigen Sie.«

Joanna lächelte schwach und blies eine Rauchwolke in die Luft.

»Schon gut«, sagte sie. »Ich muß jetzt gehen.«

»Kann ich das behalten?«

»Natürlich. Es sind nur Fotokopien.« Ihre Neugier gewann sichtlich die Oberhand. »Was werden Sie tun?«

Ich schüttelte den Kopf.

»Nichts. Nach Meinung des Gerichts war er unschuldig, nicht wahr?«

»Ja.«

»Ohne jeden Makel.«

»Ja.«

»Dann werde ich gar nichts tun.«

19. KAPITEL

Ganz so einfach war es natürlich nicht. Ich sagte mir immer wieder, daß Adam freigesprochen worden war. Ich sagte mir, daß ich schließlich mit ihm verheiratet war und ihm das Versprechen gegeben hatte, ihm zu vertrauen. Nun wurde dieses

Vertrauen zum erstenmal auf die Probe gestellt. Ich beschloß, die Sache ihm gegenüber mit keinem Wort zu erwähnen. Eine solche Verleumdung hatte es nicht verdient, daß man darauf reagierte. Ich würde einfach nicht mehr darüber nachdenken.

Wem wollte ich damit etwas vormachen? Natürlich dachte ich die ganze Zeit darüber nach. Ich dachte an dieses unbekannte Mädchen, diese Frau, die in betrunkenem Zustand auf einen betrunkenen Adam getroffen war. Ich dachte auch an Lily, die ihr T-Shirt ausgezogen hatte, um mir ihren bleichen Meerjungfrauenkörper und die Striemen auf ihrem Rücken zu zeigen. Und ich dachte an die Art, wie Adam mit mir umging: Er fesselte mich, legte seine Hände um meinen Hals und befahl mir, seine Anweisungen zu befolgen. Dabei beobachtete er mich genau, kostete meinen Schmerz so richtig aus. Er genoß es, mir weh zu tun. Er genoß meine Schwäche unter seiner Stärke. Der Sex zwischen uns war mir immer wie eine rauschhafte Leidenschaft erschienen. Nun, da ich ihn analysierte, fing ich an, das ein wenig anders zu sehen. Wenn ich allein im Büro war, schloß ich manchmal die Augen und rief mir verschiedene Exzesse ins Gedächtnis. Die Erinnerung verschaffte mir ein ungutes, eigenartiges Gefühl von Lust. Ich wußte nicht, was ich tun sollte.

Am ersten Abend nach meinem Treffen mit Joanna behauptete ich Adam gegenüber, ich hätte starke Rückenschmerzen, wahrscheinlich, weil ich meine Periode bekäme.

»Die ist doch erst in sechs Tagen fällig«, entgegnete er.

»Dann bekomme ich sie diesmal eben zu früh«, gab ich zurück. Mein Gott, ich war mit einem Mann verheiratet, der sich mit dem Rhythmus meiner Monatsregel besser auskannte als ich. »Das zeigt bloß, wie dringend wir den Drakloop brauchen.«

»Ich werde dich massieren. Dann geht es dir bestimmt gleich besser.« Er half gerade jemandem in Kensington, einen neuen Holzboden zu verlegen, und seine Hände waren schwieliger denn je. »Du bist total verspannt«, sagte er. »Entspann dich.«

Ich hielt es genau zwei Tage aus. Am Donnerstag abend kam er mit einer großen Tüte voller Lebensmittel nach Hause und verkündete, daß er zur Abwechslung mal kochen wolle. Er hatte Schwertfisch gekauft, zwei frische rote Peperoni, eine knorrige Ingwerwurzel, einen Bund Koriander, Basmatireis in einer braunen Papiertüte, eine Flasche purpurfarbenen Wein. Er zündete sämtliche Kerzen an und schaltete die Lichter aus, so daß die traurige kleine Küche plötzlich wie eine Hexenhöhle aussah.

Ich las die Zeitung und beobachtete nebenbei, wie er sorgfältig den Koriander wusch, indem er jedes Blatt einzeln abspülte. Dann legte er die Peperoni auf einen Teller und schnitt sie auf. Als er meinen Blick spürte, legte er das Messer weg und küßte mich, ohne mit den Händen mein Gesicht zu berühren.

»Ich möchte nicht, daß von den Peperoni deine Haut brennt«, sagte er.

Nachdem er den Fisch in eine Marinade eingelegt hatte, wusch er den Reis und ließ ihn in einer Pfanne voll Wasser stehen. Dann säuberte er sich gründlich die Hände, öffnete die Weinflasche, griff nach zwei Gläsern und schenkte sie halb voll.

»Es dauert noch etwa eine Stunde«, verkündete er, während er aus seinen Hosentaschen zwei dünne Lederfesseln zog. »Ich freue mich schon den ganzen Tag darauf, dich damit zu fesseln.«

»Was, wenn ich nein sage?« platzte ich heraus. Plötzlich fühlte sich mein Mund so trocken an, daß ich kaum noch schlucken konnte.

Adam nahm einen kleinen Schluck Wein. Dabei betrachtete er mich nachdenklich.

»Was meinst du mit nein? Welche Art von nein?«

»Ich muß dir etwas zeigen«, sagte ich, nahm meine Handtasche und holte die Fotokopien des Briefes und des Artikels heraus. Ich reichte sie Adam, der sein Glas auf dem Tisch abstellte und beides in aller Ruhe durchlas. Dann sah er mich an.

»Und?«

»Ich... die Journalistin hat sie mir gegeben und...« Ich hielt inne.

»Was willst du wissen, Alice?« Ich gab ihm keine Antwort. »Willst du wissen, ob ich sie vergewaltigt habe?«

»Nein, natürlich nicht. Ich habe ja gelesen, was der Richter gesagt hat und... ach Mist, wir sind schließlich verheiratet. Wie konntest du mir so etwas verschweigen? Das muß doch eine wichtige Sache in deinem Leben gewesen sein. Ja, ich möchte wissen, was passiert ist. Natürlich möchte ich das wissen. Was zum Teufel hast du erwartet?« Zu meiner eigenen Überraschung schlug ich so heftig mit der Faust auf den Tisch, daß die Gläser hochsprangen.

Einen Moment lang wirkte er traurig, aber nicht wütend, wie ich befürchtet hatte.

»Ich erwarte, daß du mir vertraust», sagte er mit ruhiger Stimme, fast zu sich selbst. »Und daß du auf meiner Seite stehst.«

»Das tue ich doch. Natürlich tue ich das. Aber...«

»Aber du willst wissen, was passiert ist?«

»Ja.«

»Ganz genau?«

Ich holte tief Luft und sagte dann mit fester Stimme: »Ja, ganz genau.«

»Wie du willst.« Nachdem er sich etwas Wein nachgeschenkt hatte, ließ er sich in einen Sessel sinken und sah mich an. »Ich war bei einem Freund in Gloucestershire zu einer Party eingeladen. Das ist jetzt acht Jahre her, schätze ich. Ich war kurz zuvor aus Amerika zurückgekommen, wo ich mit einem anderen Freund in den Yosemites geklettert war. Wir waren ziemlich gut drauf – entschlossen, uns zu amüsieren. Auf der Party befanden sich ziemlich viele Leute, von denen ich bis auf den Gastgeber aber kaum jemanden kannte. Es wurde viel getrunken. Auch Drogen waren im Umlauf. Die Leute tanzten und küßten sich.

Es war Sommer, und draußen war es heiß. Mehrere Pärchen hatten sich in die Büsche verzogen. Irgendwann kam dann dieses Mädchen auf mich zu und zerrte mich auf die Tanzfläche. Sie war schon ziemlich betrunken und versuchte, mich während des Tanzens auszuziehen. Ich ging mit ihr nach draußen. Wir waren gerade mal ein paar Schritte über den Rasen spaziert, als sie schon anfing, ihr Kleid zu öffnen. Wir zogen uns hinter einen großen Baum zurück. Ich hörte, daß ein paar Meter weiter ein anderes Paar zugange war. Das Mädchen erzählte mir ständig etwas von ihrem Freund. Daß sie sich ganz fürchterlich gestritten hätten und daß sie jetzt von mir gevögelt werden wolle. Daß ich Dinge mit ihr anstellen solle, die ihr Freund nie getan hatte. Also tat ich genau das. Hinterher behauptete sie dann, ich hätte sie vergewaltigt.«

Wir schwiegen beide.

»Wollte sie, daß du es tust?« fragte ich leise. »Oder hat sie dich gebeten, es nicht zu tun?«

»Tja, Alice, das ist eine interessante Frage. Sag mir eins, hast du schon mal nein zu mir gesagt?«

»Ja. Aber...«

»Und habe ich dich je vergewaltigt?«

»So einfach ist das nicht.«

»Sex ist nicht einfach. Gefällt dir, was ich mit dir mache?«

»Ja.« Mir standen Schweißperlen auf der Stirn.

»Als ich dich gefesselt habe, hast du mich gebeten aufzuhören, aber hat es dir nicht trotzdem gefallen?«

»Doch, aber... Das ist schrecklich, Adam.«

»Du wolltest es ja so. Als ich...«

»Es reicht, Adam. So einfach ist das nicht. Die Frage ist, was sie wirklich wollte. Sie und du. Wollte sie, daß du aufhörst?«

Adam nahm einen Schluck von seinem Wein. Er ließ sich mit seiner Antwort ziemlich viel Zeit.

»Hinterher. Als es vorbei war, wäre es ihr lieber gewesen, ich hätte aufgehört. Es wäre ihr lieber gewesen, das Ganze wäre nicht passiert. Sie wollte ihren Freund zurückhaben. In einer solchen Situation wünschen wir uns manchmal, wir hätten bestimmte Dinge nicht getan.«

»Laß uns ganz präzise sein. Du hast zu keinem Zeitpunkt das Gefühl gehabt, daß sie nicht wollte oder sich widersetzte?«

»Nein.«

Wir starrten uns an.

»Obwohl –«, fuhr er fort und sah mich dabei unverwandt an, als wollte er mich auf die Probe stellen, »– das bei euch Frauen manchmal schwer zu sagen ist.«

Auf solche Aussagen reagierte ich allergisch. »Sprich nicht über *Frauen* im allgemeinen, als ob wir irgendwelche Objekte wären.«

»Aber dieses Mädchen *war* für mich bloß ein Objekt. Genau wie ich für sie. Ich lernte sie auf einer Party kennen, und wir waren beide betrunken. Ich glaube nicht, daß ich damals ihren Namen kannte oder sie meinen. Es war genau das, was wir wollten. Wir wollten beide Sex. Was ist daran falsch?«

»Ich bin nicht...«

»Ist dir das noch nie passiert? Doch, du hast mir selbst davon erzählt. Und war das zu dem betreffenden Zeitpunkt nicht ein Teil des Kicks?«

»Vielleicht«, räumte ich ein. »Aber später auch ein Teil der Scham.«

»Bei mir nicht.« Er starrte mich an, und ich spürte seine Wut. »Ich halte nichts davon, mir über Dinge den Kopf zu zerbrechen, die ich nicht ändern kann.«

Ich bemühte mich, mit ruhiger Stimme zu sprechen. Ich wollte nicht weinen.

»Erinnerst du dich an die Nacht in der Hütte? Gleich nach unserer Hochzeit? Ich wollte es, Adam. Ich wollte dich alles tun lassen, was du tun wolltest. Aber als ich am nächsten Morgen aufwachte, fand ich es nicht mehr so gut. Ich hatte das Gefühl, daß wir zu weit gegangen waren. Daß wir Grenzen überschritten hatten, die wir nicht hätten überschreiten sollen.«

Adam schenkte uns noch etwas Wein nach. Ohne daß es mir aufgefallen war, hatten wir fast die ganze Flasche geleert.

»Hattest du noch nie dieses Gefühl?« fragte ich.

Er nickte.

»Doch.«

»Nach dem Sex?«

»Nicht unbedingt. Aber ich weiß, was du meinst.« Er zog eine Grimasse. »Ich kenne das Gefühl.«

Wir tranken unseren Wein. Die Kerzen flackerten.

»Ich glaube, der Schwertfisch liegt jetzt lange genug in der Marinade«, sagte ich.

»Ich würde nie eine Frau vergewaltigen.«

»Nein«, antwortete ich. Aber insgeheim dachte ich: Würdest du es überhaupt merken?

»Soll ich jetzt den Fisch braten?«

»Noch nicht.«

Ich zögerte. Es war, als hinge mein Leben an einem Scharnier. Ich konnte es in die eine oder die andere Richtung schieben, entweder die eine oder die andere Tür schließen. Ich konnte ihm vertrauen und dabei verrückt werden. Oder ihm nicht vertrauen und ebenfalls verrückt werden. Von meinem Standpunkt aus schien es letztendlich keinen großen Unterschied zu machen. Draußen war es schon ziemlich dunkel, und ich konnte das stete Prasseln des Regens hören. Die Kerzen tropften und warfen flackernde Schatten an die Wände. Ich stand auf und ging zu der Stelle hinüber, wo er die Lederfesseln fallen gelassen hatte.

»Dann komm, Adam.«

Er rührte sich nicht von der Stelle.

»Sagst du ja oder nein?« fragte er mich.

»Ich sage ja.«

Aber ich sagte nicht ja, zumindest nicht ganz. Am nächsten

Tag rief ich von der Arbeit aus Lily an und verabredete mich für den Abend mit ihr, gleich nach Büroschluß. Ich wollte sie nicht noch einmal in ihrer heruntergekommenen Souterrainwohnung besuchen. Ich hätte es nicht ertragen, umgeben von Adams alten Fotos auf ihrem fleckigen Laken zu sitzen. Deshalb schlug ich ein Café in einem Kaufhaus in der Oxford Street vor – das war der neutralste Treffpunkt, der mir einfiel. Außerdem brauchte ich neue Unterwäsche.

Lily war schon da. Sie hatte sich einen Cappuccino bestellt und verschlang gerade einen großen Schokoladenmuffin. Sie trug eine schwarze Wollhose, einen zotteligen auberginenfarbenen Pulli, knöchelhohe Stiefel und kein Make-up. Ihr silbernes Haar war zu einem lockeren Knoten geschlungen. Sie wirkte ziemlich normal und – als sie mich anlächelte – sogar sehr nett. Nicht so kaputt wie beim letztenmal. Zögernd erwiderte ich ihr Lächeln. Ich wollte sie nicht sympathisch finden.

»Probleme?« fragte sie in freundlichem Ton, als ich mich ihr gegenüber niederließ.

»Möchten Sie noch einen Kaffee?« fragte ich zurück.

»Nein, danke. Aber gegen einen zweiten Muffin hätte ich nichts einzuwenden – ich habe den ganzen Tag noch nichts gegessen.«

Ich bestellte für mich einen Cappuccino und für sie einen weiteren Muffin. Dann starrte ich sie über den Rand meiner Tasse an und wußte nicht, wo ich anfangen sollte. Lily störte offensichtlich weder mein Schweigen noch mein Unbehagen. Hungrig verschlang sie auch den zweiten Muffin. Ihr Kinn war voller Schokolade. Sie war ein bißchen wie ein kleines Kind, dachte ich.

»Wir haben unser Gespräch letztesmal nicht zu Ende geführt«, begann ich unentschlossen.

»Was wollen Sie wissen?« fragte sie in scharfem Ton. »Mrs. Tallis«, fügte sie hinzu.

Erschrocken blickte ich auf.

»Ich bin nicht Mrs. Tallis. Warum nennen Sie mich so?«

»Meine Güte, sind Sie aber empfindlich!«

Ich hakte nicht weiter nach. Schließlich hatte es seit Tagen keine Anrufe oder Briefe mehr gegeben. Nicht, seit ich Jake zur Rede gestellt hatte.

»Hat Adam Ihnen gegenüber jemals Gewalt angewendet?«

Sie lachte laut auf.

»Ich meine, *wirkliche* Gewalt«, fügte ich hinzu.

Sie wischte sich den Mund ab. Ihr war anzusehen, daß sie die Situation genoß.

»Ich meine, hat er je etwas gegen Ihren Willen getan?«

»Was soll das heißen? Woher soll ich das so genau wissen? So war das zwischen uns nicht. Sie wissen doch, wie er ist.« Sie lächelte mich an. »Wie er wohl reagieren würde, wenn er wüßte, daß Sie sich heimlich mit mir treffen? Daß Sie in seiner Vergangenheit herumschnüffeln?« Wieder ließ sie ihr abgehacktes, eigenartiges Kichern hören.

»Ich weiß nicht, was er sagen würde.«

»Die Frage ist nicht, was er sagen würde. Was würde er tun?«

Ich gab ihr keine Antwort.

»Ich möchte nicht in Ihrer Haut stecken.« Dann schüttelte sie sich plötzlich heftig und beugte sich zu mir herüber, bis ihr Gesicht ganz nah vor meinem war. An einem ihrer makellos weißen Zähne klebte ein Stückchen Schokolade. »Andererseits möchte ich es natürlich doch.« Sie schloß die Augen, und ich hatte das unangenehme Gefühl, daß sie sich gerade an einen sadomasochistischen Akt mit Adam erinnerte.

»Ich muß jetzt gehen«, erklärte ich.

»Darf ich Ihnen einen Rat geben?«

»Nein«, antwortete ich etwas zu schnell.

»Versuchen Sie nicht, sich ihm in den Weg zu stellen oder ihn zu ändern. Es wird nicht funktionieren. Tun Sie, was er will.«

Sie stand auf und ging. Ich bezahlte.

20. KAPITEL

Ich ging schnurstracks auf Klaus zu und umarmte ihn. Er schlang seine Arme um mich.

»Herzlichen Glückwunsch!« sagte ich.

»Eine tolle Party, nicht wahr?« Er strahlte mich an. Dann bekam sein Lächeln eine ironische Note. »So sind diese Leute auf dem Berg wenigstens nicht ganz umsonst gestorben. Durch mein Buch ist bei der ganzen Sache doch noch etwas Gutes herausgekommen. Es soll keiner sagen, daß ich es nicht geschafft habe, aus dem Unglück anderer Leute Profit zu schlagen.«

»Dafür sind andere Leute da, nehme ich an«, antwortete ich, und wir lösten uns voneinander.

»Wo ist dein Mann, der Held?« fragte Klaus und sah sich nach Adam um.

»Der versteckt sich irgendwo in der Menge und wehrt seine Bewunderer ab. Ist sonst noch jemand von der Expedition hier?«

Klaus blickte sich im Raum um. Die Party, mit der das Erscheinen seines Buchs gefeiert wurde, fand in der Bibliothek der Alpinistengesellschaft in South Kensington statt. Es handelte sich um einen höhlenartigen Raum, an dessen Wänden natürlich Regale voller ledergebundener Bücher standen, aber es waren auch alte, abgetragen aussehende Wanderstiefel in Glasvitrinen ausgestellt, und an den Wänden hingen Eispickel, die dort wie Trophäen wirkten, und Fotos von steifen, in Tweed gekleideten Männern, und – wie hätte es anders sein können – Aufnahmen von Bergen, unzähligen Bergen.

»Irgendwo muß Greg stecken.«

Ich sah ihn erstaunt an.

»Greg? Wo ist er?«

»Da drüben in der Ecke. Geh ruhig hin und stell dich ihm vor.

Er unterhält sich gerade mit dem alten Lord Montrose, einem Mann aus den frühen Tagen der Himalajaexpeditionen, als sie es noch nicht für nötig hielten, ihre Träger mit Steigeisen auszurüsten.«

Ich bahnte mir einen Weg durch die Menge. In einer Ecke entdeckte ich Deborah. Überall im Raum standen große, unerhört gesund und sportlich aussehende Frauen herum. Ich konnte nicht anders, als mir vorzustellen, mit welchen von ihnen Adam geschlafen hatte. Wie dumm von mir. Wirklich dumm. Greg beugte sich gerade zu Lord Montrose und schrie ihm etwas ins Ohr, als ich auf die beiden zutrat. Ich stellte mich einfach neben sie, bis Greg mich mißtrauisch musterte. Vielleicht hielt er mich für eine Reporterin. Greg sah genauso aus, wie ich mir einen Kletterer vorgestellt hatte, bevor ich Männer wie Adam und Klaus kennenlernte. Greg war nicht so groß wie sie. Er hatte einen unglaublich dichten Bart, fast wie der Mann in dem Edward-Lear-Limerick, der zwei Lerchen und einen Zaunkönig in seinem Bart fand. Sein Haar war lang und ungepflegt. Er konnte die Vierzig noch nicht überschritten haben, aber in seine Stirn und rund um die Augen hatten sich bereits feine Furchen eingegraben. Lord Montrose sah mich an und wich dann plötzlich in die Menge zurück, als wäre ich ein Magnet, der ihn abstieß.

»Mein Name ist Alice Loudon«, stellte ich mich Greg vor. »Ich habe vor kurzem Adam Tallis geheiratet.«

»Oh«, sagte er, als hätte er schon davon gehört. »Herzlichen Glückwunsch!«

Einen Moment lang schwiegen wir beide. Greg wandte sich wieder dem Foto neben uns an der Wand zu.

»Sehen Sie«, sagte er, »bei einer der ersten Expeditionen auf diesen Berg trat ein viktorianischer Vikar einen Schritt zurück, um die Aussicht zu bewundern, und riß vier seiner Kollegen mit sich in den Abgrund. Sie landeten zwischen ihren eigenen Zelten, die leider dreitausend Meter tiefer standen.« Er ging zum nächsten Foto. »Der K2. Schön, nicht? Knapp fünfzig Menschen sind auf ihm ums Leben gekommen.«

»Wo ist der K *eins*?«

Greg lachte.

»Er existiert nicht mehr. 1856 stieg ein britischer Leutnant, der an einem trigonometrischen Vermessungsprojekt arbeitete, auf einen Berg und sah im zweihundert Kilometer entfernten Karakorumgebiet zwei Gipfel, die er K1 und K2 nannte. Später stellte sich heraus, daß der K1 bereits einen Namen hatte: Masherbrum. Aber K2 blieb.«

»Sie haben ihn bestiegen«, bemerkte ich. Greg gab mir keine Antwort. Ich wußte, was ich ihm zu sagen hatte. Es sprudelte alles auf einmal aus mir heraus: »Haben Sie heute abend schon mit Adam gesprochen? Sie müssen unbedingt mit ihm reden! Er fühlt sich wegen der Dinge, die in den Zeitungen über den Chungawat geschrieben worden sind, sehr schlecht. Darf ich Sie gleich zu ihm hinüberbegleiten? Sie würden auch mir damit einen Gefallen tun, indem Sie ihn vor all diesen hinreißenden, ihn anhimmelnden Frauen retten.«

Zu meinem Leidwesen sah mich Greg nicht einmal an, sondern ließ den Blick durch den Raum schweifen, wie es Leute auf Partys gern tun, wenn sie einem nur mit halbem Ohr zuhören und währenddessen nach einem interessanteren Gesprächspartner Ausschau halten. Er wußte bestimmt, daß ich keine Bergsteigerin war, so daß ihn das Gespräch mit mir sicher langweilte. Ich fühlte mich plötzlich sehr unwohl.

»Sie sagen, er fühlt sich schlecht?« fragte Greg leise. Er sah mich noch immer nicht an. »Warum denn?«

Wieso stand ich überhaupt hier und redete mit ihm? Ich holte tief Luft. »Weil die Ereignisse auf eine Art dargestellt worden sind, die nichts damit zu tun haben, wie es damals auf dem Berg wirklich war, als das Unwetter tobte und all die anderen Probleme auftauchten.«

Nun drehte sich Greg doch zu mir um. Er gestattete sich ein müdes Lächeln. Als er zu einer Antwort ansetzte, war deutlich zu spüren, wie sehr ihn das Reden anstrengte. Als wäre sein Schmerz noch immer ganz frisch.

»Ich glaube«, sagte er langsam, »daß derjenige, der eine Expedition leitet, auch die Verantwortung dafür übernehmen muß.«

»Es war kein Sonntagsausflug«, sagte ich. »Alle Teilnehmer wußten, auf was für ein gefährliches Abenteuer sie sich einließen. Man kann bei einer solchen Expedition keine Schönwettergarantie geben, als wäre es eine Pauschalreise auf eine sonnige Insel.«

Die Falten in seinem Gesicht verzogen sich zu einem Lächeln. Es war, als hätte ihm die lange Zeit, die er in der ungefilterten Sonne und sauerstoffarmen Luft des Himalaja verbracht hatte, die Aura eines alten buddhistischen Mönchs verliehen. Inmitten dieses ungepflegten, sonnenverbrannten Gesichts leuchteten die schönen, klaren blauen Augen eines Babys. Es kam mir vor, als hätte er die gesamte Last der vergangenen Ereignisse auf seine Schultern geladen. Er war mir ungeheuer sympathisch.

»Ja, Alice«, antwortete er. »Da haben Sie recht.«

Dabei klang er, als würde er das nicht als eine Entlastung betrachten, sondern eher als einen weiteren Beweis für sein mangelndes Urteilsvermögen.

»Ich wünschte, Sie würden mit Adam darüber reden«, sagte ich in verzweifeltem Ton.

»Warum sollte ich mit ihm reden, Alice? Was könnte er mir sagen?«

Ich überlegte einen Moment, versuchte, meine Gedanken zu ordnen.

»Er könnte Ihnen sagen«, antwortete ich ihm schließlich, »daß das dort oben auf dem Berg eine völlig andere Welt ist und es deshalb falsch ist, Dinge, die in einer Höhe von über achttausend Metern passiert sind, unter moralischen Gesichtspunkten zu betrachten.«

Greg schüttelte den Kopf.

»Das Problem ist«, sagte er und wirkte dabei fast ein wenig konfus, »daß ich das nicht so sehe. Ich weiß, daß...« Er hielt einen Moment inne. »Ich weiß, Adam ist der Meinung, daß das auf dem Berg eine andere Welt ist, eine Welt, die sich mit nichts anderem vergleichen läßt. Aber ich bin der Meinung, daß man menschliches Verhalten auf einem Berggipfel ebenso unter moralischen Gesichtspunkten bewerten kann wie an anderen Orten. Das einzige Problem ist, es richtig zu bewerten.«

»Wie meinen Sie das?«

Seufzend blickte er sich um, um festzustellen, ob jemand unser Gespräch belauschte; aber niemand achtete auf uns. Er nahm einen Schluck von seinem Drink, dann noch einen. Ich trank Weißwein, er Whisky.

»Muß ich mich wirklich für all das noch einmal bestrafen? Vielleicht war es unverantwortlich von mir, relativ unerfahrene Bergsteiger mit auf den Chungawat zu nehmen. Aber ich war der Meinung, alle nötigen Vorkehrungen getroffen zu haben.« Er sah mich scharf an. Sein Blick hatte jetzt etwas Stählernes. »Vielleicht bin ich immer noch dieser Meinung. Damals wurde ich auf dem Berg krank, richtig krank, und die anderen mußten mich fast tragen, als sie mich ins Camp hinunterbrachten. Es war ein heftiges Unwetter, eines der schlimmsten, die ich je im Mai erlebt habe. Trotzdem war ich der Meinung, mit den befestigten Seilen und der zusätzlichen Hilfe durch die Träger und die professionellen Bergführer ein narrensicheres System entwickelt zu haben.« Wir sahen uns an, und sein Gesicht entspannte sich langsam, bis er nur noch sehr traurig wirkte. »Trotzdem – werden Sie oder andere Leute sagen – sind dabei fünf Leute ums Leben gekommen. In Anbetracht dieser Tatsache scheint es mir... nun ja, unangemessen, lautstark zu protestieren, wenn mir vorgeworfen wird, ein Seil, eine Befestigung oder ein Pfosten hätten nachgegeben, weil ich mit meinen Gedanken anderswo gewesen sei.« Er zuckte leicht mit den Schultern.

»Tut mir leid«, sagte ich. »Mit diesen technischen Dingen kenne ich mich nicht aus.«

»Nein«, antwortete Greg. »Damit kennen sich die meisten Leute nicht aus.«

»Aber ich kenne mich mit Gefühlen aus. Ich kann mir vorstellen, wie lange es dauert, bis man so etwas verarbeitet hat. Ich habe Klaus' Buch gelesen. Er fühlt sich schuldig, weil er dort oben so machtlos war. Und Adam. Es quält ihn immer noch, daß es ihm nicht gelungen ist, seine Freundin zu retten, Françoise.«

»Seine Exfreundin«, korrigierte mich Greg kühl. Meine Worte schienen ihn nicht zu trösten. In dem Moment trat eine junge Frau auf uns zu.

»Hallo«, sagte sie fröhlich. »Ich bin Kate. Ich arbeite in dem Verlag, der Klaus' Buch herausgebracht hat.«

Greg und ich sahen uns an. Plötzlich waren wir Verbündete.

»Mein Name ist Alice«, sagte ich.

»Ich bin Greg.«

Das Gesicht der Frau hellte sich auf, weil ihr sein Name bekannt vorkam.

»Oh, Sie waren ...«

Dann schwieg sie verwirrt und wurde rot.

»Es war schrecklich peinlich«, berichtete ich. »Keiner von uns sagte etwas. Greg war offenbar nicht in der Lage, ihren Satz zu Ende zu sprechen und sich als derjenige zu outen, der für das ganze Desaster die Verantwortung trug, und ich fand, daß es nicht meine Aufgabe war, ihr aus der Patsche zu helfen. Die peinliche Pause wurde immer länger, und das Gesicht der Frau immer röter, bis sie schließlich die Flucht ergriff. Es war ... oh, ist das kalt!«

Adam hatte die Bettdecke zurückgeschlagen.

»Worüber hast du mit Greg gesprochen?«

Noch während er das sagte, begann er meine Arme und Beine anders zu arrangieren und mich hin und her zu drehen wie eine Gliederpuppe.

»Nicht so grob! Ich wollte ihn unbedingt kennenlernen. Schließlich hat er in deinem Leben eine wichtige Rolle gespielt. Außerdem wollte ich ihm sagen, wie sehr dir zu schaffen gemacht hat, wie von der Presse über die Sache berichtet worden ist.« Ich versuchte, mich zu Adam umzudrehen und ihm ins Gesicht zu schauen. »Stört es dich, daß ich mit ihm gesprochen habe?«

Ich spürte seine Hände auf meinem Rücken. Dann packte er mich an den Haaren und drückte mein Gesicht fest auf die Matratze, so daß ich laut aufschreien mußte.

»Ja, es stört mich. Das alles geht dich überhaupt nichts an. Was weißt du schon darüber?« Mir stiegen die Tränen in die Augen. Ich versuchte, mich umzudrehen, aber Adam hielt mich mit Ellbogen und Knie auf dem Bett fest und ließ gleichzeitig seine Finger über meinen Körper gleiten. »Dein Körper ist so unsagbar schön«, flüsterte er zärtlich. Dabei strichen seine Lippen sanft über mein Ohr. »Ich liebe jeden Zentimeter an dir. Und ich liebe *dich.*«

»Ja«, stöhnte ich.

»Aber«, fuhr er fort, und seine Stimme klang plötzlich härter, obwohl er immer noch im Flüsterton sprach, »ich möchte nicht, daß du dich in Dinge einmischt, die dich nichts angehen. Das macht mich sehr wütend. Verstehst du?«

»Nein«, antwortete ich, »das verstehe ich überhaupt nicht. Ich sehe das völlig anders.«

»Alice, Alice«, sagte er in vorwurfsvollem Ton, während er seine Finger an meiner Wirbelsäule nach unten gleiten ließ. »Es ist nicht wichtig, in welcher Welt wir bisher gelebt haben oder wie unsere Vergangenheit aussieht. Das einzige, was zählt, ist das Hier und Jetzt, wir beide in diesem Bett.«

Plötzlich zuckte ich zusammen.

»Au, das tut weh!« rief ich.

»Gleich hört es auf«, sagte er. »Du mußt dich nur entspannen.«

»Nein, nein, ich kann nicht!« antwortete ich und versuchte, mich aus seinem Griff zu befreien, aber er drückte mich so fest zurück auf die Matratze, daß ich kaum mehr Luft bekam.

»Entspann dich, und vertrau mir«, sagte er. »Vertrau mir.«

Plötzlich schoß ein heftiger Schmerz durch meinen Körper, wie ein Blitz, den ich sehen, aber auch fühlen konnte. Immer wieder schoß er durch mich hindurch, es nahm einfach kein Ende, und ich hörte einen Schrei, der von anderswo zu kommen schien, aber dann wurde mir klar, daß ich es war, die da schrie.

Meine Hausärztin, Caroline Vaughan, ist nur vier oder fünf Jahre älter als ich, und wenn ich bei ihr einen Termin habe, geht es normalerweise bloß um irgendein Rezept oder eine Impfung. Caroline ist die Art Frau, mit der ich wahrscheinlich befreundet wäre, wenn wir uns unter anderen Umständen kennengelernt hätten. Deshalb war mir das Ganze auch ziemlich peinlich. Ich hatte angerufen und gefragt, ob ich auf dem Weg zur Arbeit kurz in der Praxis vorbeikommen könnte. Es handle sich um einen Notfall. Ja, es sei wirklich dringend. Nein, es habe nicht bis morgen Zeit. Die Untersuchung war so schmerzhaft, daß ich mir auf die Knöchel beißen mußte, um nicht laut aufzuschreien. Anfangs hatte Caroline noch mit mir geplaudert, aber dann schwieg sie plötzlich. Nach einer Weile zog sie ihre Handschuhe aus, und ich spürte ihre warmen Finger auf meinem Rücken. Sie sagte mir, ich könnte mich wieder anziehen. Während ich in meine Sachen schlüpfte, hörte ich, wie sie sich die Hände wusch. Als ich hinter der Trennwand hervorkam, saß sie bereits an ihrem Schreibtisch und notierte etwas. Sie blickte auf.

»Können Sie sitzen?«

»Geht so.«

»Das wundert mich.« Ihre Miene wirkte ernst, fast finster. »Es wird Sie nicht überraschen zu hören, daß Sie eine akute Analfissur haben.«

Ich versuchte Caroline so gelassen anzusehen, als handelte es sich bloß um eine Grippe.

»Und wie geht es jetzt weiter?«

»Wahrscheinlich heilt es von selbst, aber Sie sollten ein paar Tage lang viel Obst und Gemüse essen, um zu verhindern, daß es noch weiter reißt. Zusätzlich verschreibe ich Ihnen ein leichtes Abführmittel.«

»Und sonst nichts?«

»Wie meinen Sie das?«

»Es tut so weh.«

Caroline überlegte einen Moment und schrieb dann noch etwas auf ihr Rezept.

»Dieses Gel hat eine betäubende Wirkung und müßte den Schmerz ein wenig lindern. Kommen Sie nächste Woche noch mal vorbei. Wenn es bis dahin nicht verheilt ist, wäre zu überlegen, ob man eine Sphinkterdehnung vornehmen soll.«

»Was ist das?«

»Kein Grund zur Beunruhigung. Es ist ein einfacher Eingriff, der aber unter Narkose ausgeführt werden muß.«

»O Gott!«

»Sie brauchen sich deswegen wirklich keine Sorgen zu machen.«

»Na gut.«

Sie legte ihren Stift beiseite und reichte mir das Rezept.

»Alice, ich habe nicht vor, Ihnen eine Moralpredigt zu halten, aber behandeln Sie Ihren Körper um Gottes willen mit Respekt.«

Ich nickte. Ich wußte nicht, was ich sagen sollte.

»Sie haben Blutergüsse an der Innenseite der Oberschenkel«, fuhr sie fort. »Ebenso am Po, auf dem Rücken und an der linken Halsseite.«

»Ihnen ist wahrscheinlich schon aufgefallen, daß ich heute einen Rollkragenpulli trage.«

»Gibt es etwas, worüber Sie mit mir reden wollen?«

»Es sieht schlimmer aus, als es ist, Caroline. Ich bin frisch verheiratet, und wir übertreiben es manchmal ein bißchen.«

»Dann sollte ich Ihnen wohl gratulieren«, sagte Caroline, ohne zu lächeln.

Als ich aufstand, zuckte ich vor Schmerz zusammen. »Danke«, sagte ich.

»Alice.«

»Ja?«

»Gewalttätiger Sex –«

»So ist das nicht...«

»Ich wollte bloß sagen, daß gewalttätiger Sex sich zu einer Art Spirale entwickeln kann, aus der man nicht mehr herauskommt. So ähnlich ist das auch, wenn Männer ihre Frauen schlagen.«

»Nein. Sie irren sich.« Ich war vor Scham und Zorn knallrot angelaufen. »Auch bei ganz normalem Sex geht es oft um Schmerz, oder etwa nicht? Und um Macht und Unterwerfung und solche Dinge.«

»Natürlich. Aber nicht um Analfissuren.«

»Nein.«

»Passen Sie auf sich auf, okay?«

»Ja.«

21. KAPITEL

Sie war leicht zu finden. Ich hatte auf ihren Brief gestarrt, bis meine Augen schmerzten. Ich wußte ihren Namen. Ihre Adresse prangte in schnörkeliger Schrift auf dem Briefkopf. Ich rief einfach bei der Auskunft an und fragte nach ihrer Telefonnummer. Ein paar Minuten starrte ich auf die Zahlen, die ich auf einem alten Kuvert notiert hatte, und fragte mich, ob ich sie tatsächlich anrufen würde. Was sollte ich ihr sagen? Was, wenn jemand anderer ans Telefon ging? Nachdem ich mir am Getränkeautomaten einen Plastikbecher voll Orangentee geholt hatte, zog ich die Bürotür fest hinter mir zu und setzte mich wieder an den Schreibtisch. Obwohl ich ein weiches Kissen untergelegt hatte, tat es immer noch weh.

Ich ließ es ziemlich lang klingeln. Sie schien nicht zu Hause zu sein. Wahrscheinlich war sie in der Arbeit. Ein Teil von mir empfand so etwas wie Erleichterung.

»Hallo.« Sie war doch zu Hause. Ich räusperte mich.

»Hallo, spreche ich mit Michelle Stowe?«

»Ja.«

Sie hatte eine hohe, ziemlich dünne Stimme, die ein bißchen nach West Country klang.

»Mein Name ist Sylvie Bushnell. Ich bin eine Kollegin von Joanna Noble. Vom *Participant*.«

»Ja?« Ihre Stimme klang jetzt vorsichtig, zögernd.

»Sie hat Ihren Brief an mich weitergeleitet, und wenn es Ihnen recht ist, würde ich mich gern mal mit Ihnen unterhalten.«

»Ich weiß nicht«, antwortete sie. »Ich hätte den Brief nicht schreiben sollen. Ich war wütend.«

»Wir wollen auch Ihre Seite der Geschichte hören, das ist alles.«

Sie schwieg.

»Michelle?« fragte ich. »Es bliebe natürlich Ihnen überlassen, wieviel Sie mir erzählen.«

»Ich weiß nicht.«

»Ich könnte zu Ihnen kommen.«

»Ich möchte nicht, daß Sie etwas in der Zeitung veröffentlichen – nicht, bevor ich mein Einverständnis dazu gegeben habe.«

»Das steht sowieso nicht zur Debatte«, erklärte ich wahrheitsgetreu.

Sie war noch immer nicht überzeugt, aber ich bedrängte sie so lange, bis sie schließlich einwilligte. Wir vereinbarten, daß ich sie am nächsten Morgen aufsuchen würde. Sie wohnte nur fünf Minuten vom Bahnhof entfernt. Es war alles so einfach.

Ich hatte nichts zu lesen mitgenommen. Still saß ich an meinem Platz und starrte aus dem Fenster. Jedes Holpern des Waggons ließ mich vor Schmerz zusammenzucken. Inzwischen hatte der Zug die letzten Häuser von London hinter sich gelassen und fuhr durch eine ländliche Gegend. Am Abend zuvor hatte Adam meinen ganzen Körper mit Massageöl eingerieben. Dabei war er sehr sanft gewesen und hatte die Finger zärtlich über meine Blutergüsse gleiten lassen, als wären es ruhmreiche, in einer Schlacht erworbene Wunden. Er hatte mich gebadet, in zwei Handtücher gehüllt und die Hand auf meine Stirn gelegt. Er war so besorgt gewesen, so stolz auf mich, weil ich seinetwegen litt.

Der Zug fuhr durch einen langen Tunnel, und ich sah im Fenster mein schmal gewordenes Gesicht: die geschwollenen Lippen, die Augenringe, das wirre Haar. Ich zog eine Bürste und einen Haargummi heraus und band mir das Haar streng zurück. Mir fiel ein, daß ich nicht mal ein Notizbuch oder einen Stift dabeihatte. Ich würde mir die Sachen kaufen, wenn ich dort war.

Michelle Stowe öffnete die Tür mit einem Baby auf dem Arm. Es lag an ihrer Brust und trank. Die Augen in dem kleinen, runzeligen, roten Gesicht waren fest zusammengekniffen. Sein Mund sog gierig. Als ich ins Haus trat, verloren seine Lippen einen Moment lang den Kontakt mit der Brustwarze, und ich sah, wie das Kleine eine instinktive Bewegung machte. Sein Mund war weit geöffnet, und die winzigen Fäuste lösten sich und griffen in die Luft. Dann hatte es die Brustwarze gefunden und nahm sein rhythmisches Saugen wieder auf.

»Ich stille ihn nur noch schnell fertig«, sagte sie.

Sie führte mich in einen kleinen Raum mit einem braunen Sofa. Ein Heizstrahler glühte. Ich nahm auf dem Sofa Platz und wartete. Ich hörte, wie sie das leise wimmernde Baby mit sanfter Stimme beruhigte. Die ganze Wohnung roch nach Babypuder. Auf dem Kaminsims standen Fotos von dem Baby, auf denen es mal mit Michelle, mal mit einem dünnen, kahlköpfigen Mann zu sehen war.

Michelle kam ohne das Baby zurück und setzte sich ans andere Ende des Sofas.

»Möchten Sie etwas trinken? Vielleicht eine Tasse Tee?«

»Nein, danke.«

Sie wirkte jünger als ich. Sie hatte dunkles, lockiges Haar und ein rundes, waches Gesicht mit vollen, bleichen Lippen. Alles an ihr wirkte weich: die glänzenden Locken, ihre kleinen weißen Hände, ihre von der Milch prallen Brüste, ihr runder Bauch, der sich noch nicht ganz zurückgebildet hatte. Sie trug eine schäbige cremefarbene Jacke, ihre Füße steckten in roten Hausschuhen, und auf ihrem schwarzen T-Shirt entdeckte ich eine Spur von Milch. Während sie so dasaß, strahlte sie sowohl Sinnlichkeit als auch Behaglichkeit aus. Zum erstenmal in meinem Leben regte sich bei mir so etwas wie ein Mutterinstinkt. Ich nahm meinen neuen Notizblock aus der Tasche und legte ihn auf meinen Schoß. Geschäftig zückte ich meinen Stift.

»Warum haben Sie an Joanna geschrieben?«

»Eine Freundin hat mir die Zeitung gezeigt. Ich weiß nicht,

was sie sich dabei gedacht hat. Wahrscheinlich wollte sie mich darauf aufmerksam machen, daß ich von einem berühmten Mann vergewaltigt worden bin.«

»Möchten Sie mir davon erzählen?«

»Warum nicht?« antwortete sie.

Ich hielt den Blick auf meinen Notizblock gerichtet und malte von Zeit zu Zeit irgendwelche Schnörkel aufs Papier, die hoffentlich wie Steno aussahen. Michelle sprach mit der müden Routine eines Menschen, der eine Anekdote schon viele Male erzählt hat. Zur Zeit des Vorfalls, wie sie es nannte – wahrscheinlich, weil dieser Begriff von der Polizei und während der Verhandlung benutzt worden war –, war sie achtzehn Jahre alt und befand sich auf einer Party, die in der Nähe von Gloucester stattfand. Die Party wurde von einem Freund ihres Freundes veranstaltet (»Tony war damals mein Freund«, erklärte sie). Auf dem Weg zu der Party hatte sie sich mit Tony gestritten, und er hatte sie allein dort zurückgelassen und war mit zwei Freunden in ein nahe gelegenes Pub gefahren. Vor lauter Ärger und Verlegenheit trank sie ziemlich viel Cider und billigen Rotwein, und das, obwohl sie an dem Tag noch kaum etwas gegessen hatte. Als sie Adam kennenlernte, war sie schon so betrunken, daß sich der ganze Raum um sie drehte. Sie stand gerade in einer Ecke und unterhielt sich mit einer Freundin, als Adam und ein anderer Mann hereinkamen.

»Er sah sehr gut aus. Sie haben wahrscheinlich sein Foto gesehen.« Ich nickte. »Da standen diese zwei tollen Männer, und ich weiß noch, daß ich zu Josie sagte: ›Du kriegst den Blonden, und ich schnappe mir den Dunkelhaarigen.‹«

Bis jetzt stimmte ihre Geschichte mit der von Adam überein. Ich malte eine traurige Blume in die Ecke meines Notizblocks.

»Was ist dann passiert?« fragte ich. Aber ich hätte gar nicht nachhaken müssen. Michelle wollte ihre Geschichte loswerden. Sie wollte sie einem wildfremden Menschen erzählen, in der Hoffnung, daß sie ihr endlich jemand abnehmen würde. Sie glaubte, daß ich auf ihrer Seite war – als Journalistin, aber auch als eine Art Therapeutin.

»Ich ging zu ihm hin und forderte ihn zum Tanzen auf. Wir tanzten eine Weile und fingen dann an, uns zu küssen. Mein Freund war noch immer nicht zurückgekommen. Das hat er nun davon, dachte ich. Ich würde es ihm schon zeigen. Außerdem fand ich den Typen wirklich toll.« Sie blickte auf, um zu sehen, ob ich über dieses Geständnis schockiert war. Solche Äußerungen mußten sie ihr auch bei dem Kreuzverhör entlockt haben. »Es stimmt also, daß die Initiative von mir ausgegangen ist. Ich küßte ihn und schob die Hände unter sein Hemd. Wir gingen zusammen nach draußen, wo schon mehrere andere Paare schmusend herumstanden oder sonstwie zugange waren. Er zog mich zu den Büschen hinüber. Er hatte ziemlich viel Kraft. Na ja, schließlich klettert er auf Berge, oder? Noch während wir über den Rasen gingen, wo uns all diese Leute sehen konnten, fing er an, mir am Rücken das Kleid aufzumachen.« Sie rang hörbar nach Luft, es klang fast wie ein Schluchzen. »Ich weiß, es hört sich dumm und naiv an, aber ich wollte wirklich nicht –« Seufzend hielt sie inne. »Ich wollte bloß ein bißchen Spaß haben«, sagte sie stockend. Sie strich sich mit beiden Händen das Haar nach hinten. Dabei wirkte sie sehr jung. Kaum zu glauben, daß sie vor acht Jahren schon achtzehn gewesen war.

»Wie ist es dann passiert, Michelle?«

»Wir haben uns hinter einen Baum zurückgezogen und uns geküßt; da war noch alles in Ordnung.« Sie sprach jetzt so leise, daß ich mich vorbeugen mußte, um sie zu verstehen. »Dann schob er die Hand zwischen meine Beine, und am Anfang ließ ich ihn. Dann sagte ich, daß ich das nicht möchte, daß ich zurück ins Haus wolle. Plötzlich hatte ich kein gutes Gefühl mehr dabei. Bestimmt würde mein Freund gleich zurückkommen. Der Typ war so groß und stark. Wenn ich die Augen aufschlug, sah ich, wie er mich anstarrte, und wenn ich sie wieder zumachte, war mir so schrecklich schlecht, und die ganze Welt drehte sich. Ich war ziemlich betrunken.«

Während Michelle mir die Szene beschrieb, versuchte ich, mich auf die Worte zu konzentrieren und sie mir nicht bildlich vorzustellen. Jedesmal, wenn ich hochblickte, um ihr aufmunternd zuzunicken oder eine zustimmende Bemerkung von mir zu geben, bemühte ich mich, sie nicht direkt anzusehen, sondern den Blick auf irgendeinen Punkt im Raum zu richten, so daß ihr Gesicht vor meinen Augen zu einer hellen Fläche verschwamm. Sie erzählte mir, daß sie versucht habe, sich ihm zu entziehen. Adam aber habe ihr das Kleid ausgezogen, es in die dunklen Büsche geworfen und sie erneut geküßt. Diesmal habe es ein bißchen weh getan, und seine Hand zwischen ihren Beinen habe ihr ebenfalls weh getan. Sie habe es mit der Angst zu tun bekommen und zu schreien versucht, aber er habe ihr mit der Hand den Mund zugehalten. Sie habe versucht, »bitte« zu sagen, aber seine Finger hätten jeden Laut erstickt. »Ich dachte, daß er vielleicht aufhören würde, wenn ich ihn darum bitten würde«, sagte sie. Inzwischen war sie den Tränen nahe. Ich zeichnete ein großes Quadrat auf meinen Notizblock, in das ich ein kleineres einfügte. In das kleinere Quadrat schrieb ich das Wort »Bitte«.

»Ein Teil von mir konnte nach wie vor nicht fassen, daß mir das tatsächlich passierte. Ich bildete mir noch immer ein, daß er irgendwann aufhören würde. So läuft doch keine Vergewaltigung ab, dachte ich. Man stellt sich darunter immer vor, daß ein maskierter Mann aus einer dunklen Seitenstraße springt, irgend etwas in der Art. Er drückte mich fest auf den Boden. Ich spürte jedes Steinchen. Unter meiner Wade war eine Brennessel. Er hielt mir noch immer den Mund zu. Einmal zog er die Hand weg, um mich zu küssen, aber es fühlte sich nicht mehr wie ein Kuß an, eher wie eine Art Knebel. Dann preßte er mir wieder die Hand auf den Mund. Ich hatte ständig das Gefühl, mich gleich übergeben zu müssen. Er schob die andere Hand wieder zwischen meine Beine und versuchte, mich dazu zu bringen, ihn zu begehren. Dabei gab er sich wirklich große Mühe.« Michelles Blick ging durch mich hindurch. »Obwohl ich es nicht wollte, empfand ich dabei tatsächlich ein wenig Lust, aber das machte es nur noch schlimmer. Verstehen Sie?« Ich nickte. »Wenn man sich wünscht, vergewaltigt zu werden, dann ist es keine Vergewaltigung mehr, oder? *Oder?*«

»Ich weiß es nicht.«

»Dann drang er in mich ein. Sie können sich nicht vorstellen, wie stark er ist. Er schien es zu genießen, mir dabei weh zu tun. Ich lag bloß da, ohne mich zu rühren, und wartete, daß es endlich vorbei sein würde. Als er fertig war, küßte er mich wieder, als wäre das alles mit meinem Einverständnis geschehen. Ich bekam kein Wort heraus, fühlte mich wie gelähmt. Er brachte mir mein Kleid und meinen Slip. Ich weinte, aber er sah mich bloß an, als fände er das irgendwie interessant. Dann sagte er: ›Es ist doch nur Sex‹ oder etwas in der Art. Dann drehte er sich einfach um und ging. Ich zog mich an und lief zurück ins Haus. Ich sah Josie mit ihrem Blonden in einer Ecke stehen. Sie zwinkerte mir zu. Er tanzte mit einem anderen Mädchen und blickte nicht einmal auf.«

Mittlerweile wirkte Michelle wieder völlig ruhig, fast unbeteiligt. Sie hatte die Geschichte schon zu oft erzählt. Ich fragte sie in sachlichem Ton, wann sie zur Polizei gegangen sei. Sie antwortete, daß sie damit eine Woche gewartet habe.

»Warum so lange?«

»Mich plagten Schuldgefühle. Immerhin war ich betrunken gewesen und hatte ihn angemacht. Ich hatte meinen Freund hintergangen.«

»Was hat Sie dazu bewogen, dann doch noch zur Polizei zu gehen?«

»Mein Freund bekam Wind von der Sache. Wir hatten einen schrecklichen Streit, und er machte Schluß. Ich war völlig verwirrt. In diesem Zustand bin ich zur Polizei gegangen.«

Plötzlich wandte sie den Kopf. Sie stand auf und verließ den Raum. Ich nutzte die Gelegenheit, um ein paarmal tief Luft zu holen. Als sie zurückkam, hatte sie das Baby auf dem Arm. Sie setzte sich wieder und bettete den Kopf des Kleinen in ihre Armbeuge. Ab und zu schob sie ihm ihren kleinen Finger in den Mund, und er nuckelte hingebungsvoll daran.

»Bei der Polizei waren sie sehr verständnisvoll. Ich hatte immer noch ein paar blaue Flecken. Außerdem hatte er ... er war ziemlich brutal gewesen, und ich konnte den Bericht meines Arztes vorweisen. Aber die Verhandlung war schrecklich.«

»Was ist passiert?«

»Als ich aussagte, wurde mir klar, daß in Wirklichkeit ich vor Gericht stand, nicht er. Der Anwalt fragte mich über meine Vergangenheit aus, meine sexuelle Vergangenheit. Er wollte wissen, mit wie vielen Männern ich schon geschlafen hätte. Dann forderte er mich auf zu schildern, was auf der Party passiert war. Er ließ mich erzählen, wie ich mit meinem Freund gestritten hatte, welches Kleid ich trug, wieviel ich getrunken hatte. Daß ich ihn zuerst geküßt, daß ich ihn angemacht hatte. Er – Adam – saß einfach nur da und blickte ernst und traurig drein. Der Richter brach die Verhandlung ab. Ich bin vor Scham fast gestorben – plötzlich kam mir alles so schmutzig vor. Mein ganzes Leben. Ich habe nie jemanden so sehr gehaßt wie ihn.« Sie schwieg. »Glauben Sie mir?«

»Sie waren sehr ehrlich«, antwortete ich. Aber sie wollte mehr von mir hören. Ihr Gesicht wirkte mädchenhaft, und sie starrte mich flehend an. Sie tat mir so leid, und ich selbst tat mir auch leid. Sie nahm ihren kleinen Sohn und preßte ihr Gesicht gegen die weichen Falten seines Halses. Ich stand auf. »Und Sie waren sehr tapfer«, fügte ich mit gepreßter Stimme hinzu.

»Werden Sie in der Sache irgend etwas unternehmen?«

»Die rechtliche Lage ist problematisch.« Ich wollte keine Hoffnungen in ihr wecken. Das war wirklich das letzte, was ich wollte.

»Ja«, sagte sie in fatalistischem Ton. Sie schien mit unserem Gespräch sowieso keine großen Erwartungen verbunden zu haben. »Was hätten Sie getan, Sylvie? Sagen Sie es mir.«

Ich zwang mich, ihr in die Augen zu sehen. Es war, als würde ich durch das falsche Ende eines Teleskops blicken. Erst jetzt wurde mir so richtig bewußt, daß ich einen doppelten Verrat beging. »Ich weiß nicht, was ich getan hätte«, antwortete ich. Dann fiel mir plötzlich etwas ein. »Kommen Sie hin und wieder nach London?« Sie runzelte irritiert die Stirn.

»Wieso?« fragte sie. »Was sollte ich dort?«

Ich hatte das Gefühl, daß sie die Wahrheit sagte. Außerdem hatten wir schon länger keine Anrufe oder Nachrichten mehr erhalten.

Das Baby begann zu schreien, und sie hob es hoch, so daß sein Kopf unter ihrem Kinn ruhte. Die Arme gegen sie gestemmt, hing der Kleine an ihrer Brust wie ein Miniaturkletterer an einer Felswand. Ich lächelte sie an. »Er ist ein hinreißender kleiner Junge«, sagte ich. »Den haben Sie wirklich gut hingekriegt.« Auf ihrem Gesicht breitete sich ein stolzes Lächeln aus. »Ja, nicht wahr?«

22. KAPITEL

Sie haben *was* gemacht?«

Bis dahin hatte ich den Ausdruck, jemandem falle die Kinnlade herunter, immer für eine Metapher oder übertriebene Beschreibung gehalten, aber es bestand nicht der geringste Zweifel: Joanna Noble fiel die Kinnlade herunter.

Nachdem ich schon schockiert und traurig in den Zug gestiegen war, überfiel mich während der Heimfahrt echte Panik, als würde mir zum erstenmal bewußt, was ich da eigentlich getan hatte. Ich stellte mir vor, wie Michelle beim *Participant* anrufen und nach Sylvie Bushnell fragen würde, um sich über sie zu beschweren oder ihrer Geschichte noch etwas hinzuzufügen. Man würde ihr antworten, daß es bei ihnen keine Reporterin dieses Namens gebe, und sie würde sich statt dessen mit Joanna verbinden lassen. Die Spur zu mir war nicht allzuschwer zurückzuverfolgen. Wie würde Michelle über das denken, was ich mit ihr angestellt hatte? Eine weitere, ebenfalls nicht ganz unwichtige Frage war, was dann mit mir geschehen würde. Selbst wenn ich nicht direkt gegen das Gesetz verstoßen hatte, stellte ich es mir nicht gerade angenehm vor, meine Beweggründe Adam erklären zu müssen.

Ich beschloß, die Sache – soweit es mir möglich war – sofort zu klären. Sobald ich in London eingetroffen war, rief ich von einer Telefonzelle aus Joanna an. Bereits am nächsten Morgen suchte ich sie in ihrer Wohnung in Tufnell Park auf.

Ich sah sie an.

»Sie sollten mal die Asche Ihrer Zigarette abstreifen«, sagte ich.

»Was?« fragte sie, immer noch völlig benommen.

Ich nahm eine Untertasse vom Tisch und hielt sie unter den sich neigenden Aschezylinder am Ende ihrer Zigarette. Nachdem ich sacht dagegengetippt hatte, fiel die Asche auf die Untertasse. Ich schickte mich an, das knappe Geständnis, das ich gerade gemacht hatte, ausführlicher zu erläutern.

»Ich schäme mich sehr, Joanna. Lassen Sie mich alles genau erklären. Hinterher können Sie mir dann sagen, was Sie davon halten. Also, ich habe Michelle Stowe angerufen und behauptet, eine Kollegin von Ihnen zu sein. Ich bin zu ihr gefahren und habe mit ihr über das gesprochen, was damals zwischen ihr und

Adam passiert ist. Ich mußte es einfach wissen, und mir ist kein anderer Weg eingefallen, um es in Erfahrung zu bringen. Aber es war falsch. Ich fühle mich schrecklich.«

Joanna drückte ihre Zigarette aus und zündete sich eine neue an. Dann fuhr sie sich mit den Fingern durchs Haar. Sie war noch im Bademantel.

»Was zum Teufel haben Sie sich dabei gedacht?«

»Ich bin mir vorgekommen wie eine Reporterin.«

»Sie hat Sie tatsächlich für eine Reporterin gehalten. Sie war der Meinung, im Namen aller Vergewaltigungsopfer eine mutige Erklärung abzugeben, aber statt dessen hat sie nur Ihre Neugier befriedigt. Sie haben sie auf die übelste Weise hinters Licht geführt, nur um zu erfahren, was Ihr Macker« – letzteres sagte sie voller Verachtung – »mit seinem kleinen Schwanz angestellt hat, bevor Sie mit ihm verheiratet waren.«

»Ich kann nichts zu meiner Verteidigung sagen.«

Joanna nahm einen tiefen Zug aus ihrer Zigarette.

»Sie haben ihr einen falschen Namen genannt?«

»Ich habe ihr gesagt, mein Name sei Sylvie Bushnell.«

»Sylvie Bushnell? Wo haben Sie denn *das* her? Sie...« Aber dann konnte sie sich plötzlich nicht mehr zurückhalten. Erst versuchte sie ihr Kichern noch zu unterdrücken, aber dann prustete sie richtig los. Sie ließ den Kopf sinken und berührte mit der Stirn zweimal ganz leicht die Tischplatte. Dann zog sie erneut an ihrer Zigarette und mußte husten, weil sie immer noch lachte. Es dauerte eine Weile, bis sie sich wieder gefangen hatte.

»Sie haben definitiv einen Sinn für Dramatik. Vielleicht sollten Sie meinen Job übernehmen. Ich brauche jetzt erst mal einen Kaffee. Möchten Sie auch einen?«

Ich nickte. Während wir uns weiter unterhielten, schaltete sie ihren Wasserkocher ein und gab ein paar Löffel gemahlenen Kaffee in eine Kanne.

»Was hat sie Ihnen erzählt?«

Ich faßte zusammen, was Michelle berichtet hatte.

»Hmm«, meinte Joanna. Sie wirkte nicht besonders beunruhigt. Als der Kaffee fertig war, kam sie mit zwei Tassen zurück an den Küchentisch.

»Und wie fühlen Sie sich nun, nach Ihrer Eskapade?«

Ich nahm einen Schluck Kaffee.

»Ich versuche noch immer, mir einen Reim auf das alles zu machen. Auf jeden Fall fühle ich mich ziemlich erschüttert. Unter anderem.«

Joanna sah mich skeptisch an.

»Wirklich?«

»Natürlich.«

Sie zündete sich eine weitere Zigarette an.

»Ist Michelles Version wirklich soviel anders als das, was in der Zeitung stand? Ausgehend von dem, was Sie mir erzählt haben, würde ich Adam noch immer freisprechen. Es wundert mich sehr, daß die Sache überhaupt vor Gericht gekommen ist.«

»Die juristischen Details sind mir völlig egal, Joanna. Mich interessiert nur, was wirklich passiert ist. Was *vielleicht* passiert ist.«

»Meine Güte, Alice, wir sind doch erwachsene Menschen.« Sie schenkte sich eine weitere Tasse Kaffee ein. »Glauben Sie mir, ich betrachte mich nicht als besonders promisk. Aber das sagt wahrscheinlich jeder von sich. Trotzdem habe ich schon mit Männern geschlafen, nur um sie wieder loszuwerden oder weil sie immer wieder davon anfingen. Ich habe in betrunkenem Zustand mit Männern geschlafen, die ich nüchtern nicht in mein Bett gelassen hätte. Ich habe es getan, ohne es wirklich zu wollen, und am nächsten Morgen habe ich es bereut, manchmal auch schon nach zehn Minuten. Ein- oder zweimal habe ich mich so erniedrigt, daß ich mich hinterher am liebsten übergeben hätte. Ist Ihnen das noch nie passiert?«

»Hin und wieder.«

»Ich will damit nur sagen, daß sich die meisten von uns schon mal in diese Grauzone vorgewagt und mit etwas herumgespielt haben, das sie gar nicht wirklich wollten. Natürlich ist es schwer zu sagen, wo die Grenze liegt, aber in diesem Fall war es zumindest nicht so, daß er mit einer Maske und einem Messer bei ihr eingebrochen ist.«

»Tut mir leid, Joanna, aber das ist mir zu einfach.«

»Natürlich ist es zu einfach, das ist ja genau der Punkt. Wie wär's, wenn Sie mir ein bißchen was über Adam und sich erzählen? Wie haben Sie ihn kennengelernt?«

»Na ja, es war nicht gerade wie in einem Jane-Austen-Roman.«

»Das kann ich mir vorstellen. Als ich Adam kennengelernt habe, war er ziemlich unfreundlich zu mir, gereizt und schwierig. Ich nehme an, seine Haltung mir gegenüber war eine Mischung aus Desinteresse, Mißtrauen und Verachtung, und das hat mich ziemlich angemacht. Der Mann ist wirklich sexy.« Sie schien auf eine Reaktion zu warten, aber ich schwieg.

»Empfinden Sie das nicht so?«

»Er ist mein Mann«, antwortete ich steif.

»Lieber Himmel, Alice, spielen Sie nicht Pollyanna mit mir. Der Mann ist ein Epos. Er hat fast allen, die an dieser Expedition teilnahmen, das Leben gerettet. Klaus hat mir von Adams Leben erzählt. Mit Sechzehn verließ er Eton und machte sich auf den Weg zu den Alpen. Dort bummelte er ein paar Jahre lang herum, bis er schließlich ins Himalajagebiet aufbrach, um dort erneut ein paar Jahre herumzuwandern und zu klettern. Wie konnten Sie es wagen, diesen Mann vor mir kennenzulernen?«

»Das ist mir alles bekannt, Joanna. Es ist ein ziemlicher Schock, seine andere Seite kennenzulernen.«

»Welche andere Seite?«

»Er kann auch sehr gewalttätig und gefährlich sein.«

»Hat er *Ihnen* gegenüber auch schon Gewalt angewendet?«

»Na ja… Sie wissen schon«, antwortete ich achselzuckend.

»Oh, Sie meinen auf eine *nette* Weise.«

»Ich weiß nicht, ob *nett* das richtige Wort ist.«

»Mm«, sagte Joanna. »Ich glaube, Sie haben ein Problem, Alice.«

»So, glauben Sie?«

»Sie haben sich in einen Helden verliebt, einen außergewöhnlichen Mann, der anders ist als alle anderen Männer, von denen ich je gehört habe. Er ist seltsam und unberechenbar, und wahrscheinlich wünschen Sie sich manchmal, er wäre ein Anwalt, der um halb sieben zum Abendessen nach Hause kommt, um anschließend mit Ihnen zu kuscheln und es Ihnen einmal pro Woche in der Missionarsstellung zu besorgen. Wie war denn Ihre letzte Beziehung?«

»Ich habe den Mann wegen Adam verlassen.«

»Wie war er?«

»Sehr nett. Aber nicht wie der Anwalt, von dem Sie eben gesprochen haben. Er war witzig und rücksichtsvoll. Wir hatten viele gemeinsame Interessen und waren richtig gute Freunde. Wir haben eine schöne Zeit miteinander verbracht. Im Bett hat es auch gestimmt.«

Joanna lehnte sich vor und sah mich prüfend an.

»Fehlt er Ihnen?«

»Mit Adam ist es so völlig anders. Wir unternehmen kaum etwas. Zumindest nicht so, wie ich es mit meinen früheren Freunden getan habe. Wenn wir zusammen sind, ist es nie so locker und unbeschwert, wie es mit Jake war. Es ist alles so… so intensiv und auf gewisse Weise anstrengend. Und im Bett – sicher, es ist großartig mit ihm, aber zugleich ist es auch sehr beunruhigend. Ich kenne die Regeln nicht mehr.«

»Fehlt Ihnen Jake?« fragte Joanna noch einmal.

Das war eine Frage, die ich mir noch nie gestellt hatte. Ich hatte einfach keine Zeit gehabt, mich das zu fragen.

»Keine Sekunde«, hörte ich mich antworten.

23. KAPITEL

Es war Mitte März, bald würde wieder die britische Sommerzeit beginnen. In allen Parks blühten die Krokusse und Narzissen, die Gesichter der Menschen auf den Straßen wirkten fröhlicher, und die Sonne stieg von Tag zu Tag höher. Joanna Noble hatte recht: Ich würde nie erfahren, was in der Vergangenheit passiert war. Jeder Mensch hat seine Geheimnisse, jeder hat schon einmal jemanden hintergangen. Jeder Mensch tut irgendwann in seinem Leben Dinge, für die er sich hinterher schämt. Am besten, man läßt sie im dunkeln ruhen, wo sie heilen und verblassen können. Am besten, man verbannt die quälende Eifersucht und die paranoide Neugier aus seinem Kopf.

Ich wußte, daß Adam und ich nicht den Rest unseres Lebens damit verbringen konnten, die Welt auszusperren und einander in seltsamen, verdunkelten Räumen zu erforschen. Wir mußten die Welt ein wenig zu uns hereinlassen. All die Freunde, um die wir uns nicht mehr gekümmert, die Verwandten, von denen wir uns distanziert, und die Pflichten, die wir vernachlässigt hatten. All die Filme, die wir nicht gesehen, all die Zeitungen, die wir nicht gelesen hatten. Wir mußten uns ein bißchen mehr wie normale Menschen benehmen. Also zog ich los und kaufte mir ein paar neue Kleider. Ich ging in den Supermarkt und besorgte normales Essen: Eier, Käse, Mehl, lauter solche Dinge. Ich verabredete mich mit Freunden, wie ich es in meinem früheren Leben getan hatte.

»Ich gehe morgen mit Pauline ins Kino«, sagte ich zu Adam, als er nach Hause kam.

Er zog die Augenbrauen hoch.

»Warum?«

»Ich muß mich wieder ein bißchen um meine Freunde kümmern. Was würdest du davon halten, wenn wir am Samstag ein paar Leute zu uns zum Essen einladen?«

Er sah mich fragend an.

»Ich habe an Sylvie und Clive gedacht«, fuhr ich beharrlich fort. »Wir könnten Klaus dazunehmen, oder Daniel, und vielleicht Deborah. Oder wen du sonst einladen möchtest.«

»Sylvie und Clive und Klaus und Daniel und Deborah? Hier in unserer Wohnung?«

»Was ist daran so ungewöhnlich?«

Er nahm meine Hand und spielte an meinem Ehering herum. »Warum tust du das?«

»Was?«

»Das weißt du ganz genau.«

»Es kann nicht alles nur aus ...« – ich suchte nach dem richtigen Wort – »... aus Intensität bestehen. Wir brauchen auch so etwas wie ein normales Leben.«

»Warum?«

»Wünschst du dir nie, dich einfach mal vor den Fernseher zu setzen? Oder dich mal um neun mit einem Buch ins Bett zu verziehen?« Plötzlich tauchte die Erinnerung an mein letztes Wochenende mit Jake auf – die Erinnerung an all das unspektakuläre häusliche Glück, das ich in meiner Euphorie so achtlos weggeworfen hatte. »Oder zum Drachensteigen oder Kegeln zu gehen?«

»Kegeln? Was zum Teufel ist das?«

»Du weißt, was ich meine.«

Er schwieg. Ich schlang die Arme um ihn und drückte ihn fest an mich, spürte aber seinen Widerstand.

»Adam, ich liebe dich mehr als jeden anderen Menschen auf der Welt. Ich habe dich geheiratet, weil ich den Rest meines Lebens mit dir verbringen möchte. Aber in einer Ehe geht es auch um ganz normale Dinge, Dinge wie den Haushalt oder andere langweilige Aufgaben, die Arbeit, kleine Streitigkeiten, Versuche, diese Streitigkeiten beizulegen. Lauter solche Sachen. Es geht dabei nicht nur um, na ja, brennendes Verlangen.«

»Warum?« antwortete Adam knapp. Das war keine Frage, sondern eine Feststellung. »Wer sagt das?«

Ich löste mich von ihm und ging zum Sessel hinüber. Ich wußte nicht, ob ich wütend oder verzweifelt war, ob ich schreien oder weinen sollte.

»Ich möchte eines Tages Kinder haben, Adam. Zumindest könnte ich mir das gut vorstellen. Irgendwann möchte ich in einem Haus und wie eine ganz normale Frau mittleren Alters leben. Ich möchte auch dann noch mit dir zusammensein, wenn ich alt bin.«

Er kam zu mir herüber, ließ sich auf die Knie sinken und legte den Kopf in meinen Schoß.

»Du wirst immer mit mir zusammensein«, antwortete er mit erstickter Stimme.

Paulines Schwangerschaft wurde langsam sichtbar, und ihr Gesicht, das häufig so bleich und streng aussah, wirkte plötzlich rund und rosig. Ihr dunkles Haar, das sie sonst zurückgebunden trug, fiel ihr offen auf die Schultern. Sie wirkte jung, hübsch und glücklich. Wir gingen sehr vorsichtig und höflich miteinander um, gaben uns aber beide große Mühe, zu unserer alten Freundschaft zurückzufinden. Ich versuchte mich zu erinnern, worüber wir geredet hatten, als es Adam noch nicht gab; wahrscheinlich über alles und nichts, beiläufig erzählte Klatschgeschichten, geflüsterte Geheimnisse, vertrauliche Albernheiten, die zeigten, wie gut wir uns verstanden. Damals kicherten wir viel. Oder schwiegen miteinander. Führten Streitgespräche oder ließen unserer Phantasie freien Lauf. An diesem Abend aber kostete es uns einige Mühe, das Gespräch in Gang zu halten, und immer, wenn eine Pause entstand, beeilte sich eine von uns, sie zu füllen.

Nach dem Film gingen wir in ein Pub. Pauline trank Tomatensaft und ich Gin. Als ich einen Geldschein aus meiner Geldbörse zog, um die Drinks zu bezahlen, fiel das Foto heraus, das Adam an dem Tag aufgenommen hatte, als er mich fragte, ob ich seine Frau werden wolle.

»Das ist aber ein seltsames Bild«, sagte Pauline. »Du siehst darauf aus, als wär dir ein Geist begegnet.«

Ich schob das Foto zurück zwischen die Kreditkarten und den Führerschein. Ich wollte nicht, daß jemand anderer sich diese Aufnahme ansah – sie war nur für meine Augen bestimmt.

Wir diskutierten ganz unverfänglich den ziemlich schlechten Film, bis ich es plötzlich nicht mehr aushielt.

»Wie geht es Jake?« fragte ich.

»Gut«, antwortete sie mit ausdrucksloser Miene.

»Nein, ich meine, wie geht es ihm *wirklich*? Ich will es wissen.«

Pauline sah mich prüfend an. Ich wandte den Blick nicht ab, und ich lächelte auch nicht unverbindlich. Als sie schließlich zu sprechen begann, hatte ich das Gefühl, einen Sieg errungen zu haben.

»Ihr beide hattet vor, Kinder zu bekommen und zu heiraten. Dann war von einem Tag auf den anderen alles aus. Er hat mir erzählt, zwischen euch sei alles in Ordnung gewesen, und das Ganze sei aus heiterem Himmel gekommen. Stimmt das?«

Ich nickte.

»Es hat ihm den Boden unter den Füßen weggezogen. Er versteht nicht, wie er sich in dir so hatte täuschen können.« Ich schwieg. »Er hat sich tatsächlich getäuscht, oder? Hast du ihn jemals geliebt?«

Ich dachte an meine Zeit mit Jake zurück. Das alles war so weit weg. Ich konnte mich kaum noch an sein Gesicht erinnern.

»Natürlich habe ich ihn geliebt. Und dann warst da noch du und die Clique, Clive und Sylvie und die anderen, wie eine große Familie. Ich glaube, ich habe es genauso empfunden wie Jake. Ich hab' euch alle betrogen. Ich seh' das noch immer so. Inzwischen fühle ich mich als totale Außenseiterin.«

»Genau das wolltest du doch, oder?«

»Was?«

»Eine Außenseiterin sein. Den heldenhaften Einzelkämpfer wählen und alles andere für ihn aufgeben. Eine tolle Vorstellung.«

Ihre Stimme klang fast ein wenig verächtlich.

»Nein, das wollte ich nicht.«

»Hat dir schon jemand gesagt, daß du völlig anders aussiehst als noch vor drei Monaten?«

»Nein, das hat mir noch niemand gesagt.«

»Aber es ist so.«

»Wie meinst du das?«

Pauline betrachtete mich nachdenklich. Ihr Blick wurde fast hart. Wollte sie es mir jetzt heimzahlen?

»Du siehst abgemagert aus«, erklärte sie. »Und müde. Nicht mehr so gepflegt wie früher. Du warst immer so gut angezogen, dein Haar hatte einen flotten Schnitt, und alles an dir wirkte ordentlich und gesetzt. Inzwischen« – sie starrte mich an, und ich war mir des blauen Flecks an meinem Hals auf unangenehme Weise bewußt – »siehst du ein bißchen... na ja, verlebt aus. Krank.«

»Ich bin nicht ordentlich und gesetzt«, antwortete ich trotzig. »Ich glaube auch nicht, daß ich das jemals war. Du dagegen siehst wundervoll aus.«

Pauline lächelte zufrieden.

»Das macht die Schwangerschaft«, sagte sie mit weicher Stimme. »Du solltest es auch mal ausprobieren.«

Adam war nicht zu Hause, als ich an diesem Abend zurückkam. Gegen Mitternacht beschloß ich, nicht länger auf ihn zu warten, und ging mit einem Buch ins Bett, konnte mich aber nicht konzentrieren, weil ich ständig lauschte, ob endlich Adams Schritte auf der Treppe zu hören waren. Um ein Uhr knipste ich das Licht aus. Ich fiel in einen unruhigen Schlaf, aus dem ich immer wieder aufwachte. Jedesmal warf ich einen Blick auf den Wecker. Als Adam schließlich kam, war es schon drei. Ich hörte, wie er sich auszog und unter die Dusche ging. Ich würde ihn nicht fragen, wo er gewesen war. Frisch geduscht kam er ins Bett und schmiegte sich von hinten an mich. Sein Körper war warm und roch nach Seife. Er legte die Hände auf meine Brüste und küßte meinen Nacken. Warum stellt sich ein Mann um drei Uhr morgens unter die Dusche?

»Wo bist du gewesen? Was hast du gemacht?« fragte ich.

»Ich habe Luft in unsere Beziehung gelassen, was sonst?«

Ich sagte das Essen ab. Ich hatte schon alles dafür eingekauft, aber am Ende wurde doch nichts daraus. Als ich am Samstag vormittag mit meinen Einkäufen nach Hause kam, saß Adam in der Küche und trank ein Bier. Er sprang auf, um mir beim Auspacken der Lebensmittel zu helfen. Nachdem er mir den Mantel abgenommen hatte, massierte er meine Finger, die vom Tragen der schweren Einkaufstüten völlig verkrampft waren. Dann mußte ich mich hinsetzen, während er das fertig gebratene Huhn und die verschiedenen Käsesorten in den Kühlschrank stellte. Er bereitete eine Kanne Tee für mich zu, zog mir die Schuhe aus und massierte meine Füße. Dann legte er die Arme um mich, küßte mein Haar und fragte mit sanfter Stimme: »Hast du London letzte Woche mal verlassen, Alice?«

»Nein, wieso?« Ich war zu überrascht, um klar denken zu können. Mein Herz begann wie wild zu klopfen. Bestimmt konnte er es durch meine dünne Bluse spüren.

»Wirklich nicht?« Er küßte mein Kinn.

»Du weißt doch, daß ich die ganze Woche gearbeitet habe.«

Er hatte etwas herausgefunden. Meine Gedanken rasten.

»Natürlich weiß ich das.« Seine Hände wanderten nach unten, legten sich um meine Pobacken. Er drückte mich fest an sich und küßte mich wieder.

»Einmal bin ich zu einer Geschäftsbesprechung nach Maida Vale gefahren, aber das ist auch schon alles.«

»Wann war das?«

»Das weiß ich nicht mehr.« Vielleicht hatte er an diesem Tag im Büro angerufen. Aber warum fragte er erst jetzt danach? »Ich glaube, es war am Mittwoch. Ja. Mittwoch.«

»Mittwoch. So ein Zufall!«

»Wie meinst du das?«

»Deine Haut fühlt sich heute so seidig an.« Er küßte mich auf die Augenlider. Dann begann er, ganz langsam meine Bluse aufzuknöpfen. Ich stand reglos da, während er sie mir auszog. Was hatte er herausgefunden?

Er öffnete meinen BH.

»Die Vorhänge sind offen, Adam. Jemand könnte uns sehen.«

»Das macht nichts. Zieh mir das Hemd aus. Ja, so ist es gut. Und jetzt meinen Gürtel. Zieh den Gürtel aus meiner Jeans.«

Ich tat es.

»Faß in meine Tasche. Los, mach schon, Alice! Nein, nicht diese Tasche, die andere.«

»Da ist nichts.«

»Doch, da ist etwas. Es ist bloß sehr klein.«

Meine Finger zogen ein steifes Stück Papier heraus.

»Das ist eine Zugfahrkarte, Alice.«

»Ja.«

»Für letzten Mittwoch.«

»Ja. Und?« Wo hatte er die gefunden? Wahrscheinlich hatte ich sie in meinem Mantel gelassen oder in meiner Tasche.

»An dem Tag hattest du eine Geschäftsbesprechung in… wo war es noch mal?«

»Maida Vale.«

»Ja, Maida Vale.« Er fing an, mir die Jeans auszuziehen. »Aber es ist eine Fahrkarte nach Gloucester.«

»Was soll das, Adam?«

»Sag du es mir.«

»Was hat diese Fahrkarte mit meiner Besprechung zu tun?«

»Steig aus deiner Jeans. Die Fahrkarte war in deiner Manteltasche.«

»Was hast du in meiner Manteltasche gesucht?«

»Was hast du in Gloucester gesucht, Alice?«

»Sei nicht albern, Adam, ich war nicht in Gloucester.« Ich dachte keine Sekunde daran, ihm die Wahrheit zu sagen. Ein Rest von Selbsterhaltungstrieb war mir immerhin noch geblieben.

»Zieh deinen Slip aus.«

»Nein. Hör auf damit.«

»Ich frage mich, warum ausgerechnet Gloucester.«

»Ich war nie dort, Adam. Mike ist vor ein paar Tagen hingefahren – vielleicht war das am Mittwoch –, um ein Lagerhaus zu besichtigen. Vielleicht ist es seine Karte. Aber warum ist das so wichtig?«

»Wieso war sie dann in deiner Manteltasche?«

»Das weiß der Teufel. Hör zu, wenn du mir nicht glaubst, dann ruf Mike an und frag ihn. Los, mach schon! Ich sag' dir die Nummer.«

Ich starrte ihn trotzig an. Ich wußte, daß Mike dieses Wochenende sowieso nicht da war.

»Also gut, laß uns das mit Mike und Gloucester einfach vergessen. In Ordnung?«

»Ich habe es schon vergessen«, antwortete ich.

Er drückte mich auf den Boden und kniete sich über mich. Dabei sah er aus, als würde er gleich zu weinen anfangen. Ich streckte die Arme nach ihm aus. Als er mich mit seinem Gürtel schlug und sich die Schnalle in meine Haut grub, tat es nicht mal besonders weh. Beim zweitenmal auch nicht. War das die Spirale der Gewalt, vor der meine Hausärztin mich gewarnt hatte?

»Ich liebe dich so sehr, Alice!« stöhnte er hinterher. »Du hast keine Ahnung, wie sehr ich dich liebe. Laß mich nie im Stich. Das könnte ich nicht ertragen.«

Ich sagte das Essen mit der Begründung ab, ich hätte die Grippe. Tatsächlich war ich so erschöpft, daß ich mich fast wie krank fühlte. Wir aßen das Huhn, das ich gekauft hatte, und gingen früh ins Bett. Eng umschlungen schliefen wir ein.

24. KAPITEL

Da Adam nun vorübergehend zum prominenten Helden avanciert war, bekam er eine Menge Zuschriften, die von den Zeitungen und Verlagen, an die sie geschickt worden waren, an ihn weitergeleitet wurden. Die Leute schrieben an ihn, wie sie an Dr. Livingstone oder Lawrence von Arabien geschrieben hätten, komplizierte Theorien und Klagen, die auf mehreren Seiten in winziger Schrift und ungewöhnlichen Tintenfarben erörtert wurden. Es waren auch bewundernde Briefe von jungen Mädchen darunter, die mich lächeln ließen und gleichzeitig ein wenig nachdenklich stimmten. Schließlich traf ein Brief von der Witwe Tomas Benns ein – einem der Männer, die auf dem Berg gestorben waren –, aber er war auf deutsch geschrieben, und Adam machte sich nicht die Mühe, ihn für mich zu übersetzen. »Sie möchte sich mit mir treffen«, meinte er müde und warf den Brief auf den Stapel zu den anderen.

»Was will sie?« fragte ich.

»Reden«, antwortete er kurz. »Hören, daß ihr Mann ein Held war.«

»Wirst du dich mit ihr treffen?«

»Ich kann ihr nicht helfen. Tommy Benn war ein reicher Mann, der seine Klasse verlassen hatte. Mehr ist dazu nicht zu sagen.«

Unter den Briefschreibern befanden sich auch solche, die an zukünftigen Expeditionen teilnehmen wollten. In vielen Briefen ging es um Ideen, Obsessionen, Phantasien und eine Menge heißer Luft. Die meisten von ihnen ignorierte Adam. Ein- oder zweimal ließ er sich zu einem Drink einladen. Dann holte ich ihn in irgendeiner Bar in der Londoner Innenstadt ab, wo der Herausgeber einer Zeitschrift oder ein Forscher mit leuchtenden Augen auf ihn einredete.

An einem regnerischen Dienstagmorgen nahm ich einen Anruf entgegen, der zunächst wenig vielversprechend klang. Die Verbindung war schlecht, und die Stimme am anderen Ende hatte einen ausländischen Akzent. Nachdem ich dem Anrufer nicht gerade Mut gemacht hatte, reichte ich den Hörer quer über das Bett an Adam weiter, der richtig unfreundlich war. Aber der Mann ließ nicht locker, und Adam erklärte sich schließlich bereit, sich mit ihm zu treffen.

»Und?« fragte ich Adam, als er eines Abends spät nach Hause kam und sich ein Bier aus dem Kühlschrank holte.

»Ich weiß nicht«, antwortete er, während er die Flasche an der Tischkante öffnete. Er wirkte verwirrt, erstaunt.

»Worum ging es? Wer ist der Mann?«

»Ein Typ im Anzug, der für einen deutschen Fernsehsender arbeitet. Er hat ein bißchen Ahnung vom Klettern. Angeblich wollen sie einen Dokumentarfilm über eine Bergbesteigung drehen. Sie wollen, daß ich die Expedition leite. Wann immer ich will, wohin ich will und mit wem ich will. Je anspruchsvoller, desto besser. Die Kosten tragen sie.«

»Klingt gut. Wäre das nicht traumhaft für dich?«

»Die Sache muß einen Haken haben. Irgend etwas kann an

dem Plan nicht stimmen, aber ich bin noch nicht dahintergekommen, was es ist.«

»Was ist mit Daniel? Ich dachte, du würdest nächstes Jahr mit ihm auf Expedition gehen.«

»Daniel kann mich mal. Dabei ging es mir nur ums Geld. Ich kann einfach nicht glauben, daß dieses Angebot echt ist.«

Allem Anschein nach war es echt. Man traf sich auf weitere Drinks, dann zu Besprechungen. Eines Abends, wir waren schon leicht angetrunken, erklärte mir Adam zu sehr fortgeschrittener Stunde, was er gern machen würde. Er wollte den Everest besteigen, dabei aber gar nicht erst den Versuch unternehmen, sich bis zum Gipfel vorzukämpfen. Statt dessen wollte er den ganzen Dreck vom Berg schaffen: Zeltfetzen und ausgefranste Seile, leere Sauerstoffflaschen, Müll, ja sogar ein paar von den Leichen, die noch immer dort oben in ihren nutzlosen Zelten lagen. Ich fand, daß das eine schöne Idee war, und brachte ihn dazu, sein Vorhaben auf einem Stück Papier, das ich anschließend mit der Schreibmaschine in eine präsentable Form brachte, zu umreißen. Volker sagte zu allem ja. Es würde einen großartigen Fernsehfilm geben, weil es eine gute Kombination war: Berge und Ökologie.

Es war tatsächlich wundervoll. *Ich* fühlte mich wundervoll. Adam war wie ein überkochender Topf gewesen, der auf dem Herd wild vor sich hinsprudelte und plötzlich auf eine gemäßigte Temperatur heruntergedreht wurde, so daß der Inhalt des Topfes nur noch leicht vor sich hinköchelte. Adams Leben waren das Bergsteigen und ich, und ein paar Monate lang war es fast ausschließlich ich gewesen. Ich hatte mich langsam zu fragen begonnen, ob ich – ob mein Körper – die Intensität seiner Zuwendung auf Dauer aushalten könnte. Ich liebte Adam, ich vergötterte ihn, ich begehrte ihn, aber es war für mich trotzdem eine Erleichterung, einfach nur im Bett zu liegen und Weißwein zu trinken, während Adam darüber sprach, wie viele Leute er mitnehmen und wann er aufbrechen wollte. Ich gab dazu keine Kommentare ab, sondern nickte nur und freute mich über seinen Enthusiasmus. Zur Abwechslung hatte das Zusammensein mit ihm mal nichts Überwältigendes, es war einfach nur angenehm und auch sehr schön, aber ich hütete mich, ihm das zu sagen.

Was mein Problem mit Adams Vergangenheit betraf, gelangte ich allmählich zu einer etwas gelasseneren Einstellung. Ich schätzte die ganze Michelle-Geschichte inzwischen als eine der Dummheiten ein, in die wir in jüngeren Jahren alle mal hineinschlittern. Außerdem hatte Michelle jetzt ein Baby und einen Mann. Sie brauchte meine Hilfe nicht. Seine früheren Freundinnen, mit denen er längere Zeit zusammengewesen war, bedeuteten für mich nicht viel mehr als die Berge, die er bezwungen hatte. Wenn ich mit Klaus, Deborah, Daniel oder einem anderen seiner alten Kletterfreunde sprach und die Rede zufällig auf eine dieser Frauen kam, blieb ich gleichmütig. Aber es ist nun mal so, daß man sich für alles interessiert, was mit dem geliebten Menschen zu tun hat, so daß es an Selbstverleugnung gegrenzt hätte, gar nicht darauf zu reagieren. Deshalb speicherte ich alle Informationen, die ich im Lauf der Zeit aufschnappte, und begann mir im Geist ein Bild von den betreffenden Frauen zu machen und sie in chronologischer Reihenfolge zu ordnen.

Eines Abends saßen wir wieder in Deborahs Wohnung in Soho, diesmal jedoch als Gäste. Daniel war ebenfalls eingeladen. Ich hatte Adam vorgeschlagen, sein Projekt doch mit Daniels Expedition zu verbinden. Normalerweise nahm Adam von mir, was das Bergsteigen betraf, keinerlei Ratschläge an, aber diesmal wirkte er eher nachdenklich als ablehnend. Fast den ganzen Abend war er mit Daniel in ein Gespräch vertieft. Das verschaffte Deborah und mir Gelegenheit, uns von Frau zu Frau zu unterhalten.

Das Essen war einfach, es gab nur Ravioli vom Italiener gegenüber und Salat aus dem Laden um die Ecke und dazu mehrere Flaschen italienischen Wein aus gefährlich großen Gläsern. Als wir mit dem Essen fertig waren, nahm Deborah eine der Flaschen vom Tisch, und wir setzten uns damit auf den Boden vor den offenen Kamin. Sie schenkte mir ein weiteres Mal nach. Ich fühlte mich nicht besonders betrunken, hatte aber ein seltsames Gefühl, so als läge zwischen mir und dem Boden eine Matratze. Deborah streckte sich.

»Manchmal kommt es mir vor, als wären Geister in dieser Wohnung«, erklärte sie mit einem Lächeln.

»Du meinst die Leute, die früher hier gewohnt haben?« fragte ich.

Sie schüttelte lachend den Kopf.

»Nein, ich meine dich und Adam. Hier hat alles begonnen.«

»Ich hoffe, wir haben alles in ordentlichem Zustand hinterlassen«, war alles, was ich herausbrachte.

Sie zündete sich eine Zigarette an und beugte sich in Richtung Tisch, um nach einem Aschenbecher zu greifen.

»Du bist gut für Adam«, erklärte sie.

»Bin ich das? Manchmal bereitet es mir Sorgen, daß ich so gar nicht in seine Welt passe.«

»Das ist ja gerade das Gute.«

Ich sah zum Tisch hinüber. Adam und Daniel zeichneten gerade irgendwelche Diagramme und sprachen über Tabellenkalkulation. Deborah zwinkerte mir zu.

»Das wird die glanzvollste Müllsammelaktion der Geschichte werden«, lachte sie.

Ich warf noch einmal einen Blick auf die beiden Männer, aber sie achteten nicht auf das, was wir sagten.

»Seine letzte ähm... Freundin, Lily, hatte auch nichts mit Klettern am Hut, oder? Hast du sie kennengelernt?«

»Wir sind uns ein paarmal begegnet. Aber das war nichts Ernstes. Nur eine vorübergehende Affäre. Als er aufwachte und sah, wie sie war, ließ er sie fallen.«

»Wie war Françoise?«

»Ehrgeizig. Reich. Eine ziemlich gute Kletterin.«

»Und sehr schön.«

»Schön?« fragte Deborah sarkastisch. »Nur wenn man langbeinige, dünne, sonnengebräunte Frauen mit langem schwarzem Haar mag. Leider ist das bei den meisten Männern der Fall.«

»Ihr Tod war für Adam eine schreckliche Sache.«

»Für Françoise war es noch schlimmer. Außerdem«, fuhr sie fort und zog dabei eine Grimasse, »war es zu dem Zeitpunkt bereits vorbei. Sie war ein Klettergroupie. Sie hatte eine Schwäche für die Jungs.« Sie sprach ein wenig leiser weiter. »Vielleicht hat Adam eine Weile gebraucht, um das herauszufinden, aber er ist schließlich erwachsen. Er weiß, was passiert, wenn man mit Ärztinnen schläft, die Expeditionen begleiten.«

Da war es mir klar.

»Das heißt, du und ...« Ich nickte zu Adam hinüber.

Deborah beugte sich zu mir herüber und legte ihre Hand auf meine.

»Es war nicht wichtig, Alice, weder für ihn noch für mich. Ich habe es nur gesagt, weil ich kein Geheimnis vor dir haben wollte.«

»Natürlich«, antwortete ich. Es machte mir nichts aus. Zumindest nicht viel. »Vor Françoise gab es ein Mädchen namens Lisa«, sagte ich, um ihr ein neues Stichwort zu geben.

»Bist du sicher, daß du das hören willst?« fragte Deborah. »Adam hat Lisa verlassen, nachdem er sich in Françoise verliebt hatte.«

»War sie Amerikanerin?«

»Nein, Britin. Waliserin oder Schottin, eins von beiden. Teilzeit-Bergsteigerin, glaube ich. Die beiden waren jahrelang ein Traumpaar.« Das letzte Wort sprach sie aus, als wäre es grundsätzlich zum Lachen. »Aber du darfst das nicht falsch verstehen, Alice. Sie waren zwar ein Traumpaar« – diesmal malte sie mit den Fingern unsichtbare Anführungszeichen in die Luft –, »aber sie haben nie zusammen gelebt. Adam hat sich noch nie auf eine Frau so eingelassen wie auf dich. Das mit euch ist etwas völlig anderes.«

Ich wollte mehr wissen.

»Es hat immer eine Frau im Hintergrund gegeben. Auch wenn er andere Affären hatte, die – wie du sagst – nichts bedeuteten, gab es immer eine feste Beziehung. Wenn die eine aufhörte, fing die nächste an.«

Stirnrunzelnd zündete sich Deborah eine neue Zigarette an. »Vielleicht. Ich kann mich nicht daran erinnern, mit wem er vor Lisa zusammen war. Möglich, daß ich der Frau nie begegnet bin. Ein paar Jahre früher, als Adam und ich uns kennenlernten, gab es ein Mädchen namens Penny. Sie hat dann später einen anderen alten Freund von mir geheiratet, einen Kletterer namens Bruce Maddern. Die beiden leben mittlerweile in Australien. Ich habe sie schon seit Ewigkeiten nicht mehr gesehen.« Deborah sah mich an und warf dann einen Blick zu Adam hinüber. »Lieber Himmel, was tun wir da eigentlich? Du solltest dir über das alles keine Gedanken machen. Das einzig Erwähnenswerte ist, daß Adam sogar Frauen, in die er nicht wirklich verliebt war, immer die Stange gehalten hat.« Sie lächelte. »Man kann sich auf ihn verlassen. Er läßt einen nicht im Stich. Aber man darf ihn seinerseits auch nicht im Stich lassen. Ich bin mit dem Mann geklettert. Er duldet es nicht, wenn man das, wozu man sich verpflichtet hat, nicht einlöst.«

»Klingt ziemlich beunruhigend«, sagte ich in fröhlichem Ton.

»Wie wär's, wenn du mal mitkletterst, Alice? Hast du da keine Ambitionen? He, Adam, nimmst du Alice nächstes Jahr mit?«

Adam wandte sich mit liebenswürdiger Miene zu mir um.

»Hast du sie schon gefragt, ob sie Lust hat?«

»Ich?« fragte ich panisch. »Ich bekomme beim Wandern sofort Wasserblasen. Nach einer halben Stunde werde ich müde und mürrisch. Ich bin für so etwas einfach nicht fit genug. Außerdem mag ich es am liebsten warm und kuschelig. Meine Vorstellung von Glück hat viel mit einem heißen Bad und einem Seidenhemd zu tun.«

»Genau aus dem Grund solltest du mal auf einen Berg steigen, Alice«, sagte Daniel, der sich mit zwei Kaffeetassen neben uns auf dem Boden niederließ. »Weißt du, Alice, ich war vor ein paar Jahren auf dem Annapurna. Bei der Versorgung war irgendwas schiefgelaufen. Irgend etwas läuft da immer schief. Meist stellt man in einer Höhe von sechstausend Metern fest, daß man zwei linke Handschuhe dabei hat oder so was in der Art, aber diesmal hatte jemand statt fünf Paar Socken fünfzig Paar bestellt. Was bedeutete, daß ich jedesmal, wenn ich ins Zelt kroch, ein frisches paar Socken anziehen konnte. Jemand, der wie du noch nie auf einem Berg war, kann wahrscheinlich gar nicht nachvollziehen, was für ein Genuß es für mich war, meine feuchten Füße in diese warmen, trockenen Socken zu stecken.«

»Bäume«, sagte ich.

»Was?« fragte Daniel.

»Warum klettert ihr nicht auf Bäume? Warum müssen es unbedingt Berge sein?«

Daniel lächelte breit.

»Ich glaube, die Beantwortung dieser Frage überlasse ich lieber dem berühmten Seeräuber und Bergsteiger Adam Tallis.«

Adam überlegte einen Moment.

»Auf einem Baumwipfel kann man nicht so gut für Fotos posieren«, antwortete er schließlich. »Deswegen klettern die meisten Leute lieber auf Berge als auf Bäume. Damit sie auf dem Gipfel für ein Foto posieren können.«

»Aber doch nicht du, mein Liebling«, sagte ich. Dann blickte ich verlegen zu Boden, weil mir selbst aufgefallen war, in welch ernstem Ton ich das gesagt hatte.

Schweigend lagen wir da und starrten in das Feuer. Ich nippte an meinem Kaffee. Einem Impuls folgend, lehnte ich mich zu Deborah hinüber, nahm ihr die Zigarette aus der Hand, zog einmal daran und gab sie ihr wieder zurück.

»Ich könnte so leicht wieder mit dem Rauchen anfangen«, sagte ich. »Vor allem an einem Abend wie diesem, wenn ich nach einem schönen Essen leicht beschwipst mit ein paar Freunden vor dem Kamin liege.« Ich sah zu Adam hinüber, dessen Blick auf mich gerichtet war. Sein Gesicht leuchtete im Schein des Feuers. »Der wahre Grund ist ein ganz anderer. Bevor ich Adam kennenlernte, hätte ich mir vielleicht gewünscht, mal so etwas zu tun. Das ist das Komische daran. Seit ich Adam kenne, weiß ich, was für eine wundervolle Sache es ist, auf einen Berg zu steigen, aber gleichzeitig habe ich nicht mehr den Wunsch, es zu tun. Wenn ich es täte, wäre ich gern diejenige, die sich um andere Leute kümmert. Ich würde nicht wollen, daß andere sich ständig um mich kümmern müssen.« Ich warf einen Blick in die Runde. »Wenn wir zusammen auf einen Berg klettern würden, müßtet ihr mich mit vereinten Kräften hinaufschleppen. Deborah würde dabei wahrscheinlich in eine Gletscherspalte fallen, und Daniel müßte mir seine Handschuhe überlassen. Mir würde nichts passieren. Ihr wärt diejenigen, die dafür bezahlen müßten.«

»Du hast heute abend sehr schön ausgesehen.«

»Danke«, antwortete ich schläfrig.

»Und was du über Bäume gesagt hast, war lustig.«

»Danke.«

»Es hat mich fast vergessen lassen, daß du Debbie über meine Vergangenheit ausgefragt hast.«

»Ah.«

»Weißt du, was ich schön fände? Wenn wir so tun könnten, als hätte unser Leben erst in dem Moment begonnen, als wir uns kennenlernten. Glaubst du, das ist möglich?«

»Ja«, antwortete ich, obwohl ich eigentlich nein meinte.

25. KAPITEL

Das, was ich in der Schule über Geschichte gelernt, aber größtenteils wieder vergessen hatte, ließ sich in praktische Kategorien einteilen: das Mittelalter, die Reformation, die Renaissance, die Tudors und die Stuarts. Für mich zerfiel Adams früheres Leben mittlerweile in ähnliche Kategorien: Streifen abgegrenzter Zeit, wie gefärbter Sand in einer Flasche. Es gab das Lily-Zeitalter, das Françoise-Zeitalter, das Lisa-Zeitalter, das Penny-Zeitalter. Mit Adam sprach ich inzwischen nicht mehr über seine Vergangenheit, sie war ein Tabuthema geworden. Aber ich machte mir weiterhin darüber Gedanken. Ich sammelte kleine Details über die Frauen, die er geliebt hatte, und fügte sie in das größere Bild ein. Dabei wurde mir klar, daß es in der Chronologie eine Lücke gab – eine leere Stelle, wo eine Frau hätte sein sollen, aber keine war. Die Zeitspanne, in der er keine feste Beziehung gehabt hatte, betrug nur etwa ein Jahr, aber selbst das schien so gar nicht in das Muster zu passen, das ich mittlerweile in Adams Leben zu erkennen glaubte.

Es war, als würde eine Gestalt durch die Landschaft auf mich zukommen und dann plötzlich, wenn sie schon ganz nah ist, vom Nebel verschluckt werden. Meinen Berechnungen nach mußte diese Lücke etwa acht Jahre zurückliegen. Ich wollte niemanden danach fragen, aber das Gefühl, die Lücke füllen zu müssen, wurde immer stärker. Ich fragte Adam nach Fotos, die ihn in jüngeren Jahren zeigten, aber anscheinend besaß er keine. Ich versuchte, durch beiläufige Fragen herauszubekommen, was er in der betreffenden Zeit getan hatte. Doch während ich auf immer mehr Namen von Berggipfeln und gefährlichen Routen stieß, fand ich nie eine Frau, die in die Lücke zwischen Lisa und Penny gepaßt hätte. Aber als die große Adam-Expertin, die ich war, mußte ich es einfach herausfinden.

An einem Wochenende Ende März fuhren wir zum zweitenmal zum Haus seiner Familie. Adam mußte mit einem gemieteten Lieferwagen einen Teil seiner Ausrüstung holen, die er in einem der großen Nebengebäude eingelagert hatte.

»Ich brauche ihn erst am Samstag zurückbringen. Wir könnten eine Nacht in einem Hotel bleiben.«

»Mit Zimmerservice«, antwortete ich. Es kam mir nicht in den Sinn, ihm vorzuschlagen, bei seinem Vater zu übernachten. »Und mit einem schönen Badezimmer, bitte.«

Wir brachen zeitig auf. Es war ein klarer, frischer Frühlingsmorgen. Die Bäume trieben schon ein wenig aus, und über den Feldern, die wir auf unserem Weg nach Norden passierten, löste sich gerade der Nebel auf. Alles schien neue Hoffnung auszustrahlen. Wir hielten an einer Autobahnraststätte an, um zu frühstücken. Adam trank Kaffee, rührte sein dänisches Gebäck aber kaum an, während ich mir ein riesiges Specksandwich – rosa Speckstreifen zwischen fettigen Weißbrotscheiben – und eine Tasse heiße Schokolade einverleibte.

»Ich mag Frauen mit Appetit«, sagte er. Also verschlang ich auch noch sein Gebäck.

Wir trafen gegen elf ein, und alles war wie bei unserem letzten Besuch. Niemand begrüßte uns, und von Adams Vater war nichts zu sehen. Wir traten in die dunkle Diele, wo die Großvateruhr Wache hielt, und zogen unsere Mäntel aus. Dann gingen wir in das eisige Wohnzimmer, in dem auf einem Beistelltisch ein einzelnes leeres Glas stand. Adam rief nach seinem Vater, aber es kam keine Antwort.

»Am besten, wir machen uns gleich an die Arbeit«, sagte er. »Es dürfte eigentlich nicht lange dauern.«

Wir zogen unsere Mäntel wieder an und traten durch die Hintertür. Es gab mehrere Nebengebäude unterschiedlicher Größe. Wie mir Adam erklärte, hatte zu dem Anwesen früher eine Farm gehört. Die Gebäude waren größtenteils baufällig, aber ein paar wirkten notdürftig zusammengeflickt. Ihre Dächer waren neu eingedeckt und das Unkraut vor ihren Türen entfernt worden. Im Vorübergehen spähte ich durch die Fenster. In einem der Gebäude standen ramponierte Möbel, Kisten mit leeren Weinflaschen, alte Speicheröfen und, in einer Ecke, ein Tischtennistisch ohne Netz. In einem breiten Regalfach lagen hölzerne Tennis- und ein paar Kricketschläger. In dem Regal darüber reihten sich zahllose Farbdosen aneinander. In einem anderen Schuppen waren Werkzeuge gelagert. Ich konnte einen Rasenmäher und ein paar Rechen erkennen, außerdem eine rostige Säge, verschiedene Spaten, Heugabeln, Hacken, große Säcke mit Kompost und Zement, gezahnte Sägen.

»Was sind denn das für Dinger?« fragte ich und deutete auf mehrere silbrig schimmernde Kisten, die mit großen Haken an der Wand befestigt waren.

»Eichhörnchenfallen. Eichhörnchen zu jagen ist eines seiner Hobbys.«

»Ein reizendes Hobby. Besitzt er auch Waffen?«

»Jede Menge.«

In eines der Gebäude wäre ich am liebsten sofort hineingegangen, weil ich durch die gesprungene Fensterscheibe eine wunderschöne Porzellanteekanne mit abgebrochenem Schnabel aus einer großen Schachtel ragen sah und an einem Haken an der Wand einen zerrissenen, nicht mehr flugtüchtigen Drachen. Offenbar wurden in dem Raum die alten Gegenstände der Familie aufbewahrt, die niemand mehr brauchte, von denen sich aber auch niemand endgültig trennen konnte. Auf dem Boden stapelten sich Koffer und andere Behälter. Alles wirkte sehr ordentlich und furchtbar traurig. Ob die Sachen, die Adams Mutter gehört hatten, vor langer Zeit wohl ebenfalls hier gelandet und seitdem nie wieder von jemandem angerührt worden waren? Ich fragte Adam danach, aber er zog mich von dem Fenster weg.

»Laß das Zeug, Alice. Es sind lauter Dinge, die er schon vor Jahren hätte wegwerfen sollen.«

»Siehst du sie dir nie an?«

»Wozu? Hier, das ist der Raum, in dem meine Sachen lagern.«

Ich hatte nicht damit gerechnet, daß es so viel sein würde. Adams Ausrüstung nahm fast den ganzen niedrigen Raum in Anspruch. Alles war sauber verpackt und gestapelt. Viele der Kisten und Taschen trugen Aufkleber mit Adams kühner Schrift. In einer Ecke lagen fest zusammengerollte Seile unterschiedlicher Dicke und Farbe. Von einem der Dachbalken hingen mehrere Eispickel. Außerdem entdeckte ich ein paar leere Rucksäcke, die alle ordentlich verschlossen waren, damit sie innen nicht verstaubten. Eine lange, schlanke Nylontasche enthielt ein Zelt, eine andere, kürzere, einen GoreTex-Schlafsack. Neben einer Schachtel voller langer, dünner Nägel stand eine Kiste mit Steigeisen. Eine weitere Kiste enthielt ein Sortiment von Klammern, Schrauben und Schraubzwingen. Auf einem schmalen Regalfach entdeckte ich in Zellophan verpacktes Verbandszeug, auf einem breiteren einen Butangaskocher, ein paar Kanister Gas, einige Zinntassen und mehrere Wasserflaschen. Auf einer Seite des Raums standen zwei Paar altgediente Bergstiefel.

»Was ist da drin?« fragte ich und stupste mit meinem Fuß gegen einen weichen Nylonsack.

»Handschuhe, Socken, Thermounterwäsche, lauter solche Sachen.«

»Du reist nicht gerade mit leichtem Gepäck.«

»Ich nehme dieses Zeug nicht zum Spaß mit«, antwortete er, während er den Blick über die Gegenstände schweifen ließ.

»Was müssen wir alles mitnehmen?«

»Das hier zum Beispiel.« Er zog eine große Tasche heraus. »Das ist so eine Art Zelt, das man an einer Felswand befestigen kann. Ich habe einmal vier Tage in diesem Ding verbracht, während um mich herum ein schrecklicher Sturm wütete.«

»Das klingt ja fürchterlich«, sagte ich schaudernd.

»Es war richtig gemütlich.«

»Wozu brauchst du es jetzt?«

»Es ist nicht für mich. Es ist für Stanley.«

Er wühlte in einer Tupperwaredose voller Salbentuben herum, zog ein paar davon heraus und stopfte sie in seine Manteltasche. Als nächstes nahm er einen der Eispickel vom Dachbalken und legte ihn neben das Zelt. Dann kauerte er sich auf den Boden und fing an, kleine Kartons und Schachteln herauszuziehen und ihre beschrifteten Aufkleber zu studieren. Seine Aufgabe nahm ihn so in Anspruch, daß er mich gar nicht mehr wahrzunehmen schien.

»Ich drehe mal eine Runde«, erklärte ich schließlich. Er blickte nicht einmal auf.

Draußen war es so warm, daß ich meinen Mantel auszog. Ich spazierte zum Gemüsegarten hinüber, wo ein paar ausgewachsene und schon halbverfaulte Kohlpflanzen im Wind schwankten und Unkraut an den Stangen hochkletterte, die eigentlich für Bohnen gedacht waren. Jemand hatte den mit dem Gartenschlauch verbundenen Wasserhahn nicht zugedreht, so daß in der Mitte des Gartens eine große Schlammpfütze entstanden war. Nachdem ich das Wasser abgestellt hatte, hielt ich nach Adams Vater Ausschau, konnte ihn aber nirgendwo entdecken. Schließlich marschierte ich entschlossen auf das baufällige Gebäude zu, in dem ich die Porzellanteekanne und den Drachen gesehen hatte. Ich wollte einen Blick in die alten Kartons werfen, die Dinge in die Hand nehmen, die Adam als Kind gehört hatten, und mir Fotos von ihm und seiner geliebten Mutter ansehen.

Im Türschloß steckte ein großer Schlüssel, der sich leicht drehen ließ. Die Tür ging nach innen auf. Ich zog sie leise hinter mir zu. Es war erst kürzlich jemand hiergewesen, denn während auf einem Teil der Schachteln und Koffer eine dicke Staubschicht lag, waren andere relativ sauber. In einer Ecke entdeckte ich das Skelett eines Vogels. Die Luft im Raum war stickig und abgestanden.

Aber ich hatte recht gehabt. In dem Raum waren die alten Familiensachen gelagert. Die Teekanne gehörte zu einem Porzellanservice. Einige der Tassen wiesen feine bräunliche Ränder auf, Spuren des Getränks, das vor langer Zeit daraus getrunken worden war. Eine andere Kiste enthielt Gummistiefel, darunter auch ein Paar in Kindergröße. Sie mußten Adam gehört haben, als er ein Junge war. Auf dem Deckel des größten Koffers fand ich die Initialen VT. Wie hatte seine Mutter eigentlich geheißen? Ich war nicht sicher, ob er mir das je gesagt hatte. Verstohlen öffnete ich den Koffer. Dabei versuchte ich mir einzureden, daß ich nichts Schlimmes tat, sondern bloß ein bißchen herumstöberte, vermutete aber, daß Adam das etwas anders sehen würde. Der Koffer war voller Kleider, die stark nach Mottenkugeln rochen. Ich inspizierte ein marineblaues Tupfenkleid, einen gehäkelten Schal, eine lavendelfarbene Jacke mit Perlmuttknöpfen. Schöne, aber praktische Sachen. Ich klappte den Deckel wieder zu und öffnete statt dessen den ramponierten weißen Koffer daneben. Er enthielt lauter Babykleidung. Adams Sachen. Kleine Pullover mit Boot- und Ballonmustern, gestreifte Latzhosen, Wollmützen, einen Strampelanzug mit Kapuze, winzige Leggings. Ich hätte vor Rührung am liebsten geweint. In dem Koffer fand ich sogar Adams Taufkleid, das mit den Jahren vergilbt war. Die Kommode neben dem Koffer, an deren Schubladen mehrere Knöpfe fehlten und die an einer Seite stark verkratzt war, enthielt lauter kleine Hefte, die sich bei näherem Hinsehen als Schülerzeitungen und Berichtshefte entpuppten. Ein Teil stammte aus Adams Zeit in Eton. Aufs Geratewohl schlug ich einen Bericht von 1976 auf. Da mußte Adam zwölf gewesen sein. Es war das Jahr, in dem seine Mutter starb. Mathematik: »Wenn Adam seine beachtlichen Fähigkeiten darauf verwenden würde, den Stoff zu lernen, statt den Unterricht zu stören«, stand da in sauberer blauer Schrägschrift, »dann wäre er ein guter Schüler. So aber...« Ich klappte das Heft zu. Das war kein Herumstöbern mehr, sondern grenzte schon an Schnüffelei.

Ich wanderte in die andere Ecke des Raums. Ich hätte so gerne Fotos gefunden. Statt dessen entdeckte ich in einer kleinen Kiste, die zweimal mit einem Gummiband umwickelt war, damit sie nicht aufging, einen Stapel Briefe. Aus irgendeinem Grund dachte ich zuerst, es handle sich um Briefe seiner Mutter. Vielleicht, weil ich nach Spuren von ihr suchte und mir irgend etwas an der Handschrift verriet, daß die Briefe von einer Frau stammten. Aber als ich das oberste Bündel in die Hand nahm und durchblätterte, wurde mir sofort klar, daß ich es mit den unterschiedlichen Schriften verschiedener Frauen zu tun hatte. Ich warf einen Blick auf den obersten Brief, der mit blauem Kugelschreiber verfaßt war, und schnappte nach Luft.

»Liebster, liebster Adam«, begann er. Der Brief war von Lily. Ein Rest von Anstand hinderte mich am Weiterlesen. Ich legte das Bündel zurück in die Kiste, nahm es aber gleich wieder heraus. Obwohl ich die Briefe nicht las, stachen mir ein paar Formulierungen in die Augen, die ich nie vergessen würde. Eigentlich wollte ich bloß nachsehen, von wem die Briefe stammten. Ich redete mir ein, daß ich wie eine Archäologin die einzelnen Schichten von Adams Geschichte erforschte, indem ich mich durch all die verschiedenen Phasen grub, die ich ohnehin schon kannte.

Zuerst kamen die kurzen, zusammengestückelten Briefe von Lily. Dann folgten die von Françoise, die mit schwarzer Tinte geschrieben waren und die typische geschwungene Eleganz einer französischen Handschrift aufwiesen. Die meisten davon waren ziemlich lang. Obwohl sie nicht so leidenschaftlich klangen wie die von Lily, ließ mich ihre Vertrautheit zusammenzucken. Sie schrieb ein sehr anschauliches Englisch, das trotz gelegentlicher kleiner Fehler etwas Bezauberndes hatte. Nach Françoise folgte ein einzelner Brief von einer hingerissenen Bobby, anschließend einer von einer Frau, die mit T. unterschrieben hatte, dann ein paar Postkarten von Lisa. Lisa hatte eine Vorliebe für Ausrufezeichen und Unterstreichungen.

Nach Lisa – also aus der Zeit vor Lisa – kamen mehrere Briefe von einer Frau, von der ich noch nie etwas gehört hatte. Mit zusammengekniffenen Augen starrte ich auf die Unterschrift. Adele. Ich ließ mich auf die Fersen sinken und lauschte. Alles war ruhig. Das einzige, was ich hören konnte, war das Geräusch des Windes in den lockeren Dachziegeln über mir. Adam war offenbar noch immer damit beschäftigt, seine Sachen durchzusehen. Ich zählte Adeles Briefe. Es waren dreizehn, die meisten davon ziemlich kurz. Danach folgten sechs von Penny. Ich hatte die Frau zwischen Lisa und Penny gefunden, besser gesagt zwischen Penny und Lisa. Adele. Ich begann zu lesen, wobei ich mit dem untersten Brief anfing, weil ich davon ausging, daß sie den als ersten geschrieben hatte.

Die ersten sieben oder acht Briefe waren kurz und prägnant: Adele teilte Adam jeweils mit, wann und wo sie sich treffen konnten, und bat ihn um Vorsicht. Adele war verheiratet. Er bewahrte ihr Geheimnis selbst jetzt noch. Die nächsten Briefe waren länger und klangen gequälter. Adele hatte offensichtlich ein schlechtes Gewissen gegenüber ihrem Ehemann, den sie als »vertrauensvollen Tom« bezeichnete. Immer wieder bat sie Adam, es ihr doch nicht so schwerzumachen. Der letzte Brief war ein Abschiedsbrief. Sie schrieb, daß sie Tom nicht länger betrügen könne. Gleichzeitig erklärte sie Adam, daß sie ihn liebe und daß er gar nicht wisse, wieviel er ihr bedeutet habe. Sie schrieb, er sei der wundervollste Liebhaber, den sie je gehabt hatte. Aber sie könne Tom nicht verlassen. Er brauche sie, während das bei Adam offensichtlich nicht der Fall sei. Hatte sie ihn um irgend etwas gebeten?

Ich ließ die dreizehn Briefe in meinen Schoß sinken.

Demnach hatte Adele Adam wegen ihres Mannes verlassen. Vielleicht war er nie über sie hinweggekommen. Möglicherweise war das der Grund, warum er nie über sie sprach. Vielleicht hatte er aber auch das Gefühl, von ihr gedemütigt worden zu sein. Ich schob mir das Haar hinter die Ohren und stellte fest, daß meine Hände vor Aufregung leicht schwitzten. Erneut lauschte ich. War da eben eine Tür ins Schloß gefallen? Ich schob Adeles Briefe zusammen und plazierte sie auf denen von Penny.

Gerade wollte ich die anderen Briefe darüberlegen und auf diese Weise die Vergangenheit mit jüngerer Vergangenheit zudecken, als mir auffiel, daß Adele ihren letzten Brief auf Familienbriefpapier geschrieben hatte, als wollte sie damit ihren Status als Ehefrau betonen. Auf dem Briefkopf stand: Tom Funston und Adele Blanchard. Plötzlich erinnerte ich mich. Blanchard. Der Name kam mir bekannt vor.

»Alice?«

Ich klappte die Kiste zu und schob sie ohne das Gummiband zurück an ihren Platz.

»Alice, wo bist du?«

Ich rappelte mich auf. Meine Hose war an den Knien ganz staubig, und auch mein Mantel sah schmutzig aus.

»Alice!«

Er befand sich ganz in der Nähe und rief nach mir. Seine Stimme kam näher. So leise ich konnte, schlich ich zu der geschlossenen Tür und strich mir dabei das Haar glatt. Es wäre besser, er würde mich hier nicht finden, dachte ich. In der Ecke links von der Tür stand ein lädierter Sessel, auf dem ein hoher Stapel gelber Damastvorhänge lag. Ich zog den Sessel ein kleines Stück heraus und kauerte mich dahinter, um in diesem Versteck zu warten, bis Adam vorübergegangen war. Natürlich war dieses Verhalten lächerlich. Wenn er mich mitten im Raum fand, konnte ich immer noch sagen, ich hätte mich ein wenig umgesehen. Fand er mich hingegen hinter einem Stuhl, würde sich jede Ausrede erübrigen. Die Situation wäre nicht nur schrecklich peinlich, sondern hätte darüber hinaus unangenehme Folgen für mich. Ich kannte meinen Mann. Gerade wollte ich aufstehen, als die Tür aufgeschoben wurde und ich Adam in den Raum treten hörte.

»Alice?«

Ich hielt den Atem an. Womöglich konnte er zwischen den gestapelten Vorhängen durchsehen.

»Alice, bist du hier irgendwo?«

Die Tür wurde wieder geschlossen. Ich zählte bis zehn und stand auf. Dann ging ich zu der Kiste mit den Briefen zurück und nahm Adeles letztes Schreiben an mich. Nachdem ich die Kiste wieder zugeklappt hatte, wickelte ich das Gummiband herum. Ich wußte nicht recht, wohin mit dem Brief. Auf keinen Fall würde ich ihn in eine meiner Taschen stecken. Ich versuchte, ihn in meinen BH zu schieben, aber durch mein enges Rippenshirt zeichnete sich der Rand des Papiers ab. Sollte ich den Brief in meinen Slip stecken? Schließlich zog ich einen Schuh aus und versteckte den Brief dort.

Ich holte tief Luft und ging zur Tür. Sie war abgeschlossen. Offenbar hatte Adam den Schlüssel umgedreht, nachdem er den Raum verlassen hatte. Ich stemmte mich fest gegen die Tür, aber sie gab nicht nach. Voller Panik sah ich mich nach irgendeinem Werkzeug um. Ich nahm den alten Drachen von der Wand, zog die mittlere Verstrebung aus dem gerippten Material und stocherte damit im Türschloß herum, obwohl ich selbst nicht genau wußte, was ich damit eigentlich erreichen wollte. Ich hörte, wie draußen der Schlüssel zu Boden fiel.

Der untere Teil der Türglasscheibe war zerbrochen. Wenn es mir gelang, den zackigen Rest des Glases zu entfernen, würde ich mich hindurchquetschen können. Vielleicht. Ich fing an, das restliche Glas herauszubrechen. Dann zog ich meinen Mantel aus und schob ihn durch das Loch nach draußen. Ich zerrte einen Koffer unter das Fenster, stellte mich darauf und schwang ein Bein durch die Öffnung. Das Fenster war zu hoch. Meine Beine reichten auf der anderen Seite nicht bis zum Boden. Schwerfällig manövrierte ich mich durch das Loch, bis meine Zehen wieder festen Boden berührten. Ich spürte, wie sich eine Glasscherbe, die ich übersehen hatte, durch meine Jeans in meinen Oberschenkel bohrte. Ich zog die Schultern ein und schob meinen Oberkörper nach draußen ins helle Tageslicht. Was sollte ich bloß sagen, wenn jetzt jemand kam? Nun war auch das zweite Bein draußen. Ich beugte mich hinunter und hob meinen Mantel auf. Meine linke Hand blutete. Ich war überall voller Staub und Spinnweben.

»Alice?«

Er war noch ein gutes Stück entfernt. Ich holte tief Luft.

»Adam?« Meine Stimme klang einigermaßen ruhig. »Wo bist du, Adam? Ich hab' dich überall gesucht.« Nachdem ich mir den Staub vom Mantel geklopft hatte, leckte ich meinen Zeigefinger ab und rieb mir damit übers Gesicht.

»Wo steckst du, Alice?« Mit erwartungsvoller Miene bog er um die Ecke. Was für ein gutaussehender Mann er doch war.

»Die Frage ist wohl eher, wo du gesteckt hast. Ich hab' dich überall gesucht!«

»Du hast dir die Hand verletzt.«

»Das ist nur ein Kratzer. Trotzdem sollte ich ihn wohl ein bißchen auswaschen.«

Im Waschraum – einem altmodischen Raum, in dem Adams Vater seine Waffen, aber auch seine Tweedkappen und Gummistiefel aufbewahrte – wusch ich mir die Hände und das Gesicht.

Sein Vater saß im Wohnzimmer in einem Sessel, als wäre er nie woanders gewesen und von uns einfach übersehen worden. Er hatte ein frisches Glas Whisky neben sich stehen. Ich ging zu ihm hinüber und gab ihm die Hand. Unter seiner schlaffen Haut spürte ich seine dünnen Knochen.

»Du hast dir also eine Ehefrau zugelegt, Adam«, sagte er. Wieder entdeckte ich eine Spur Gehässigkeit in seiner Stimme. Er haßt Adam, dachte ich. Ich sah, daß Adam mit so etwas wie lässiger Verachtung auf den alten Mann herunterblickte.

»Bleibt ihr zum Essen?« fragte der Oberst.

»Nein«, antwortete Adam. »Alice und ich suchen uns ein Hotel.« Er half mir in den Mantel, den ich noch immer zusammengerollt unter dem Arm trug. Lächelnd blickte ich zu Adam auf.

26. KAPITEL

Eines Abends trafen sich etwa fünfzehn Leute bei uns in der Wohnung zum Pokerspielen. Sie saßen auf Kissen auf dem Boden, tranken große Mengen Bier und Whisky und rauchten, bis alle unsere Untertassen von Zigarettenkippen überquollen. Um zwei Uhr morgens war ich drei Pfund im Minus, und Adam achtundzwanzig Pfund im Plus.

»Woher kannst du das so gut?« fragte ich, nachdem alle bis auf Stanley gegangen waren. Stanley lag betrunken und mit ziemlich leeren Taschen in unserem Bett. Seine Dreadlocks waren über das Kopfkissen ausgebreitet.

»Das macht die jahrelange Praxis.« Er spülte ein Glas aus und stellte es zum Trocknen auf den Ablauf.

»Manchmal ist es ein so seltsames Gefühl, an all die Jahre zu denken, die wir nicht zusammen waren«, sagte ich. Ich griff nach einem halbleeren Whiskyglas und leerte den Rest in den Ausguß. »Die Vorstellung, daß du mit Lily zusammen warst, während ich mit Jake lebte. Und vorher mit Françoise, mit Lisa und...« Ich hielt inne. »Wer war noch mal vor Lisa?«

Adam betrachtete mich kühl. So leicht ließ er sich nicht aufs Glatteis führen.

»Penny.«

»Oh.« Ich bemühte mich, lässig zu klingen. »Hat es zwischen Lisa und Penny niemanden gegeben?«

»Niemand Besonderen.« Er zuckte mit den Achseln.

»Weil wir gerade beim Thema sind – in unserem Bett liegt ein Mann.« Ich stand auf und gähnte. »Bist du mit dem Sofa zufrieden?«

»Ich bin mit allem zufrieden, solange du neben mir liegst.«

Es ist ein großer Unterschied, ob man etwas bloß nicht erzählt oder ganz bewußt verheimlicht. Ich nutzte die Zeit zwischen zwei lebhaften Diskussionen, bei denen es um die Terminprobleme wegen Drakloop ging, und rief bei ihr an. Das, so gelobte ich mir, würde das letztemal sein, das allerletztemal, daß ich in Adams Vergangenheit herumschnüffelte. Nur diese eine Sache noch, dann würde ich es endlich bleibenlassen.

Ich schloß die Tür, drehte mich auf meinem Stuhl zum Fenster, durch das ich auf die gegenüberliegende Hauswand sehen konnte, und wählte die im Briefkopf angegebene Nummer. Die Leitung war tot. Um sicherzugehen, daß ich mich nicht verwählt hatte, versuchte ich es gleich noch einmal. Nichts. Nachdem ich bei der Fernvermittlungsstelle angerufen und um eine Überprüfung der Nummer gebeten hatte, sagte man mir, die Nummer sei nicht mehr aktuell. Also fragte ich nach der Nummer von Blanchard, A., in West Yorkshire. Wie sich herausstellte, waren dort überhaupt keine Blanchards eingetragen. Daraufhin fragte ich nach Funston, T., bekam aber die gleiche Auskunft. Ich hätte vor Enttäuschung heulen können.

Wie stellt man es an, wenn man jemanden ausfindig machen möchte? Ich konnte die Auskunftsstellen in sämtlichen britischen Regionen anrufen und mir die Nummern aller Blanchards und Funstons geben lassen, falls vorhanden. Ich konnte auch die Wählerverzeichnisse nach ihnen durchsehen. Lohnte sich diese Mühe?

Ich ging den Brief noch einmal aufmerksam nach Anhaltspunkten durch, obwohl ich bereits wußte, daß es keine gab. Es war ein guter Brief: aufrichtig und tief empfunden. Tom, so schrieb sie, sei ihr Mann und Adams Freund. Er werde in ihrer Affäre immer präsent sein. Eines Tages werde er zwangsläufig dahinterkommen, und sie wolle ihn nicht derart verletzen. Auch könne sie nicht auf Dauer mit den Schuldgefühlen leben, die sie im Moment empfinde. Sie erklärte Adam, daß sie ihn anbete und daß er der wundervollste Liebhaber sei, den sie je gehabt habe, aber daß sie sich trotzdem nicht mehr mit ihm treffen könne. Sie schrieb ihm, sie werde ein paar Tage bei ihrer Schwester bleiben, und er solle nicht versuchen, sie umzustimmen oder sich mit ihr in Verbindung zu setzen. Ihr Entschluß stehe fest. Ihre Liebesgeschichte solle ihr gemeinsames Geheimnis bleiben: Er dürfe niemandem davon erzählen, nicht einmal seinen engsten Freunden – nicht einmal den Frauen, die nach ihr kommen würden. Sie erklärte ihm, sie werde ihn nie vergessen, hoffe aber, er werde ihr eines Tages verzeihen. Sie wünsche ihm Glück.

Es war ein sehr erwachsen klingender Brief. Ich legte ihn auf meinen Schreibtisch und rieb mir die Augen. Vielleicht sollte ich es einfach bleibenlassen. Adele hatte Adam gebeten, nie jemandem davon zu erzählen, nicht einmal seinen zukünftigen Geliebten. Adam hielt sich einfach an diese Bitte. Das paßte zu ihm. Er war ein Mann, der ein Versprechen halten konnte. Manchmal war es fast erschreckend, wie ernst und wörtlich Adam so etwas nahm.

Ich griff erneut nach dem Brief und starrte ihn an, bis die Worte vor meinen Augen verschwammen. Warum kam mir ihr Name bloß so bekannt vor? Wo hatte ich ihn schon einmal gehört? Vielleicht von einem der Kletterfreunde Adams. Adele und ihr Mann waren zweifellos Bergsteiger. Ich zerbrach mir noch ein paar Minuten den Kopf und machte mich dann auf den Weg in die nächste Besprechung mit der Marketingabteilung.

Adele ging mir einfach nicht aus dem Kopf. Wenn man erst einmal eifersüchtig ist, trägt alles dazu bei, diesen Zustand noch zu verschlimmern. In einer solchen Situation kann man einen Verdacht bestätigen, aber niemals widerlegen. Ich sagte mir, daß meine sexuelle Neugier endgültig befriedigt sein würde, sobald ich über Adele Bescheid wüßte. Ich rief Joanna Noble an und fragte sie, ob ich ihre berufliche Sachkenntnis in Anspruch nehmen dürfe.

»Was gibt es denn noch, Alice? Einen weiteren Anfall von ehelicher Paranoia?« Sie klang, als würde ich ihr langsam auf die Nerven gehen.

»Nichts dergleichen.« Ich lachte forsch. »Mein Anliegen hat mit der anderen Sache nichts zu tun. Es geht bloß darum, daß ich jemanden ausfindig machen muß. Eine Frau, von der ich glaube, daß sie in letzter Zeit in den Zeitungen erwähnt wurde. Deswegen habe ich mich gefragt, ob Sie vielleicht Zugang zu den Zeitungsarchiven haben.«

»Möglicherweise«, antwortete sie vorsichtig. »Und das Ganze hat mit dem Stowe-Fall nichts zu tun, sagen Sie?«

»Nicht das geringste.«

Am anderen Ende der Leitung war ein Klopfen zu hören, als würde sie mit einem Stift auf ihren Schreibtisch trommeln.

»Wenn Sie gleich morgen früh kommen«, meinte sie schließlich, »sagen wir so um neun, dann können wir im Computer nachsehen, ob der Name irgendwo erwähnt worden ist, und alles Wichtige ausdrucken.«

»Ich schulde Ihnen einen Gefallen.«

»Ja«, antwortete sie. Dann schwieg sie einen Moment. »An der Adam-Front alles klar?«

Es klang, als spräche sie über die Sonne.

»Ja«, antwortete ich fröhlich. »Alles friedlich.«

»Wir sehen uns dann morgen früh.«

Ich war vor Joanna da und wartete im Empfangsbereich auf sie. Als sie schließlich kam, entdeckte ich sie, bevor sie mich sah. Sie wirkte müde und gedankenverloren.

»Na, dann mal los! Die Bibliothek ist im Keller. Ich habe etwa zehn Minuten Zeit.«

Die Bibliothek bestand aus unzähligen Reihen von Regalen mit Schiebefächern, die mit braunen, alphabetisch nach Themenbereichen geordneten Aktenmappen gefüllt waren. Desaster, Diana, Diäten, etwa in der Art. Joanna führte mich vorbei an all den Regalen zu einem großen Computer. Sie zog einen zweiten Stuhl heran, forderte mich mit einer Handbewegung auf, Platz zu nehmen, und ließ sich dann selbst vor dem Bildschirm nieder.

»Dann sagen Sie mir mal den Namen, Alice.«

»Blanchard«, antwortete ich. »Adele Blanchard. B-L-...« Aber sie hatte den Namen bereits eingegeben.

Der Computer erwachte piepsend zum Leben. In der rechten oberen Ecke erschienen Zahlen, und als Symbol für den laufenden Suchvorgang tickte ein Zeiger. Wir warteten schweigend.

»Adele, haben Sie gesagt.«

»Ja.«

»Über eine Adele Blanchard haben wir nichts, Alice. Tut mir leid.«

»Kein Problem«, sagte ich. »Es war sowieso nur ein Versuch. Ich bin Ihnen wirklich dankbar.« Ich stand auf.

»Augenblick mal, wir haben hier etwas über eine andere Frau namens Blanchard. Ich dachte mir gleich, daß mir der Name so bekannt vorkommt.«

Ich warf einen Blick über Joannas Schulter.

»Tara Blanchard.«

»Ja. Es sind bloß ein, zwei Sätze. Über eine junge Frau, die vor ein paar Wochen im Osten von London aus einem Kanal gefischt worden ist.«

Deswegen war mir der Name so bekannt erschienen. Enttäuscht starrte ich auf den Bildschirm. Joanna drückte auf eine Taste, um weitere Artikel zu diesem Thema aufzurufen. Es gab aber nur noch einen, der mit dem ersten mehr oder weniger identisch war.

»Soll ich Ihnen einen Ausdruck machen?« fragte sie mit einer Spur von Ironie in der Stimme. »Wer weiß, vielleicht ist Adele ja ihr zweiter Vorname.«

»Ja, sicher.«

Während der Drucker das einzelne Blatt über Tara Blanchard herausstotterte, fragte ich Joanna, ob sie etwas von Michelle gehört habe. Sie schüttelte den Kopf.

»Nein, Gott sei Dank nicht. Hier, bitte.«

Sie reichte mir den Ausdruck. Ich faltete das Blatt zweimal. Eigentlich sollte ich es gleich in den Papierkorb werfen, dachte ich, tat es aber nicht. Statt dessen schob ich es in meine Tasche und fuhr mit dem Taxi ins Büro.

Ich holte den Zeitungsausschnitt erst in der Mittagspause wieder hervor, nachdem ich mir in einem Café in der Nähe ein Käse-Tomaten-Sandwich und einen Apfel besorgt hatte und damit in mein Büro zurückgekehrt war. Erneut las ich die wenigen Zeilen: Die Leiche der achtundzwanzigjährigen Tara Blanchard, die als Empfangsdame gearbeitet hatte, war am zweiten Mai von einer Gruppe von Teenagern in einem Kanal im Osten Londons gefunden worden.

In Adeles Brief war von einer Schwester die Rede gewesen. Ich zog das Londoner Telefonbuch aus dem Regal und schlug es auf, ohne mir große Hoffnungen zu machen, aber da stand es: Blanchard, T. M., 23B Bench Road, London EC2. Ich griff nach dem Telefon, überlegte es mir dann aber anders. Ich informierte Claudia, daß ich kurz weg müsse, und bat sie, meine Anrufe entgegenzunehmen. Ich würde nicht lange brauchen.

23 Bench Road war ein schmales, beiges, mit Rauhputz versehenes Reihenhaus, das zwischen zwei andere Häuser eingequetscht war und insgesamt einen ziemlich vernachlässigten Eindruck machte. In einem der Fenster stand eine verdörrte Pflanze, in einem anderen diente ein rosafarbenes Tuch als Vorhang. Ich drückte auf die Klingel von Wohnung B und wartete. Es war halb zwei. Wenn hier jemand mit Tara zusammengewohnt hatte, war er oder sie um diese Zeit wahrscheinlich nicht zu Hause. Ich wollte gerade die anderen Klingeln betätigen, um wenigstens ein, zwei Nachbarn herauszuscheuchen, als ich drinnen Schritte hörte und durch das dick gerippte Glas eine Gestalt auf mich zukommen sah. Die Tür öffnete sich einen Spalt weit, und eine Frau starrte mich über die Kette hinweg an. Ich hatte sie offensichtlich aufgeweckt: Sie trug einen Morgenmantel, und ihre Augen wirkten leicht verquollen.

»Ja?«

»Ich störe Sie wirklich nur ungern«, begann ich, »aber ich bin eine Freundin von Tara, und da ich gerade in der Gegend war…«

Die Tür ging zu, und ich hörte, wie die Kette zurückgeschoben wurde. Dann schwang sie weit auf.

»Kommen Sie herein«, sagte die kleine, rundliche junge Frau. Sie hatte einen rötlichen Haarschopf und winzige Ohren.

Ich folgte ihr die Treppe hinauf in die Küche.

»Möchten Sie eine Tasse Tee?«

»Nicht, wenn ich ungelegen komme.«

»Jetzt bin ich schon mal wach«, sagte sie in freundlichem Ton. »Ich bin Krankenschwester und habe zur Zeit Nachtdienst.«

Sie füllte den Kessel mit Wasser und ließ sich dann mir gegenüber an dem etwas schmuddelig wirkenden Küchentisch nieder.

»Sie waren mit Tara befreundet?«

»Ja«, log ich, wobei ich mich bemühte, möglichst selbstsicher zu klingen.

»Wie war noch mal Ihr Name?«

»Alice. Ich habe sie aber nie hier besucht.«

»Sie hat selten jemanden mit nach Hause gebracht. Ich heiße übrigens Maggie.«

»Ich kannte Tara von früher her«, erklärte ich. Maggie war mit dem Tee beschäftigt. »Ich habe in der Zeitung von ihrem Tod gelesen und wollte wissen, was passiert ist.«

»Es war schrecklich«, sagte Maggie, die gerade zwei Teebeutel in eine Teekanne gab und mit dem kochenden Wasser übergoß. »Zucker?«

»Nein, danke. Hat die Polizei eine Ahnung, wie es passiert ist?«

»Es war ein Raubüberfall. Von ihrer Tasche fehlt jede Spur. Dabei habe ich ihr immer gesagt, sie soll nachts nicht am Kanal entlanggehen. Aber wenn sie von der U-Bahn kam, hat sie trotzdem immer wieder diese Abkürzung genommen.«

»Eine schreckliche Sache«, sagte ich. Der Gedanke an den dunklen Kanal ließ mich schaudern. »Eigentlich war ich mehr eine Freundin von Adele.«

»Ihrer Schwester?« Eine Welle des Hochgefühls durchströmte mich: Dann war Tara also tatsächlich Adeles Schwester. Maggie reichte mir meine Teetasse. »Das arme Ding. Und die armen Eltern. Stellen Sie sich vor, wie die sich fühlen müssen. Vor einer Woche oder so waren sie hier, um ihre Sachen abzuholen. Ich wußte gar nicht recht, was ich zu ihnen sagen sollte. Sie waren so tapfer, aber es kann nichts Schlimmeres geben, als ein Kind zu verlieren, oder?«

»Nein. Haben sie ihre Adresse oder Telefonnummer hinterlassen? Ich würde ihnen gern sagen, wie leid mir das alles tut.«

Allmählich werde ich richtig gut, was das Lügen angeht, dachte ich.

»Ich muß die Nummer irgendwo haben. Obwohl ich bezweifle, daß ich sie in mein Telefonbuch geschrieben habe. Ich dachte nicht, daß ich sie noch mal brauchen würde. Aber sie liegt bestimmt noch irgendwo herum. Augenblick.« Sie fing an, in den Zetteln und Papieren herumzukramen, die sich neben dem Toaster stapelten – schwarz und rot gedruckte Rechnungen, Werbeprospekte, Postkarten, Speisekarten von Take-away-Restaurants. Schließlich fand sie die Nummer auf dem Umschlag ihres Telefonbuchs. Ich notierte sie mir auf ein Stück von einem alten Kuvert und schob den Zettel in meine Geldbörse.

»Wenn Sie mit ihnen sprechen«, sagte sie, »dann richten Sie ihnen bitte aus, daß ich den ganzen übrigen Kleinkram weggeworfen habe. So, wie sie es gesagt haben. Die Klamotten habe ich zu Oxfam gebracht.«

»Haben sie denn nicht alle ihre Sachen mitgenommen?«

»Das meiste schon. Natürlich alles Persönliche wie Schmuck, Bücher, Fotos. Sie wissen schon. Aber ein bißchen was haben sie auch dagelassen. Es ist wirklich erstaunlich, wieviel Müll sich im Lauf der Zeit ansammelt, finden Sie nicht auch? Ich habe ihnen versprochen, mich darum zu kümmern.«

»Kann ich die Sachen mal sehen?« Sie starrte mich überrascht an. »Vielleicht ist ja etwas darunter, was ich zur Erinnerung aufbewahren könnte«, fügte ich lahm hinzu.

»Das Zeug liegt in der Mülltonne. Es sei denn, die Müllabfuhr war schon da.«

»Darf ich rasch einen Blick hineinwerfen?«

Maggie schien nicht so recht zu wissen, was sie davon halten sollte.

»Wenn Sie sich durch Orangenschalen, Katzenfutter und Teebeutel wühlen wollen, ist das Ihre Sache, nehme ich an. Die Tonnen stehen gleich vor der Haustür. Sie haben sie wahrscheinlich beim Reinkommen gesehen. Auf die meine ist mit weißer Farbe 23B aufgemalt.«

»Vielen Dank.«

»Sie werden nichts finden. Es ist bloß ein bißchen alter Müll.«

Es muß ziemlich verrückt ausgesehen haben – eine Frau in einem schicken grauen Hosenanzug, die in einer Mülltonne herumwühlte. Was versprach ich mir eigentlich von dieser ganzen Aktion? Was war Tara für mich anders als ein Mittel zum Zweck, um ihre Eltern zu finden? Die ich nun ja gefunden hatte und die für mich wiederum nur ein Mittel zum Zweck waren, um Adele aufzustöbern. Adele, die eigentlich auch nichts mit mir zu tun hatte, sondern nur ein verlorenes Bruchstück aus der Vergangenheit eines anderen Menschen war.

Hühnerknochen, leere Thunfisch- und Katzenfutterdosen, ein paar Salatblätter, ein, zwei alte Zeitungen. Ich würde ziemlich unangenehm riechen, wenn ich zurück ins Büro fuhr. Eine zerbrochene Schüssel, eine Glühbirne. Besser, ich ging bei meiner Suche systematisch vor. Ich fing an, die Sachen aus der Tonne zu nehmen und auf dem Deckel zu stapeln. Ein Pärchen ging vorbei, und ich bemühte mich, so zu tun, als wäre mein Verhalten völlig normal. Lippenstifte und Eyeliner, die wahrscheinlich Tara gehört hatten. Ein Schwamm, eine eingerissene Bademütze, ein paar Zeitschriften. Da der Deckel der Mülltonne bereits voll war, legte ich die Sachen daneben auf den Boden und spähte wieder in die mittlerweile fast leere Tonne. Von unten starrte mir ein Gesicht entgegen. Ein vertrautes Gesicht.

Ganz langsam, wie in einem Alptraum, streckte ich die Hand nach dem Zeitungsausschnitt aus. An dem Papier klebten Teeblätter. »Der Held kehrt zurück«, lautete die Überschrift. In einer Ecke neben der Mülltonne fand ich eine zusammengeknüllte Plastiktüte. Ich zog sie auseinander und legte den Ausschnitt hinein. Dann wühlte ich auf dem Boden der Tonne herum und stieß auf weitere Artikel. Sie waren schmutzig und naß, aber man konnte noch Adams Namen und sein Gesicht erkennen. Außerdem fand ich ein paar durchweichte Briefumschläge, die ich zusammen mit sämtlichen Zeitungsausschnitten in die Plastiktüte verfrachtete, wobei ich laut fluchte.

Eine kleine alte Frau, die an einer Doppelleine zwei riesige Hunde spazierenführte, starrte mich mit angewidertem Gesichtsausdruck an. Ich zog eine Grimasse. Nun führte ich auch schon Selbstgespräche. Was war bloß aus mir geworden? Eine Verrückte, die Mülltonnen durchwühlte und sich dabei zu Tode erschreckte.

27. KAPITEL

Meine Hände waren schmierig und verdreckt. In diesem Zustand konnte ich auf keinen Fall zurück ins Büro. Am liebsten wäre ich nach Hause gefahren und hätte mir dieses ganze Erlebnis vom Körper geschrubbt, aus meinem Haar und aus meinem Gehirn gewaschen, aber mit dieser Tüte voll durchweichtem Papier konnte ich auch nicht zu Adam in die Wohnung. Ich mußte einen Platz finden, wo ich mich hinsetzen und meine Gedanken ordnen konnte. Ich hatte soviel geschwindelt und soviel vor Adam verheimlicht, daß es mir nun nicht mehr möglich war, spontan zu ihm zu gehen. Immer mußte ich mir überlegen, was ich ihm erzählt und wie meine Geschichte auszusehen hatte, damit sie zu meinen früheren Lügen paßte. Wenn man die Wahrheit sagte, mußte man sich nicht die ganze Zeit konzentrieren. Dinge, die wahr waren, paßten automatisch zusammen. Der Gedanke an die Kluft, die ich damit zwischen Adam und mir geschaffen hatte, ließ den grauen Tag plötzlich noch grauer und trister erscheinen.

Ziellos wanderte ich durch die Straßen und hielt nach einem Café oder einem anderen Ort Ausschau, wo ich in Ruhe nachdenken und mein weiteres Vorgehen planen konnte. Da es sich um ein reines Wohngebiet handelte, stieß ich nur hin und wieder auf einen kleinen Laden an einer Ecke. Schließlich aber entdeckte ich neben einer Schule ein kleines Wiesenstück mit einem

Trinkbrunnen und einem Klettergerüst für Kinder. Ein paar junge Mütter mit Kinderwagen hatten sich dort versammelt, und auf dem Klettergerüst turnten mehrere Kleinkinder herum, die vom vielen Schreien schon ganz heiser waren. Ich trat an den Brunnen, trank einen Schluck und wusch mir dann meine schmutzigen, übelriechenden Hände.

Nachdem ich sie am Futter meiner Jacke abgetrocknet hatte, ließ ich mich auf einer freien Bank nieder. Wie es aussah, war Tara für die Telefonanrufe, die anonymen Briefe und die Sache mit der Milch verantwortlich gewesen – aus einer krankhaften Liebe zu Adam heraus, die wahrscheinlich eine Nachwirkung seiner Beziehung mit ihrer Schwester gewesen war. Früher hätte ich ein derartiges Verhalten einfach nicht nachvollziehen können und für völlig unangemessen gehalten, aber inzwischen hatte ich mich zu einer Expertin in Sachen obsessiver Liebe entwickelt. Ich versuchte, ruhig durchzuatmen. Eine Zeitlang wagte ich kaum, einen Blick in die Plastiktüte zu werfen.

In der Schule hatte ich einen Freund gehabt, dessen Cousin in einer Punkband spielte, die für ein, zwei Jahre eine gewisse Berühmtheit erlangte. Hin und wieder las ich in einer Zeitschrift seinen Namen oder entdeckte sogar ein Foto von ihm, und manchmal riß ich die Seite heraus, um sie einigen meiner Freundinnen zu zeigen. Was war natürlicher, als daß Tara sich für Zeitungsartikel über Adam interessierte? Daß sie sich diese Artikel herausriß? Schließlich waren fast alle Menschen, die ich kannte, von dem Adam fasziniert, über den sie in der Zeitung gelesen hatten. Tara hatte ihn außerdem persönlich gekannt. Ich hielt mir die Finger unter die Nase. Sie rochen noch immer leicht süß und ranzig. Ich stellte mir vor, wie ich hinter Adams Rücken in einer Mülltonne herumwühlte, die der toten Schwester einer seiner Exfreundinnen gehört hatte. Ich mußte daran denken, wie ich Adam immer wieder getäuscht und belogen hatte. War das wirklich etwas anderes als das, was ich Jake angetan hatte?

Mir schoß der Gedanke durch den Kopf, daß es das einzig Richtige wäre, diese Plastiktüte in die nächste Mülltonne zu stopfen, zu Adam nach Hause zu fahren, ihm alles zu beichten und ihn um Verständnis zu bitten. Und wenn ich zu feige war, zu dem zu stehen, was ich getan hatte, dann konnte ich zumindest einen Schlußstrich darunterziehen und uns die Chance geben, unser Leben weiterzuleben. Ich redete mir selbst gut zu, und stand sogar auf, um mich nach einer Mülltonne umzusehen. Neben dem Schulgebäude entdeckte ich eine. Aber ich brachte es einfach nicht fertig, die Tüte hineinzuwerfen.

Auf dem Heimweg kaufte ich in einem Schreibwarengeschäft ein paar Aktenmappen. Sobald ich den Laden verlassen hatte, packte ich sie aus, schrieb auf einen: »Drakloop. Conf: Apr. 1995, Notizen.« Das klang langweilig genug, um kein Interesse zu wecken. Ganz vorsichtig, um meine Kleider nicht schmutzig zu machen, zog ich Taras traurige kleine Zeitungsausschnitte aus der Plastiktüte, legte sie in die beschriftete Mappe und warf die Tüte in einen Abfallbehälter. Dann beschriftete ich in einem Anfall von Paranoia auch die anderen drei Aktenmappen mit sinnlosen Worten. Als ich zu Hause eintraf, trug ich die Mappen lässig in der Hand. Es sah wirklich aus, als hätte ich mir was zum Arbeiten mit nach Hause genommen.

»Du wirkst verspannt«, sagte Adam. Er war hinter mich getreten und berührte meine Schultern. »Dieser Muskel fühlt sich total hart an.« Er begann mich auf eine Art zu massieren, die mich vor Wohlbehagen aufstöhnen ließ. »Was macht dir zu schaffen, daß du so angespannt bist?«

Was machte mir zu schaffen? Ein Gedanke schoß mir durch den Kopf. »Ich weiß nicht, Adam. Vielleicht diese Anrufe und Nachrichten. Das hat mich ziemlich fertiggemacht.« Ich drehte mich um und umarmte ihn. »Aber eigentlich geht es mir schon wieder besser. Die Anrufe haben aufgehört.«

»Ja, nicht wahr?« Adam runzelte die Stirn.

»Ja. Seit einer Woche ist Ruhe.«

»Du hast recht. Hat dir das wirklich so zu schaffen gemacht?«

»Ich hatte das Gefühl, es wird immer schlimmer. Trotzdem frage ich mich, warum die Anrufe einfach so aufgehört haben.«

»Das kommt davon, wenn man so berühmt ist, daß die Zeitungen über einen berichten.«

Ich küßte ihn.

»Adam, ich möchte dir einen Vorschlag machen.«

»Und der wäre?«

»Ein Jahr Langeweile. Natürlich nicht ununterbrochen. Aber zumindest unterhalb von achttausend Metern Höhe. Ich möchte, daß alles, was mit mir zu tun hat, völlig normal und banal abläuft.«

Erschrocken schrie ich auf. Adam hatte mich plötzlich gepackt und über seine Schulter geworfen. Er trug mich durch die Wohnung ins Schlafzimmer und warf mich aufs Bett. Grinsend blickte er auf mich herab.

»Ich werde sehen, was sich machen läßt«, sagte er. »Und nun zu dir«, wandte er sich an Sherpa, nahm sie hoch und küßte sie auf die Nase. »Was sich hier gleich abspielen wird, ist nicht für die Augen einer so jugendlichen Katze bestimmt.« Er setzte sie sanft vor dem Schlafzimmer ab und schloß die Tür.

»Und was ist mit mir?« fragte ich. »Soll ich auch gehen?«

Er schüttelte den Kopf.

Am nächsten Morgen verließen wir die Wohnung zur selben Zeit und gingen gemeinsam zur U-Bahn. Adam hatte irgendeinen Termin außerhalb Londons. Er würde mit dem Zug fahren. Mir stand ein hektischer Arbeitstag bevor, der schon jetzt meine ganze Aufmerksamkeit in Anspruch nahm. Als ich abends das Drakon-Gebäude verließ und blinzelnd ins Freie trat, hatte ich das Gefühl, als würde ein ganzer Bienenschwarm in meinem Kopf herumschwirren. Unterwegs kaufte ich eine Flasche Wein und ein Fertiggericht, das nur noch aufzuwärmen war.

Als ich nach Hause kam, war die Haustür nicht abgeschlossen. Da im ersten Stock eine Musiklehrerin wohnte, die an den Tagen, an denen sie Schüler erwartete, die Haustür offenließ, fand ich dies nicht ungewöhnlich. Als ich jedoch unsere Wohnungstür erreichte, merkte ich sofort, daß etwas nicht stimmte, und ließ meine Einkaufstüte fallen. Die schäbige Tür war aufgebrochen worden. An der Außenseite klebte etwas. Der vertraute braune Umschlag. Mein Mund war trocken, und meine Finger zitterten, als ich ihn von der Tür löste und aufriß. In groben schwarzen Großbuchstaben stand da:

EINEN HARTEN TAG GEHABT, ADAM?
NIMM EIN BAD

Vorsichtig schob ich die Tür ein Stück auf und lauschte. Es war nichts zu hören.

»Adam?« fragte ich schwach, obwohl ich wußte, daß er nicht da war. Es kam keine Antwort. Ich überlegte, ob ich einfach wieder gehen, die Polizei anrufen und unten auf Adam warten sollte. Alles, bloß nicht hineingehen. Ich wartete und lauschte noch eine Weile, aber es war offenbar niemand in der Wohnung. Irgendein seltsamer, mechanischer Ordnungssinn ließ mich erst die Einkaufstüte vom Boden aufheben, bevor ich die Wohnung betrat. Ich legte die Tüte auf dem Küchentisch ab. Einen Moment lang versuchte ich mir selbst einzureden, daß ich nicht wußte, was jetzt zu tun war. Das Bad. Ich mußte einen Blick ins Bad werfen. Diesmal war die betreffende Person noch einen Schritt weiter gegangen und in unsere Wohnung eingebrochen, um uns einen Streich zu spielen oder uns etwas zu hinterlassen, nur, um uns zu zeigen, daß sie jederzeit in die Wohnung konnte, wenn sie wollte. Daß sie uns zwingen konnte, uns Dinge anzusehen, von denen sie wollte, daß wir sie uns ansahen.

Ich blickte mich um. Der Einbrecher schien nichts angefaßt zu haben. Mir blieb also nichts anderes übrig, als ins Bad zu gehen. Benommen blieb ich vor der Tür stehen. Konnte es sich um eine Falle handeln? Ich schob die Tür einen kleinen Spalt weit auf. Nichts passierte. Ich stieß sie ganz auf und wich zurück. Noch immer keine Reaktion. Also ging ich hinein. Wahrscheinlich machte ich mir unnötig Sorgen. Vielleicht war ja gar nichts. Dann warf ich einen Blick in die Wanne. Zuerst dachte ich, jemand hätte eine Fellmütze genommen, zum Spaß mit roter Farbe getränkt und in die Badewanne geworfen. Aber als ich mich vorbeugte, sah ich, daß es Sherpa war, unsere Katze. Ich erkannte sie kaum wieder, weil ihr Körper nicht nur aufgeschlitzt war, sondern jemand darüber hinaus versucht hatte, ihr Innerstes nach außen zu kehren. Das arme kleine Ding war nur noch ein schrecklich anzusehender Klumpen Blut. Trotzdem beugte ich mich hinunter und berührte zum Abschied Sherpas blutige Stirn.

Als Adam mich fand, lag ich völlig angezogen im Bett und hatte den Kopf unter dem Kissen vergraben. Ich wußte nicht, wie viele Stunden inzwischen vergangen waren, ich hatte jedes Zeitgefühl verloren. Ich sah sein verwundertes Gesicht.

»Im Bad«, sagte ich. »Die Nachricht liegt auf dem Boden.«

Ich hörte ihn hinübergehen und wieder zurückkommen. Sein Gesicht war ausdruckslos, aber als er sich neben mich legte und mich in den Arm nahm, sah ich, daß er Tränen in den Augen hatte.

»Es tut mir so leid, Alice, mein Liebling.«

»Ja«, schluchzte ich. »Mir auch.«

»Nein, das meine ich nicht, ich ...« Seine Stimme versagte ihm den Dienst, und er drückte mich noch fester an sich. »Ich hätte auf dich hören sollen, ich... ich rufe jetzt die Polizei an. Was muß ich wählen? Einfach nur die 999?«

Ich zuckte bloß mit den Achseln, weil ich nicht in der Lage war zu sprechen. Noch immer liefen mir die Tränen übers Gesicht. Wie aus weiter Ferne hörte ich, daß Adam ziemlich lang telefonierte und mit sehr viel Nachdruck sprach. Als anderthalb Stunden später zwei Polizeibeamte bei uns eintrafen, hatte ich mich wieder gefangen. Die beiden waren so groß und kräftig, daß unsere Wohnung plötzlich sehr klein wirkte. Adam führte sie ins Bad. Einer fluchte. Als sie wieder herauskamen, schüttelten beide den Kopf.

»Das ist ja eine schöne Bescherung«, meinte einer von ihnen. »Solche Schweine!«

»Glauben Sie, es waren mehrere?«

»Kinder«, sagte der andere. »Durchgeknallte Jugendliche.«

Dann war es also doch nicht Tara gewesen. Nun begriff ich gar nichts mehr. Ich war mir meiner Sache so sicher gewesen. Ich sah Adam an.

»Hier«, sagte er und reichte den Beamten die letzte Nachricht.

»Seit ein paar Wochen bekommen wir immer wieder solche Mitteilungen. Und anonyme Anrufe.«

Die Beamten betrachteten den Umschlag ohne großes Interesse.

»Werden Sie das Bad auf Fingerabdrücke untersuchen?« fragte ich.

Die beiden wechselten einen Blick.

»Wir werden Ihre Aussage aufnehmen«, erklärte einer der beiden und zog ein kleines Notizbuch aus seiner unförmigen Jacke. Ich sagte ihm, daß ich unsere Katze in der Badewanne gefunden hätte. Daß unsere Wohnungstür aufgebrochen worden sei. Daß wir anonyme Anrufe und Briefe bekommen, sie aber nicht besonders ernst genommen hätten. Deswegen seien wir auch nicht eher zur Polizei gegangen. Außerdem habe es seit ein paar Tagen so ausgesehen, als hätte das Ganze aufgehört. Der

Beamte schrieb mühsam alles auf. Nach einer Weile gab sein Stift den Geist auf, und ich reichte ihm einen neuen aus meiner Tasche.

»Das waren bestimmt Kinder«, erklärte er, als ich fertig war.

Als die Polizisten die Wohnung verließen, warfen sie einen kritischen Blick auf unsere Wohnungstür.

»Sie brauchen was Stabileres«, meinte der eine nachdenklich. »Diese Tür hier könnte sogar mein Dreijähriger eintreten.« Und weg waren sie.

Zwei Tage später bekam Adam ein Schreiben von der Polizei. Die Anrede »Sehr geehrter Mr. Tallis« war mit der Hand geschrieben, aber der Text selbst war eine schlechte Fotokopie. Er lautete: »Sie haben ein Verbrechen gemeldet. Bisher ist keine Verhaftung vorgenommen worden, aber wir werden den Fall weiterverfolgen. Sollten Sie über weitere Informationen verfügen, setzen Sie sich bitte mit dem diensthabenden Beamten des Polizeireviers Wingate Road in Verbindung. Sollten Sie als Verbrechensopfer Betreuung benötigen, wenden Sie sich bitte ebenfalls an den diensthabenden Beamten des Polizeireviers Wingate Road. Mit freundlichen Grüßen.« Die Unterschrift war nur ein Schnörkel. Ein fotokopierter Schnörkel.

28. KAPITEL

Das Lügen fällt einem mit der Zeit immer leichter. Zum Teil ist es nur eine Frage der Übung. Ich hatte mich zu einer richtigen Schauspielerin entwickelt und fühlte mich mittlerweile in all meinen Rollen sicher, egal, ob ich gerade Sylvie Bushnell, die Journalistin, spielte oder auf besorgte Freundin machte. Außerdem hatte ich herausgefunden, daß die Leute normalerweise davon ausgehen, daß das, was man ihnen sagt, der Wahrheit entspricht, vor allem, wenn man nicht gerade versucht, ihnen eine Versicherung oder einen Staubsauger zu verkaufen.

So kam es, daß ich drei Tage, nachdem ich die Mülltonne einer Ermordeten durchwühlt hatte, in einem Haus in einem mittelenglischen Dorf saß und eine Tasse Tee trank, die mir Taras Mutter gemacht hatte. Es war so leicht gewesen, bei ihren Eltern anzurufen und mich als Freundin Taras auszugeben. Ich hatte behauptet, ich sei zufällig in der Gegend und würde ihnen gern einen Besuch abstatten. Taras Mutter hatte fast überschwenglich reagiert.

»Das ist sehr freundlich von Ihnen, Mrs. Blanchard.«

»Jean«, sagte die Frau.

Jean Blanchard war Ende Fünfzig, etwa im Alter meiner Mutter. Sie trug Hose und Strickjacke. Ihr halblanges Haar war von grauen Fäden durchzogen, und ihr Gesicht wies tiefe Falten auf, die aussahen, als wären sie in hartes Holz gemeißelt worden. Ich fragte mich, wie sie wohl ihre Nächte verbrachte. Sie bot mir auf einem Teller Gebäck an. Ich nahm einen kleinen, dünnen Keks und knabberte ihn auf einer Seite an, wobei ich den Gedanken, daß mir dieser Keks gar nicht zustand, in einen dunklen Winkel meines Gehirns zu verbannen versuchte.

»Woher kannten Sie Tara?«

»Ich kannte sie nicht besonders gut«, antwortete ich. »Ich habe sie in London durch eine Gruppe gemeinsamer Freunde kennengelernt.«

Jean Blanchard nickte.

»Wir haben uns Sorgen um sie gemacht, als sie nach London gegangen ist. Sie war die erste in der Familie, die aus der Gegend hier weggezogen ist. Ich weiß natürlich, daß sie erwachsen war und auf sich selbst aufpassen konnte. Was für einen Eindruck hat sie auf Sie gemacht?«

»London ist eine große Stadt.«

»Genauso habe ich es auch empfunden«, sagte Mrs. Blanchard. »Ich fand es dort immer unerträglich. Christopher und ich sind hingefahren, um sie zu besuchen, aber ehrlich gesagt haben wir uns in der Stadt überhaupt nicht wohl gefühlt. Der ganze Lärm, der Verkehr und die vielen Menschen... Die Wohnung, die sie gemietet hatte, gefiel uns auch nicht besonders. Wir hatten eigentlich vor, ihr zu helfen, etwas anderes zu finden, aber dann...«

Ihre Stimme versagte.

»Wie dachte Adele darüber?« fragte ich.

Mrs. Blanchard sah mich verwirrt an.

»Wie bitte? Ich verstehe nicht.«

Ich hatte etwas Falsches gesagt. Ich empfand fast so etwas wie ein Schwindelgefühl, als wäre ich bis zum Rand eines Abgrunds gestolpert. Verzweifelt überlegte ich, was ich falsch verstanden haben könnte. Hatte ich doch die falsche Familie erwischt? Oder konnte es sein, daß Adele und Tara ein und dieselbe Person waren? Nein, ich hatte Adeles Namen erwähnt, als ich mich mit der Frau in Taras Wohnung unterhalten hatte. Am besten, ich sagte jetzt irgend etwas Unverbindliches.

»Tara hat viel über Adele gesprochen.«

Mrs. Blanchard nickte. Sie war noch immer nicht in der Lage zu reden. Ich wartete, weil ich es nicht wagte, meinem Satz noch etwas hinzuzufügen. Sie zog ein Taschentuch heraus, wischte sich damit über die Augen und putzte sich die Nase.

»Das war natürlich auch der Grund, warum sie nach London gegangen ist. Sie ist über Adele nie hinweggekommen... Und dann Toms Tod.«

Ich beugte mich vor und legte eine Hand auf die von Mrs. Blanchard. »Es tut mir so leid«, sagte ich. »Das alles muß so schrecklich für Sie gewesen sein. Eine Katastrophe nach der anderen.« Ich brauchte mehr Informationen. »Wann ist denn das passiert?«

»Tom?«

»Adele.«

Mrs. Blanchard lächelte traurig.

»Ich nehme an, für andere Menschen ist es schon eine Ewigkeit her. Januar 1990. Lange Zeit habe ich die Tage gezählt.«

»Ich habe Adele nie kennengelernt«, sagte ich. Das war wahrscheinlich der erste wahre Satz, den ich Mrs. Blanchard gegenüber geäußert hatte. »Aber ich glaube, ich kenne – oder besser gesagt, kannte –«, korrigierte ich mich vorsichtig, » – ein paar von ihren Bergsteigerfreunden. Deborah, Daniel, Adam ... wie auch immer er mit Nachnamen heißt.«

»Tallis?«

»Ich glaube schon«, sagte ich. »Es ist so lange her.«

»Ja, Tom ist oft mit ihm geklettert. Aber wir kannten ihn schon, als er noch ein Junge war. Wir waren mit seinen Eltern befreundet. Vor langer Zeit.«

»Wirklich?«

»Er ist inzwischen ziemlich berühmt. Er hat ein paar Leuten auf einem Berg das Leben gerettet, und die Zeitungen haben über ihn berichtet.«

»Tatsächlich? Das habe ich gar nicht mitbekommen.«

»Er kann es Ihnen selbst erzählen. Er kommt heute nachmittag zum Tee.«

Mit fast wissenschaftlichem Interesse sah ich mir selbst dabei zu, wie ich mich mit ernster Miene vorbeugte, obwohl ich gleichzeitig das Gefühl hatte, daß sich der glänzende Holzboden auf mich zubewegte. Mir blieben nur ein paar Sekunden, um mir etwas einfallen zu lassen. Oder sollte ich mich einfach entspannen und dem Schicksal seinen Lauf lassen? Irgendwo tief in meinem Innern hatte ein Rest meines Verstandes überlebt und kämpfte weiter ums Überleben.

»Das wäre wunderbar«, hörte ich mich sagen. »Leider muß ich zurück. Ich fürchte, es wird wirklich Zeit zu gehen. Vielen Dank für den Tee.«

»Aber Sie sind doch gerade erst gekommen!« protestierte Mrs. Blanchard. »Bevor Sie gehen, muß ich Ihnen unbedingt noch etwas zeigen. Ich habe Taras Sachen durchsortiert, und ich dachte mir, Sie möchten vielleicht ihr Fotoalbum sehen.«

Ich betrachtete ihr trauriges Gesicht.

»Natürlich, Jean, das würde ich sehr gern.« Ich warf einen schnellen Blick auf meine Uhr. Es war fünf nach halb drei. Die Züge trafen zu jeder vollen Stunde in Corrick ein, und ich hatte vom Bahnhof bis hierher zehn Minuten gebraucht, so daß Adam frühestens um zehn nach drei hier sein konnte. Oder würde er mit dem Auto kommen? Das hielt ich für sehr unwahrscheinlich. »Wissen Sie, wann der Zug zurück nach Birmingham geht?« fragte ich Mrs. Blanchard, die gerade mit dem Fotoalbum unter dem Arm zurückkam.

»Ja, jeweils um vier nach …« Sie warf einen Blick auf ihre Uhr. »Der nächste geht um vier nach drei.«

»Dann habe ich ja noch eine Menge Zeit«, sagte ich und zwang mich zu einem Lächeln.

»Noch eine Tasse Tee?«

»Nein, danke«, antwortete ich. »Aber ich würde wirklich gern die Fotos sehen. Wenn Sie es ertragen können.«

»Natürlich, meine Liebe.«

Sie zog ihren Stuhl näher heran. Während sie redete, stellte ich im Kopf Berechnungen an. Wenn ich um Viertel vor drei ging, würde ich es bis zum Bahnhof schaffen, bevor Adam eintraf – falls er überhaupt schon um drei kam. Auf der anderen Bahnsteigseite würde ich schon etwas finden, wo ich mich verstecken konnte. Mrs. Blanchard würde erwähnen, daß gerade eine Frau dagewesen sei, die ihn kenne, aber ich konnte mich nicht daran erinnern, irgend etwas gesagt zu haben, das Rückschlüsse auf meine wahre Identität zuließ. Adam würde glauben, es wäre eine von den Dutzenden oder Hunderten von Mädchen aus seiner Vergangenheit gewesen.

Und wenn ich mich verrechnet hatte? Was würde passieren, wenn Adam auftauchte, während ich noch hier war? Ich unternahm ein paar klägliche Versuche, mir zu überlegen, was ich dann sagen würde, verwarf aber sogleich jeden meiner Einfälle als katastrophal. Ich brauchte schon meine ganze Konzentration, um aufrecht sitzen zu bleiben und hin und wieder etwas zu äußern. Bisher hatte ich von Tara Blanchard nur gewußt, daß ihre Leiche im Osten Londons in einem Kanal gefunden worden war. Nun sah ich sie als pausbäckiges Kleinkind im Sandkasten ihres Kindergartens. Mit Zöpfen und Blazer. In Badeanzügen und Partykleidern. Oft war auch Adele zu sehen. Als Kind wirkte sie pummelig und mürrisch, aber dann entwickelte sie sich zu einer langbeinigen Schönheit. Was Frauen betraf, war Adam seinem Geschmack immer treu geblieben, das mußte man ihm lassen. Aber es dauerte alles viel zu lang. Immer wieder sah ich auf die Uhr. Um achtzehn vor drei schienen wir erst die Hälfte des Albums geschafft zu haben. Dann legte Mrs. Blanchard auch noch eine Pause ein, um mir eine Geschichte zu erzählen, von der ich vor lauter Panik kein Wort mitbekam. Ich tat so, als würden mich die Fotos so sehr interessieren, daß ich weiterblättern mußte, um zu sehen, was als nächstes kam. Viertel vor drei. Wir waren noch immer nicht durch. Noch dreizehn Minuten.

»Das ist Adam«, sagte Mrs. Blanchard.

Ich zwang mich hinzusehen. Er sah fast genauso aus wie der Adam, den ich kannte. Seine Haare waren etwas länger, und er war unrasiert. Lächelnd stand er neben Adele, Tara, Tom und ein paar anderen, die ich nicht kannte. Vergeblich versuchte ich, auf dem Foto einen Hinweis darauf zu entdecken, daß er und Adele ein Liebespaar waren. Ich schüttelte den Kopf.

»Nein«, sagte ich. »Ich muß ihn mit jemand anderem verwechselt haben.«

Vielleicht würde Mrs. Blanchard nun sogar darauf verzichten, mich Adam gegenüber zu erwähnen. Aber ich konnte mich nicht darauf verlassen. Zehn vor. Mit Erleichterung sah ich, daß Mrs. Blanchard bei einer leeren Seite angelangt war. Das Album war nicht voll. Nun mußte ich mich aber beeilen. Ich griff nach ihrer Hand.

»Jean, das war…« Ich hielt inne, als würde ich von meinen Gefühlen so sehr übermannt, daß ich nicht weitersprechen konnte. »Jetzt muß ich aber wirklich gehen.«

»Ich fahre Sie zum Bahnhof«, bot sie an.

»Nein«, antwortete ich, wobei ich mich bemühen mußte, nicht zu schreien. »Der kleine Spaziergang wird mir guttun. Nach all dem muß ich ein bißchen allein sein.«

Sie umarmte mich.

»Besuchen Sie mich mal wieder, Sylvie«, sagte sie.

Ich nickte, und Sekunden später war ich draußen. Aber das alles hatte viel zu lang gedauert. Inzwischen war es sechs Minuten vor drei. Ich überlegte, ob ich in die andere Richtung gehen sollte, verwarf diese Idee aber sofort wieder. Sobald ich von der Auffahrt auf die Straße getreten war, begann ich zu laufen. Mein Körper war darauf nicht vorbereitet. Schon nach hundert Metern rang ich keuchend nach Luft und spürte ein scharfes Stechen in der Brust. Ich bog um eine Ecke und sah den Bahnhof vor mir liegen, noch viel zu weit entfernt. Ich zwang mich weiterzurennen, aber als ich den Parkplatz erreichte, auf dem die vielen Pendler ihre Autos abgestellt hatten, fuhr ein Zug ein. Ich durfte nicht riskieren, den Bahnhof zu betreten und Adam in die Arme zu laufen. Voller Panik blickte ich mich um. Es gab nichts, wo ich mich hätte verstecken können. Das einzige, was ich entdeckte, war eine Telefonzelle, und in meiner Verzweiflung lief ich hinein und griff nach dem Hörer. Obwohl ich dem Bahnhof den Rücken zukehrte, stand ich direkt neben dem Eingang. Ich warf einen Blick auf meine Uhr. Eine Minute nach drei. Ich hörte, wie der Zug den Bahnhof verließ. In ein, zwei Minuten würde der meine eintreffen. Was, wenn Adam aus dem Bahnhof kam und telefonieren wollte?

Wahrscheinlich machte ich mich völlig zum Narren. Plötzlich war ich sicher, daß Adam gar nicht in dem Zug gewesen war. Ich konnte der Versuchung, mich umzudrehen, fast nicht widerstehen. Mehrere Leute kamen aus dem Bahnhof und gingen über den kiesbedeckten Vorplatz. Hinter mir blieb jemand stehen. In der Glasscheibe vor mir sah ich das bruchstückhafte Spiegelbild einer einzelnen Person, die vor der Telefonzelle wartete. Ich konnte keine Details erkennen. Jemand klopfte gegen die Tür. Ich machte mir klar, daß ich so tun mußte, als würde ich telefonieren, und sprach ein paar sinnlose Sätze in den Hörer. Vorsichtig drehte ich mich ein kleines Stück um. Da war er. Er war ein wenig schicker gekleidet als sonst. Ob er zu seinem Jackett eine Krawatte trug, konnte ich nicht sehen, weil er die Telefonzelle bereits passiert hatte. Auf dem Parkplatz hielt er eine alte Frau auf und sagte etwas zu ihr. Sie blickte sich um und deutete die Straße hinauf. Er setzte sich in Bewegung.

Ich hörte einen anderen Zug einfahren. Meinen. Zu meinem großen Entsetzen fiel mir ein, daß mein Zug vom gegenüberliegenden Bahnsteig abfuhr. Ich würde über eine Brücke laufen müssen. Dreh dich nicht um, Adam, dreh dich nicht um. Ich legte auf und stürmte aus der Telefonzelle. Beinahe hätte ich die draußen wartende Frau über den Haufen gerannt. Sie stieß einen verärgerten Schrei aus. Hatte Adam sich umgedreht? Als ich den Bahnsteig erreichte, schlossen sich gerade die automatischen Türen des Zuges. Ich schob einen Arm dazwischen, in der Hoffnung, daß irgendein zentraler Computer das registrieren und die Türen wieder öffnen würde. Oder würde der Zug einfach abfahren? Vor meinem geistigen Auge sah ich mich bereits unter den Rädern des Zuges. An der nächsten Haltestelle würde man meine schrecklich zugerichtete Leiche finden. Das würde Adam vor ein ziemliches Rätsel stellen.

Die Türen öffneten sich. Ich hatte das Gefühl, daß mir soviel Glück eigentlich gar nicht zustand. Ich suchte mir ganz am Ende des Waggons einen Platz, weit weg von allen anderen, und begann zu weinen. Dann fiel mein Blick auf meinen Arm. Der Gummi der Tür hatte einen schwarzen Abdruck hinterlassen, als hätte ich mir zur Erinnerung ein Armband gekauft. Da mußte ich lachen.

29. KAPITEL

Ich war allein. Mir wurde endlich bewußt, wie allein ich inzwischen war, und mit dieser Erkenntnis kam die Angst.

Natürlich war Adam nicht da, als ich von den Blanchards zurückkehrte, aber ich ging davon aus, daß er bald nach Hause kommen würde. Eilig zog ich ein altes T-Shirt an und kroch wie ein schuldbewußtes Kind ins Bett. Im Raum war es dunkel. Ich hatte den ganzen Tag nichts gegessen, und ab und zu knurrte mein Magen, aber ich wollte nicht, daß Adam mich beim Durchforsten des Kühlschranks oder am Küchentisch beim Essen oder bei einer anderen normalen häuslichen Tätigkeit antraf. Worüber konnte ich mit ihm reden? Alles, was ich hatte, waren Fragen, aber die konnte ich ihm nicht stellen. Mit jeder neuen Täuschung hatte ich mich weiter in eine Ecke manövriert, aus der ich nun keinen Ausweg mehr sah. Aber auch er hatte mich getäuscht. Es lief mir eiskalt über den Rücken, wenn ich daran dachte, wie ich mich in der Telefonzelle versteckt hatte, während er draußen vorbeigegangen war. Was für eine Farce! Unsere ganze Ehe basierte auf Begierde und Betrug.

Als er leise pfeifend die Wohnung betrat, stellte ich mich schlafend. Ich hörte ihn den Kühlschrank öffnen, etwas herausnehmen und die Kühlschranktür wieder schließen. Ich hörte, wie er eine Bierdose aufmachte und sie rasch austrank. Dann zog er sich aus. Seine Kleider ließ er am Fußende des Betts auf den Boden fallen. Die Bettdecke wurde zurückgezogen, und ich spürte kalte Luft auf meiner Haut, als er neben mich glitt. Seine warmen Hände legten sich von hinten um mich. Ich seufzte, als würde ich tief schlafen, und bewegte mich leicht von ihm weg. Er folgte mir und schlang seinen Körper um meinen. Ich bemühte mich, tief und gleichmäßig zu atmen. Es dauerte nicht lang, bis Adam eingeschlafen war. Ich spürte seinen heißen Atem in meinem Nacken. Ich versuchte, klar zu denken.

Was wußte ich eigentlich? Ich wußte, daß Adam eine heimliche Affäre mit einer Frau gehabt hatte, der offenbar etwas zugestoßen war. Ich wußte, daß diese Frau eine Schwester gehabt hatte, die Zeitungsartikel über Adam gesammelt, ihm schaurige Briefe geschickt hatte und vor ein paar Wochen aus einem Kanal gefischt worden war. Ich wußte natürlich auch, daß eine andere seiner Geliebten – Françoise mit den langen schwarzen Haaren – oben auf dem Berg ums Leben gekommen war, ohne daß Adam sie retten konnte. An diese drei Frauen mußte ich denken, während er neben mir schlief. Fünf in einem Bett.

Adam war ein Mensch, der sein ganzes Leben lang von Gewalt und Verlust umgeben gewesen war. Andererseits lebte er natürlich in einer Welt, in der Männer und Frauen sich darüber im klaren sein mußten, daß das Risiko, früh zu sterben, groß war, gleichzeitig aber auch einen Teil des Kicks ausmachte. Vorsichtig befreite ich mich aus Adams Armen und drehte mich zu ihm um. In dem Licht, das von der beleuchteten Straße hereinfiel, konnte ich sein Gesicht sehen. Im Schlaf wirkte es heiter, und seine vollen Lippen schienen sich bei jedem Atemzug ein wenig zu blähen. Plötzlich empfand ich großes Mitleid mit ihm. Kein Wunder, daß er manchmal so finster und seltsam wirkte und seine Liebe sich auf so gewaltsame Weise äußerte.

Ich wachte auf, als es draußen dämmerte. Als ich aufstand, ächzten die Bodendielen, aber Adam wurde davon nicht geweckt. Er hatte einen Arm über den Kopf gelegt. In seiner Nacktheit wirkte er so vertrauensvoll, daß ich es nicht mehr länger aushielt, neben ihm zu liegen. Ich griff nach den erstbesten Kleidungsstücken – einer schwarzen Hose, Stiefeletten, einem orangefarbenen Rollkragenpullover, der an den Ellbogen bereits dünn wurde – und zog mich im Bad an. Ich machte mir nicht die Mühe, mir die Zähne zu putzen oder mich zu waschen. Das konnte ich alles später tun. Ich mußte hier einfach raus, um mit meinen Gedanken allein und nicht dazusein, wenn er aufwachte und mich zu sich hinunterziehen wollte. Als ich die Wohnung verließ, fiel die Tür hinter mir so laut in Schloß, daß ich nervös zusammenzuckte.

Ich wußte nicht, wo ich eigentlich hinwollte, und ging ohne Jacke mit weit ausholenden Schritten die Straße entlang. Dabei saugte ich die kalte Luft tief in meine Lungen ein. Nun, da es hell war, fühlte ich mich ruhiger. Ich würde schon irgendwie klarkommen. In einem Café in der Nähe von Sheperd's Bush machte ich halt und trank eine Tasse ungesüßten schwarzen Kaffee. Der Geruch nach Fett und Speck verursachte mir leichte Übelkeit. Es war kurz vor sieben, und in den Straßen staute sich bereits der Verkehr. Als ich das Lokal verließ, mußte ich an die Anweisungen denken, die Adam mir damals bei unserer Wanderung im Lake District gegeben hatte. Sieh zu, daß du einen Rhythmus findest. Immer schön einen Fuß vor den anderen setzen. Atme gleichmäßig und schau nie zu weit nach vorn. Irgendwann dachte ich an gar nichts mehr, sondern ging nur noch. Die Zeitungsläden waren schon offen, ebenso ein paar von den Lebensmittelgeschäften. Nach einer Weile wurde mir klar, wohin mich meine Füße trugen, aber ich blieb trotzdem nicht stehen, auch wenn sich meine Schritte immer mehr verlangsamten. Vielleicht war das gar keine so schlechte Idee. Ich mußte mit jemandem reden, und es waren nur noch wenige Leute übrig, mit denen ich das konnte.

Um zehn nach acht war ich da. Nachdem ich fest gegen die Tür geklopft hatte, fühlte ich mich plötzlich schrecklich nervös, aber es war zu spät, um noch wegzulaufen. Ich hörte Schritte – und dann stand er vor mir.

»Alice.«

Er wirkte nicht besonders überrascht, aber auch nicht besonders erfreut, mich zu sehen. Er bat mich nicht ins Haus.

»Hallo, Jake.«

Wir starrten uns an. Als wir uns das letztemal begegnet waren, hatte ich ihn beschuldigt, Spinnen in meine Milchflasche getan zu haben. Er befand sich noch im Bademantel, aber es war einer, den ich nicht kannte, ein Bademantel aus der Nach-Alice-Ära.

»Warst du gerade in der Gegend?« fragte er mit einer Spur seiner alten Ironie.

»Kann ich reinkommen? Nur für eine Minute.«

Er zog die Tür weiter auf und trat einen Schritt zurück.

»Hier sieht es ja ganz anders aus«, sagte ich und blickte mich um.

»Was hast du denn erwartet?«

Das Sofa und die Vorhänge waren neu, und auf dem Boden vor dem Kamin lagen große neue Kissen. An den Wänden (inzwischen grün gestrichen, nicht mehr cremefarben) hingen ein paar Bilder, die ich ebenfalls nicht kannte. Die alten Fotos von ihm und mir waren verschwunden.

Ich hatte nicht wirklich darüber nachgedacht, was mich bei Jake erwarten würde. Jetzt aber wurde mir klar, daß ich irgendwie damit gerechnet hatte, bei meiner Rückkehr in mein altes, verschmähtes Zuhause festzustellen, daß es auf mich gewartet hatte, auch wenn ich Jake damals mit grausamer Deutlichkeit zu verstehen gegeben hatte, daß ich nie zurückkommen würde. Und wenn ich mir selbst gegenüber ehrlich war, mußte ich mir eingestehen, daß ich wahrscheinlich auch damit gerechnet hatte, daß Jake trotz allem, was ich ihm angetan hatte, auf mich warten würde. Daß er den Arm um mich legen und mich auf einen Stuhl drücken würde. Daß er Tee und Toast für mich machen und sich meine Eheprobleme anhören würde.

»Es hat keinen Sinn«, sagte ich schließlich.

»Darf ich dir eine Tasse Kaffee anbieten, nachdem du schon mal da bist?«

»Nein, danke. Oder doch, ja.«

Ich folgte ihm in die Küche: ein neuer Wasserkessel, ein neuer Toaster, neue Tassen an neuen Haken, viele frische Pflanzen auf dem Fensterbrett. Blumen auf dem Tisch. Ich ließ mich am Küchentisch nieder.

»Bist du gekommen, um den Rest deiner Sachen abzuholen?« fragte er.

Ich wußte jetzt, daß es sinnlos gewesen war herzukommen. Letzte Nacht war mir der seltsame Gedanke durch den Kopf gegangen, daß mir Jake irgendwie erhalten bleiben würde, auch wenn ich jemand anderen verloren hatte.

»Ich stehe zur Zeit ein bißchen neben mir«, erklärte ich.

Jake zog fragend die Augenbrauen hoch und reichte mir meinen Kaffee. Da er noch zu heiß war, um ihn gleich zu trinken, stellte ich die Tasse auf den Tisch. Dort drehte ich sie so lange nervös hin und her, bis ein wenig von ihrem Inhalt überschwappte. »Es ist alles ein bißchen seltsam.«

»Seltsam?« fragte er.

»Darf ich kurz dein Bad benutzen?«

Ich stolperte in den winzigen Raum hinüber und starrte mich im Spiegel an. Meine Haaren waren fettig, meine Wangen blaß und eingefallen, und ich hatte dunkle Ringe unter den Augen. Ich hatte mich weder gestern abend noch heute morgen gewaschen, und mein Gesicht war voller verschmierter Wimperntusche. Außerdem stellte ich fest, daß ich meinen orangefarbenen Pulli mit der Innenseite nach außen trug, machte mir aber nicht die Mühe, das zu ändern. Wozu?

Immerhin wusch ich mir rasch das Gesicht. Als ich die Klospülung betätigte, hörte ich im Zimmer über mir ein schabendes Geräusch. Im Schlafzimmer. Es war noch jemand hier.

»Tut mir leid«, sagte ich, als ich aus dem Bad kam, »es war ein Fehler.«

»Was ist los, Alice?« In seiner Stimme schwang eine Spur von echter Besorgnis mit. Aber er klang nicht, als würde er mich noch lieben – eher als wäre ich eine streunende Katze, für die er Mitleid empfand.

»Ich bin bloß ein bißchen melodramatisch.« Ein Gedanke schoß mir durch den Kopf. »Kann ich kurz telefonieren?«

»Du weißt ja, wo das Telefon steht«, sagte er.

Ich rief bei der Auskunft an und ließ mir die Nummer des Polizeireviers von Corrick geben. Mit einem Filzstift, den ich auf dem Boden gefunden hatte, schrieb ich mir die Nummer auf die Handfläche. Ich begann zu wählen, aber dann mußte ich an die Anrufe denken, die Adam und ich bekommen hatten. Man konnte nie vorsichtig genug sein. Ich legte auf.

»Ich muß gehen«, sagte ich.

»Wann hast du das letztemal etwas gegessen?« fragte Jake.

»Ich hab' keinen Hunger.«

»Soll ich dir ein Taxi rufen?«

»Ich geh' zu Fuß.«

»Wohin?«

»Was? Ich weiß nicht.«

Oben ließ sich jemand ein Bad einlaufen. Ich stand auf.

»Tut mir leid, Jake. Du weißt, wie leid es mir tut.«

Er lächelte.

»Das macht jetzt nichts mehr«, sagte er.

30. KAPITEL

Bei einem Zeitschriftenhändler erstand ich die teuerste Telefonkarte, die es in dem Laden gab, und suchte mir dann eine Telefonzelle.

»Polizeirevier Corrick«, meldete sich eine metallisch klingende Frauenstimme.

Ich hatte mir bereits zurechtgelegt, was ich sagen würde.

»Ich hätte gern den Beamten gesprochen, der mit der Akte von Adele Blanchard betraut ist«, erklärte ich bestimmt.

»Welche Abteilung?«

»Lieber Himmel, keine Ahnung.« Ich zögerte. »Kriminalfälle?«

Die Frau am anderen Ende der Leitung schwieg. Weil sie genervt war? Oder weil ich sie mit meinem Anliegen verwirrt hatte? Ich hörte gedämpfte Stimmen. Offensichtlich hatte sie die Hand über den Hörer gelegt. Dann wandte sie ihre Aufmerksamkeit wieder mir zu.

»Mal sehen, ob ich Sie mit jemandem verbinden kann.«

In der Leitung piepste es.

»Womit kann ich Ihnen helfen?« fragte eine andere Stimme, diesmal eine männliche.

»Ich bin eine Freundin von Adele Blanchard«, erklärte ich selbstbewußt. »Ich war ein paar Jahre in Afrika und wollte nun nachfragen, welche neuen Erkenntnisse es in ihrem Fall gibt.«

»Wie heißen Sie bitte?«

»Mein Name ist Pauline«, antwortete ich. »Pauline Wilkes.«

»Ich fürchte, ich kann Ihnen am Telefon keine Auskunft geben.«

»Haben Sie etwas von ihr gehört?«

»Tut mir leid, Madam. Möchten Sie eine Aussage machen?«

»Ich… nein, tut mir leid, auf Wiederhören.«

Ich legte auf und rief erneut bei der Auskunft an. Ich ließ mir die Nummer der Bibliothek von Corrick geben.

Ich war seit meiner Kindheit in keiner öffentlichen Bibliothek mehr gewesen. Ich stellte mir solche Einrichtungen immer als altmodische Gemeindebauten vor, ähnlich wie Rathäuser: mit dunklen Gängen, schweren, eisernen Heizkörpern und Landstreichern, die dort vor dem Regen Zuflucht suchen. Die Bibliothek von Corrick war ein helles, neues Gebäude und lag gleich neben einem Supermarkt. Es schien dort mehr CDs und Videos als Bücher zu geben, und ich befürchtete schon, mich mit einer Maus oder einem Mikrofiche herumschlagen zu müssen. Aber als ich an der Information nach dem Lokalblatt fragte, wies man mir den Weg zu Regalen, wo achtzig Jahre des *Corrick and Whitham Advertiser* in Form von riesigen, gebundenen Bänden aufbewahrt wurden. Ich zog den Jahrgang 1990 heraus und ließ ihn schwer auf einen Tisch fallen.

Zunächst ging ich die ersten vier Seiten sämtlicher Januarausgaben durch. Ich fand Berichte über einen Streit wegen einer Umgehungsstraße, den Zusammenstoß zweier Lastwagen, eine Fabrikschließung und ein Problem, das mit dem Stadtrat und der Müllentsorgung zu tun hatte, aber nichts über Adele Blanchard. Also kehrte ich zum Monatsanfang zurück und überflog alle restlichen Seiten, bis ich den ganzen Januar durchforstet hatte. Nichts. Ich wußte nicht, wie ich weiter vorgehen sollte. Außerdem war meine Zeit beschränkt. Da ich keine Lust gehabt hatte, noch einmal mit dem Zug zu fahren, hatte ich mir den Wagen von Claudia, meiner Assistentin, ausgeliehen. Ich war um neun losgefahren und hatte um zwei eine Besprechung mit Mike. Wenn ich so tun wollte, als hätte ich den ganzen Tag normal gearbeitet, mußte ich spätestens zu diesem Termin zurück in London sein. Ich hatte es noch aus einem anderen Grund ziemlich eilig. Was, wenn ich Mrs. Blanchard in die Arme lief?

Eine unangenehme Vorstellung, die ich schnell wieder verdrängte. Eigentlich spielte es sowieso keine Rolle. Ich würde einfach lügen, wie üblich.

Ich hatte nicht damit gerechnet, daß es soviel Zeit in Anspruch nehmen würde, die Zeitungen durchzusehen. Was sollte ich bloß tun? Vielleicht hatte Adele anderswo gelebt, obwohl ihre Mutter gesagt hatte, Tara sei die erste in der Familie gewesen, die aus der Gegend weggezogen sei. Ich überflog die erste Februarausgabe. Wieder nichts. Ich warf einen Blick auf meine Uhr. Fast schon halb elf. Wenn ich die Februar-Zeitungen durchhatte, würde ich aufbrechen, selbst wenn ich nichts gefunden hätte.

In der letzten Freitagsausgabe des Monats wurde ich dann fündig, der Ausgabe vom 22. Februar. Es war ein kurzer Bericht unten auf Seite vier.

> ORTSANSÄSSIGE FRAU VERMISST
> Das Verschwinden einer jungen Frau aus Corrick gibt zunehmend Anlaß zur Sorge. Adele Funston, 23, wurde von ihren Angehörigen als vermißt gemeldet. Ihr Ehemann, Thomas Funston, der sich zur Zeit ihres Verschwindens aus beruflichen Gründen im Ausland aufhielt, berichtete dem *Advertiser,* Adele habe vorgehabt, während seiner Abwesenheit einen Wanderurlaub zu machen. »Erst als ich längere Zeit nichts von ihr hörte, wurde ich unruhig.« Zusammen mit seinem Schwiegervater Robert Blanchard, der ebenfalls in Corrick lebt, verlieh er seiner Hoffnung Ausdruck, Mrs. Funston habe lediglich ihren Urlaub verlängert. Detective-Superintendent Horner äußerte gegenüber dem *Advertiser,* er sei nicht »übermäßig beunruhigt. Falls Mrs. Funston wohlauf ist, möchte ich sie bitten, sich umgehend zu melden«, erklärte er. Den Einwohnern von Corrick ist Mrs. Funston vor allem in ihrer Funktion als Lehrerin an der St.-Eadmund-Grundschule in Whitham bekannt.

Vermißt. Ich blickte mich um. Es war niemand in der Nähe. So leise ich konnte, riß ich den Artikel aus der Zeitung. Böswillige Beschädigung, dachte ich grimmig.

31. KAPITEL

Joanna Noble zündete sich eine Zigarette an.

»Darf ich, bevor wir anfangen, etwas sagen, das vielleicht ein bißchen grob klingt?«

»Bevor wir anfangen? Das klingt ja, als wären Sie eine Ärztin oder Anwältin.«

»Das ist genau der Punkt. Was bin ich für Sie? Augenblick, warten Sie eine Sekunde.« Sie schenkte uns aus der Weißweinflasche ein, die ich an der Bar bestellt hatte. »Cheers!« sagte ich ironisch, und sie nahm einen Schluck von dem Wein. Dann gestikulierte sie mit ihrer Zigarette in meine Richtung. »Wissen Sie, Alice, ich habe schon eine Menge Leute interviewt. Manchmal konnte ich meine Gesprächspartner nicht ausstehen, und manchmal habe ich gedacht, wir könnten Freunde werden, auch wenn dann aus irgendeinem Grund nichts daraus geworden ist. Jetzt sieht es so aus, als würde ich mich mit der *Frau* eines meiner Gesprächspartner anfreunden, bloß ...«

»Bloß was?«

Sie zog an ihrer Zigarette.

»Ich weiß nicht, was Sie im Schilde führen. Treffen Sie sich mit mir, weil ich ein so netter, hilfsbereiter Mensch bin und Sie sich keine geeignetere Person vorstellen können, um Ihre Probleme loszuwerden? Oder hat es bloß damit zu tun, daß Sie von meiner beruflichen Sachkenntnis profitieren wollen? Was tun wir hier eigentlich? Sollten Sie das, was Sie mit mir besprechen wollen, nicht lieber mit einer guten Freundin oder jemandem aus Ihrer Familie diskutieren, oder ...«

»Oder einem Psychiater?« unterbrach ich sie wütend, riß mich aber sofort am Riemen. Es war nicht fair, ihr Vorwürfe zu machen, weil sie Zweifel anmeldete. Inzwischen mißtraute ich mir ja sogar selbst. »Sie sind nicht wirklich eine Freundin, ich weiß, aber ich kann über diese Sache nicht mit einer Freundin oder jemandem aus meiner Familie reden. Und es ist Ihr gutes Recht, mir gegenüber mißtrauisch zu sein. Ich wende mich an Sie, weil Sie Dinge wissen, die andere Leute nicht wissen.«

»Ist das das Band, das uns verbindet?« fragte Joanna fast höhnisch. Als sie weitersprach, wirkte ihr Lächeln schon wieder etwas freundlicher. »Macht nichts. Irgendwie schmeichelt es mir ja, daß Sie mit mir reden wollen. Also, worum geht's?«

Ich holte tief Luft und berichtete ihr dann mit leiser Stimme, was in den vergangenen Tagen und Wochen passiert war: von den Details, die ich mit Adam über unsere jeweilige sexuelle Geschichte ausgetauscht hatte, von den Briefen der unbekannten Adele, die ich gefunden hatte, vom Tod ihrer Schwester, von meinem Besuch bei ihrer Mutter. Als ich an diesem Punkt angelangt war, zog Joanna die Augenbrauen hoch und schüttelte den Kopf, sagte aber nichts. Es war ein ausgesprochen seltsames Gefühl, all diese Dinge in Worte zu fassen, und ich ertappte mich dabei, wie ich mir selbst beim Reden zuhörte, als würde ich der Geschichte einer fremden Frau lauschen. Mir wurde bewußt, was für ein nach außen abgeschlossenes Leben ich in letzter Zeit geführt hatte – ohne einen anderen Menschen, dem ich anvertrauen konnte, was mich bewegte. Ich versuchte, das Ganze wie eine Geschichte zu erzählen, in chronologischer Reihenfolge und möglichst klar. Als ich fertig war, zeigte ich Joanna den Zeitungsausschnitt, in dem von Adeles Verschwinden berichtet wurde. Sie las ihn mit einem konzentrierten Stirnrunzeln und gab ihn mir dann zurück.

»Nun?« fragte ich. »Bin ich verrückt?«

Sie zündete sich eine weitere Zigarette an.

»Tja«, sagte sie, und ich konnte am Klang ihrer Stimme hören, wie unbehaglich sie sich fühlte. »Wenn das zwischen Ihnen derart schiefläuft, warum verlassen Sie den Typen dann nicht einfach?«

»Adele hat Adam verlassen. Ich habe den Brief gelesen, in dem sie mit ihm Schluß gemacht hat. Sie hat ihn am vierzehnten Januar 1990 geschrieben.«

Joanna wirkte ehrlich überrascht. Ihr war anzusehen, daß es sie Mühe kostete, ihre Gedanken zu sammeln und etwas zu sagen.

»Habe ich Sie da eben richtig verstanden?« fragte sie schließlich. »Nur damit klar ist, worüber wir hier reden: Sie behaupten, daß Adam – Ihr Mann – diese Adele, nachdem sie mit ihm Schluß gemacht hatte, umgebracht und sich ihrer Leiche auf so geniale Weise entledigt hat, daß sie nie gefunden wurde?«

»Irgend jemand muß sich ihrer entledigt haben.«

»Vielleicht hat sie Selbstmord begangen. Oder sie ist einfach auf und davon und hat sich nie wieder zu Hause gemeldet.«

»Menschen verschwinden nicht einfach so.«

»Oh, glauben Sie? Wissen Sie, wie viele Leute in Großbritannien zur Zeit als vermißt gemeldet sind?«

»Nein, natürlich nicht.«

»So viele, wie in Bristol oder Stockport oder einer anderen mittelgroßen Stadt leben. Irgendwo in Großbritannien muß es eine geheime Geisterstadt geben, die nur von diesen verschwundenen und vermißten Leuten bevölkert ist. Es kommt also durchaus vor, daß Menschen einfach verschwinden.«

»Adeles letzter Brief an Adam klang aber überhaupt nicht verzweifelt. Sie schrieb, sie wolle bei ihrem Mann bleiben und sich mit ihrer ganzen Energie dem Leben widmen, für das sie sich entschieden habe.«

Joanna schenkte uns nach.

»Haben Sie irgendwelche Beweise, was Adam betrifft? Woher wissen Sie, daß er sich damals nicht gerade auf einer Bergexpedition befand?«

»Es war Winter. Außerdem hat sie ihm den Brief an eine Londoner Adresse geschickt.«

»Mal ganz abgesehen von der Tatsache, daß Sie keinerlei Beweise haben, glauben Sie wirklich, daß er dazu fähig ist, kaltblütig eine Frau umzubringen und dann einfach sein Leben weiterzuleben? Um Himmels willen!«

Ich dachte einen Moment nach.

»Ich glaube nicht, daß es etwas gibt, wozu Adam nicht fähig wäre. Nicht, wenn er sich etwas in den Kopf gesetzt hat.«

»Ich werde aus Ihnen einfach nicht schlau. Eben haben Sie zum erstenmal an diesem Tag geklungen, als würden Sie ihn wirklich lieben.«

»Natürlich liebe ich ihn. Aber darum geht es im Moment nicht. Wie denken Sie darüber, Joanna? Über das, was ich Ihnen erzählt habe.«

»Wie meinen Sie das? Was wollen Sie jetzt hören? Irgendwie fühle ich mich für die ganze Sache verantwortlich. Ich war diejenige, die Ihnen von dem Vergewaltigungsfall erzählt und Sie in diesen Wahnsinn hineingetrieben hat. Ich habe das Gefühl, Sie damit unter Druck gesetzt zu haben, und nun wollen Sie etwas beweisen, irgend etwas, nur um wirklich sicher zu sein. Hören Sie...« Sie hob mit einer hilflosen Geste die Hände. »Menschen, die so etwas tun, sehen ganz anders aus.«

»So einfach ist das nicht«, sagte ich. Ich war plötzlich überraschend ruhig. »Und das wissen Sie wohl besser als ich. Die Frage ist bloß, was ich jetzt tun soll.«

»Selbst wenn es wahr wäre, was ich nicht glaube, gibt es keine Beweise und keine Möglichkeit, mehr darüber herauszufinden. Sie müssen sich mit dem begnügen, was Sie bereits wissen, und das ist so gut wie nichts. Das bedeutet, Sie haben zwei Möglichkeiten: Die eine ist, Adam zu verlassen.«

»Unmöglich. Das wage ich nicht. Sie kennen ihn nicht. Wenn Sie an meiner Stelle wären, würden Sie wissen, daß das unmöglich ist.«

»Wenn Sie bei ihm bleiben, können Sie nicht den Rest Ihres Lebens wie eine Doppelagentin verbringen. Damit würden Sie sich alles verderben. Falls Sie es tatsächlich noch einmal versuchen wollen, dann sind Sie es ihm und sich schuldig, daß Sie ihm alles sagen. Erklären Sie ihm Ihre Ängste.«

Ich mußte lachen. Das Ganze war überhaupt nicht lustig, aber ich konnte nicht anders.

»Sie müssen es mit Eis kühlen.«

»Wie soll ich das machen, Bill? Mir tut jeder einzelne Muskel weh.«

Er lachte.

»Denken Sie daran, was Sie Ihrem kardiovaskulären System damit Gutes getan haben.«

Bill Levenson sah vielleicht aus wie ein pensionierter Rettungsschwimmer, aber in Wirklichkeit war er einer unserer Chefs aus Pittsburgh und für unsere Abteilung zuständig. Er war Anfang der Woche in London eingetroffen und seitdem damit beschäftigt, Besprechungen abzuhalten und den Stand des Projekts zu beurteilen. Ich hatte damit gerechnet, zu einem strengen Verhör in die Vorstandsetage gerufen zu werden, aber statt dessen hatte er mich eingeladen, in seinen Fitneßklub zu kommen und Rakettball mit ihm zu spielen. Ich hatte ihm geantwortet, daß ich von diesem Spiel noch nie etwas gehört hätte.

»Haben Sie schon mal Squash gespielt?«

»Nein.«

»Haben Sie vielleicht mal *Tennis* gespielt?«

»In der Schule.«

»Das ist genau das gleiche.«

Ich erschien mit einer ziemlich kessen karierten Shorts und

traf mich mit Bill vor einem Court, der wie ein normaler Squashplatz aussah. Er reichte mir einen Schläger, der große Ähnlichkeit mit einem Schneeschuh hatte. Wie sich herausstellte, waren Rakettball und Tennis überhaupt nicht das gleiche. Ich erinnerte mich dunkel an das Tennisspielen in der Schule: Damals waren wir ein bißchen an der Grundlinie auf und ab gehüpft, hatten möglichst anmutig den Schläger geschwungen und ansonsten hauptsächlich gekichert und mit dem Trainer geflirtet. Beim Rakettball hingegen ging es darum, hektisch hinter dem Ball herzuhechten und zu -sprinten, was höchst schweißtreibend war und meine Atmung innerhalb kürzester Zeit auf ein tuberkulöses Röcheln reduzierte, während in meinen Oberschenkeln und Oberarmen die seltsamsten Muskeln zu flattern und zu zucken begannen. Ein paar Minuten lang tat es mir gut, mich einer Beschäftigung zu widmen, die all meine Sorgen aus meinem Kopf vertrieb. Wenn mein Körper bloß in der Lage gewesen wäre, mit dieser Belastung fertig zu werden!

Obwohl wir den Court für eine halbe Stunde gemietet hatten, sank ich schon nach zwanzig Minuten auf die Knie, formte mit den Lippen das Wort »Genug« und ließ mich von Bill vom Platz führen. Wenigstens war ich nicht mehr in der Verfassung, auf die Reaktion der anderen Klubmitglieder zu achten, die alle genauso braungebrannt und durchtrainiert wirkten wie Bill. Er brachte mich bis zur Tür der Damenumkleidekabine. Als wir uns hinterher an der Bar trafen, sah ich wenigstens wieder etwas besser aus. Nur meine Beine versagten mir noch immer den Dienst. Ich mußte mich beim Gehen konzentrieren, als hätte ich es gerade erst gelernt.

»Ich habe uns eine Flasche Wasser bestellt«, sagte Bill, der aufgestanden war, um mich in Empfang zu nehmen. »Das brauchen wir jetzt. Sie sind bestimmt völlig dehydriert.«

In Wirklichkeit hätte ich einen doppelten Gin Tonic und ein Bett gebraucht, aber feige, wie ich war, gab ich mich mit dem

Wasser zufrieden. Bill nahm seine Armbanduhr ab und legte sie zwischen uns auf den Tisch.

»Ich habe Ihren Bericht gelesen, und wir werden jetzt genau fünf Minuten darüber sprechen.«

Ich öffnete den Mund, um zu protestieren, aber ausnahmsweise fiel mir keine passende Antwort ein.

»Ihr Bericht ist natürlich völliger Mist. Wie Sie selbst sehr genau wissen. Der Drakloop steuert mit Höchstgeschwindigkeit auf ein schwarzes Loch zu, und wir werden dafür bezahlen. Aus dem – sagen wir mal, distanzierten – Ton Ihres Berichts schließe ich, daß Sie sich dessen bewußt sind.«

Die einzig ehrliche Antwort wäre gewesen, ihm zu gestehen, daß der Ton meines Berichts deswegen so distanziert klang, weil ich mit meinen Gedanken in den letzten Monaten anderswo gewesen war. Also hielt ich lieber den Mund. Bill redete weiter.

»Das neue Design funktioniert bisher nicht. Ich glaube auch nicht, daß es je funktionieren wird. Und *Sie* glauben es auch nicht. Im Grunde sollte ich die ganze Abteilung dichtmachen. Falls Sie anderer Meinung sind, haben Sie jetzt die Möglichkeit, es mir zu sagen.«

Ich vergrub das Gesicht in meinen Händen und überlegte einen Moment, ob ich einfach in dieser Haltung verharren sollte, bis Bill verschwunden war. Oder ob ich lieber selbst verschwinden sollte. Nun ging also auch dieser Teil meines Lebens den Bach hinunter. Dann überlegte ich es mir anders. Was hatte ich schon zu verlieren? Ich hob den Kopf und sah mich einem leicht überrascht dreinblickenden Bill gegenüber. Vielleicht hatte er geglaubt, ich wäre eingeschlafen.

»Na ja«, sagte ich, um mir noch ein wenig Bedenkzeit zu verschaffen. »Die Sache mit dem imprägnierten Kupfer war Zeitverschwendung. Das hätte kaum etwas gebracht. Abgesehen davon, daß es sowieso nicht gelungen ist, das Zeug in dieser Form herzustellen. Den Schwerpunkt auf die leichte Anpaßbarkeit zu legen, war ebenfalls ein Fehler. Dadurch verringert sich seine Zuverlässigkeit als Verhütungsmittel.« Ich trank einen Schluck Wasser. »Das Problem ist nicht das Design von Drak III. Das eigentliche Problem ist das Design des jeweiligen Gebärmutterhalses, in den das Ding passen soll.«

»Und?« fragte Bill. »Was sollen wir Ihrer Meinung nach tun?«

Ich zuckte mit den Achseln.

»Vergeßt Drak IV. Peppt Drak III ein bißchen auf und nennt das Ding Drak IV. Anschließend würde ich eine Werbekampagne in den Frauenzeitschriften starten. Aber nicht mit weichgezeichneten Fotos von Liebespaaren, die am Strand den Sonnenuntergang bewundern, sondern mit detaillierten Informationen darüber, für welche Frauen Intrauterinpessare geeignet sind und für welche nicht. Vor allem sollte man die Frauen besser darüber informieren, wie ein solches IUP angepaßt wird. Eine fachgerechte Anpassung würde viel mehr bringen, als es Drak IV je getan hätte, selbst wenn das Ding funktioniert hätte.« Ein Gedanke schoß mir durch den Kopf. »Giovanna könnte ein Fortbildungsprogramm für praktische Ärzte organisieren. Man sollte ihnen die Möglichkeit geben, sie auf den neuesten Stand zu bringen, was die Anpassung von Intrauterinpessaren betrifft. So, das war's. Mehr habe ich dazu nicht zu sagen.«

Mit einem Grunzen griff Bill nach seiner Armbanduhr.

»Die fünf Minuten sind sowieso um«, sagte er und befestigte die Uhr wieder an seinem Handgelenk. Dann nahm er einen kleinen Lederkoffer vom Boden auf, legte ihn auf den Tisch und ließ ihn aufschnappen. Ich nahm an, daß er meine Entlassungspapiere herausziehen würde, aber statt dessen hatte er ein Hochglanzmagazin in der Hand. Es trug den Titel *Guy* und war offensichtlich für Männer bestimmt. »Sehen Sie mal«, sagte er. »Ich weiß etwas über Sie.« Obwohl mein Mut sank, schaffte ich es, ihn weiter anzulächeln. Ich wußte, was jetzt kam. »Lieber Himmel«, sagte er, »Ihr Mann ist unglaublich.« Er schlug die Zeitschrift auf.

Mir leuchteten sonnenbeschienene Berggipfel entgegen, vor denen eine Gruppe von Bergsteigern zu sehen war, darunter auch einige vertraute Gesichter: Klaus, ein eleganter Schnappschuß von Françoise, offenbar das einzige Foto von ihr, an das die Presse herangekommen war, außerdem ein großartiges Foto von Adam, auf dem er sich gerade mit Greg unterhielt.

»Ja, er ist wirklich unglaublich«, antwortete ich.

»Während meiner High-School-Zeit war ich ab und zu mal wandern und skifahren, aber was diese Bergsteiger machen… das ist schon was. Dazu wären wir alle gern in der Lage.«

»Viele von ihnen sind dabei umgekommen«, gab ich zu bedenken.

»Das meine ich nicht. Ich meine das, was Ihr Mann getan hat. Glauben Sie mir, Alice, ich würde alles dafür geben, meine Karriere, einfach alles, um das über mich selbst zu wissen – mich auf diese Weise bewiesen zu haben. Ein erstaunlicher Artikel. Sie haben alle interviewt. Adam war der Mann der Stunde. Hören Sie, Alice, ich weiß ja nicht, was Sie für die nächsten Tage geplant haben. Ich fliege am Sonntag zurück, aber vielleicht können wir uns vorher noch alle treffen.«

»Das wäre schön«, antwortete ich vorsichtig.

»Es wäre mir eine Ehre«, sagte Bill.

»Leihen Sie sie mir bis morgen?« fragte ich und deutete auf die Zeitschrift.

»Klar«, antwortete Bill. »Sie werden begeistert sein.«

32. KAPITEL

Ich hatte ihn offensichtlich geweckt, obwohl es schon nach elf war. Sein Gesicht wirkte vom Schlafen ganz verquollen, und er trug einen schmuddelig wirkenden Pyjama, den er falsch zugeknöpft hatte. Die Haare standen ihm wirr vom Kopf ab.

»Greg?«

»Ja?« Er stand vor mir im Türrahmen und starrte mich ohne ein Zeichen des Erkennens an.

»Ich bin's, Alice. Es tut mir leid, wenn ich Sie störe.«

»Alice?«

»Adams Alice. Wir haben uns bei der Buchpräsentation kennengelernt.«

»Ach ja, ich erinnere mich.« Er schwieg einen Moment. »Sie kommen wohl besser herein. Wie Sie sehen, habe ich heute morgen nicht mit Besuch gerechnet.« Dann lächelte er, und sein zerknittertes, ungewaschenes Gesicht mit den babyblauen Augen wirkte plötzlich sehr weich.

Ich hatte eigentlich erwartet, Greg in einem totalen Chaos vorzufinden, aber statt dessen lebte er in einem ordentlichen kleinen Haus, wo alles an seinem Platz stand und jede Oberfläche blank und sauber war. An den weißen Wänden hingen überall Bilder von Bergen – hohe, schneebedeckte Gipfel in Schwarzweiß oder Farbe. Es war ein seltsames Gefühl, in diesem fast schon übertrieben ordentlichen Haus zu stehen und von solchen Szenerien umgeben zu sein.

Er bot mir keinen Platz an, aber ich setzte mich trotzdem. Ich war durch ganz London gefahren, um ihn zu besuchen, auch wenn ich selbst nicht genau wußte, warum. Vielleicht hatte ich mich bloß daran erinnert, daß er mir bei unserer kurzen Besprechung sehr sympathisch gewesen war, und mich an diesen Gedanken geklammert. Als ich mich verlegen räusperte, sagte er amüsiert: »Wissen Sie was, Alice? Sie fühlen sich unwohl, weil Sie einfach uneingeladen vor meiner Tür aufgetaucht sind und jetzt nicht wissen, wie Sie anfangen sollen. Ich fühle mich auch unwohl, weil ich im Gegensatz zu allen anderen anständigen Menschen um diese Zeit noch nicht angezogen bin und außerdem einen fürchterlichen Kater habe. Ich schlage deshalb vor, daß wir in die Küche umziehen. Dann zeige ich Ihnen, wo die

Eier sind, und Sie können uns ein paar Rühreier und eine Kanne Kaffee machen, während ich mich anziehe. Und anschließend erzählen Sie mir, warum Sie gekommen sind. Ich nehme an, es handelt sich nicht um einen Höflichkeitsbesuch?«

Ich gab ihm keine Antwort.

»Außerdem sehen Sie aus, als hätten Sie schon seit Wochen nichts mehr gegessen.«

»Nicht sehr viel zumindest«, räumte ich ein.

»Dann gibt es also Eier zum Frühstück.«

»Eier wären großartig.«

Ich schlug vier Eier in eine Pfanne und ließ sie bei schwacher Hitze brutzeln, während ich sie immer wieder umrührte. Rühreier muß man ganz langsam braten und möglichst weich servieren – nicht erst, wenn sie wie Gummi schmecken. Das weiß sogar ich. Ich machte Kaffee – viel zu starken, aber so ein Koffeinstoß würde uns wahrscheinlich beiden guttun – und toastete vier Scheiben Weißbrot. Als Greg wieder in der Küche erschien, stand das Frühstück bereits auf dem Tisch. Ich stellte fest, daß ich einen Bärenhunger hatte. Die Eier und der gebutterte Toast hatten eine sehr beruhigende und kräftigende Wirkung auf mich. Die Welt hörte auf, vor meinen Augen zu verschwimmen. Zwischendurch nahm ich immer wieder einen Schluck von dem bitteren Kaffee. Greg saß mir gegenüber und aß ebenfalls mit gutem Appetit. Es schien ihm Freude zu bereiten, das Ei gleichmäßig auf dem Toast zu verteilen und sich mit der Gabel sauber geschnittene Quadrate in den Mund zu schieben. Es war seltsam gemütlich, obwohl wir beide schwiegen.

Als er mit dem Essen fertig war, legte er Messer und Gabel weg und schob seinen Teller zur Seite. Erwartungsvoll sah er mich an. Ich holte tief Luft, lächelte ihn an und spürte dann zu meinem Leidwesen, daß mir heiße Tränen über die Wangen liefen. Greg reichte mir eine Schachtel Kleenex und wartete.

»Sie müssen mich für verrückt halten«, sagte ich, nachdem ich mir die Nase geputzt hatte. »Ich dachte, Sie könnten mir vielleicht helfen, das alles besser zu verstehen?«

»Was zu verstehen?«

»Adam, wie Sie sich denken können.«

Er stand abrupt auf.

»Lassen Sie uns einen kleinen Spaziergang machen.«

»Ich habe meinen Mantel nicht dabei, er ist im Büro.«

»Ich werde Ihnen eine Jacke leihen.«

Wir gingen zunächst ein kleines Stück an der vielbefahrenen Straße nach Shoreditch und zur Themse entlang. Dann führte mich Greg plötzlich ein paar Stufen zu einem Kanal hinunter. Der Verkehr blieb hinter uns zurück, und es war ruhig wie auf dem Land. Zuerst empfand ich das als sehr angenehm, aber dann mußte ich an Tara denken. Ob ihre Leiche wohl in diesem Kanal gefunden worden war? Ich wußte es nicht. Greg ging genauso schnell wie Adam, aber nach ein paar Schritten blieb er stehen und musterte mich.

»Warum fragen Sie das ausgerechnet mich?«

»Es ist alles so schnell gegangen«, sagte ich. »Das mit mir und Adam, meine ich. Erst war ich der Meinung, daß die Vergangenheit keine Rolle spielt, daß nichts eine Rolle spielt. Aber so läuft das nicht.« Diesmal war ich diejenige, die stehenblieb. Ich konnte mit Greg nicht über all meine Ängste sprechen. Er war der Mann, dessen Leben Adam gerettet hatte. Er war auf irgendeine Weise mit Adam befreundet. Ich starrte auf das reglose Wasser. Kanäle fließen nicht so schnell wie Flüsse. Ich hätte so gern über Adele, Françoise oder Tara gesprochen. Statt dessen fragte ich: »Macht es Ihnen nichts aus, daß alle ihn für den Helden halten und Sie für den Bösewicht?«

»Den Bösewicht?« wiederholte er. »Ich dachte, ich wär' bloß der Feigling, der Schwächling, der Elisha Cook junior.«

»Wer?«

»Er war ein Schauspieler, der immer Feiglinge und Schwächlinge spielte.«

»Entschuldigen Sie, ich wollte nicht...«

»Es macht mir nichts aus, wenn die Leute sein Verhalten heldenhaft finden, denn das war es auch. Es war einfach außergewöhnlich, wieviel Mut, Stärke und Gelassenheit er an jenem Tag bewiesen hat.« Er sah mich von der Seite an. »Ist es das, was Sie hören wollen? Und was den Rest betrifft, bin ich mir nicht sicher, ob ich ausgerechnet mit Ihnen über mein Versagen reden will. Mit der Frau des Helden.«

»So ist das nicht, Greg.«

»Ich glaube schon, daß das so ist. Deswegen haben Sie mich heute auch noch im Schlafanzug und völlig verkatert vorgefunden. Was mich am meisten quält, ist die Tatsache, daß ich es nicht verstehe. Was sagt denn Adam darüber?«

Ich holte tief Luft.

»Ich glaube, Adam ist der Meinung, daß bei der Expedition mehrere Leute mit von der Partie waren, die einfach nicht auf den Chungawat gehörten.«

Greg stieß ein Lachen aus, das sofort in einen Hustenanfall überging.

»Das können Sie laut sagen«, meinte er, als er sich wieder gefangen hatte. »Carrie Frank, die Schönheitschirurgin, beispielsweise. Sie war sehr fit, was das Wandern betraf, hatte aber noch nie in ihrem Leben einen Gipfel bestiegen. Sie wußte nicht mal, wie man mit Steigeisen umgeht. Und ich kann mich noch erinnern, daß ich Tommy Benn darauf aufmerksam machen mußte, daß er sich falsch gesichert hatte. Wenn er es so gelassen hätte, wäre er zwangsläufig abgestürzt. Als er auf mein Zurufen überhaupt nicht reagierte, fiel mir wieder ein, daß er kein Englisch sprach. Kein einziges Wort. Mein Gott, was hatte der Mann bloß bei dieser Expedition zu suchen? Ich mußte zu ihm hinunterrutschen und seinen Karabiner richtig befestigen. Aber ich war trotzdem der Meinung, ein narrensicheres System entwickelt zu haben. Dann versagte dieses System, und fünf Menschen, die sich in meine Obhut begeben hatten, waren verloren.« Ich legte meine Hand auf seinen Arm, aber er sprach weiter. »Als es darauf ankam, war Adam der Held und ich der Versager. Sie sagen, Sie verstehen ein paar Dinge in Ihrem Leben nicht. Willkommen im Klub!«

»Aber das macht mir angst.«

»Willkommen im Klub, Alice«, wiederholte er mit einem halben Lachen.

Auf der anderen Seite des Kanals entdeckte ich zu meiner Überraschung einen kleinen Garten mit mehreren Reihen roter und violetter Tulpen.

»Ist es irgend etwas Besonderes, das Ihnen angst macht?« fragte er schließlich.

»Ich glaube, es ist seine ganze Vergangenheit. Das ist alles so undurchsichtig.«

»Und so voller Frauen«, fügte Greg hinzu.

»Ja.«

»Das ist schwierig für Sie.«

Wir ließen uns auf einer Bank nieder.

»Redet er manchmal über Françoise?«

»Nein.«

»Ich hatte damals eine Affäre mit ihr, müssen Sie wissen.« Er sah mich nicht an, als er das sagte, und ich hatte das Gefühl, daß er es noch nie jemandem erzählt hatte. Für mich war es wie ein Schlag, der mich völlig unerwartet traf.

»Eine Affäre mit Françoise? Das habe ich nicht gewußt. Mein Gott, Greg, hat Adam das gewußt?«

Greg antwortete nicht sofort. Dann sagte er: »Es fing erst während der Expedition an. Sie war sehr witzig. Und sehr schön.«

»Ja, das sagen alle.«

»Die Sache zwischen ihr und Adam war vorbei. Nachdem wir

alle in Nepal eingetroffen waren, machte sie mit ihm Schluß. Sie hatte die Nase voll von seinen ständigen Seitensprüngen.«

»*Sie* hat Schluß gemacht?«

»Hat Adam Ihnen das nicht erzählt?«

»Nein«, antwortete ich langsam. »Er hat mir gar nichts darüber erzählt.«

»Er verträgt es nicht, wenn man ihn zurückweist.«

»Habe ich das eben richtig verstanden?« fragte ich. »Françoise hat ihre langjährige Beziehung mit Adam beendet, und ein paar Tage später haben Sie beide eine Affäre begonnen?«

»Ja. Und ein paar Wochen später ist sie – wenn Sie es ganz genau wissen wollen – oben in den Bergen gestorben, weil ich irgend etwas vermasselt habe, und Adam hat mich gerettet – seinen Freund, der seinen Platz an Françoises Seite eingenommen hatte.«

Ich hätte so gern ein paar tröstende Worte zu ihm gesagt, aber mir fiel nichts Vernünftiges ein.

»Ich muß allmählich zurück zu meinem Whisky.«

»Sagen Sie, Greg, hat Adam das mit Ihnen und Françoise gewußt?«

»Wir haben es ihm damals nicht erzählt. Er selbst lebte ja auch nicht gerade wie ein Mönch. Und später...« Er führte den Satz nicht zu Ende.

»Er hat das Thema Ihnen gegenüber nie angeschnitten?«

»Nein. Werden Sie mit ihm darüber reden?«

»Nein.«

Darüber nicht und über alles andere auch nicht. Die Zeiten, als wir uns noch alles erzählt hatten, waren lange vorbei.

»Auf mich brauchen Sie dabei keine Rücksicht zu nehmen. Es spielt keine Rolle mehr.«

Wir gingen zurück. Ich zog seine Jacke aus und gab sie ihm.

»Mal sehen, ob ich hier irgendwo einen Bus erwische«, sagte ich. »Danke, Greg.«

»Wofür? Ich habe nichts getan.«

Ich legte spontan die Arme um seinen Hals und küßte ihn auf den Mund. Er roch nach Whisky, und ich spürte seinen Bart.

»Passen Sie auf sich auf«, sagte ich.

»Adam kann sich glücklich schätzen.«

»Ich dachte immer, *ich* sollte mich glücklich schätzen.«

33. KAPITEL

Manchmal war es mir vorgekommen, als wäre ich in Adams Gegenwart derart geblendet, daß ich ihn gar nicht richtig sehen konnte, geschweige denn analysieren oder beurteilen. Unser Leben bestand aus Sex, Schlaf, bruchstückhaften Gesprächen, Essen und gelegentlichen Versuchen, etwas zu unternehmen, aber selbst die fanden in einer gehetzten Atmosphäre statt, als versuchten wir noch möglichst viel zu erledigen, bevor das Boot unterging oder das Haus mit uns abbrannte. Ich hatte einfach aufgegeben. Anfangs war ich sogar dankbar gewesen, nicht mehr ständig nachdenken oder reden zu müssen und frei von Verantwortung zu sein. Die einzige Möglichkeit, Adam auf einigermaßen rationale Weise zu beurteilen, war, mir auf indirektem Weg ein Bild von ihm zu machen – anhand von dem, was die Leute über ihn sagten. Ihn auf diese distanzierte Weise zu betrachten, konnte manchmal sehr wohltuend sein und auch sehr aufschlußreich. Wie ein Foto von der Sonne, das man sich in Ruhe ansehen konnte, um etwas über dieses Gestirn da oben zu erfahren, ohne direkt in sein blendendes Licht hineinstarren zu müssen.

Als ich von meinem Besuch bei Greg zurückkam, saß Adam vor dem Fernseher. Er rauchte und trank Whisky.

»Wo bist du gewesen?« fragte er.

»Arbeiten«, sagte ich.

»Ich habe angerufen. Sie haben gesagt, du seist früher gegangen.«

»Eine Besprechung«, antwortete ich vage.

Das Wichtigste beim Lügen ist, keine unnötigen Informationen preiszugeben, die einen verraten könnten. Adam drehte sich zu mir um, sagte aber nichts. Irgend etwas an seiner Bewegung stimmte nicht, als wäre sie entweder eine Spur zu langsam oder zu schnell. Wahrscheinlich war er leicht betrunken. Er wechselte zwischen verschiedenen Programmen hin und her. Wenn er sich eine Sendung ein paar Minuten lang angesehen hatte, schaltete er um, schaute wieder ein paar Minuten, schaltete erneut um.

Mir fiel die Zeitschrift ein, die ich mir von Bill Levenson ausgeliehen hatte. »Hast du das gesehen?« fragte ich und hielt die Zeitschrift hoch. »Schon wieder was über dich.«

Er drehte sich kurz um, sagte aber nichts. Ich kannte die Geschichte des Chungawatdesasters inzwischen fast auswendig, wollte den neuen Artikel aber im Hinblick auf das lesen, was ich über Adam, Françoise und Greg erfahren hatte, um zu sehen, ob sich dadurch ein anderes Bild ergab. Ich ließ mich also am Küchentisch nieder und blätterte die Zeitschrift ungeduldig durch. Sie enthielt seitenweise Werbung für Laufschuhe, Herrendüfte, Fitneßgeräte, italienische Anzüge, lauter Männerkram. Dann war ich endlich bei dem Artikel angelangt, einem langen Bericht mit dem Titel: »Die Todeszone: Träume und Tragödien in 8500 Metern Höhe.«

Der Artikel war länger und viel detaillierter als der von Joanna. Der Autor, Anthony Kaplan, hatte mit allen Überlebenden der Expedition gesprochen, einschließlich Adam selbst, wie ich zu meiner Überraschung feststellte. Wieso erzählte er mir diese Dinge nie? Es mußte sich um eines jener langen Telefonate oder eine jener Besprechungen in diversen Bars gehandelt haben, die während der letzten ein, zwei Monate so viel von Adams Zeit in Anspruch genommen hatten.

»Ich habe gar nicht gewußt, daß du mit diesem Journalisten geredet hast«, sagte ich und hoffte, dabei möglichst unbeschwert zu klingen.

»Wie heißt er?« fragte Adam, der sich gerade nachschenkte.

»Anthony Kaplan.«

Adam verzog das Gesicht und nahm einen Schluck von seinem Whisky.

»Ein richtiger Blödmann«, sagte er.

Ich fühlte mich hintergangen. Häufig war es so, daß man alle möglichen banalen Details über das Leben von Freunden oder Kollegen kannte, aber nichts über ihr leidenschaftliches Innenleben erfuhr. Was Adam betraf, war das genau umgekehrt: Ich kannte seine Phantasien und Träume, wußte aber nur ganz bruchstückhaft, wie er seine Tage verbrachte. Deshalb hungerte ich nach Informationen über ihn. Fasziniert las ich von seiner Fähigkeit, die Ausrüstung anderer Leute zu tragen, wenn diese durch die Höhe bereits so beeinträchtigt waren, daß sie sich nur noch langsam dahinschleppen konnten. Alle redeten von seiner Achtsamkeit, seiner Umsicht, seiner Fähigkeit, einen klaren Kopf zu behalten.

Der Artikel enthielt ein neues Detail über Adam. Eine weitere Expeditionsteilnehmerin, eine Innenarchitektin namens Laura Tipler, erzählte Kaplan, sie habe auf dem Weg zum Basislager ein paar Tage lang das Zelt mit ihm geteilt. Darauf hatte Greg also angespielt. Dann, so berichtete sie weiter, sei er ohne großes Trara wieder ausgezogen. Wahrscheinlich, um seine Kräfte zu schonen. Ich hatte damit kein großes Problem. Das Ganze war auf eine sehr erwachsene Weise und in gegenseitigem Einvernehmen abgelaufen, so daß keiner der Beteiligten dem anderen etwas nachtrug. Tipler äußerte gegenüber Kaplan, es sei damals offensichtlich gewesen, daß Adam mit seinen Gedanken bereits bei anderen Dingen war – der Planung des Aufstiegs, der Einschätzung möglicher Risiken und der Fähigkeit der einzelnen

Expeditionsteilnehmer, damit umzugehen –, aber sein Körper habe ihr genügt. So ein Miststück. Sie schilderte Kaplan diese Episode fast beiläufig, so als wäre sie eine im Prospekt angebotene Zusatzleistung gewesen. Hatte Adam eigentlich mit jeder Frau geschlafen, die ihm im Lauf seines Lebens über den Weg gelaufen war? Ich fragte mich, wie er wohl damit umgegangen wäre, wenn ich ein solches Sexleben geführt hätte.

»Zwanzig Fragen«, sagte ich. »Wer ist Laura Tipler?«

Adam überlegte einen Moment und lachte dann hart.

»Die Frau war eine Katastrophe. Sie hat die ganze Expedition aufgehalten.«

»Du hast das Zelt mir ihr geteilt. Behauptet sie zumindest.«

»Was willst du mir damit sagen, Alice? Was willst du jetzt von mir hören?«

»Nichts. Mir fällt bloß auf, daß ich manche Sachen immer erst aus der Zeitung erfahre.«

»Wenn du glaubst, daß du etwas über mich erfährst, indem du diesen Mist liest, täuschst du dich.« Er wirkte verärgert. »Warum gibst du dich überhaupt mit so was ab? Wieso stocherst du ständig in meiner Vergangenheit herum?«

»Ich stochere nicht herum«, antwortete ich vorsichtig. »Ich interessiere mich für dein Leben.«

Adam nahm einen weiteren Schluck Whisky.

»Ich will aber nicht, daß du dich für mein Leben interessierst. Ich will, daß du dich für *mich* interessierst.«

Ich sah ihn forschend an. Wußte er etwas? Aber er hatte seine Aufmerksamkeit bereits wieder dem Fernseher zugewandt und schaltete von Programm zu Programm, zap-zap-zap.

Ich las weiter. Ich hatte gehofft, oder gefürchtet, daß der Artikel auch Einzelheiten über Adams Trennung von Françoise und eventuelle Spannungen zwischen ihnen enthalten würde, aber Kaplan erwähnte nur kurz, daß sie lange Zeit ein Paar gewesen seien. Abgesehen davon kam Françoise in dem Artikel kaum mehr vor. Erst gegen Ende, nach ihrem Verschwinden, war wieder von ihr die Rede. Mich ließ der Gedanke nicht los, daß die beiden Frauen, die Adam zurückgewiesen hatten, gestorben waren. Konnte es sein, daß sich Adam im Fall von Françoises Gruppe nicht soviel Mühe gegeben hatte, sie zu retten, wie bei den anderen? Aber dieser Verdacht wurde rasch durch Kaplans Beschreibung der Verhältnisse während des Unwetters auf dem Berg entkräftet. Sowohl Greg als auch Claude Bresson waren nicht mehr einsatzfähig gewesen. Das Bemerkenswerte an der Sache war nicht, daß fünf Teilnehmer der Expedition gestorben waren, sondern daß überhaupt jemand überlebt hatte, und das war einzig und allein den Bemühungen Adams zu verdanken, der sich immer wieder in das Unwetter hinausgewagt hatte. Trotzdem nagte dieser Verdacht weiter an mir, und ich fragte mich, ob das nicht die Gelassenheit erklärte, mit der er von diesem Alptraum erzählt hatte.

Adam war bei dem Interview wie immer schweigsam geblieben, aber irgendwann hatte ihn Kaplan gefragt, ob er von der großen romantischen Tradition britischer Forscher wie Captain Scott angetrieben werde. »Scott ist ums Leben gekommen«, lautete Adams Antwort. »Und seine Männer mit ihm. Mein Held ist Amundsen. Er ist bei seiner Südpolexpedition genauso penibel vorgegangen wie ein Anwalt beim Verfassen eines Schriftsatzes. Die eigentliche Schwierigkeit besteht darin, sicherzustellen, daß die Knoten in den Seilen halten und man seine Leute wohlbehalten zurückbringt.«

Ausgehend von diesem Zitat kam Kaplan auf die Knoten zu sprechen, die nicht gehalten hatten. Er wies darauf hin, daß das grausame Paradoxon des Chungawatdesasters darin bestand, daß Greg McLaughlin gerade wegen der von ihm selbst entwikkelten innovativen Methode keine Chance hatte, sich vor seiner Verantwortung zu drücken, was die Folgen der Expedition betraf. Claude Bresson war für das rote Seil zuständig gewesen,

Adam für das gelbe, und Greg hatte die Verantwortung für das blaue Seil übernommen, jenes Seil, das die Expedition über den Gemini Ridge bis zu dem Paß unterhalb des Gipfels hinaufführte.

Es war so schrecklich einfach, aber um es noch einfacher zu machen, zeigte ein detailliertes Diagramm den Verlauf des blauen Seils auf dem westlichen Grat und die Stelle, wo es sich gelöst hatte, so daß die eine Gruppe der Bergsteiger das Seil nicht mehr gefunden hatte und entlang des östlichen Grats in den Tod gestolpert war. Der arme Greg. Ich fragte mich, ob er wohl schon von diesem neuen Artikel wußte.

»Der arme Greg«, sagte ich laut.

»Was?«

»Ich habe gesagt: ›Der arme Greg.‹ Jetzt steht er schon wieder im Rampenlicht.«

»Diese Aasgeier«, sagte Adam bitter.

Insgesamt unterschied sich Kaplans Bericht kaum von dem Joannas' und Klaus' Buch, auch wenn letzterer das Ganze aus einer etwas persönlicheren Perspektive geschildert hatte. Ich ging den Artikel ein zweites Mal durch und achtete bewußt auf eventuelle Unterschiede. Das einzige, worauf ich dabei stieß, war eine triviale Berichtigung. Laut Klaus war der Bergsteiger, der am nächsten Morgen noch lebend gefunden worden war und »Help! Help!« gemurmelt hatte, Pete Papworth gewesen. Kaplan hatte die Aussagen aller Beteiligten verglichen und festgestellt, daß Papworth offenbar doch schon in der Nacht gestorben und es Tomas Benn gewesen war, den man am Morgen sterbend vorgefunden hatte. Als ob das jetzt noch eine Rolle spielte. Abgesehen davon stimmten die Berichte in allen Punkten überein.

Ich ging zu Adam, ließ mich auf der Lehne seines Sessels nieder und wuschelte ihm durchs Haar. Er reichte mir seinen Drink, und ich nahm einen Schluck.

»Macht es dir noch sehr zu schaffen, Adam?«

»Was?«

»Das Chungawatdesaster. Mußt du immer wieder daran denken? Daran, was man hätte anders machen können? Wie man die Leute hätte retten können? Daß du auch hättest sterben können?«

»Nein, das tue ich nicht.«

»Ich schon.«

Adam lehnte sich vor und schaltete den Fernseher aus. Im Raum war es plötzlich sehr still; ich konnte den Straßenlärm hören und das Geräusch eines Flugzeugs, das gerade die Stadt überflog.

»Warum zum Teufel tust du das?«

»Die Frau, die du geliebt hast, ist dort oben auf dem Berg gestorben. Das läßt mir keine Ruhe.«

Adams Augen wurden schmal. Er stellte sein Glas ab. Dann stand er auf und nahm mein Gesicht in beide Hände. Es waren große, starke Hände. Ich hatte das Gefühl, daß er mir jederzeit das Genick brechen konnte, wenn er wollte. Er sah mir unverwandt in die Augen. Was versuchte er in ihnen zu sehen?

»Du bist die Frau, die ich liebe«, sagte er, ohne den Blick von mir abzuwenden. »Du bist die Frau, der ich vertraue.«

34. KAPITEL

Bill Levenson möchte dich sprechen.«

Als Claudia mir den Hörer reichte, wirkte ihre Miene mitfühlend, als würde sie mich meinem Henker ausliefern. Mit einer Grimasse nahm ich das Telefon entgegen.

»Hallo, hier ist Alice.«

»Okay, Alice.« Für einen Mann, der vorhatte, mich fertigzumachen, klang er ziemlich herzlich. »Sie haben den Job.«

»Was?« Ich zog die Augenbrauen hoch. Claudia war in der Tür stehengeblieben. Sie wollte sehen, wie mir die Gesichtszüge entgleisten.

»Sie haben den Job«, wiederholte er. »Machen Sie sich an die Arbeit! Drakloop IV ist jetzt *Ihr* Baby.«

»Aber …«

»Sie haben es sich doch nicht anders überlegt, Alice?«

»Nein, natürlich nicht.«

Ich hatte es mir überhaupt nicht überlegt. Drakloop war das letzte, woran ich in den letzten Tagen gedacht hatte. Selbst jetzt brachte ich kaum genug Energie auf, um meine Stimme interessiert klingen zu lassen.

»Sie können schalten und walten, wie Sie wollen. Schreiben Sie zusammen, was Sie alles brauchen, und schicken Sie mir die Liste und Ihren Zeitplan. Jetzt halten Sie die Zügel in der Hand, Alice. Schießen Sie los!«

»Großartig«, sagte ich. Falls er erwartet hatte, daß ich aufgeregte Worte des Dankes stammeln würde, war er jetzt bestimmt enttäuscht. »Was passiert mit Mike, Giovanna und den anderen?«

»Das lassen Sie mal meine Sorge sein.«

»Aha.«

»Gut gemacht, Alice! Ich bin sicher, Sie werden mit Drakloop IV großen Erfolg haben.«

Ich verließ das Büro später als sonst, um ja nicht Mike über den Weg zu laufen. Irgendwann in den nächsten Tagen, so beruhigte ich mich selbst, würde ich ihn zum Essen einladen, und wir würden uns zusammen betrinken und über den Vorstand und seine schmutzigen Machenschaften fluchen, als wären wir beide im Gegensatz zu unseren Chefs völlig integer. Aber nicht heute. Ich hatte im Moment ganz andere Sorgen. Dieser Teil meines Lebens lag vorübergehend auf Eis. Ich bürstete mein Haar und band es am Hinterkopf zu einem Knoten zusammen. Dann nahm ich meine von Papieren überquellende Ablage und kippte ihren ganzen Inhalt in den Papierkorb.

Unten an der Drehtür wartete Klaus auf mich. Er aß gerade einen Doughnut und las die Zeitung von gestern. Als er mich sah, faltete er die Zeitung zusammen.

»Alice!« Er küßte mich auf beide Wangen und musterte mich dann prüfend. »Du siehst ein bißchen müde aus. Geht es dir nicht gut?«

»Was tust du denn hier?«

Zu seiner Ehrenrettung muß ich sagen, daß er leicht verlegen reagierte.

»Adam hat mich gebeten, dich nach Hause zu begleiten. Er macht sich Sorgen um dich.«

»Mir fehlt nichts. Du verschwendest deine Zeit.«

Er nahm meinen Arm.

»Es ist mir ein Vergnügen. Ich hatte sowieso nichts zu tun. Du kannst dich ja mit einer Tasse Tee revanchieren.«

Ich zögerte. Er sollte ruhig merken, daß mir das nicht paßte.

»Ich habe es Adam versprochen«, sagte Klaus und zog mich in Richtung U-Bahn.

»Ich möchte lieber zu Fuß gehen.«

»Zu Fuß? Von hier aus?«

Das Ganze fing an, mir auf die Nerven zu gehen.

»Mir fehlt nichts, und ich gehe zu Fuß nach Hause. Kommst du mit?«

»Adam hat schon gesagt, daß du ziemlich stur sein kannst.«

»Es ist schließlich Frühling. Sieh dir den Himmel an. Wir können durchs West End spazieren und dann weiter durch den Hydepark. Oder du verschwindest, und ich geh' allein.«

»Du hast gewonnen. Wie immer.«

»Was hat Adam denn Wichtiges zu tun, daß er mich nicht selbst abholen kann?« fragte ich ihn, nachdem wir die Straße überquert hatten. Dieselbe Straße, auf der Adam und ich uns zum erstenmal begegnet waren.

»Ich glaube, er wollte sich mit irgendeinem Kameramann treffen, der vielleicht die Expedition begleiten wird.«

»Hast du den Artikel im *Guy*-Magazin gelesen? Über den Chungawat?«

»Ich habe damals am Telefon mit Kaplan gesprochen. Er klang wie ein Profi.«

»Er schreibt nicht viel Neues.«

»Das hat er selbst auch gesagt.«

»Mit einer einzigen Ausnahme. Du hast geschrieben, der Mann, der die Nacht überlebt hatte und am nächsten Morgen sterbend gefunden wurde, sei Pete Papworth gewesen. Laut Kaplan war es Tomas Benn.«

»Der Deutsche?« Klaus runzelte die Stirn, als versuchte er, sich zu erinnern. Dann lächelte er. »Wahrscheinlich hat Kaplan recht. Ich war damals nicht gerade im Vollbesitz meiner geistigen Kräfte.«

»Und daß sich Adam und Laura Tipler ein Zelt geteilt haben, hast du auch nicht erwähnt.«

Er sah mich mit einem eigenartigen Blick an, ohne seine Schritte zu verlangsamen.

»Ich wollte nicht indiskret sein.«

»Wie war sie?«

Nach Klaus' mißbilligender Miene zu urteilen, hatte ich gerade gegen ein ungeschriebenes Gesetz verstoßen. Er schwieg einen Moment. Dann sagte er: »Das war, bevor er dich kennengelernt hat, Alice.«

»Ich weiß. Darf ich deswegen gar nichts über sie erfahren?« Er gab mir keine Antwort. »Oder über Françoise? Oder all die anderen?« Ich nahm mich zusammen. »Tut mir leid. Ich hab's nicht so gemeint.«

»Debbie meint, du brütest zuviel über diesen Dingen.«

»So, meint sie das? Sie hatte ja selbst auch mal was mit ihm.« Meine Stimme klang unnatürlich hoch. Allmählich gab mir mein Verhalten selbst zu denken.

»Mein Gott, Alice!«

»Vielleicht sollten wir doch nicht zu Fuß gehen. Vielleicht sollte ich lieber mit dem Taxi nach Hause fahren. Ich fühle mich wirklich ein bißchen müde.«

Wortlos trat Klaus auf die Straße und hielt ein Taxi an. Nachdem er mir hineingeholfen hatte, stieg er trotz meiner Proteste ebenfalls ein.

»Tut mir leid«, sagte ich noch einmal.

Zwischen uns herrschte peinliches Schweigen, während sich das Taxi durch den abendlichen Verkehr kämpfte.

»Du hast keinen Grund, eifersüchtig zu sein«, sagte er schließlich.

»Ich bin nicht eifersüchtig. Ich hab' bloß die Nase voll von dieser ewigen Heimlichtuerei. Wenn ich über Adam überhaupt etwas erfahre, dann nur aus irgendwelchen Zeitschriften oder von anderen Leuten, die aus Versehen etwas ausplaudern. Es ist, als würde ich ständig aus dem Hinterhalt überfallen. Ich weiß nie, aus welcher Richtung die nächste Überraschung kommt.«

»Nach allem, was ich so höre«, sagte Klaus, »springen dir die Überraschungen nicht gerade ins Gesicht. Ist es nicht eher so, daß du nach ihnen suchst?« Er legte eine warme, schwielige Hand auf die meine. »Vertrau ihm«, sagte er. »Hör auf, dich zu quälen.«

Ich lachte, aber nach ein paar Sekunden verwandelte sich mein Lachen in ein Schluchzen.

»Tut mir leid«, sagte ich wieder. »Ich bin normal nicht so.«

»Vielleicht solltest du dir von jemandem helfen lassen«, meinte Klaus.

Ich starrte ihn entgeistert an.

»Du glaubst, ich bin verrückt? Ist es das, was du glaubst?«

»Nein, Alice, ich glaube bloß, daß es dir vielleicht helfen

würde, mal mit einem Außenstehenden über all diese Dinge zu reden. Hör zu, Adam ist ein Kumpel von mir, aber ich weiß, was für ein starrköpfiger Mistkerl er sein kann. Wenn du Probleme hast, dann laß dir von jemandem helfen.«

»Vielleicht hast du recht.« Ich ließ mich auf den Autositz zurücksinken und schloß meine brennenden Augen. Ich fühlte mich todmüde und schrecklich deprimiert. »Vielleicht habe ich mich wirklich wie eine Idiotin benommen.«

»Hin und wieder benehmen wir uns alle wie Idioten«, sagte Klaus. Er wirkte erleichtert über meine plötzliche Einsicht.

Als das Taxi anhielt, bat ich ihn nicht auf die Tasse Tee mit hinauf, die ich ihm versprochen hatte. Ich glaube nicht, daß er darüber böse war. Vor der Haustür umarmte er mich kurz und eilte dann mit wehendem Mantel davon. Mutlos und etwas beschämt über mich selbst schleppte ich mich die Treppe hinauf. Nachdem ich die Wohnungstür hinter mir zugezogen hatte, ging ich als erstes ins Bad und warf einen Blick in den Spiegel. Was ich sah, gefiel mir überhaupt nicht. Dann ließ ich den Blick durch die Wohnung schweifen, die noch genauso aussah, wie ich sie am Morgen verlassen hatte. In der Küche türmte sich schon seit Tagen das Geschirr, Schubladen waren offen, Honig- und Marmeladengläser standen ohne Deckel herum, auf dem Schneidebrett lagen ein paar Scheiben ausgetrocknetes Brot, neben der Tür stapelten sich mehrere volle Mülltüten, und der Linoleumboden war voller Schmutz und Brösel. Im Wohnzimmer standen überall benutzte Tassen herum, und der Boden war mit alten Zeitungen und Zeitschriften sowie leeren Whisky- und Weinflaschen übersät. Den Tisch zierte ein Marmeladenglas mit einem Strauß vertrockneter, brauner Narzissen. Der Teppich sah aus, als sei er schon seit Wochen nicht mehr gesaugt worden. Wenn ich es mir recht überlegte, hatten wir auch das Bett schon wochenlang nicht mehr frisch bezogen, von den Bergen schmutziger Wäsche ganz zu schweigen.

»Igitt!« sagte ich angewidert. »Ich sehe wirklich zum Kotzen aus, und diese Wohnung auch.«

Ich krempelte die Ärmel hoch und fing in der Küche mit dem Aufräumen an. Ich würde mein Leben wieder in den Griff bekommen. Mit jeder Fläche, die ich sauberwischte, fühlte ich mich ein wenig besser. Ich spülte das Geschirr ab, warf all die alten, verdorbenen Lebensmittel in den Müll, ebenso sämtliche Kerzenstummel und die Berge von Werbeprospekten, die sich angesammelt hatten. Dann schrubbte ich den Boden mit heißem Seifenwasser. Ich sammelte die leeren Flaschen und alten Zeitungen ein. Dabei nahm ich mir nicht mal die Zeit, die Nachrichten von letzter Woche zu lesen. Als ich Sherpas Schüssel in den Mülleimer warf, versuchte ich, nicht daran zu denken, in welchem Zustand ich unsere Katze vorgefunden hatte. Ich zog das Bett ab und legte die Bettwäsche in die Ecke zu der anderen Schmutzwäsche. Ich ordnete Schuhe zu Paaren und Bücher zu sauberen Stapeln. Ich beseitigte den schwarzen Rand aus der Badewanne und die Kalkschicht von der Dusche. Die Handtücher warf ich ebenfalls auf den Wäscheberg.

Dann machte ich mir eine Tasse Tee und nahm die Pappschachteln unter dem Bett in Angriff. Adam und ich hatten uns angewöhnt, alles, was wir nicht gleich wegwerfen wollten, in diesen Schachteln zu sammeln. Einen Moment lang überlegte ich, ob ich sie einfach draußen neben die Mülltonnen stellen sollte, ohne ihren Inhalt noch einmal zu überprüfen. Aber dann fiel mein Blick auf einen Zettel mit Paulines neuer Nummer. Die durfte ich auf keinen Fall wegwerfen. Also fing ich an, mich durch die alten und neuen Rechnungen zu wühlen, durch die Postkarten und wissenschaftlichen Zeitschriften, in die ich noch gar nicht hineingeschaut hatte. Zwischen fotokopiertem Drakloop-Material fand ich ein paar Zettel mit Nachrichten, die ich für Adam oder er für mich hinterlassen hatte. »Bin spätestens Mitternacht zurück. Warte auf mich!« stand da beispielsweise.

Ich spürte, wie mir Tränen in die Augen traten. Rasch sortierte ich weiter. Neben vielen leeren Briefumschlägen enthielten die Schachteln auch ein paar ungeöffnete Briefe, die an den Eigentümer der Wohnung adressiert waren. Ich trug sämtliche Kuverts zum Schreibtisch hinüber, der in einer Ecke des Schlafzimmers stand, und begann sie auf drei Stapel zu verteilen. Einen, den ich wegwerfen würde, einen, um den wir uns umgehend kümmern mußten, und einen dritten, der zurück in die Schachtel kam. Einer der Stapel kippte um, und mehrere Briefe rutschten hinter den Schreibtisch. Es gelang mir nicht, sie wieder herauszufischen, der Spalt zwischen Tisch und Wand war zu schmal. Einen Moment lang war ich versucht, die Kuverts einfach dort zu lassen, wo sie waren. Nein, das kam gar nicht in Frage, ich würde die ganze Wohnung aufräumen. Sogar dort, wo man es nicht sah. Unter Aufbietung all meiner Kräfte schaffte ich es, den schweren Schreibtisch ein Stück von der Wand wegzuschieben. Ich zog die hinuntergefallenen Briefe und noch ein paar andere Dinge, die im Lauf der Zeit hinter einem Schreibtisch landen, heraus: ein vertrocknetes Apfelkernhaus, eine Büroklammer, die Kappe eines Stifts, einen weiteren alten Briefumschlag. Ich warf einen Blick auf den Umschlag, um festzustellen, ob ich ihn einfach wegwerfen konnte. Er war an Adam adressiert. Ich drehte das Kuvert um, und plötzlich hatte ich das Gefühl, als würde mir jemand so fest in den Magen boxen, daß ich kaum noch Luft bekam.

»Einen harten Tag gehabt?« stand da in dicker schwarzer Tinte. Es war Adams Schrift. Eine Zeile tiefer las ich: »Einen harten Tag gehabt, Adam?« Dann: »Nimm ein Bad.« Ganz unten prangte schließlich in den vertrauten Großbuchstaben:

EINEN HARTEN TAG GEHABT

Die Worte waren mehrfach wiederholt worden, als hätte ein Kleinkind das Schreiben geübt:

EINEN HARTEN TAG GEHABT EINEN HARTEN

TAG GEHABT EINEN HARTEN TAG GEHABT EINEN HARTEN TAG GEHABT EINEN HARTEN TAG GEHABT

Dann:

ADAM ADAM ADAM ADAM ADAM ADAM ADAM ADAM ADAM ADAM ADAM ADAM

Und als letztes schließlich: EINEN HARTEN TAG GEHABT, ADAM? NIMM EIN BAD.

Vielleicht war ich wirklich verrückt. Vielleicht gingen meine Nerven mit mir durch. Ich zermarterte mir das Gehirn nach einer einleuchtenden, beruhigenden Erklärung. Womöglich hatte Adam einfach nur ein bißchen herumgekritzelt, dabei an die Nachricht gedacht und die Worte immer wieder auf das Kuvert gemalt. Aber das, was ich vor mir auf dem Papier sah, war etwas anderes. Adam hatte nicht herumgekritzelt. Er hatte die Handschrift der früheren Nachrichten – Taras Nachrichten – nachgeahmt, um auf diese Weise zu verhindern, daß jemand eine Verbindung zwischen Tara und der Person herstellte, von der wir belästigt worden waren. Nun wußte ich es. Ich wußte über Sherpa Bescheid und über alles andere. Ich wußte, was ich schon lange Zeit gewußt hatte. Die einzige Wahrheit, die ich nicht ertragen konnte.

Ich griff nach dem Umschlag. Meine Hände waren ruhig. Ich versteckte ihn in der Schublade mit meiner Unterwäsche, wo ich auch schon die Briefe von Adele versteckt hatte. Dann ging ich zum Bett und legte alles, was ich herausgenommen und sortiert hatte, zurück in die Schachteln. Dann schob ich sie wieder unters Bett und rieb sogar die Abdrücke weg, die sie auf dem Teppich hinterlassen hatte.

Ich hörte ihn die Treppe heraufkommen und ging ohne Eile in die Küche. Er kam herein und stellte sich neben mich. Ich stand auf, küßte ihn und schlang fest die Arme um ihn.

»Ich habe einen Frühjahrsputz gemacht«, erklärte ich. Meine Stimme klang ganz normal.

Er gab mir ebenfalls einen Kuß und sah mir tief in die Augen. Ohne mit der Wimper zu zucken erwiderte ich seinen Blick.

35. KAPITEL

Adam wußte es. Zumindest ahnte er etwas, denn er war immer um mich, hatte immer ein Auge auf mich. Ein distanzierter Beobachter hätte glauben können, es wäre wieder so wie zu Beginn unserer Beziehung, als wir es beide körperlich nicht ertragen konnten, voneinander getrennt zu sein. In Wirklichkeit aber verhielt sich Adam jetzt eher wie ein gewissenhafter Arzt, der eine Patientin, deren Zustand labil war, keinen Moment lang aus den Augen lassen wollte, weil er den Verdacht hegte, sie könnte sich sonst Schaden zufügen.

Dabei war es nicht so, daß Adam mir überallhin folgte. Er begleitete mich keineswegs jeden Tag zur Arbeit und holte mich auch nicht täglich ab. Ebensowenig rief er mich ständig an. Das alles kam nur sporadisch vor, aber es reichte, um mir bewußt zu machen, wie riskant es gewesen wäre, weiter die Privatdetektivin zu spielen. Er behielt mich im Auge, und ich war sicher, daß er sich manchmal in meiner Nähe befand, ohne daß ich es bemerkte. Ein paarmal hatte ich auf der Straße das Gefühl, beobachtet zu werden. Einmal bildete ich mir sogar ein, aus dem Augenwinkel etwas bemerkt zu haben. Als ich mich umdrehte, war Adam nirgendwo zu sehen, was aber nicht hieß, daß er sich nicht trotzdem in der Nähe befand. Es spielte sowieso keine Rolle mehr. Ich hatte das Gefühl, alles zu wissen, was ich wissen mußte. Nun blieb mir nur noch, die einzelnen Teile des Puzzles zusammenzufügen.

Greg wollte für ein paar Monate in die Staaten, und am Samstag vor seiner Abreise organisierten ein paar Freunde eine Abschiedsparty für ihn. Es regnete fast den ganzen Tag, und Adam und ich kamen erst gegen Mittag aus dem Bett. Dann hatte Adam es plötzlich sehr eilig, sich anzuziehen, und erklärte mir, er müsse für ein paar Stunden weg. Nachdem er mir einen harten Kuß auf den Mund gedrückt hatte, ging er. Ich blieb im Bett und zwang mich, über alles nachzudenken – systematisch, Punkt für Punkt, als wäre Adam ein Problem, das es zu lösen galt. Alle Teile des Puzzles lagen vor mir, ich mußte sie nur in der richtigen Reihenfolge zusammensetzen. Während ich draußen den Regen auf das Dach trommeln und die Autos durch die Pfützen brausen hörte, zermarterte ich mir das Gehirn.

Immer wieder ging ich im Geist die Ereignisse auf dem Chungawat durch, dachte an das Unwetter, den Gesundheitszustand von Greg und Claude Bresson, die außerordentlichen Leistungen Adams, das verschwundene Führungsseil und das daraus resultierende Abbiegen der fünf Bergsteiger in die falsche Richtung: Françoise Colet, Pete Papworth, Caroline Frank, Alexis Hartounian und Tomas Benn. Françoise Colet, die gerade mit Adam Schluß gemacht und eine Affäre mit Greg begonnen hatte.

Adele Blanchard hatte sich ebenfalls von Adam getrennt. Bestimmt hatte er damals den Wunsch gehabt, sie möge tot sein, und prompt war sie verschwunden. Nachdem Françoise Colet sich von ihm getrennt hatte, hatte er wohl auch ihren Tod herbeigesehnt, und sie war auf dem Berg gestorben. Das hieß nicht automatisch, daß er sie getötet hatte. Wenn man jemandem den Tod wünschte und die betreffende Person starb tatsächlich, hieß das dann, daß man eine gewisse Mitverantwortung trug, auch wenn man ihren Tod nicht verursacht hatte? Ich ging das Ganze immer wieder von neuem durch. Was, wenn er sich nicht genug Mühe gegeben hatte, sie zu retten? Nach übereinstimmender Aussage aller aber hatte er ohnehin viel mehr geleistet, als jemand anderer in einer solchen Situation hätte leisten können.

Was, wenn er ihre Gruppe auf der Liste seiner Prioritäten an die letzte Stelle gesetzt und vorher alle anderen gerettet hatte? Machte ihn das ein klein wenig verantwortlich für den Tod Françoises und der übrigen Expeditionsteilnehmer? Andererseits hatte es die damalige Situation einfach erfordert, daß jemand Prioritäten setzte. Klaus beispielsweise konnte auch nicht für den Tod der anderen verantwortlich gemacht werden, nur weil er sich in einer Verfassung befand, in der er nicht einmal sich selbst retten konnte, geschweige denn darüber entscheiden, in welcher Reihenfolge die anderen gerettet werden sollten. Außerdem war das sowieso alles Schwachsinn. Adam hatte ja nicht ahnen können, daß dieses Unwetter über sie hereinbrechen würde.

Trotzdem war da etwas, das mir keine Ruhe ließ. Wie ein leichtes Jucken, das so schwach ist, daß man es nicht einmal genau lokalisieren kann, das einen aber trotzdem daran hindert, sich zu entspannen. Vielleicht war es nur ein technisches Detail, auch wenn keiner der Experten etwas Derartiges erwähnt hatte. Das einzig relevante technische Detail war, daß sich das von Greg befestigte Seil ausgerechnet da gelöst hatte, als die Bergsteiger es am dringensten gebraucht hätten; aber das betraf alle absteigenden Gruppen. Es war reiner Zufall, daß ausgerechnet Françoises Gruppe die falsche Route gewählt hatte. Trotzdem ließ mir die Sache keine Ruhe. Warum konnte ich nicht aufhören, darüber nachzudenken?

Schließlich gab ich auf. Ich stellte mich lange unter die Dusche, schlüpfte in eine Jeans und eins von Adams T-Shirts und machte mir einen Toast. Ich kam allerdings nicht dazu, ihn zu essen, weil es an der Tür klingelte. Da ich niemanden erwartete und im Moment auch niemanden sehen wollte, machte ich zunächst nicht auf. Aber es klingelte noch einmal – diesmal länger –, so daß ich schließlich doch die Treppe hinunterlief.

Vor der Tür stand eine Frau mittleren Alters. Sie trug einen Regenmantel und hatte zusätzlich einen großen schwarzen

Schirm aufgespannt. Die Frau war ziemlich füllig, hatte kurzes, bereits etwas angegrautes Haar und Falten um die Augen. Zwei weitere tiefe Falten verliefen von der Nase bis zu den Mundwinkeln. Obwohl ich sie nicht kannte, hatte ich sofort den Eindruck, daß sie unglücklich war.

»Ja?« fragte ich.

»Adam Tallis?« sagte sie. Sie sprach mit starkem Akzent.

»Tut mir leid, er ist im Moment nicht da.«

Sie starrte mich verwirrt an.

»Er ist nicht da«, wiederholte ich langsam. Ich betrachtete ihr schmerzerfülltes Gesicht, ihre gebeugten Schultern. »Kann ich Ihnen helfen?«

Sie schüttelte den Kopf und preßte dabei die rechte Hand gegen die Brust. »Ingrid Benn«, sagte sie. »Ich bin die Frau von Tomas Benn.« Ich hatte Schwierigkeiten, sie zu verstehen. Das Sprechen schien ihr große Mühe zu bereiten. »Tut mir leid, mein Englisch ist nicht...« Sie machte eine hilflose Handbewegung. »Ich möchte mit Adam Tallis sprechen.«

Ich öffnete die Tür ganz weit. »Kommen Sie herein«, sagte ich. »Bitte, kommen Sie herein.« Ich nahm ihr den nassen Schirm ab und schüttelte ihn kräftig aus. Sie trat ein, und ich zog mit einer energischen Bewegung die Tür hinter ihr zu.

Ingrid Benn war Tomas Benns Frau. Mir war inzwischen wieder eingefallen, daß sie vor ein paar Wochen an Adam und Greg geschrieben und bei beiden angefragt hatte, ob sie sie besuchen dürfe, um mit ihnen über den Tod ihres Mannes zu sprechen. Nun saß sie in ihrem schicken und zugleich praktischen Kostüm an unserem Küchentisch, umklammerte eine Tasse Tee, von dem sie nichts trank, und starrte mich hilflos an, als könnte ich ihr irgendeine Antwort geben. Dabei sprach sie wie ihr Mann Tomas fast kein Englisch und ich kein Wort Deutsch.

»Es tut mir leid«, sagte ich. »Das mit Ihrem Mann. Es tut mir wirklich leid.«

Sie nickte. Dann begann sie zu weinen. Die Tränen strömten ihr über die Wangen, aber sie wischte sie nicht weg. Ihre stumme Trauer hatte etwas Beeindruckendes. Ich reichte ihr ein Kleenex, das sie in der Hand hielt, als wüßte sie nicht, was sie damit anfangen sollte.

»Warum?« sagte sie schließlich. »Warum? Tomas hat gesagt...« Sie suchte vergeblich nach dem nächsten Wort.

»Es tut mir leid«, sagte ich ganz langsam. »Adam ist nicht da.«

Das schien ihr gar nicht soviel auszumachen. Sie nahm eine Zigarette aus ihrer Handtasche, und ich brachte ihr als Aschenbecher eine Untertasse. Sie rauchte, weinte und redete, teils in gebrochenem Englisch, teils auf deutsch. Ich saß bloß da, starrte in ihre großen, traurigen braunen Augen und zuckte hin und wieder mit den Schultern oder nickte. Dann versiegte ihr Redestrom langsam, und wir sahen uns ein paar Augenblicke schweigend an. War sie schon bei Greg gewesen? Ich versuchte mir vorzustellen, wie sich die beiden gegenübersaßen, und hatte kein gutes Gefühl dabei. Das *Guy*-Magazin lag noch immer aufgeschlagen auf dem Tisch. Als Ingrids Blick auf die Zeitschrift fiel, nahm sie sie zur Hand. Sie betrachtete das Gruppenfoto der Expedition und berührte das Gesicht ihres toten Mannes. Als sie den Blick hob, umspielte der Hauch eines Lächelns ihre Lippen.

»Tomas«, sagte sie so leise, daß ich sie fast nicht verstand.

Sie blätterte um und betrachtete die Skizze, die die Anordnung der verschiedenen Führungsseile zeigte. Sie deutete mit dem Finger darauf.

»Tommy hat gesagt *gut*. Kein Problem.«

Dann wechselte sie wieder ins Deutsche, und ich verstand nichts mehr, bis ich plötzlich ein vertrautes Wort hörte, das sie mehrmals wiederholte.

»Ja«, sagte ich. »Help!« Ingrid sah mich verwirrt an. Ich seufzte. »Help«, sagte ich langsam. »Tomas' letzte Worte. Er hat auf englisch um Hilfe gerufen. Help.«

Sie schüttelte den Kopf.

»Nein, nein«, widersprach sie beharrlich. *»Gelb.«*

»Help.«

»Nein, nein. *Gelb.*« Sie deutete auf die Zeitschrift. »Sehen Sie: *Rot. Blau.* Und *gelb.*«

Ich starrte sie ratlos an.

»Rot heißt auf englich *red*, oder? Und *blau* ist...«

»Blue.«

»Und *gelb*...«

Sie sah sich suchend in der Wohnung um und deutete dann auf ein Sofakissen.

»Yellow«, sagte ich.

»Ja. *Yellow.*«

Ich mußte über unseren Sprachenwirrwarr lachen, und Ingrid lächelte ebenfalls, wenn auch sehr traurig. Plötzlich war mir, als hätte sich in meinem Gehirn ein Rädchen gedreht. Die letzte Zahl eines Nummernschlosses rastete ein. Die Türen sprangen auf. *Yellow.* Gelb. Ja, natürlich. Tomas Benn hatte bestimmt kein englisches Wort gerufen, als er im Sterben lag. Natürlich nicht. Nicht der Mann, der die ganze Expedition behindert hatte, weil er kein Wort Englisch sprach. Sein letztes Wort war der Name einer Farbe gewesen. Warum? Was hatte er damit zu sagen versucht? Draußen regnete es noch immer in Strömen. Dann mußte ich erneut lächeln. Wie hatte ich nur so blöd sein können?

»Bitte?« Sie starrte mich an.

»Mrs. Benn«, sagte ich. »Ingrid. Es tut mir so leid.«

»Ja.«

»Ich glaube, Sie sollten jetzt besser gehen.«

»Gehen?«

»Ja.«

»Aber...«

»Adam kann Ihnen nicht helfen.«

»Aber...«

»Fahren Sie nach Hause zu Ihren Kindern.« Ich wußte gar nicht, ob sie welche hatte, aber für mich sah sie aus wie eine Mutter.

Gehorsam stand sie auf und griff nach ihrem Regenmantel.

»Es tut mir so leid«, sagte ich noch einmal. Dann drückte ich ihr den Schirm in die Hand, und sie verließ das Haus.

Greg war schon betrunken, als wir kamen. Er umarmte mich ein bißchen zu heftig und schloß dann auch Adam in die Arme. Es waren dieselben Leute wie immer: Daniel, Deborah, Klaus, andere Bergsteiger. Mir ging der Gedanke durch den Kopf, daß sie eine gewisse Ähnlichkeit mit Soldaten auf Heimaturlaub hatten, die sich an ausgewählten Orten trafen, weil sie wußten, daß kein Zivilist jemals verstehen würde, was sie durchgemacht hatten. Ihr jetziges Leben war für sie nur eine Übergangsphase, die sie an einem Übergangsort verbrachten, bis sie endlich in ihr wahres, von Gefahren und Extremsituationen geprägtes Leben zurückkehren konnten. Nicht zum erstenmal fragte ich mich, was sie wohl von mir hielten. War ich in ihren Augen nur eine Torheit von Adam – eine jener verrückten Affären, in die sich während des Zweiten Weltkriegs so viele Soldaten stürzten, wenn sie ein Wochenende freihatten?

Die Atmosphäre war recht fröhlich. Adam kam mir ein wenig zerstreut vor, aber das lag wahrscheinlich nur an meiner damaligen Übersensibilität. Bald hatte ihn jemand in ein Gespräch verwickelt. Eines aber stand außer Frage: Greg sah schrecklich aus. Er wanderte von Gruppe zu Gruppe, sagte aber kaum ein Wort. Sein Glas war immer voll. Nach einer Weile stand er plötzlich neben mir.

»Ich fühle mich ein bißchen fehl am Platz«, erklärte ich verlegen.

»Ich auch«, antwortete Greg. »Kommen Sie. Es hat zu regnen aufgehört. Ich zeige Ihnen Phils und Marjories Garten.«

Die Party fand im Haus eines alten Freundes statt, der nach dem College mit dem Bergsteigen aufgehört hatte und in die Stadt gezogen war. Während seine Freunde noch immer Nomaden waren, die durch die ganze Welt zogen und ständig nach Sponsoren für neue Expeditionen Ausschau hielten, gehörte Phil inzwischen dieses schöne große Haus in der Nähe von Ladbroke Grove. Wir traten in den Garten hinaus. Obwohl das Gras feucht war und ich sofort nasse, kalte Füße bekam, tat es gut, an der frischen Luft zu sein. Wir spazierten auf die niedrige Mauer am anderen Ende des Gartens zu und spähten zu dem Haus auf der anderen Seite hinüber. Ich drehte mich um. Durch ein Fenster im ersten Stock sah ich Adam bei einer Gruppe von Leuten stehen. Ein- oder zweimal warf er einen Blick zu uns herunter. Als Greg und ich ihm zuprosteten, hob auch er sein Glas.

»Ich mag den Frühling«, sagte ich. »Es ist ein gutes Gefühl zu wissen, daß es heute abend ein bißchen länger hell sein wird als gestern und morgen noch ein bißchen länger als heute.«

»Wenn Adam nicht am Fenster stehen und uns beobachten würde, dann hätte ich jetzt den Wunsch, dich zu küssen, Alice«, sagte Greg. »Ich meine, ich habe sowieso den Wunsch, dich zu küssen, aber wenn Adam nicht hersehen würde, dann *würde* ich dich küssen.«

»Wenn das so ist, dann bin ich froh, daß er dort am Fenster steht, Greg«, sagte ich. »Sieh her.« Ich wedelte mit meiner Hand vor seinem Gesicht herum, so daß er meinen Ehering sehen konnte. »Vertrauen, ewige Treue, all diese Dinge.«

»Entschuldige. Das weiß ich natürlich.« Gregs Miene wirkte wieder düster. »Kennst du die Titanic?«

»Ich habe von ihr gehört«, antwortete ich mit einem schwachen Lächeln. Mir war bewußt, daß ich es mit einem sehr betrunkenen Greg zu tun hatte.

»Hast du gewußt...?« Er hielt inne. »Hast du gewußt, daß es

keiner der Offiziere, die die Titanic überlebten, je zum Kapitän gebracht hat?«

»Nein, das habe ich nicht gewußt.«

»Sie hatten einfach Pech. Im Lebenslauf macht sich so was nicht besonders. Was den Kapitän der Titanic betrifft, hatte er das Glück, mit dem Schiff unterzugehen. Wie man es von einem Kapitän erwartet. Weißt du, warum ich in die Staaten fliege?«

»Zum Klettern?«

Er schüttelte heftig den Kopf.

»Nein, Alice, nein. Ich werde die Firma auflösen. Das war's. Finito. Ich werde mir eine andere Art von Arbeit suchen. Kapitän Ahab hatte wenigstens soviel Anstand, mit dem Wal zu versinken. Menschen, die sich mir anvertraut haben, sind gestorben. Ich bin schuld, und nun bin ich am Ende.«

»Nein, Greg«, sagte ich. »Bist du nicht. Glaub mir, es war nicht deine Schuld.«

»Wie meinst du das?« fragte er.

Ich drehte mich um. Adam stand noch immer am Fenster. Obwohl es wahrscheinlich Wahnsinn war – und Greg völlig betrunken –, mußte ich es ihm sagen, bevor er abreiste. Egal, was ich sonst tat oder nicht tat, das war ich ihm schuldig. Ich würde vielleicht nie wieder Gelegenheit dazu finden. Vielleicht bildete ich mir auch ein, in Greg einen Verbündeten zu haben. Daß ich mich nicht mehr so allein fühlen würde, wenn ich es ihm sagte. Irgendwie hatte ich die verrückte Hoffnung, daß er aus seinem betrunkenen, gefühlsduseligen Zustand aufwachen und mich retten würde.

»Hast du Klaus' Buch gelesen?« fragte ich.

»Nein«, antwortete er und hob sein Glas.

»Nicht, Greg!« sagte ich und hielt ihn zurück. »Trink nichts mehr. Ich möchte, daß du dich auf das konzentrierst, was ich dir jetzt sage. Du weißt bestimmt, daß damals, als die am Chungawat vermißte Gruppe ins Camp hinuntergebracht wurde, einer der Männer noch am Leben war. Kannst du dich erinnern, welcher es war?«

Gregs düstere Miene wirkte wie versteinert.

»Ich war damals nicht ganz bei Bewußtsein. Es war Peter Papworth, nicht wahr? Er hat noch um Hilfe gerufen, der arme Kerl. Die Hilfe, die ich Versager ihm nicht gebracht habe.«

»Nein«, widersprach ich. »Klaus ist in seinem Buch ein Fehler unterlaufen. Es war nicht Papworth. Es war Tomas Benn.«

»Möglich«, sagte Greg. »Wir waren damals alle nicht in Bestform. Klaus war auch ziemlich am Ende.«

»Was war Benns auffallendstes Merkmal?«

»Er war ein beschissener Bergsteiger.«

»Nein, du hast es mir selbst gesagt. Er hat kein Wort Englisch gesprochen.«

»Und?«

»Help. Help. Help. Das hat er angeblich gesagt, als er im Sterben lag. Kurz bevor er ins Koma fiel. Ein seltsamer Zeitpunkt, um mit dem Englischreden anzufangen.«

Greg zuckte mit den Schultern.

»Vielleicht hat er es auf deutsch gesagt.«

»Das deutsche Wort für *help* ist *Hilfe*. Das klingt nicht sehr ähnlich.«

»Vielleicht war es doch ein anderer.«

»Es war kein anderer. In dem Artikel im *Guy*-Magazin werden drei verschiedene Leute zitiert, die alle von seinen letzten Worten berichtet haben. Zwei Amerikaner und ein Australier.«

»Warum haben die dann alle behauptet, er habe *help* gesagt?«

»Sie haben es deswegen behauptet, weil sie ihn tatsächlich so verstanden haben. Weil es für sie naheliegend war, daß jemand in dieser Situation *help* sagen würde. Aber meiner Meinung nach hat er etwas anderes gesagt.«

»Was hat er denn deiner Meinung nach gesagt?«

Ich blickte mich um. Adam war noch immer im Haus, wo er uns bestimmt nicht hören konnte. Ich winkte ihm betont fröhlich zu.

»Ich glaube, er hat *gelb* gesagt.«

»*Gelb?* Was zum Teufel soll das heißen?«

»Das ist das deutsche Wort für *yellow*«.

»*Yellow?* Warum zum Teufel hätte er etwas über eine Farbe faseln sollen, während er im Sterben lag? Meinst du, er hatte Halluzinationen?«

»Nein. Ich glaube, daß seine letzten Gedanken auf das Problem gerichtet waren, das ihn umgebracht hat.«

»Was meinst du damit?«

»Die Farbe des Seils, dem die Gruppe beim Abstieg gefolgt ist. Auf der falschen Seite des Gemini Ridge. Einem gelben Seil.«

Greg wollte etwas erwidern, klappte den Mund aber wieder zu. Er schien über das nachzudenken, was ich eben gesagt hatte.

»Aber das Seil, das den Gemini Ridge hinunterführte, war blau. Es war mein Seil. Sie sind auf der falschen Seite abgestiegen, weil sich das Seil gelöst hatte. Weil ich es nicht richtig gesichert hatte.«

Ich schüttelte den Kopf.

»Das glaube ich nicht«, sagte ich. »Ich glaube, die beiden obersten Haken deines Seils haben sich gelöst, weil sie von jemandem herausgezogen wurden. Und ich glaube, daß Françoise, Peter, Carrie, Tomas und der andere... wie hieß er noch mal?«

»Alexis«, murmelte Greg.

»... daß sie die falsche Seite erwischt haben, weil sie einem Seil gefolgt sind. Einem gelben Seil.«

Greg starrte mich verblüfft an. Noch immer wirkte sein Gesichtsausdruck gequält.

»Wie hätte ein gelbes Seil dorthin kommen sollen?«

»Es wurde absichtlich dort angebracht, um die Gruppe in die falsche Richtung zu führen.«

»Aber von wem?«

Ich drehte mich um und sah wieder zum Fenster hinauf. Adam warf einen Blick in unsere Richtung und wandte sich dann wieder der Frau zu, mit der er gerade sprach.

»Vielleicht war es ein Versehen«, sagte Greg.

»Es war kein Versehen«, antwortete ich langsam.

Nun folgte langes Schweigen. Mehrmals suchte Greg meinen Blick, schaute aber gleich wieder weg. Plötzlich setzte er sich auf den nassen Boden. Dabei lehnte er sich gegen einen feuchten Busch, der zurückfederte und uns beide mit Wasser bespritzte. Gregs Körper wurde von verzweifelten Schluchzern geschüttelt.

»Greg«, zischte ich. »Nimm dich zusammen.«

Er konnte gar nicht mehr aufhören zu weinen.

»Ich kann nicht! Ich kann nicht!«

Ich kniete mich vor ihn, packte ihn fest an den Schultern und rüttelte ihn.

»Greg! Greg!« Ich zog ihn hoch. Sein tränenüberströmtes Gesicht war rot angelaufen. »Du mußt mir helfen, Greg. Ich habe sonst niemanden. Ich bin allein.«

»Ich kann nicht! Ich kann nicht! Der verdammte Scheißkerl! Ich kann nicht. Wo ist mein Drink?«

»Du hast ihn fallen lassen.«

»Ich brauche etwas zu trinken.«

»Nein.«

»Ich brauche sofort etwas zu trinken.«

Greg schwankte durch den Garten zurück ins Haus. Ich atmete schwer, hyperventilierte fast. Es dauerte ein paar Minuten, bis ich mich ein wenig beruhigt hatte. Ich mußte wieder hineingehen und mich möglichst normal benehmen. In dem Augenblick, als ich unten in die Küche trat, hörte ich einen schrecklichen Knall und rannte die Steintreppe hinauf. Im vorderen Raum herrschte Aufruhr. Auf dem Boden war eine Rauferei im

Gange, Möbel waren umgestoßen, ein Vorhang heruntergerissen. Alles schrie durcheinander. Erst konnte ich gar nicht erkennen, wer an dem Gerangel beteiligt war, aber dann sah ich, wie Greg von einem anderen Mann heruntergezogen wurde. Es war Adam. Er hielt die Hände vors Gesicht.

»Du verdammter Scheißkerl!« rief Greg. »Du verdammter Scheißkerl!« Dann blickte er sich um und rannte wie ein Irrer aus dem Raum. Die Haustür fiel zu. Weg war er. Alle schauten sich fassungslos an. Ich sah zu Adam. Über seine linke Wange zog sich ein blutiger Kratzer. Sein Auge schwoll bereits an. Sein Blick war auf mich gerichtet.

»O Adam!« rief ich und rannte zu ihm.

»Worum ging es überhaupt?« fragte jemand. Es war Deborah. »Alice, du hast mit ihm gesprochen. Was ist bloß in ihn gefahren?«

Ich blickte in die Runde. Adams Freunde und Kollegen starrten mich fragend an. Sie waren alle verblüfft und wütend über Gregs plötzliche Attacke. Ich zuckte mit den Achseln.

»Er war betrunken«, sagte ich. »Wahrscheinlich ist er einfach ausgerastet. Es war wohl alles zuviel für ihn.« Ich wandte mich wieder Adam zu. »Laß dich von mir verarzten, mein Liebster.«

36. KAPITEL

Der Pool erinnerte mich an die Schwimmbäder, die ich als Kind immer besucht hatte – feuchte, grüngeflieste Kabinen, ein schlichtes Becken zum Bahnenschwimmen, auf dessen Boden alte Pflaster lagen und kleine Haarknäuel herumwirbelten; Schilder, die einen dazu aufforderten, nicht zu laufen, nicht zu tauchen und nicht zu rauchen; schlaffe Wimpel unter flakkernden Neonröhren. In der Damenumkleidekabine sah man Frauen in allen Formen und Größen. Es war wie eine Zeichnung aus einem Kinderbuch, die die Vielfalt des menschlichen Körpers illustrierte: Orangenhauthintern und geäderte Hängebrüste, hervorstehende Rippen und knochige Schultern. Bevor ich in meinen Badeanzug schlüpfte, warf ich einen Blick auf mein Spiegelbild und erschrak selbst über mein ungesundes Aussehen. Warum war mir das bis jetzt nie aufgefallen? Ich setzte Bademütze und Schwimmbrille auf und marschierte in die Halle. Fünfzig Bahnen. Soviel hatte ich mir vorgenommen.

Ich war schon Monate nicht mehr geschwommen. Meine Beine fühlten sich an wie Blei, egal, ob ich brustschwamm oder kraulte. Mein Brustkorb schmerzte. Irgendwie drang Wasser unter meine Schwimmbrille, so daß meine Augen zu brennen begannen. Ein Mann, dessen Arme beim Rückenschwimmen wie Sägeblätter rotierten, schlug mir auf den Bauch und schrie mich dann auch noch an.

Während ich schwamm, zählte ich langsam vor mich hin und starrte durch meine Brille auf das türkise Wasser. Wie langweilig das doch war: auf und ab, auf und ab. Jetzt wußte ich wieder, warum ich damit aufgehört hatte. Aber nach etwa zwanzig Bahnen fand ich einen Rhythmus, der fast etwas von einer Meditation besaß, und statt weiter zu keuchen und zu zählen, begann ich zu denken. Nicht mehr panisch, sondern langsam und ruhig. Ich wußte, daß ich in großer Gefahr schwebte und daß mir niemand helfen würde. Was das betraf, hatte ich in Greg meine letzte Hoffnung gesehen. Jetzt war ich auf mich gestellt. Die Muskeln in meinen Armen schmerzten, während ich eine Bahn nach der anderen zurücklegte.

So absurd das war, aber ich empfand fast so etwas wie Erleichterung. Ich war allein, und zum erstenmal seit Monaten hatte ich wieder das Gefühl, ich selbst zu sein. Nach all der Leidenschaft und Raserei, nach all dem Schrecken und dem schwindelerregenden Gefühl, die Kontrolle zu verlieren, hatte ich endlich wieder einen klaren Kopf, als wäre ich aus einem fiebrigen

Traum erwacht. Ich war Alice Loudon. Ich hatte mich verloren und nun endlich wiedergefunden. Zweiundvierzig, dreiundvierzig, vierundvierzig. Während ich eine Bahn nach der anderen schwamm und dabei allen kraulenden Männern auswich, schmiedete ich einen Plan. Die Verspannungen in meinen Schultern lösten sich allmählich.

Im Umkleideraum trocknete ich mich rasch ab, schaffte es, meine Sachen anzuziehen, ohne daß sie in den Wasserlachen auf dem Boden naß wurden, und stellte mich dann vor den Spiegel, um mich zu schminken. Neben mir stand eine Frau, die ebenfalls mit Eyeliner und Wimperntusche hantierte. Wir grinsten uns an – zwei Frauen, die sich für die Welt draußen wappneten. Ich fönte mein Haar und band es anschließend zurück, so daß mir keine Locken ins Gesicht fielen. Bald würde ich sie mir abschneiden lassen. Alice würde einen neuen Look bekommen. Adam liebte mein Haar. Manchmal vergrub er sein Gesicht in meinen Locken, als wollte er darin ertrinken. Das alles schien schon so lange zurückzuliegen. Jene stürmische, alles andere auslöschende Dunkelheit. Ich würde zum Friseur gehen und mir die Haare ganz kurz schneiden lassen, damit ich diese üppige Last nicht mehr mit mir herumschleppen mußte.

Ich kehrte nicht gleich ins Büro zurück. Statt dessen ging ich in ein italienisches Restaurant in der Nähe des Schwimmbads und bestellte ein Glas Rotwein, eine Flasche Mineralwasser und einen Meeresfrüchtesalat mit Knoblauchbrot. Dann zog ich das Briefpapier heraus, das ich an diesem Morgen erstanden hatte, und einen Stift. Als Überschrift schrieb ich in Großbuchstaben das Wort »Erklärung« auf das Blatt und unterstrich es doppelt. Der Kellner brachte mir den Wein. Vorsichtig nippte ich daran. Ich mußte jetzt einen klaren Kopf behalten.

»Falls ich tot aufgefunden werde«, schrieb ich, »oder spurlos verschwinde, dann bin ich von meinem Mann Adam Tallis ermordet worden.«

Der Meeresfrüchtesalat und das Knoblauchbrot wurden serviert, und der Kellner verteilte mit einer überdimensionalen Pfeffermühle großzügig schwarzen Pfeffer über meinen Teller. Ich spießte einen gummiartigen Tintenfischring auf meine Gabel und schob ihn mir in den Mund. Nachdem ich eine Weile energisch darauf herumgekaut hatte, spülte ich ihn mit Wasser hinunter.

Dann schrieb ich alles auf, was ich wußte, wobei ich mich um eine saubere Schrift und eine möglichst klare Ausdrucksweise bemühte. Ich erklärte Adeles Tod und hielt fest, daß ihre Briefe an Adam, einschließlich des letzten, den sie kurz vor ihrem Verschwinden geschrieben hatte, in meiner Wäscheschublade unter all meinen Slips versteckt lagen. Ich berichtete von Adeles Schwester Tara, die Adam erpreßt hatte und bald darauf aus einem Kanal im Osten von London gefischt wurde. Ich beschrieb sogar den Mord an Sherpa. Seltsamerweise war es eher die Katze, weniger die Frauen, die mir am deutlichsten bewußt machte, in welcher Gefahr ich schwebte. Ich konnte mich noch genau daran erinnern, wie ich sie aufgeschlitzt in der Badewanne gefunden hatte. Bei dem Gedanken krampfte sich mein Magen erneut zusammen. Ich aß ein wenig von dem knusprigen Brot und trank einen weiteren Schluck Wein, um meine Nerven zu beruhigen. Dann legte ich detailliert dar, was auf dem Berg mit Françoise geschehen war. Ich beschrieb Françoises Bruch mit Adam, Gregs scheinbar so narrensicheres Seilsystem, die letzten Worte des sterbenden Deutschen. In Anlehnung an den Zeitschriftenartikel zeichnete ich ein Diagramm mit Pfeilen und gepunkteten Linien. Ich gab Gregs Adresse an und schrieb, er könne die Richtigkeit meiner Angaben bestätigen.

Auf einem separaten Blatt Papier verfaßte ich ein sehr einfaches Testament. Mein gesamtes Geld hinterließ ich meinen Eltern. Meinen Schmuck sollte Paulines Baby bekommen, falls es ein Mädchen, und Pauline selbst, wenn es ein Junge wurde. Jake hinterließ ich meine zwei Bilder und meinem Bruder ein paar Bücher. Das mußte genügen. Ich besaß sowieso nicht viel, was ich vererben konnte. Ich dachte über die Menschen nach, die meine Sachen bekommen sollten, aber auf eine sehr distanzierte Weise. Als ich mir mein Leben mit Jake in Erinnerung rief, empfand ich kein Bedauern. Das alles schien schon so lange her zu sein – eine andere Welt und ein anderes Ich. Ich wollte die alte Welt nicht zurück, nicht einmal in meiner jetzigen Situation. Ich wußte selbst nicht so genau, was ich eigentlich wollte. In die Zukunft wagte ich nicht zu blicken. Ich war in der katastrophalen Gegenwart gefangen. Es galt jetzt, einen Fuß vor den anderen zu setzen und sich langsam durch die Gefahr zu kämpfen. Ich wollte nicht sterben.

Ich faltete die Dokumente zusammen und steckte sie in einen Umschlag, den ich zuklebte und in meine Tasche steckte. Dann aß ich meinen Salat und spülte ihn mit dem restlichen Rotwein hinunter. Als Nachspeise bestellte ich ein Stück Zitronentorte, die angenehm cremig und säuerlich schmeckte, und einen großen Espresso. Nachdem ich gezahlt hatte, zog ich mein neues Handy heraus und rief Claudia an. Ich erklärte ihr, daß ich aufgehalten worden sei und erst in einer Stunde wieder im Büro sein würde. Falls Adam anrief, sollte sie ihm sagen, ich sei bei einem Geschäftsessen. Ich verließ das Restaurant und nahm mir ein Taxi.

Sylvie sprach gerade mit einer Mandantin, und ihre Assistentin erklärte mir, sie habe den Rest des Nachmittags schrecklich viel zu tun.

»Sagen Sie ihr bitte, daß Alice sie in einer dringenden Sache sprechen muß und daß es nur ein paar Minuten dauern wird.«

Ich wartete im Empfangsbereich der Kanzlei und vertrieb mir die Zeit mit dem Durchblättern einiger Frauenzeitschriften vom letzten Jahr. Ich las, wie man abnahm, multiple Orgasmen erreichen konnte und Karottenkuchen machte. Nach etwa zwanzig

Minuten kam eine Frau mit roten Augen aus Sylvies Büro, und ich ging hinein.

»Alice«, sagte sie und hielt mich dann ein Stück von sich weg. »Du siehst fabelhaft dünn aus. Tut mir leid, daß ich nicht sofort Zeit für dich hatte, aber ich mußte mich seit dem Mittagessen mit einer hysterischen Geschiedenen herumschlagen.«

»Ich halte dich nicht lang auf«, sagte ich. »Ich weiß, daß du sehr im Streß bist. Ich wollte dich bloß um einen Gefallen bitten. Du brauchst dabei gar nicht viel zu tun.«

»Klar, schieß los! Wie geht es deinem prächtigen Mann?«

»Deswegen bin ich hier«, antwortete ich, während ich ihr gegenüber Platz nahm. Auf ihrem riesigen Schreibtisch herrschte Chaos.

»Hast du irgendein Problem mit ihm?«

»Sozusagen.«

»Du willst dich doch wohl nicht scheiden lassen?«

Neugierig starrte sie mich an. Ihr Blick hatte etwas Raubtierhaftes.

»Es geht wirklich nur um einen kleinen Gefallen. Ich möchte, daß du etwas für mich verwahrst.« Ich fischte den zugeklebten Umschlag aus meiner Tasche und schob ihn über den Schreibtisch. »Ich weiß, es klingt lächerlich melodramatisch, aber falls ich tot aufgefunden werde oder spurlos verschwinde, möchte ich, daß du das der Polizei übergibst.«

Verlegen sah ich sie an. Im Raum herrschte absolute Stille. Sylvies Mund stand offen. Ihre Gesicht wirkte seltsam ausdruckslos.

»Alice, Liebes, soll das ein Witz sein?«

»Nein. Hast du ein Problem damit?«

Das Telefon auf ihrem Schreibtisch klingelte, aber sie nahm nicht ab. Wir warteten beide, bis das Läuten aufgehört hatte.

»Nein«, sagte sie dann geistesabwesend. »Ich denke nicht.«

»Gut.« Ich stand auf und griff nach meiner Tasche. »Sag den anderen liebe Grüße. Sag ihnen, daß sie mir fehlen. Daß sie mir immer gefehlt haben, auch wenn es mir anfangs nicht bewußt war.«

Sylvie blieb reglos sitzen und starrte mich an. Ich war bereits an der Tür, als sie plötzlich aufsprang und mir nacheilte. Sie legte die Hand auf meine Schulter.

»Alice, was ist los?«

»Tut mir leid, Sylvie.« Ich küßte sie auf die Wange. »Vielleicht ein andermal. Paß auf dich auf. Und danke, daß du eine so gute Freundin bist. Damit hilfst du mir sehr.«

»Alice«, sagte sie noch einmal. Sie klang hilflos. Aber ich war schon draußen.

Um vier kam ich zurück ins Büro. Ich verbrachte eine Stunde damit, die Marketingabteilung zu instruieren, und diskutierte dann eine halbe Stunde mit der Buchhaltung über mein zukünftiges Budget. Am Ende gaben sie nach, weil sie merkten, daß ich nicht nachgeben würde. Nachdem ich rasch die Ablage auf meinem Schreibtisch durchgesehen hatte, machte ich früher als sonst Schluß. Wie erwartet stand Adam schon vor der Tür. Er hatte keine Zeitung dabei. Er ließ den Blick weder durch die Eingangshalle schweifen, noch sah er nervös auf die Uhr. Er stand einfach nur da, als würde er Wache halten, den Blick geduldig auf die Drehtür gerichtet. Wahrscheinlich verharrte er seit einer Stunde in dieser Haltung.

Als ich auf ihn zuging, breitete sich kein Lächeln auf seinem Gesicht aus. Er nahm mir die Tasche ab, legte die Arme um mich und sah mir ins Gesicht.

»Du riechst nach Chlor.«

»Ich war schwimmen.«

»Und Parfüm.«

»Ein Geschenk von dir.«

»Du siehst heute sehr schön aus, Liebes. So frisch und schön. Ich kann gar nicht fassen, daß du meine Frau bist.«

Er küßte mich hart und lang. Ich erwiderte seinen Kuß und preßte mich an ihn. Mein Körper fühlte sich an, als sei er schwer und träge und könnte niemals mehr vor Lust erschauern. Ich schloß die Augen, weil ich seinen prüfenden Blick nicht länger ertragen konnte. Er starrte mich unverwandt an. Was sah er in meinem Gesicht? Was wußte er?

»Ich werde dich heute abend zum Essen ausführen«, sagte er. »Aber vorher bringe ich dich nach Hause, damit ich dich vögeln kann.«

»Du hast wohl schon alles genau geplant«, sagte ich und lächelte fügsam.

»Stimmt. Bis ins letzte Detail, meine liebe Alice.«

37. KAPITEL

Ich hatte nicht protestiert, als er den Blister genommen und die kleinen gelben Pillen eine nach der anderen ins Klo hatte fallen lassen. Wenn mir jemand ein halbes Jahr zuvor gesagt hätte, daß ich zulassen würde, daß mein Liebhaber – mein *Mann* – ohne mein Einverständnis mein Verhütungsmittel ins Klo hinunterspülte, hätte ich dem Betreffenden ins Gesicht gelacht. Adam hatte die letzte Pille herausgedrückt und mich dann wortlos an der Hand genommen, ins Schlafzimmer geführt und auf eine sehr zärtliche Weise mit mir geschlafen. Dabei durfte ich den Blick keine Sekunde von seinem Gesicht abwenden. Ich hatte nicht protestiert, aber während der ganzen Zeit hektische Berechnungen angestellt. Wahrscheinlich wußte er nicht, daß die Wirkung der Pille noch eine Weile anhielt. Bis sie nachließ, würden die kritischen Tage dieses Monats vorüber sein. Ich würde also nicht sofort schwanger werden, zumindest nicht in den nächsten Wochen. Mir blieb noch etwas Zeit. Trotzdem hatte ich das Gefühl, als würde er ein Kind in mich einpflanzen wollen, und alles, was ich tat, war, mich zurückzulegen und es ohne Widerrede geschehen zu lassen. Erst jetzt wurde mir so richtig bewußt, daß ich mir nie wirklich hatte vorstellen können, wie es den Frauen gewalttätiger oder alkoholsüchtiger Männer erging. Die Katastrophe kommt auf einen zu, ohne daß man es merkt, wie eine Flutwelle an einem Touristenstrand. Wenn man sie sieht, ist es meist schon zu spät, etwas dagegen zu unternehmen, und sie rollt über einen hinweg. Ich glaube, ich hatte mir viele Dinge nicht vorstellen können. Ich war die meiste Zeit meines Lebens von Katastrophen verschont geblieben und hatte nicht richtig darüber nachgedacht, wie andere Leute lebten und litten.

Wenn ich auf die letzten Monate zurückblickte, schämte ich mich erneut dafür, wie leicht ich mein altes und geliebtes Leben abgestreift hatte: meine Familie, meine Freunde, meine Interessen, meine Weltsicht. Jakes Vorwurf, ich würde alle Brücken hinter mir abbrechen, hatte das Ganze waghalsig und faszinierend erscheinen lassen. Aber ich hatte auch *Menschen* zurückgelassen. Nun mußte ich meine Angelegenheiten in Ordnung bringen oder mich zumindest mit einer Geste der Versöhnung an die Menschen wenden, die ich vielleicht verletzt hatte. Ich schrieb meinen Eltern, daß mir bewußt sei, wie selten ich mich in letzter Zeit gemeldet hätte, aber daß ich sie trotzdem sehr liebte. Meinem Bruder, den ich schon seit einem Jahr nicht mehr besucht hatte, schickte ich eine Postkarte, in der ich versuchte, fröhlich und liebevoll zu klingen. Ich rief Pauline an und hinterließ eine Nachricht auf ihrem Anrufbeantworter. Ich erkundigte mich nach ihrer Schwangerschaft und erklärte, daß ich mich sehr freuen würde, wenn wir uns bald mal wieder treffen könnten, und daß sie mir gefehlt habe. Clive schickte ich eine verspätete Geburtstagskarte. Nachdem ich tief Luft geholt hatte, rief ich auch noch bei Mike an. Er klang eher deprimiert als verbittert, schien sich aber trotzdem zu freuen, von mir zu hören. Er berichtete mir, daß er demnächst mit seiner Frau und seinem kleinen Sohn in der Bretagne Urlaub machen werde. Seinen ersten Urlaub seit Monaten. Ich verabschiedete mich von allen, auch wenn ihnen das nicht bewußt war.

Ich hatte meine alte Welt entschlossen zugrunde gerichtet, und nun suchte ich nach einem Weg, meine neue Welt ebenfalls ins Chaos zu stürzen, damit ich anschließend aus ihr fliehen konnte. Noch immer gab es Tage – auch wenn sie mit der Zeit immer seltener wurden –, an denen ich mir einfach nicht vorstellen konnte, daß ich das alles tatsächlich erlebte. Ich war mit einem Mörder verheiratet, einem schönen, blauäugigen Mörder. Falls er jemals herausfand, was ich wußte, würde er auch mich umbringen, daran bestand kein Zweifel. Wenn ich versuchte, ihn zu verlassen, würde er mich ebenfalls töten. Er würde mich finden und töten.

An diesem Abend wollte ich mir einen Vortrag über neue Erkenntnisse zum Thema Fruchtbarkeitsbehandlung und Eierstockkrebs anhören, zum einen, weil es entfernt mit meiner Arbeit zu tun hatte, zum anderen, weil der Vortrag von einem meiner Bekannten gehalten wurde, aber hauptsächlich, weil er mir die Möglichkeit bot, den Abend getrennt von Adam zu verbringen. Er würde draußen auf mich warten, und natürlich konnte ich ihn nicht davon abhalten, mich zu begleiten, wenn er wollte, aber selbst dann würden wir zur Abwechslung mal in meiner Welt sein, einer beruhigenden Welt der wissenschaftlichen Forschung und des Empirismus. Einer Welt, in der ich mich zumindest vorübergehend sicher fühlen konnte. Ich würde ihn nicht ansehen oder mit ihm reden müssen. Ich würde nicht gezwungen sein, mich von ihm auf die Matratze drücken zu lassen und vor gespielter Lust zu stöhnen.

Adam wartete nicht auf mich. Ich war vor Erleichterung fast euphorisch. Sofort fühlte ich mich leichtfüßiger und viel klarer im Kopf. Die ganze Welt sah gleich ganz anders aus, wenn er nicht vor der Tür stand und mich mit diesem durchdringenden, grüblerischen Blick anstarrte, den ich längst nicht mehr deuten konnte. Sprachen daraus Haß oder Liebe, Leidenschaft oder Mordabsichten? Bei Adam war beides immer eng miteinander verbunden gewesen, und wieder mußte ich an jene Nacht der Gewalt denken, die wir während unserer Hochzeitsreise im Lake District verbracht hatten. Es lief mir jedesmal kalt über den Rücken, wenn ich mich daran erinnerte.

Ich beschloß, zu Fuß zu gehen. Als ich nach etwa einer Viertelstunde um die letzte Ecke bog, sah ich Adam mit einem Strauß gelber Rosen vor dem Gebäude stehen, in dem der Vortrag gehalten werden sollte. Viele der vorübergehenden Frauen warfen ihm sehnsüchtige Blicke zu, aber er schien sie nicht zu bemerken. Er wartete auf mich, rechnete aber damit, daß ich aus der anderen Richtung kommen würde. Ich blieb stehen und drückte mich in den nächstbesten Hauseingang. Eine Welle der Übelkeit rollte über mich hinweg. Ich würde ihm nie entkommen, er war mir immer einen Schritt voraus. Immer wartete er irgendwo auf mich, um mich zu berühren und an sich zu drücken. Adam würde mich nie gehen lassen. Er war zuviel für mich. Ich wartete, bis meine Panik etwas nachgelassen hatte. Dann drehte ich mich ganz langsam um, um ja nicht seine Aufmerksamkeit zu erregen, und ging eilig den Weg zurück, den ich gekommen war. Sobald ich außer Sichtweite war, hielt ich ein Taxi an.

»Wohin?«

Wohin? Wo konnte ich hin? Ich konnte nicht vor ihm weglaufen, weil ihm sonst sofort klargeworden wäre, daß ich Bescheid wußte. Mutlos zuckte ich mit den Schultern und bat den Fahrer, mich nach Hause zu bringen. In mein Gefängnis. Ich wußte, daß ich nicht so weitermachen konnte. Das Entsetzen, das mich bei Adams Anblick erfaßt hatte, war eindeutig eine körperliche Empfindung gewesen. Wie lange konnte ich noch so tun, als würde ich ihn lieben und vor Seligkeit dahinschmelzen, wenn er mich streichelte? Wie lange würde ich meine Angst noch unterdrücken können? Mein Körper revoltierte bereits. Aber ich wußte keinen Ausweg.

Als ich die Wohnung betrat, klingelte das Telefon.

»Hallo.«

»Alice?« Es war Sylvie. Sie klang sehr aufgeregt. »Ich habe nicht damit gerechnet, daß du zu Hause sein würdest.«

»Warum hast du dann angerufen?«

»Eigentlich wollte ich mit Adam sprechen. Das Ganze ist mir ziemlich peinlich.«

Plötzlich war mir kalt und übel, als müßte ich mich gleich übergeben.

»Mit Adam?« fragte ich. »Worüber wolltest du mit Adam sprechen, Sylvie?«

Am anderen Ende der Leitung herrschte Schweigen.

»Sylvie?«

»Ja. Hör zu, ich wollte es dir eigentlich nicht sagen, ich meine, Adam wollte selbst mit dir reden, aber nachdem ich dich nun schon mal an der Strippe habe...« Ich hörte, wie sie an ihrer Zigarette zog. Dann fuhr sie fort: »Ich weiß, daß du erst mal denken wirst, ich hätte dich verraten, aber irgendwann wirst du begreifen, daß es ein Akt der Freundschaft war. Ich habe deinen Brief gelesen. Und dann habe ich ihn Adam gezeigt. Ich meine, er ist aus heiterem Himmel bei mir aufgetaucht, und ich wußte erst nicht, was ich tun sollte, aber dann habe ich ihm den Brief gezeigt, weil ich der Meinung bin, daß du gerade so eine Art Nervenzusammenbruch durchmachst, Alice. Was du geschrieben hast, ist verrückt, völlig verrückt. Du hast Wahnvorstellungen, das ist dir doch hoffentlich klar. Natürlich, das muß dir klar sein. Jedenfalls wußte ich nicht, was ich tun sollte, und deswegen habe ich den Brief Adam gezeigt. Bist du noch dran, Alice? Hallo?«

»Du hast ihn Adam gezeigt.« Meine Stimme klang so ausdruckslos, daß ich sie selbst nicht wiedererkannte. Ich dachte angestrengt nach: Nun blieb mir keine Zeit mehr. Meine Zeit war abgelaufen.

»Ja, er war wunderbar, absolut wunderbar. Natürlich war er verletzt, mein Gott, war er verletzt. Nachdem er den Brief gelesen hatte, weinte er und sagte immer wieder deinen Namen. Trotzdem ist er dir nicht böse, das mußt du mir glauben, Alice. Er macht sich bloß Sorgen, daß du eine Dummheit begehen könntest. Du weißt schon. Das war das letzte, was er zu mir gesagt hat. Er hat gesagt, er habe Angst, daß du dir in deinem Zustand etwas antun könntest.«

»Hast du eine Ahnung, was du da angerichtet hast?«

»Hör zu, Alice...«

Während Sylvie mit flehender Stimme weitersprach, legte ich einfach auf. Ein paar Sekunden blieb ich wie gelähmt stehen. Der Raum kam mir plötzlich sehr kalt und still vor. Ich hörte jedes noch so kleine Geräusch, das Ächzen einer Bodendiele, als ich mein Gewicht verlagerte, ein Murmeln in den Wasserrohren, das leise Seufzen des Windes draußen. Das war's. Adam hatte bereits die Befürchtung geäußert, daß ich mir etwas antun könnte. Niemand würde sich mehr wundern, wenn ich tot aufgefunden wurde. Ich stürzte ins Schlafzimmer und riß die Schublade auf, in der ich Adeles Brief und Adams gefälschte Nachricht an sich selbst versteckt hatte. Die Sachen waren verschwunden. Ich rannte zur Wohnungstür, aber unten auf der Treppe waren bereits seine Schritte zu hören.

Ich saß in der Falle. Unsere Wohnung lag im obersten Stockwerk. Suchend blickte ich mich um, obwohl ich genau wußte, daß es keinen anderen Ausgang und kein Versteck für mich gab. Einen Moment lang überlegte ich, ob ich die Polizei anrufen sollte, aber ich würde nicht mal genug Zeit haben, um die Nummer zu wählen. Ich rannte ins Bad und drehte die Dusche voll auf, so daß das Wasser geräuschvoll auf den Fliesenboden platschte. Nachdem ich rasch den Duschvorhang zugezogen und die Badtür nur einen Spalt offengelassen hatte, raste ich zurück ins Wohnzimmer, griff nach meinem Schlüssel und flüchtete dann in die Küche, wo ich mich hinter die offene Tür stellte. Kein sehr gutes Versteck. Das *Guy*-Magazin lag in Reichweite meines Arms auf der Arbeitsplatte. Ich griff danach. Besser als gar nichts.

Er betrat die Wohnung und zog die Tür hinter sich zu. Mein Herz klopfte so laut, daß ich fürchtete, er könne es hören. Plötzlich fielen mir die Blumen wieder ein. Bestimmt würde er als erstes in die Küche kommen und sie ins Wasser stellen. O Gott, bitte, bitte, bitte nicht. Ich rang nach Luft, jeder Atemzug tat mir weh. Aus meiner Kehle drang ein leiser Schluchzer. Ich konnte nichts dagegen tun.

Dann aber legte sich meine Angst wie durch ein Wunder, und was blieb, war eine Art Neugier, als beobachtete ich meine ausweglose Situation von außen. Es heißt immer, Ertrinkende würden noch einmal ihr ganzes Leben an sich vorbeiziehen sehen, bevor sie starben. Genauso ging es mir in den wenigen Sekunden, die ich in der Küche wartete: Mein Gehirn spulte all die Bilder aus der Zeit mit Adam noch einmal ab. Im Grunde eine so kurze Spanne, auch wenn sie alles Vorherige ausgelöscht hatte. Ich sah zu, als würde ich mein eigenes Leben im Kino betrachten: unseren ersten Blick quer über eine verkehrsreiche Straße, unsere erste sexuelle Begegnung, deren Fieberhaftigkeit mir inzwischen fast komisch erschien, unseren Hochzeitstag, an dem ich vor Glück am liebsten gestorben wäre. Dann sah ich Adam mit erhobener Hand. Adam mit einem Gürtel in der Hand. Adam, wie er die Hände um meinen Hals legte. Die Bilder führten alle zum jetzigen Moment: dem Moment, in dem ich sehen würde, wie Adam mich umbrachte. Aber ich hatte keine Angst mehr. Ich empfand fast so etwas wie Frieden. Es war so lange her, seit ich zum letztenmal dieses Gefühl gespürt hatte.

Ich hörte ihn durchs Zimmer gehen. An der Küche vorbei. In Richtung Bad, auf die laufende Dusche zu. Ich nahm unseren neuen Wohnungsschlüssel zwischen Daumen und Zeigefinger und spannte alle meine Muskeln an, bereit loszurennen.

»Alice!« rief er. »Alice!«

Jetzt. Ich sprintete aus der Küche in die Diele hinaus und riß die Wohnungstür auf.

»Alice!«

Er kam auf mich zu, die gelben Blumen gegen die Brust gedrückt. Ich sah sein Gesicht, sein wunderschönes Mördergesicht.

Schnell zog ich die Tür hinter mir zu, stieß den schweren Schlüssel ins Schloß und versuchte voller Panik abzuschließen. Komm schon, bitte, bitte, komm schon! Der Schlüssel drehte sich im Schloß. Ich riß ihn heraus und rannte zur Treppe. Ein paar Sekunden später hörte ich ihn bereits gegen die Tür hämmern. Er war stark, o Gott, er war stark genug, die Tür einzuschlagen. Er hatte sie schon einmal gewaltsam geöffnet, als er in unsere eigene Wohnung eingebrochen war, um Sherpa zu töten.

Ich stürmte die Treppe hinunter. Einmal gaben meine Knie nach, und ich verdrehte mir den Knöchel. Aber Adam war noch nicht hinter mir her. Das Hämmern wurde leiser. Das neue Schloß hielt. Falls ich das alles lebend überstand, würde ich irgendwann eine bittere Genugtuung darüber empfinden, daß er sich selbst eine Grube gegraben hatte, indem er damals die Tür aufbrach, um unsere Katze umzubringen.

Inzwischen war ich unten vor dem Haus angelangt. Ich rannte die Straße entlang auf die Hauptstraße zu. Erst als ich sie erreicht hatte, wandte ich rasch den Kopf, um zu sehen, ob er mir folgte. War die Gestalt, die dort in der Ferne auf mich zugelaufen kam, Adam? Im Verkehr tat sich gerade eine Lücke auf, und ich sprintete über die Hauptstraße, hätte dabei aber fast einen Radfahrer gerammt. Ich sah das wütende Gesicht des Mannes, der mir geistesgegenwärtig auswich. Obwohl ich inzwischen heftiges Seitenstechen hatte, verringerte ich mein Tempo nicht. Falls er mich einholte, würde ich laut schreien und kreischen, aber die Leute würden mich bloß für eine Verrückte halten. Kein Mensch mischt sich gern in die Angelegenheiten anderer ein. Ich glaubte, jemanden meinen Namen rufen zu hören, aber das lag wahrscheinlich nur an meiner überreizten Phantasie.

Ich wußte, wo ich hinwollte. Es war gar nicht mehr weit. Nur noch ein paar Meter. Wenn ich es bloß rechtzeitig schaffte. Schon jetzt sah ich das blaue Licht, den großen Wagen. Mit letzter Kraft stürmte ich durch die Tür. Von einem Schreibtisch blickte ein Polizist mit gelangweilter Miene auf.

»Ja?« fragte er und griff nach seinem Stift. Ich begann zu lachen.

38. KAPITEL

Ich saß auf einem Flur, und während ich wartete, beobachtete ich die Leute. Dabei kam es mir vor, als würde ich durch das falsche Ende eines Fernrohrs blicken. Menschen mit und ohne Uniform eilten geschäftig hin und her, Telefone klingelten. Wahrscheinlich hatte ich eine übermäßig dramatische Vorstellung von dem gehabt, was sich auf einem Polizeirevier in der Londoner City abspielte. Dabei wußte ich gar nicht genau, was ich eigentlich erwartet hatte. Vielleicht, daß man Prostituierte, Zuhälter und andere zwielichtige Gestalten hereinführen würde, um ihre Personalien aufzunehmen. Oder daß ich selbst in einen Raum mit einem falschen Spiegel geführt und abwechselnd von einem netten und einem fiesen Polizisten verhört werden würde. Auf jeden Fall hatte ich nicht damit gerechnet, auf einem Plastikstuhl auf dem Flur zu sitzen und allen im Weg zu sein – als wäre ich auf einer Unfallstation mit einer Verletzung erschienen, die es nicht wert war, rasch behandelt zu werden.

Unter normalen Umständen hätte ich es faszinierend gefunden, von dieser Warte aus einen Blick auf die Tragödien anderer Menschen zu werfen, aber in meiner momentanen Situation hatte ich keinen Sinn für so etwas. Ich fragte mich, was Adam wohl gerade dachte und tat. Ich mußte mir einen Plan zurechtlegen. Es war so gut wie sicher, daß mein Gesprächspartner – wer auch immer es wäre – mich für verrückt halten und zurück in die beängstigende Welt jenseits der Mauern und Plexiglasscheiben des Polizeireviers schicken würde, wo mich ein ungewisses Schicksal erwartete. Ich hatte das ungute Gefühl, daß meine Behauptung, mein Mann habe sieben Menschen ermordet, siebenmal unglaubwürdiger klingen würde, als wenn ich ihn eines einzigen Mordes beschuldigt hätte, was ja an sich schon unglaubwürdig genug gewesen wäre.

Was ich mir mehr als alles andere auf der Welt wünschte, war eine Vater- oder Mutterfigur, die mir sagen würde, daß sie mir glaube und daß sie sich von nun an um alles kümmern werde, so daß ich mir keine Sorgen mehr zu machen bräuchte. Aber die Wahrscheinlichkeit, daß das passieren würde, war gleich Null. Ich mußte die Sache schon selbst in die Hand nehmen. Mir fiel ein, daß ich mich, als ich als Teenager einmal betrunken von einer Party nach Hause gekommen war, dazu gezwungen hatte, das Verhalten eines nüchternen Menschen nachzuahmen. Aber es hatte mich solch ungeheure Anstrengung gekostet, aufrecht und ohne zu stolpern um das Sofa und die Sessel zu gehen, und ich hatte dabei so extrem nüchtern gewirkt, daß meine Mutter sofort gefragt hatte, was ich denn angestellt hätte. Wahrscheinlich hatte ich außerdem nach Alkohol gerochen. Heute mußte ich es unbedingt besser machen als damals. Ich mußte die Beamten überzeugen. Immerhin war es mir gelungen, Greg zu überzeugen, auch wenn mir das nicht sehr viel eingebracht hatte. Was die Leute von der Polizei betraf, war es gar nicht entscheidend, sie ganz zu überzeugen. Es reichte, daß sie meiner Geschichte soweit Glauben schenkten, daß sie zumindest in Betracht zogen, daß es in dieser Sache tatsächlich etwas zu ermitteln gab. Ich durfte auf keinen Fall dort hinaus – hinaus in die Welt, in der Adam auf mich wartete.

Zum erstenmal seit Jahren hatte ich wieder das Gefühl, dringend die Hilfe meiner Eltern zu benötigen – aber nicht so, wie sie inzwischen waren: alt und unsicher, festgefahren in ihrer negativen Meinung über mich und blind für die Schrecken der Welt. Nein, ich hätte sie so gebraucht, wie ich sie als kleines Mädchen gesehen hatte, bevor ich anfing, ihnen zu mißtrauen: als verantwortungsvolle, zuverlässige Menschen, die mir sagten, was richtig und was falsch war, mich vor Schaden bewahrten und mich leiteten. Ich konnte mich noch gut daran erinnern, wie meine Mutter in dem großen Sessel unter dem Fenster gesessen und Hemdknöpfe angenäht hatte, und wie kompetent und sicher sie mir dabei erschienen war. Oder wie mein Vater am Sonntag nach dem Mittagessen den restlichen Rinderbraten mit großer Präzision in hauchdünne rosa Scheiben geschnitten hatte. Vor meinem geistigen Auge sah ich mich beschützt zwischen den beiden sitzen. Wie hatte aus dem vernünftigen kleinen Mädchen mit Zahnspange und Söckchen diese verängstigte Frau werden können, die hier auf dem Polizeirevier saß und um ihr Leben bangte? Ich wollte wieder dieses kleine Mädchen sein und mich von meinen Eltern beschützen lassen.

Die Beamtin, die mich nach hinten geführt hatte, erschien in Begleitung eines Mannes in mittlerem Alter, der keine Uniformjacke trug und die Hemdsärmel hochgekrempelt hatte. Sie wirkte wie eine Schulmädchen, das mit einem entnervten älteren Lehrer zurückkehrte. Wahrscheinlich hatte sie im ganzen Revier nach jemandem Ausschau gehalten, der gerade nicht telefonierte oder mit dem Ausfüllen von Formularen beschäftigt war, und dieser Mann hatte sich bereit erklärt, für einen Moment auf den Gang zu kommen, wohl in der Absicht, mich möglichst schnell wieder loszuwerden. Der Mann schaute auf mich herab. Ich fragte mich, ob ich aufstehen sollte. Er sah ein bißchen aus wie mein Vater, und diese Ähnlichkeit trieb mir die Tränen in die Augen, die ich aber rasch wieder wegblinzelte. Ich mußte einen ruhigen Eindruck machen.

»Miss?«

»Loudon«, sagte ich. »Alice Loudon.«

»Wenn ich meine Kollegin richtig verstanden habe, möchten Sie eine Aussage machen.«

»Ja«, antwortete ich.

»Nämlich?«

Ich sah mich um.

»Sollen wir das hier auf dem Flur besprechen?«

Der Mann runzelte die Stirn.

»Es tut mir leid, meine Liebe, aber wir haben zur Zeit Platzprobleme. Sie müssen Nachsicht mit uns haben.«

»Also gut«, sagte ich und ballte die Hände im Schoß, damit er nicht sah, wie sie zitterten. Nachdem ich mich geräuspert hatte, bemühte ich mich, mit möglichst ruhiger Stimme zu sprechen. »Eine Frau namens Tara Blanchard ist vor ein paar Wochen ermordet in einem Kanal aufgefunden worden. Haben Sie davon gehört?« Er schüttelte den Kopf. »Ich weiß, wer sie getötet hat.«

Mit einer Handbewegung unterbrach mich der Beamte.

»Augenblick, meine Liebe! Am besten, ich suche Ihnen rasch das Revier heraus, das mit dem Fall betraut ist. Ich werde anrufen und Sie ankündigen. Dann können Sie dort mit den zuständigen Leuten reden. Einverstanden?«

»Nein. Ich bin hergekommen, weil ich in Gefahr bin. Der Mörder von Tara Blanchard ist mein Mann.«

Ich rechnete mit irgendeiner Reaktion auf diese Äußerung, zumindest einem ungläubigen Lachen, aber es kam nichts.

»Ihr Mann?« fragte der Detective und wechselte einen Blick mit seiner Kollegin. »Und wieso glauben Sie das?«

»Ich glaube, daß Tara Blanchard meinen Mann erpreßt oder zumindest belästigt hat und er sie deswegen umgebracht hat.«

»Belästigt?«

»Wir bekamen ständig anonyme Anrufe, oft spät in der Nacht oder ganz früh am Morgen. Hin und wieder kamen auch Drohbriefe.«

Die Miene des Mannes blieb ausdruckslos. Wahrscheinlich überlegte er gerade, ob er tatsächlich gezwungen sein würde, sich mit meiner Geschichte auseinanderzusetzen. Ich hatte den Eindruck, daß ihn diese Aussicht nicht besonders erfreute. Entnervt sah ich mich um. Ich konnte in dieser Umgebung nicht weitersprechen. Vielleicht würde das, was ich zu sagen hatte, überzeugender wirken, wenn ich meine Aussage in einem etwas formelleren Rahmen machte.

»Tut mir leid, Mr. ... Ich weiß nicht mal Ihren Namen.«

»Byrne. Detective Inspector Byrne.«

»Können wir nicht irgendwo reden, wo es ein bißchen ruhiger ist? Es fällt mir schwer, auf einem Flur über diese Dinge zu sprechen.«

Er stieß einen müden Seufzer aus, um seine Ungeduld zu demonstrieren.

»Es sind keine Räume frei«, antwortete er. »Sie können mitkommen und sich neben meinen Schreibtisch setzen, wenn Ihnen das lieber ist.«

Ich nickte, und Byrne führte mich nach hinten. Unterwegs organisierte er mir einen Kaffee. Eigentlich war mir gar nicht nach Kaffee zumute, aber das sagte ich ihm nicht. Mir war alles willkommen, was dazu beitrug, ein gewisses Vertrauensverhältnis zwischen uns herzustellen.

»Wo waren wir stehengeblieben?« fragte er, während er sich an seinem Schreibtisch niederließ. Ich nahm ihm gegenüber Platz.

»Mein Mann und ich bekamen diese Drohbriefe.«

»Von der Ermordeten?«

»Ja, Tara Blanchard.«

»Hat sie sie unterschrieben?«

»Nein, aber nach ihrem Tod habe ich mir ihre Wohnung angesehen und in ihrem Müll Zeitungsartikel über meinen Mann gefunden.«

Byrne wirkte überrascht, um nicht zu sagen alarmiert.

»Sie haben ihren Müll durchsucht?«

»Ja.«

»Was waren das für Zeitungsartikel?«

»Mein Mann – sein Name ist Adam Tallis – ist ein bekannter Bergsteiger. Er hat letztes Jahr an einer Expedition auf einen Himalajagipfel teilgenommen, in deren Verlauf es zu einer schrecklichen Katastrophe kam und fünf Menschen starben. Er ist eine Art Held. Jedenfalls war das Problem das, daß wir eine weitere dieser Nachrichten bekamen, nachdem Tara Blanchard bereits tot war. Nicht nur das. Die Nachricht stand im Zusammenhang mit einem Einbruch in unsere Wohnung. Dabei ist unsere Katze getötet worden.«

»Haben Sie den Einbruch gemeldet?«

»Ja. Zwei Beamte dieses Reviers haben sich die Sache angesehen.«

»Na, das ist ja schon mal was«, antwortete Byrne und fügte hinzu – als wäre es kaum die Mühe wert, darauf hinzuweisen –, »aber wenn das passiert ist, nachdem die Frau bereits tot war …«

»Genau«, sagte ich. »Das konnte eigentlich gar nicht sein. Aber vor ein paar Tagen habe ich in unserer Wohnung einen Großputz gemacht und hinter einem Schreibtisch ein verknittertes Kuvert gefunden. Darauf hat Adam ganz offensichtlich geübt, die Nachricht zu schreiben, die wir als letzte bekamen.«

»Und?«

»Das bedeutet, daß Adam versucht hat zu verhindern, daß jemand eine Verbindung zwischen den Nachrichten und dieser Frau herstellt.«

»Kann ich die Nachricht sehen?«

Ich schüttelte den Kopf. Vor diesem Moment hatte ich mich gefürchtet.

»Adam hat herausgefunden, daß ich ihn verdächtige. Als ich heute in die Wohnung zurückkam, war das Kuvert verschwunden.«

»Wie hat er das herausgefunden?«

»Ich habe alles aufgeschrieben, in einen Umschlag gesteckt und einer Freundin gegeben. Für den Fall, daß mir etwas zustoßen sollte. Aber sie hat es gelesen und dann Adam gezeigt.«

Byrne mußte ein Lächeln unterdrücken.

»Vielleicht wollte sie dabei nur Ihr Bestes«, sagte er. »Vielleicht wollte sie Ihnen helfen.«

»Natürlich wollte sie mir helfen. Aber sie hat mir nicht geholfen. Sie hat mich in Gefahr gebracht.«

»Das Problem ist, ähm, Mrs....«

»Alice Loudon.«

»Das Problem ist, daß es sich bei Mord um ein sehr schwerwiegendes Vergehen handelt.« Er sprach mit mir, als müßte er ein Schulkind über sicheres Verhalten im Straßenverkehr aufklären. »Und da es sich um ein so schwerwiegendes Vergehen handelt, brauchen wir Beweise, nicht nur Verdachtsmomente. Es kommt sehr häufig vor, daß Leute jemanden aus ihrem Bekanntenkreis verdächtigen. Sie haben einen Streit mit dem Betreffenden, und hinterher verdächtigen sie ihn, ein Verbrechen begangen zu haben. In einem solchen Fall ist es das beste, man klärt erst einmal seine Meinungsverschiedenheiten.«

Ich spürte, wie er mir entglitt. Ich mußte weitermachen.

»Sie haben mich nicht zu Ende erzählen lassen. Der Grund, warum Tara Adam belästigte, war meiner Meinung nach, daß sie ihn verdächtigte, ihre Schwester Adele umgebracht zu haben.«

»Ihre *Schwester*?«

Byrne zog ungläubig eine Augenbraue hoch. Es wurde immer

schlimmer. Ich preßte die Hände gegen den Schreibtisch, weil es mir vorkam, als würde der Boden unter mir schwanken. Ich versuchte, nicht an Adam zu denken, der vor dem Polizeirevier auf mich wartete. Bestimmt stand er bereits draußen, den Blick seiner blauen Augen starr auf die Tür gerichtet, durch die ich herauskommen würde. Ich wußte, wie er aussah, wenn er auf etwas wartete, das er haben wollte: reglos, geduldig, total konzentriert.

»Adele Blanchard war verheiratet und lebte in Corrick. Das ist ein Dorf in den Midlands, nicht weit von Birmingham. Sie und ihr Mann waren Wanderer und Bergsteiger und gehörten zu einer Gruppe von Freunden, zu der auch Adam zählte. Sie hatte eine Affäre mit Adam, die sie im Januar 1990 beendete. Ein paar Wochen später verschwand sie spurlos.«

»Und Sie glauben, Ihr Mann hat sie getötet.«

»Damals war er noch nicht mein Mann. Wir haben uns erst letztes Jahr kennengelernt.«

»Wieso glauben Sie, daß er diese andere Frau getötet hat?«

»Adele Blanchard mußte sterben, weil sie Adam zurückgewiesen hatte. Nach ihr hatte er eine weitere langjährige Beziehung. Die Frau war Ärztin und Bergsteigerin und hieß Françoise Colet.«

»Und wo ist diese Frau jetzt?« fragte Byrne in leicht sarkastischem Tonfall.

»Sie ist letztes Jahr auf dem Berg in Nepal gestorben.«

»Und Sie nehmen an, daß Ihr Mann sie ebenfalls umgebracht hat.«

»Ja.«

»Um Gottes willen!«

»Lassen Sie mich zu Ende erzählen.« Nun hielt er mich endgültig für verrückt.

»Mrs.... ähm, ich bin sehr beschäftigt. Ich habe ...« Er deutete mit einer vagen Handbewegung auf die Aktenstapel auf seinem Schreibtisch.

»Ich weiß, daß das alles sehr unglaubwürdig klingt«, sagte ich. In mir stieg ein Gefühl von Panik auf, das wie eine Flutwelle über mir zusammenzuschlagen drohte. Mit keuchender Stimme sprach ich weiter. »Ich weiß es wirklich zu schätzen, daß Sie mir zuhören. Geben Sie mir noch ein paar Minuten, damit ich Ihnen auch noch den Rest erzählen kann. Wenn Sie mir dann noch immer nicht glauben, werde ich einfach gehen, und Sie können die ganze Sache vergessen.«

Er wirkte sichtlich erleichtert. »Also gut«, sagte er. »Aber fassen Sie sich kurz.«

»Versprochen«, antwortete ich, aber natürlich faßte ich mich nicht kurz. Ich hatte das *Guy*-Magazin dabei, und mit sämtlichen Fragen, Wiederholungen und Erklärungen dauerte mein Bericht fast eine Stunde. Ich erzählte ihm detailliert von der Expedition, den farbigen Seilen, dem Deutschen Tomas Benn, der kein Wort Englisch sprach, dem Unwetter, den verschiedenen Rettungsaktionen, die Adam startete, während Greg und Claude außer Gefecht gesetzt waren. Ich redete und redete. Das war meine einzige Chance, meinem Todesurteil zu entkommen. Solange er mir zuhörte, würde ich am Leben bleiben. Während ich ihm die letzten Einzelheiten erklärte und dann gezwungenermaßen schwieg, weil alles gesagt war, breitete sich auf Byrnes Gesicht langsam ein Lächeln aus. Endlich war es mir gelungen, sein Interesse zu wecken.

»Das war's«, sagte ich schließlich. »Die einzig mögliche Erklärung ist, daß Adam die Gruppe, zu der Françoise gehörte, absichtlich auf die falsche Seite des Gemini Ridge gelockt hat.«

Byrne grinste breit.

»Gelb?« fragte er. »Das ist das deutsche Wort für *yellow*, sagen Sie?«

»Richtig«, antwortete ich.

»Nicht schlecht«, sagte er. »Das muß man Ihnen lassen. Die Geschichte ist wirklich nicht schlecht.«

»Dann glauben Sie mir also?«

Er zuckte mit den Schultern.

»Ich weiß nicht recht. Vielleicht hat sich das Ganze tatsächlich so zugetragen. Aber vielleicht haben ihn die anderen auch falsch verstanden. Oder er hat tatsächlich um Hilfe gerufen.«

»Aber ich habe Ihnen doch erklärt, warum das unmöglich ist.«

»Das spielt keine Rolle. Für die ganze Angelegenheit sind die Behörden in Nepal zuständig oder wo immer sich dieser Berg befindet.«

»Aber darum geht es mir doch gar nicht. Ich wollte bloß ein psychologisches Muster aufzeigen. Nach allem, was ich Ihnen erzählt habe, müssen Sie doch einsehen, daß es sich lohnt, in den beiden anderen Mordfällen zu ermitteln.«

Byrne wirkte inzwischen leicht gehetzt, als hätte ich ihn in die Enge getrieben, und schwieg eine ganze Weile. Er schien noch einmal über das nachzudenken, was ich gesagt hatte. Ich klammerte mich an seinem Schreibtisch fest, als würde ich gleich umkippen.

»Nein«, antwortete er schließlich. Ich wollte protestieren, aber er sprach weiter. »Miss Loudon, Sie müssen zugeben, daß ich Ihnen den Gefallen getan habe, mir Ihre Geschichte anzuhören. Falls Sie diese Angelegenheit tatsächlich weiterverfolgen wollen, kann ich Ihnen nur empfehlen, sich an die dafür zuständigen Behörden zu wenden. Aber wenn Sie keine konkreten Beweise vorlegen können, wird man auch dort kaum in der Lage sein, Ihnen zu helfen.«

»Das spielt keine Rolle mehr«, sagte ich. Meine Stimme klang jetzt völlig ausdruckslos. Es spielte tatsächlich keine Rolle mehr. Es gab nichts, was ich noch tun konnte.

»Wie meinen Sie das?«

»Adam weiß inzwischen Bescheid. Sie waren meine einzige Chance. Natürlich haben Sie recht. Ich verfüge über keine Beweise. Ich weiß bloß, daß es so ist. Ich kenne Adam.« Ich wollte aufstehen und mich verabschieden, aber aus einem Impuls heraus lehnte ich mich über den Schreibtisch und nahm Byrnes Hand. Er sah mich erschrocken an. »Wie ist Ihr Vorname?«

»Bob«, sagte er. Ihm war anzusehen, wie unbehaglich er sich fühlte.

»Wenn Sie in den nächsten Wochen hören, daß ich mich umgebracht habe oder unter einen Zug gefallen oder ertrunken bin, dann wird es eine Menge Beweise dafür geben, daß ich mich während der letzten Zeit ziemlich verrückt benommen habe, so daß es leicht sein wird, daraus zu schließen, daß ich Selbstmord begangen habe, weil ich psychisch völlig aus dem Gleichgewicht war. Aber es wird nicht die Wahrheit sein. Ich will nicht sterben. Ich will am Leben bleiben. Haben Sie mich verstanden?«

Sanft entzog er mir seine Hand.

»Ihnen wird nichts passieren«, sagte er. »Sprechen Sie sich mit Ihrem Mann aus. Sie werden es bestimmt schaffen, Ihre Probleme zu lösen.«

»Aber …«

Wir wurden unterbrochen. Ein uniformierter Beamter winkte Byrne zu sich, und die beiden unterhielten sich leise, wobei sie immer wieder zu mir herübersahen. Byrne nickte dem Mann zu, der daraufhin in die Richtung zurückging, aus der er gekommen war. Byrne ließ sich wieder an seinem Schreibtisch nieder und sah mich mit ernster Miene an.

»Ihr Mann ist vorn am Eingang.«

»Natürlich«, antwortete ich bitter.

»Nein«, widersprach Byrne in sanftem Ton. »Es ist nicht so, wie Sie denken. Er hat eine Ärztin dabei. Er möchte Ihnen helfen.«

»Eine Ärztin?«

»Wenn ich meinen Kollegen richtig verstanden habe, haben Sie in letzter Zeit ziemlich unter Druck gestanden. Sie sollen sich sehr seltsam verhalten haben. Angeblich haben Sie sich sogar als Journalistin ausgegeben, irgendwas in dieser Art. Sind Sie einverstanden, wenn ich die beiden hereinbitten lasse?«

»Das ist mir egal«, antwortete ich. Ich hatte verloren. Was hatte es für einen Sinn, jetzt noch dagegen anzukämpfen? Byrne griff nach dem Telefon.

Die Ärztin war Deborah. Unter anderen Umständen hätte ich es als schönen Anblick empfunden, wie die beiden durch das schäbige Polizeirevier schritten. Zwischen all den bleichen, farblosen Beamten und Sekretärinnen kamen ihre Größe und ihre Bräune erst hier so richtig zur Geltung. Deborah lächelte mich zaghaft an. Ich erwiderte ihr Lächeln nicht.

»Alice«, sagte sie. »Wir sind hier, um dir zu helfen. Es wird alles wieder gut.« Sie nickte Adam zu und wandte sich dann an Byrne. »Sind Sie der zuständige Beamte?«

Er sah sie verwirrt an.

»Zumindest bin ich Ihr Ansprechpartner«, antwortete er vorsichtig.

Deborah sprach mit sanfter, beruhigender Stimme, als wäre Byrne ebenfalls einer von ihren Patienten. »Ich bin praktische Ärztin und beantrage entsprechend Abschnitt vier des Mental Health Act von 1983, daß Alice Loudon in meine Obhut übergeben wird. Nach Rücksprache mit ihrem Mann, Mr. Tallis, bin ich der Meinung, daß sie dringend fachkundige Betreuung braucht und zu ihrer eigenen Sicherheit in eine Klinik eingewiesen werden muß.«

»Du willst mich zwangseinweisen lassen?« fragte ich.

Deborah wich meinem Blick aus und starrte auf das Notizbuch hinunter, das sie in der Hand hielt.

»So darfst du das nicht sehen, Alice. Wir wollen doch nur dein Bestes.«

Ich sah Adam an. Sein Gesichtsausdruck wirkte sanft, fast liebevoll.

»Alice, mein Liebling«, war alles, was er sagte.

Byrne schien sich ziemlich unwohl zu fühlen.

»Es klingt alles ein bißchen weit hergeholt, aber...«

»Es handelt sich um einen Notfall«, erklärte Deborah entschieden. »Sie braucht dringend psychiatrische Betreuung. Bis wir einen Platz in einer Klinik gefunden haben, beantrage ich, Alice Loudon in die Obhut ihres Mannes zu übergeben.«

Adam streckte die Hand aus und berührte zärtlich meine Wange. »Liebste Alice«, sagte er. Ich blickte zu ihm auf. Seine blauen Augen leuchteten wie der Himmel. Sein langes Haar wirkte vom Wind zerzaust. Sein Mund war leicht geöffnet, als wollte er etwas sagen oder mich küssen. Ich faßte an meinen Hals und berührte die Halskette, die er mir vor langer Zeit geschenkt hatte, in den ersten Tagen unserer Liebe. Es war, als gebe es im Raum nur noch mich und ihn. Alles andere um uns herum verschwamm. Vielleicht hatte ich mich geirrt. Plötzlich konnte ich kaum mehr der Versuchung widerstehen, mich einfach diesen zwei Menschen zu überlassen. Sie würden sich um mich kümmern. Menschen, die mich wirklich liebten.

»Es tut mir leid«, hörte ich mich mit schwacher Stimme sagen.

Adam beugte sich zu mir herunter und nahm mich in den Arm. Ich konnte seinen Schweiß riechen und seine rauhe Wange auf meiner Haut spüren.

»Liebe ist schon etwas Seltsames«, sagte ich. »Wie kann man jemanden umbringen, den man liebt?«

»Alice, mein Liebling«, flüsterte er leise in mein Ohr, während er mir mit der Hand übers Haar strich. »Habe ich nicht versprochen, daß ich immer auf dich aufpassen werde? Immer und ewig?«

Es war ein wundervolles Gefühl, von ihm im Arm gehalten zu werden. Immer und ewig. So hatte ich mir das anfangs auch vorgestellt. Vielleicht konnte es wieder so werden. Vielleicht konnten wir die Uhr zurückdrehen und so tun, als hätte er nie jemanden umgebracht. Als wüßte ich nichts davon. Ich spürte, wie mir die Tränen über die Wangen liefen. Ein Versprechen, immer und ewig auf mich aufzupassen. Ein Moment und ein Versprechen. Wo hatte ich diese Worte schon gehört? Es steckte irgendwo in meinem Hinterkopf, verschwommen und undeutlich, aber plötzlich nahm es Gestalt an, und ich sah es ganz klar vor mir. Ich löste mich aus Adams Armen, trat einen Schritt zurück und sah ihm direkt ins Gesicht.

»Jetzt weiß ich es«, erklärte ich.

Adam, Deborah und Byrne starrten mich verwirrt an. Wahrscheinlich hielten sie mich jetzt endgültig für übergeschnappt, aber das war mir egal. Ich hatte mich wieder unter Kontrolle, mein Kopf war wieder klar. Nicht ich war verrückt.

»Ich weiß, was Adam mit ihr gemacht hat. Ich weiß, wo Adam Adele Blanchard begraben hat.«

»Wie meinen Sie das?« fragte Byrne.

Ich sah Adam an, der meinen Blick erwiderte, ohne mit der Wimper zu zucken. Ich zog meine Geldbörse aus der Manteltasche, öffnete sie und nahm eine Monatskarte, ein paar Quittungen und ein paar ausländische Geldscheine heraus. Dann hatte ich gefunden, was ich suchte: die Aufnahme, die Adam in dem Moment von mir gemacht hatte, als er mich gefragt hatte, ob ich seine Frau werden wolle. Ich reichte das Foto Byrne, der es mit verwirrtem Gesichtsausdruck betrachtete.

»Geben Sie gut darauf acht«, sagte ich. »Es ist das einzige existierende Exemplar. An dieser Stelle ist Adele begraben.«

Ich blickte mich zu Adam um. Nicht einmal jetzt wandte er den Blick ab, aber ich wußte, daß seine Gedanken rasten. Darin war er genial: in Krisensituationen über mögliche Problemlösungen nachzudenken. Was ging gerade in seinem schönen Kopf vor?

Byrne wandte sich von mir ab und zeigte Adam das Bild.

»Was ist das?« fragt er. »Wo ist das Foto aufgenommen?«

Adam spielte den Verdutzten und lächelte Byrne an.

»Ich weiß es nicht mehr genau«, sagt er. »Wir haben irgendwo einen Spaziergang gemacht.«

In dem Augenblick wußte ich, daß ich recht hatte.

»Nein«, widersprach ich. »Es war nicht bloß irgendein Spaziergang. Adam hat mich ganz bewußt an diese Stelle geführt. Er hat mir erzählt, er sei früher schon einmal dort gewesen. Genau an dieser Stelle wollte er mich fragen, ob ich seine Frau werden wolle. Ein Moment und ein Versprechen. Als wir uns gegenseitig die Treue schworen, standen wir über der Leiche von Adele Blanchard.«

»Adele Blanchard?« fragte Adam. »Wer ist das?« Er musterte mich eindringlich. Offenbar versuchte er abzuschätzen, wieviel ich wußte. »Das ist doch verrückt! Ich habe längst vergessen, wo wir bei diesem Spaziergang genau gelandet sind. Du doch bestimmt auch, Liebling. Du hast es sicher auch vergessen. Während der Hinfahrt hast du die ganze Zeit geschlafen. Du weißt bestimmt nicht mehr, wo die Stelle ist.«

Mit plötzlichem Entsetzen blickte ich auf das Foto hinunter. Er hatte recht. Ich wußte es nicht. Ich starrte auf das Gras, das so grün und verführerisch nah wirkte und doch so weit enfernt war. Adele, wo bist du? Wo ist dein verratener, getöteter, vermißter Körper? Da fiel es mir wieder ein. Ich wußte es. Und wie ich es wußte!

»St. Eadmund's«, sagte ich.

»Was?« fragten Byrne und Adam gleichzeitig.

»St. Eadmund's mit a. Adele Blanchard hat an der St.-Eadmund's-Grundschule unterrichtet. Das ist in der Nähe von Corrick. Dort gibt es auch eine Kirche, die St. Eadmund's heißt. Bringt mich zu dieser Kirche, und ich führe euch zu der Stelle, wo Adele begraben liegt.«

Byrnes Blick wanderte von mir zu Adam und wieder zurück. Er wußte nicht, was er tun sollte. Ich trat einen Schritt auf Adam zu, so daß sich unsere Gesichter fast berührten, und sah in seine klaren blauen Augen. Ich konnte in diesen Augen keine Spur von Unruhe entdecken. Er war einfach großartig. Vielleicht hatte ich in diesem Moment zum erstenmal eine Vorstellung davon, wie dieser Mann auf einem Berg war, wenn er ein Leben rettete oder vernichtete. Ich hob die rechte Hand und berührte seine Wange, wie er vorher die meine berührt hatte. Er zuckte ganz leicht zurück. Ich mußte etwas zu ihm sagen. Was auch passierte, ich würde nie wieder Gelegenheit dazu haben.

»Mir ist klar, daß du Adele und Françoise getötet hast, weil du sie auf irgendeine schreckliche Art geliebt hast. Und ich nehme an, daß Tara dich bedroht hat. Hatte ihre Schwester ihr etwas erzählt? Wußte sie Bescheid? Oder hatte sie nur einen Verdacht? Aber was ist mit den anderen? Pete. Carrie. Tomas. Alexis. Als du ein weiteres Mal den Berg hinauf bist, hast du Françoise da eigenhändig in den Abgrund gestoßen? Hat dich jemand dabei beobachtet? Ist dir das alles einfach *gelegen* gekommen?« Ich wartete. Er gab mir keine Antwort. »Du wirst es mir nie sagen, stimmt's? Du würdest einer Normalsterblichen wie mir diesen Triumph niemals gönnen.«

»Das ist doch lächerlich!« sagte Adam. »Alice braucht Hilfe. Ich kann die gesetzliche Vormundschaft für sie übernehmen.«

»Sie können meine Aussage nicht einfach ignorieren«, sagte ich zu Byrne. »Ich habe Sie darüber informiert, daß an dieser Stelle eine Leiche liegt. Sie sind verpflichtet, der Sache nachzugehen.«

Byrne sah von einem zum anderen. Dann entspannte sich sein Gesicht zu einem sardonischen Lächeln. Er seufzte.

»Also gut«, sagte er. Dann blickte er zu Adam hinüber. »Machen Sie sich keine Sorgen, Sir. Wir werden gut auf Ihre Frau aufpassen.«

»Lebwohl«, sagte ich zu Adam. »Lebwohl, Adam.«

Er lächelte mich so lieb an, daß er plötzlich wie ein kleiner

Junge aussah, ein kleiner Junge voll furchterregender Hoffnung. Aber er sagte nichts, sondern folgte mir nur mit seinem Blick, als ich ging. Ich drehte mich nicht um.

39. KAPITEL

Police Constable Mayer sah aus wie sechzehn. Sie hatte ein rundes, leicht pickeliges Gesicht und braunes Haar, das sie zu einem Pagenkopf geschnitten trug. Ich saß auf dem Rücksitz – wir fuhren mit einem einfachen blauen Wagen, nicht mit einem Polizeiauto, wie ich erwartet hatte – und starrte auf ihren kräftigen Nacken über dem steifen weißen Kragen. Auf mich wirkte ihr Nacken so, als würde sie dieses ganze Unterfangen mißbilligen. Ihr schlaffer Händedruck und ihr hastiger, ausdrucksloser Blick waren mir sehr desinteressiert erschienen.

Sie machte auch nicht den Versuch, sich mit mir zu unterhalten, sondern beschränkte sich darauf, mich vor Beginn unserer Fahrt aufzufordern, den Sicherheitsgurt anzulegen. Ich war ihr dankbar für ihr Schweigen. Gegen den kühlen Kunststoff gelehnt, starrte ich auf den Londoner Verkehr hinaus, ohne viel wahrzunehmen. Es war ein schöner Morgen, und das helle Licht verursachte mir Kopfschmerzen, aber wenn ich die Augen schloß, war es nicht besser, denn dann zog vor meinem geistigen Auge ein Bild nach dem anderen vorüber. Vor allem natürlich Adams Gesicht, mein letztes Bild von ihm. Mein ganzer Körper fühlte sich wund und leer an. Es war, als könnte ich jedes einzelne Organ spüren: mein Herz, meine Eingeweide, meine Lungen, meine schmerzenden Nieren, ja sogar das Blut, das durch meine Adern floß, meinen brummenden Kopf.

Hin und wieder erwachte das Funkgerät von PC Mayer knisternd zum Leben, und sie gab formelhafte Wendungen über Termine und Ankunftszeiten durch. Außerhalb dieses Wagens ging das normale tägliche Leben weiter – die Leute kümmerten sich um ihre Angelegenheiten und waren gereizt, gelangweilt, zufrieden, desinteressiert, aufgeregt oder müde. Sie dachten über ihre Arbeit nach, darüber, was sie mittags kochen sollten oder was ihre Tochter am Morgen beim Frühstück gesagt hatte. Sie dachten an den Jungen, der ihnen gefiel, oder daran, daß sie dringend zum Friseur mußten oder daß sie Rückenschmerzen hatten. Kaum zu glauben, daß ich auch einmal an diesem Leben teilgehabt hatte. Ich konnte mich dunkel an die Abende erinnern, die ich mit der alten Clique im Vine verbracht hatte, aber das alles erschien mir wie ein halbvergessener Traum. Worüber hatten wir bloß geredet – Abend für Abend, als würde Zeit keine Rolle spielen? War ich damals glücklich gewesen? Ich wußte es nicht mehr. An Jakes Gesicht konnte ich mich inzwischen kaum noch erinnern. Zumindest hatte ich vergessen, wie es ausgesehen hatte, als ich noch mit ihm zusammenlebte und er mein Geliebter war. Ich wußte auch nicht mehr, mit welchem Blick er mich angesehen hatte, wenn wir zusammen im Bett lagen. Sooft ich mich zu erinnern versuchte, schob sich sofort Adams Gesicht dazwischen, und ich sah wieder den eindringlichen Blick seiner blauen Augen. Wie hatte er es bloß geschafft, sich derart zwischen mich und die Welt zu schieben, daß ich nichts anderes mehr sah außer ihn?

Erst war ich Jakes Alice gewesen, dann Adams Alice. Nun war ich nur noch Alice. Alice allein. Es gab niemanden mehr, der mir sagte, wie ich aussah, oder mich fragte, wie es mir ging. Niemanden, mit dem ich Pläne schmieden oder über das, was ich dachte, diskutieren konnte. Niemanden, von dem ich mich beschützen lassen oder in dem ich mich verlieren konnte. Falls ich das Ganze überlebte, würde ich allein sein. Ich blickte auf meine Hände hinunter, die untätig in meinem Schoß lagen. Ich lauschte meinen ruhigen, regelmäßigen Atemzügen. Vielleicht würde ich es nicht überleben. Bevor ich Adam kennenlernte, hatte ich niemals solche Angst vor dem Tod gehabt, wahrscheinlich, weil er mir damals noch wie eine weit entfernte Möglichkeit erschienen war, etwas, das einer alten, weißhaarigen Frau passierte, die ich nicht mit mir in Verbindung bringen konnte. Wem würde ich fehlen, wenn ich tot war? Meinen Eltern natürlich. Und meinen Freunden? Ein wenig vielleicht – aber für sie war ich bereits von der Bildfläche verschwunden, als ich Jake und mein altes Leben verlassen hatte. Sie würden verwundert die Köpfe schütteln, wie man es tut, wenn man eine seltsame Geschichte hört. »Armes Ding«, würden sie sagen. Adam hingegen würde mich wirklich vermissen. Ja, ihm würde ich fehlen. Er würde um mich weinen, echte Tränen des Kummers. Er würde mich nie vergessen und immer um mich trauern. Was für eine seltsame Vorstellung. Ich mußte fast lächeln.

Wieder zog ich das Foto aus der Tasche und sah es mir an. Da stand ich – so glücklich über das Wunder meines neuen Lebens, daß ich aussah wie eine Irre. Hinter mir ragte ein Weißdornbusch auf, außerdem gab es ein bißchen Gras und Himmel, aber das war auch schon alles. Was, wenn ich die Stelle nicht mehr fand? Während ich versuchte, mich an den Weg zu erinnern, dem wir von der Kirche aus gefolgt waren, kam ein Gefühl totaler Leere über mich. Ich konnte mir nicht mal mehr die Kirche selbst vorstellen. Schließlich zwang ich mich, nicht länger darüber nachzudenken, weil ich Angst hatte, sonst auch noch die letzten Erinnerungsreste zu verscheuchen. Als ich erneut einen Blick auf das Foto warf, hörte ich plötzlich meine eigene Stimme. »Für immer«, hatte ich damals gesagt. Für immer. Was hatte Adam darauf geantwortet? Daran konnte ich mich nicht mehr erinnern, aber ich wußte noch, daß Tränen über sein Gesicht liefen, ich hatte sie auf meiner Wange gespürt. Einen Moment lang hätte ich am liebsten selbst geweint. Hier saß ich nun in einem kalten Polizeiwagen und war unterwegs herauszufinden, ob ich gewinnen oder verlieren, ob ich weiterleben oder von Adam zerstört werden würde. Adam war nun mein Feind, aber er hatte mich trotzdem geliebt, was auch immer das heißen mochte. Ich hatte ihn ebenfalls geliebt, und einen Moment lang war ich versucht, PC Mayer zu bitten umzukehren und zurückzufahren, weil alles ein schrecklicher Fehler, ein verrückter Irrtum sei.

Ich schüttelte mich und wandte den Blick von dem Foto ab. Statt dessen sah ich wieder aus dem Fenster. Inzwischen hatten wir die Autobahn verlassen und fuhren durch ein kleines graues Dorf. Nichts, was ich sah, kam mir bekannt vor. O Gott, vielleicht würde mir der Rest auch nicht mehr einfallen. Der Nacken von Police Constable Mayer wirkte nach wie vor steif und unnachgiebig. Erneut schloß ich die Augen. Ich hatte schreckliche Angst, aber seltsamerweise machte mich diese Angst ganz ruhig. Es war eine krankhafte Art von Ruhe, die fast etwas Lähmendes hatte. Sooft ich die Sitzposition wechselte, kam es mir vor, als würde sich meine Wirbelsäule dünn und brüchig anfühlen. Meine Finger waren kalt und starr.

»Da wären wir.«

Der Wagen hielt an der St.-Eadmund's-Kirche. Ein Schild an der Außenseite des Gebäudes verkündete stolz, daß sein Fundament über tausend Jahre alt sei. Zu meiner großen Erleichterung konnte ich mich sowohl an die Kirche als auch an das Schild erinnern. Aber das war erst der Anfang meiner Prüfung. Police Constable Mayer hielt mir die Tür auf. Nachdem ich ausgestiegen war, sah ich, daß drei Leute auf uns warteten: eine weitere Frau, ein bißchen älter als Mayer, mit einer dicken Lammfelljacke, und zwei Männer in gelben Jacken, wie sie Bauarbeiter häufig tragen. Sie waren mit Spaten ausgerüstet. Obwohl ich wackelige Knie hatte, versuchte ich, mit großen, energischen Schritten zu gehen, als wüßte ich genau, was ich wollte.

Die drei würdigten mich kaum eines Blickes, als wir zu ihnen traten. Die beiden Männer waren in ein Gespräch vertieft.

Nachdem sie kurz hochgesehen hatten, nahmen sie ihre Unterhaltung wieder auf. Die Frau trat vor und stellte sich als Detective Constable Paget vor. Dann nahm sie Mayer am Arm und führte sie ein Stück von mir weg.

»Länger als zwei Stunden dürfte das Ganze eigentlich nicht dauern«, hörte ich sie sagen. Kein Mensch schien mir zu glauben. Ich blickte auf meine Füße hinunter. Meine lächerlichen Stiefeletten waren für einen Marsch durch Moorland und nasse Felder völlig ungeeignet. Immerhin wußte ich, in welche Richtung wir uns wenden mußten. Wir brauchten bloß weiter die Straße entlanggehen, an der Kirche vorbei. Das Problem war, wie es dann weiterging. Ich ertappte die beiden Männer dabei, wie sie mich anstarrten, aber als ich zurückstarrte, wandten sie den Blick ab, so, als hätten sie Angst vor mir – der Verrückten. Ich schob mir das Haar hinter die Ohren und schloß auch noch den obersten Knopf meiner Jacke.

Die beiden Frauen kehrten zurück. Sie machten einen entschlossenen Eindruck.

»Dann mal los, Mrs. Tallis«, sagte Detective Paget. »Zeigen Sie uns bitte den Weg.«

Meine Kehle fühlte sich an, als würde irgend etwas Großes darin feststecken. Ich setzte mich in Bewegung. Meine Absätze klapperten über die stille Straße, während ich konzentriert einen Fuß vor den anderen setzte. Links, rechts, links, rechts. DC Paget ging neben mir, die anderen blieben ein Stück zurück. Ich konnte nicht verstehen, was sie sagten, hörte aber hin und wieder einen von ihnen lachen. Meine Beine waren wie Blei. Die Straße vor uns erschien mir endlos, die Landschaft eintönig. War das mein letzter Spaziergang?

»Wie weit ist es von hier?« fragte Detective Paget.

Ich hatte keine Ahnung. Aber nach einer Kurve teilte sich die Straße, und ich sah ein Kriegerdenkmal, das von einem ramponierten steinernen Adler gekrönt wurde.

»Wir sind richtig«, sagte ich, wobei ich mich bemühte, mir meine Erleichterung nicht anmerken zu lassen. »Hier sind wir damals vorbeigekommen.«

Detective Paget hatte die Überraschung in meiner Stimme wohl doch gehört, denn sie warf mir einen prüfenden Blick zu.

»Genau hier«, sagte ich. Obwohl ich das Denkmal völlig vergessen hatte, konnte ich mich nun, da wir hier waren, wieder genau daran erinnern.

Ich führte sie das kleine Sträßchen entlang, das eigentlich eher ein Feldweg war. Mein Körper zeigte mir den Weg. Irgendwo hier in der Nähe würde ein Pfad von der Straße abzweigen. Aufmerksam sah ich von links nach rechts und blieb immer wieder stehen, um ins Unterholz zu spähen, weil ich Angst hatte, der Weg könnte zugewachsen sein, seit ich das letztemal hier war. Ich spürte, wie die Ungeduld der anderen wuchs. Einmal sah ich, wie PC Mayer einen Blick mit einem der beiden Männer wechselte – einem dünnen jungen Mann mit einem langen, knotigen Hals – und dann mit den Schultern zuckte.

»Es ist hier ganz in der Nähe«, erklärte ich.

Ein paar Minuten später sagte ich: »Wir müssen den Pfad übersehen haben.« Wir standen mitten auf dem Weg, und ich blickte mich ratlos um, als Detective Paget plötzlich in recht freundlichem Ton sagte: »Ich glaube, ein kleines Stück weiter vorn kommt eine Abzweigung. Sollen wir uns das noch ansehen?«

Es war der richtige Pfad. Am liebsten hätte ich sie vor Dankbarkeit umarmt. Ich verfiel in einen langsamen Trott; die anderen folgten mir. Büsche streckten ihre Zweige nach uns aus, Dornen ritzten unsere Beine auf, aber das machte mir alles nichts aus. Hier waren Adam und ich damals gegangen. Diesmal zögerte ich nicht, sondern bog vom Weg ab und marschierte zielstrebig auf den Wald zu, denn ich hatte eine große Birke erkannt, die weiß und gerade zwischen den Buchen aufragte. Wir kämpften uns einen Hang hinauf. Als ich mit Adam hier war, hatte er meine Hand gehalten, damit ich auf dem glitschigen Laub nicht ausrutschte. Wir stießen auf ein Feld voller Narzissen, und ich hörte PC Mayer einen entzückten Schrei ausstoßen, als würden wir diesen Spaziergang machen, um die Schönheiten der Natur zu bewundern.

Als wir oben angekommen waren, lichteten sich die Bäume, und es breitete sich eine Art Moorlandschaft vor uns aus. Als würde Adam neben mir gehen, hörte ich plötzlich seine Stimme aus der Vergangenheit zu mir herüberklingen: »Ein Stück Grasland abseits eines kleinen Waldwegs, weit weg von jeder größeren Straße.«

Auf einmal wußte ich nicht mehr, in welche Richtung ich mich wenden sollte. Auf dem Foto war ein Weißdornbusch zu sehen, aber von dort, wo ich stand, konnte ich ihn nirgendwo entdecken. Ich machte ein paar unsichere Schritte. Dann blieb ich stehen und blickte mich verzweifelt um. Paget trat neben mich, sagte aber nichts, sondern wartete einfach. Ich zog das Foto aus der Tasche.

»Das ist es, wonach wir suchen.«

»Ein Busch.« Ihre Stimme klang ausdruckslos, aber ihr Blick wanderte hin und her. Wir waren von lauter Büschen umgeben.

Ich schloß die Augen und versuchte, mich in die Vergangenheit zurückzuversetzen. Da fiel es mir wieder ein. »Betrachte es durch meine Augen«, hatte er gesagt. Daraufhin hatten wir auf die Kirche und die Felder hinuntergeblickt. »Betrachte es durch meine Augen.«

Es war, als würde ich es wirklich durch seine Augen betrachten, seinen Schritten folgen. Rasch lief ich die moosartige Lichtung entlang, bis ich dort hinuntersehen konnte, wo wir hergekommen waren. Ich sah St. Eadmund's und daneben die beiden parkenden Wagen. Ich sah die grünen Felder, und ich sah den Weißdornbusch. Ich stellte mich davor, wie ich damals davorgestanden hatte. Ich stand auf der lockeren Erde und betete, daß unter mir die Leiche einer jungen Frau lag.

»Hier«, sagte ich zu Detective Paget. »Hier. Graben Sie hier.«

Sie winkte die Männer mit den Spaten zu uns herüber und wiederholte, was ich gesagt hatte: »Graben Sie hier.«

Ich trat beiseite, und sie begannen mit ihrer Arbeit. Der Boden war steinig, und es war offensichtlich, daß sie sich sehr anstrengen mußten. Schon nach wenigen Minuten stand ihnen der Schweiß auf der Stirn. Ich versuchte, ruhig zu atmen. Bei jedem Spatenstich rechnete ich damit, daß etwas zum Vorschein kommen würde. Aber sie fanden nichts. Trotzdem gruben sie weiter, bis sie ein ansehnliches Loch ausgehoben hatten. Nichts. Schließlich hörten sie auf und warfen einen fragenden Blick auf Detective Paget, die daraufhin mich ansah.

»Es ist hier«, sagte ich. »Ich weiß, daß es hier ist. Warten Sie!«

Wieder schloß ich die Augen und versuchte mich zu erinnern. Dann zog ich das Foto heraus und starrte auf den Busch.

»Sagen Sie mir ganz genau, wo ich mich hinstellen muß«, sagte ich zu Detective Paget, drückte ihr das Foto in die Hand und plazierte mich neben dem Busch.

Sie sah mich müde an und zuckte mit den Schultern. Ich stand genauso da, wie ich für Adam dagestanden hatte, und starrte sie an, als wollte sie ihrerseits ein Bild von mir machen. Sie kniff die Augen zusammen.

»Noch ein kleines Stück nach vorn«, sagte sie.

Ich trat einen Schritt vor.

»Jetzt stehen Sie genau richtig.«

»Graben Sie hier«, sagte ich zu den Männern.

Wieder fingen sie an zu schaufeln. Wir warteten schweigend. Nur die dumpfen Spatenstiche und das angestrengte Atmen der Männer waren zu hören. Nichts. Da war nichts, nur grobe rötliche Erde und kleine Steine.

Wieder hielten sie inne und sahen mich an.

»Bitte«, sagte ich mit belegter Stimme. »Bitte graben Sie noch ein bißchen weiter.« Ich drehte mich zu Detective Paget um und legte die Hand auf ihren Arm. »Bitte!« sagte ich.

Sie runzelte nachdenklich die Stirn, bevor sie mir antwortete. Schließlich schüttelte sie den Kopf.

»Wir könnten hier noch eine ganze Woche weitergraben. Wir haben gegraben, wo Sie gesagt haben, und wir haben nichts gefunden. Es ist Zeit, damit aufzuhören.«

»Bitte!« Mir versagte die Stimme. »Bitte!« Ich bettelte um mein Leben.

Paget stieß einen tiefen Seufzer aus.

»Also gut«, sagte sie endlich und warf einen Blick auf ihre Uhr. »Zwanzig Minuten noch, dann hören wir auf.«

Mit einer Handbewegung forderte sie die Männer zum Weitergraben auf. Während die beiden sich wieder an die Arbeit machten, gaben sie Grunzlaute und sarkastische Kommentare von sich. Ich ging ein paar Schritte und ließ mich so auf dem Boden nieder, daß ich ins Tal hinunterblicken konnte. Das im Wind wogende Gras erinnerte mich an das Meer.

Plötzlich hörte ich hinter mir aufgeregtes Gemurmel. Ich sprang auf und rannte zu den anderen hinüber. Die Männer hatten zu graben aufgehört. Sie knieten neben dem Loch und schoben die Erde mit den Händen beiseite. Ich kauerte mich neben sie. Die Erde wirkte plötzlich dunkler, und ich sah aus dem Boden die Knochen einer Hand herausragen, als wollte sie uns winken.

»Das ist sie!« rief ich. »Es ist Adele! Sehen Sie, o sehen Sie nur!« Dann begann ich ebenfalls in der Erde herumzuwühlen, obwohl ich vor Tränen fast blind war. Ich wollte die Knochen halten, in meinen Armen wiegen, die Hände um den Kopf legen, der langsam zum Vorschein kam, und meine Finger durch die leeren Augenhöhlen stecken.

»Fassen Sie nichts an!« sagte Paget und zog mich zurück.

»Aber ich muß!« heulte ich. »Sie ist es! Ich habe recht gehabt. Sie ist es!« Beinahe wäre ich es gewesen, hätte ich am liebsten gesagt. Wenn wir sie nicht gefunden hätten, wäre ich die nächste gewesen.

»Das ist Beweismaterial, Mrs. Loudon«, sagte sie streng.

»Das ist Adele«, wiederholte ich. »Es ist Adele, und Adam hat sie umgebracht.«

»Wir wissen nicht, wer sie ist«, entgegnete sie. »Es werden eine Reihe von Tests durchgeführt werden müssen, um die Leiche zu identifizieren.«

Ich blickte auf die Knochen hinunter, die bereits freigelegt waren. Die ganze Spannung wich aus meinem Körper, und ich fühlte mich nur noch müde und traurig.

»Das arme Ding«, sagte ich. »Die arme Frau. Mein Gott! O mein Gott!«

Erst als Detective Paget mir ein großes Papiertaschentuch reichte, wurde mir bewußt, daß ich weinte.

»Sie hat etwas um den Hals, Detective«, sagte der dünne Mann.

Ich faßte an meinen eigenen Hals.

Er hielt einen schwarzen Draht hoch. »Ich glaube, es ist eine Halskette.«

»Ja,« sagte ich. »Ein Geschenk von ihm.«

Sie drehten sich alle um und starrten mich an. Diesmal schenkten sie mir wirklich ihre Aufmerksamkeit.

»Hier.«

Ich nahm meine schimmernde Silberkette ab und legte sie neben ihr geschwärztes Pendant.

»Adam hat sie mir geschenkt. Als Zeichen seiner Liebe, seiner unsterblichen Liebe.«

Ich berührte die silberne Spirale. »Diesen Anhänger werden Sie auch an ihrer Kette finden.«

»Sie hat recht«, sagte Detective Paget. Die andere Spirale war schwarz und mit Erde verklebt, aber es war trotzdem unverkennbar, daß es sich um das gleiche Schmuckstück handelte. Lange Zeit sagte niemand ein Wort. Die drei sahen mich an, während ich in das Loch hinunterstarrte, in dem Adeles Leiche lag.

»Wie haben Sie gesagt, war ihr Name?« fragte Detective Paget schließlich.

»Adele Blanchard.« Ich rang nach Luft. »Sie war Adams Geliebte. Und ich glaube...« Ich fing wieder zu weinen an, aber diesmal weinte ich nicht meinetwegen, sondern Adeles, Taras und Françoises wegen. »Ich glaube, sie war eine sehr nette Frau. Eine wunderschöne junge Frau. Oh, es tut mir so leid, es tut mir so leid!« Weinend vergrub ich das Gesicht in meinen schmutzigen Händen. Ich spürte die Tränen zwischen meinen Fingern.

PC Mayer legte mir den Arm um die Schulter.

»Wir bringen Sie nach Hause.«

Aber wo war ich jetzt noch zu Hause?

Detective Inspector Byrne und eine seiner Kolleginnen bestanden darauf, mich in die Wohnung zu begleiten, obwohl ich ihnen versicherte, daß Adam nicht da sein und ich nur schnell meine Sachen holen und dann wieder verschwinden würde. Sie antworteten, sie müßten die Wohnung ohnehin durchsuchen. Sie hätten bereits dort angerufen, aber es sei niemand ans Telefon gegangen. Sie seien auf der Suche nach Mr. Tallis.

Ich wußte nicht, wo ich hinsollte, aber das sagte ich ihnen nicht. Später würde ich gezwungen sein, eine detaillierte Aussage zu machen, Formulare in dreifacher Ausfertigung zu unterschreiben und mit diversen Anwälten zu sprechen. Ich würde gezwungen sein, meiner Vergangenheit ins Auge zu sehen und mich meiner Zukunft zu stellen. Ich würde versuchen müssen, mich aus dem schrecklichen Wrack meines Lebens zu befreien. Aber nicht jetzt. Jetzt hatte ich genug damit zu tun, benommen einen Schritt vor den anderen zu setzen und meine Worte in die richtige Reihenfolge zu bringen, bis man mich irgendwo allein lassen würde und ich endlich schlafen konnte. Ich war so müde, daß ich glaubte, jeden Augenblick im Stehen einzuschlafen.

Detective Inspector Byrne schob mich die Treppe zur Wohnung hinauf. Die von Adam aufgebrochene Tür hing nutzlos in ihren Angeln. Meine Knie gaben nach, aber Byrne hielt mich am Ellbogen fest. Auf seinen Arm gestützt, betrat ich die Wohnung. Seine Kollegin folgte uns.

»Ich kann nicht«, sagte ich und blieb abrupt in der Diele stehen. »Ich kann nicht. Ich kann da nicht hineingehen. Ich kann nicht. Ich kann einfach nicht.«

»Sie müssen ja nicht«, sagte er und wandte sich an die Frau. »Seien Sie so nett, und holen Sie ein paar saubere Sachen für Mrs. Tallis.«

»Meine Tasche«, sagte ich. »Eigentlich brauche ich nur meine Tasche. Da ist mein Geld drin, sonst brauche ich nichts.«

»Und ihre Tasche.«

»Sie ist im Wohnzimmer«, erklärte ich. Ich hatte das Gefühl, mich gleich übergeben zu müssen.

»Haben Sie eine Familie, zu der Sie können?« fragte er mich, während wir warteten.

»Ich weiß nicht«, antwortete ich mit schwacher Stimme.

»Kann ich kurz mit Ihnen sprechen, Sir?« Seine Kollegin machte ein ernstes Gesicht. Ihrer Miene nach zu urteilen, mußte irgend etwas passiert sein.

»Was ...?«

»Sir.«

Da wußte ich es. Wie eine Welle reinen Gefühls schwappte dieses Wissen durch meinen Körper.

Bevor sie mich zurückhalten konnten, war ich schon ins Wohnzimmer gestürmt. Mein schöner Adam schwang ganz langsam an einem Seil. Ich sah, daß er ein Stück Kletterseil benutzt hatte. Gelbes Kletterseil. Ein Stuhl lag umgestoßen auf dem Boden. Seine Füße waren nackt. Ganz sanft berührte ich den verstümmelten Fuß. Dann küßte ich ihn, wie ich es jenes erste Mal getan hatte. Sein Körper war schon ziemlich kalt. Er trug seine alten Jeans und ein ausgewaschenes T-Shirt. Ich sah zu seinem aufgedunsenen, zerstörten Gesicht hinauf.

»Du hättest mich getötet«, sagte ich.

»Miss Loudon.« Byrne war neben mich getreten.

»Er hätte mich getötet«, sagte ich zu ihm, ohne den Blick von Adam, meinem Liebsten, abzuwenden. »Er hätte es getan.«

»Kommen Sie, Miss Loudon. Es ist vorbei.«

Adam hatte einen Brief hinterlassen. Es war im Grunde kein Geständnis und auch keine Erklärung für sein Tun. Es war ein Liebesbrief.

»Meine Alice«, hatte er geschrieben, »Dich zu sehen hieß, dich anzubeten. Du warst meine größte und letzte Liebe. Es tut mir leid, daß es enden mußte. Die Ewigkeit wäre zu kurz gewesen.«

40. KAPITEL

Ein paar Wochen später, als Adam längst beerdigt war und sich die Aufregung um seinen Tod gelegt hatte, klopfte es an der Tür. Ich ging hinunter und traf auf Deborah, die in Rock und Blazer ungewohnt schick aussah. Offenbar hatte sie einen harten Tag im Krankenhaus hinter sich, denn sie wirkte sehr müde. Wir sahen uns an, ohne zu lächeln.

»Ich hätte mich schon viel eher bei dir melden sollen«, sagte sie schließlich.

Ich trat beiseite, und sie ging an mir vorbei die Treppe hinauf.

»Ich habe dir zwei Dinge mitgebracht«, sagte sie. »Das hier.«

Sie zog eine Flasche Scotch aus einer Plastiktüte. »Und das hier.« Sie faltete eine Zeitungsseite auseinander und reichte sie mir. Es war ein Nachruf auf Adam. Klaus hatte ihn für eine Zeitung geschrieben, die ich sonst nicht las. »Ich dachte mir, du würdest es vielleicht gern sehen.«

»Komm rein«, sagte ich.

Ich holte zwei Gläser und ging dann mit dem Whisky und dem Zeitungsausschnitt ins Wohnzimmer. Ich schenkte uns ein. Als gute Nordamerikanerin verschwand Deborah in Richtung Küche, um Eis für ihren Drink zu holen. Ich warf einen Blick auf den Zeitungsartikel.

Über dem Text war ein Foto von Adam abgedruckt, das ich noch nie gesehen hatte. Sonnenverbrannt und ohne Kopfbedeckung stand er irgendwo auf einem Berg und lächelte in die Kamera. Wie selten ich ihn lächelnd oder fröhlich gesehen hatte. Vor meinem geistigen Auge machte er immer ein ernstes Gesicht. Hinter ihm verlief eine Bergkette, die an Meereswellen in einer japanischen Radierung erinnerte, eingefangen in einem Moment vollkommener Ruhe. Für mich war immer schwer zu verstehen gewesen, wieso die Berggipfel auf fast allen Fotos so ruhig und klar aussahen. Nach allem, was mir die anderen erzählt hatten – Deborah, Greg, Klaus und natürlich Adam –, setzte sich die wahre Gipfelerfahrung aus all den Dingen zusammen, die sich auf einem Foto nicht festhalten ließen: der unglaublichen Kälte, dem verzweifelten Ringen nach Luft, dem ohrenbetäubenden Pfeifen des Windes, der einen hochzureißen und wegzuwehen drohte, der Schwerfälligkeit von Geist und Körper. Hinzu kam das Gefühl, sich in einer feindlichen Umgebung aufzuhalten, einer unmenschlichen Welt, in die man in der Hoffnung hinaufstieg, den Elementen ebenso zu trotzen wie dem eigenen physischen und psychischen Verfall. Ich starrte auf Adams Gesicht und fragte mich, wen er wohl anlächelte. In der Küche hörte ich Eiswürfel klirren.

Als ich Klaus' Text überflog, zuckte ich erst mal zusammen. Einerseits hatte er mit diesem Artikel eine persönliche Gedenkschrift für seinen Freund verfaßt, andererseits aber auch versucht, den Pflichten eines Nachrufschreibers gerecht zu werden. Nachdem ich mir einen groben Überblick verschafft hatte, las ich den Text Wort für Wort:

> Der Bergsteiger Adam Tallis, der kürzlich durch eigene Hand starb, war durch die Heldentaten berühmt geworden, die er letztes Jahr während des katastrophalen Unwetters auf dem Chungawat vollbrachte. Er hatte diesen Ruhm nicht gewollt und fühlte sich im Rampenlicht nicht sehr wohl – bewies aber wie immer Stil.
> Adam stammte aus einer Militärfamilie, gegen die er früh rebellierte (sein Vater hatte 1944 an der Landung in der Normandie teilgenommen). Adam kam 1964 auf die Welt und ging in Eton zur Schule, war dort aber nicht sehr glücklich. Damals wie auch später war er nicht bereit, sich irgendeiner Form von Autorität oder Institution zu unterwerfen, die er für unwürdig hielt. Mit Sechzehn ging er endgültig von der Schule ab und brach allein nach Europa auf.

Klaus lieferte daraufhin einen genauen Bericht über Adams frühe Bergsteigerkarriere und die Ereignisse auf dem Chungawat, wie er sie schon in seinem Buch beschrieben hatte. Dabei berücksichtigte er die Korrektur durch das *Guy*-Magazin. Nun war es Tomas Benn, der auf ergreifende Weise um Hilfe rief, bevor er ins Koma fiel. Das führte zum Höhepunkt von Klaus' Artikel:

> Indem Benn – wenn auch zu spät – um Hilfe bat, sprach er sich für eine Form der Menschlichkeit aus, die Adam Tallis verkörperte. Vor allem in den letzten Jahren hat es Leute

gegeben, die behaupteten, die normale Moral habe keine Geltung mehr, wenn wir uns den Gipfeln der höchsten Berge näherten. Dieser brutalen Sehweise wurde vielleicht auch durch den neuen Trend Vorschub geleistet, kommerzielle Expeditionen zu organisieren, bei denen sich der Leiter gegenüber dem zahlenden Kunden – häufig unqualifizierten, aber reichen Abenteurern – verpflichtet, ihn sicher und ohne Risiko für Leib und Leben auf den Gipfel zu führen. Adam selbst hatte deutlich geäußert, wie kritisch er solchen »Ochsenauftrieben« gegenüberstand.

Trotzdem – und hier spreche ich als ein Mann, dessen Leben während jenes schrecklichen Unwetters von Adam Tallis gerettet worden ist – verhielt er sich ganz im Sinn der besten Traditionen bergsteigerischer Kameradschaft. Es sah damals so aus, als würden mittlerweile sogar in jener exklusiven Welt oberhalb von achttausend Metern die Gesetze des Marktes gelten. Aber jemand hatte vergessen, den Berggott des Chungawat darüber zu informieren. Adam Tallis demonstrierte uns, daß es *in extremis* tiefere Leidenschaften und grundlegendere Werte gibt.

Nach seiner Rückkehr vom Chungawat war Adam alles andere als untätig. Seit jeher ein Mann der schnellen Entschlüsse, heiratete er eine schöne und geistreiche Frau Alice Loudon,

Deborah war ins Zimmer zurückgekehrt. Sie nahm neben mir Platz und nippte an ihrem Whisky. Während ich weiterlas, betrachtete sie mein Gesicht.

eine Wissenschaftlerin, in deren Leben die Bergsteigerei bis zu diesem Zeitpunkt keine Rolle gespielt hatte. Das Paar liebte sich leidenschaftlich, und Adams Freunde waren der Meinung, daß er endlich den stabilen Mittelpunkt seines

Lebens gefunden hatte, nach dem dieser ruhelose Vagabund immer auf der Suche war. In diesem Zusammenhang war es vielleicht bezeichnend, daß seine für nächstes Jahr geplante Everestexpedition nicht die Besteigung des Gipfels, sondern die Säuberung des Berges zum Ziel hatte. Vielleicht war das Adams eigene Art, gegenüber den Göttern, die zu lange Zeit ignoriert und beleidigt worden waren, Wiedergutmachung zu leisten.
Aber diese Expedition sollte nicht mehr stattfinden. Wer kann sagen, welche inneren Qualen ein anderer Mensch durchleidet? Wer weiß, was die Männer und Frauen vorantreibt, die ihre Erfüllung auf den höchsten Punkten der Welt suchen? Vielleicht hatten ihn die Ereignisse auf dem Chungawat stärker mitgenommen, als selbst seinen Freunden klargewesen war. Auf uns hatte er eine Zeitlang glücklicher und ruhiger gewirkt als je zuvor, aber in den letzten Wochen seines Lebens wurde er nervös, reizbar und schweigsam. Ich werde das Gefühl nicht los, daß wir nicht auf die gleiche Weise für ihn da waren, wie er für uns dagewesen war. Wenn die stärksten Männer zerbrechen, geschieht das vielleicht auf eine besonders schreckliche und endgültige Art. Ich habe einen Freund verloren. Alice hat ihren Ehemann verloren. Die Welt hat eine seltene Art von Heldentum verloren.

Ich legte das Blatt so neben mich, daß ich Adams Gesicht nicht sehen mußte, und putzte mir die Nase. Dann kippte ich fast den ganzen Drink hinunter. Der Scotch brannte in meiner ohnehin schon schmerzenden Kehle. Ich fragte mich, ob ich mich jemals wieder normal würde fühlen können. Deborah legte zögernd die Hand auf meine Schulter, und ich lächelte sie traurig an.

»Ist schon gut«, sagte ich.

»Macht es dir etwas aus?« fragte sie. »Wär es dir nicht lieber, alle würden Bescheid wissen?« Ihre Frage schien aus weiter Ferne zu kommen.

»Nicht alle«, antwortete ich schließlich. »Es gibt ein paar Menschen, die ich aufsuchen muß. Menschen, die ich belogen und hinters Licht geführt habe. Sie müssen die Wahrheit erfahren. Das bin ich ihnen ebenso schuldig wie mir selbst. Was den Rest betrifft, spielt es keine Rolle. Es spielt wirklich keine Rolle.«

Deborah lehnte sich vor und stieß ihr Glas gegen meines.

»Liebe Alice«, sagte sie mit gepreßter und förmlich klingender Stimme. »Ich sage das in dieser Form, weil ich gerade aus dem Brief zitiere, den ich so oft an dich zu schreiben versucht und dann immer wieder zerrissen habe. Liebe Alice, wenn ich nicht vor mir selbst bewahrt worden wäre, dann wäre ich für dein Kidnapping und weiß Gott was sonst noch alles verantwortlich gewesen. Es tut mir so leid. Darf ich dich zum Abendessen einladen?«

Ich nickte und beantwortete damit ihre unausgesprochene Frage ebenso wie die ausgesprochene.

»Aber vorher muß ich mich noch umziehen«, sagte ich. »Sonst kann ich nicht mit dir konkurrieren. Ich hatte im Büro einen ziemlich harten Tag.«

»Oh, ich habe davon gehört. Herzlichen Glückwunsch.«

Eine Viertelstunde später gingen wir Arm in Arm die High Road entlang. Es war ein warmer Abend, und zum erstenmal in diesem Jahr konnte man wirklich spüren, daß bald Sommer sein würde, ein richtiger Sommer mit heißen Tagen, langen Abenden und kühlen Morgenstunden. Wir schwiegen beide. Ich hatte das Gefühl, daß mir weder Worte noch Gedanken geblieben waren. Deborah führte mich in ein neues italienisches Restaurant, von dem sie gelesen hatte, und bestellte Pasta, Salat und eine Flasche teuren Rotwein. Um ihr schlechtes Gewissen zu beruhigen, sagte sie. Die Kellner waren dunkelhaarig, gutaussehend und sehr aufmerksam zu uns. Als Deborah eine Zigarette aus der

Schachtel zog, waren gleich zwei von ihnen mit einem Feuerzeug zur Stelle. Dann sah mir Deborah in die Augen.

»Was machen die von der Polizei?« fragte sie.

»Ich habe letzte Woche einen ganzen Tag mit Beamten verschiedener Abteilungen verbracht und ihnen so ziemlich die gleiche Geschichte erzählt wie damals, bevor du mit Adam aufgetaucht bist.« Deborah zuckte zusammen. »Aber diesmal haben sie mir aufmerksam zugehört und Fragen gestellt. ›Im Moment gibt es keine weiteren Verdächtigen‹, haben sie gesagt. Detective Inspector Byrne, den du ja auch kennengelernt hast, war sehr nett zu mir. Ich glaube, er hatte mir gegenüber ein schlechtes Gewissen.«

Ein Kellner trat mit einem Eiskübel an unseren Tisch. Das leise Knallen eines Korkens war zu hören. »Mit herzlichen Grüßen von den beiden Herren.«

Wir sahen uns um. Zwei junge Männer in Anzügen hoben grinsend ihre Gläser.

»Was für eine Art Lokal ist das hier eigentlich?« fragte Deborah laut. »Wer sind diese Arschlöcher? Eigentlich sollte ich hinübergehen und ihnen das Gesöff ins Gesicht schütten. Es tut mir leid, Alice, das ist wirklich das letzte, was du jetzt brauchst.«

»Laß«, sagte ich. »Es ist nicht wichtig.« Ich goß den Champagner in unsere Gläser und wartete, bis sich der Schaum aufgelöst hatte. »Nichts davon ist wichtig, Deborah. Dumme Männer, die wie lästige Mücken herumschwirren, blödsinnige Streitereien, banale Kleinigkeiten, die einen wütend machen. Das alles ist es nicht wert, Zeit dafür zu verschwenden. Das Leben ist zu kurz für solche Dinge, meinst du nicht auch?«

Ich stieß mit ihr an.

»Auf die Freundschaft«, sagte ich.

»Auf das Überleben«, antwortete sie.

Hinterher begleitete Deborah mich nach Hause. Wir verabschiedeten uns an der Tür mit einem Kuß auf die Wange. Dann ging ich hinauf in die Wohnung, aus der ich nächste Woche ausziehen würde. Dieses Wochenende wollte ich meine wenigen Habseligkeiten zusammenpacken und mir überlegen, was mit Adams Sachen geschehen sollte. Sie lagen noch in allen Räumen verstreut: seine ausgewaschene Jeans, seine T-Shirts und rauhen Pullover, die nach ihm rochen, seine Lederjacke, sein Rucksack, der mit Kletterzubehör vollgestopft war, die Fotos, die er mit seiner Polaroidkamera von mir gemacht hatte. Nur seine geliebten abgewetzten Bergstiefel waren weg: Klaus hatte sie auf seinen Sarg gelegt. Stiefel statt Blumen. Insgesamt war es nicht viel, was Adam hinterließ. Er war immer mit leichtem Gepäck gereist.

Anfangs hatte ich geglaubt, es keine Stunde, nein, keine einzige Minute mehr in dieser Wohnung auszuhalten. Nun fiel es mir sogar richtig schwer, sie zu verlassen. Trotzdem würde ich am Montag die Tür hinter mir zuziehen, zweimal abschließen und die Schlüssel dem Immobilienmakler übergeben. Ich würde meine Taschen nehmen und mit einem Taxi zu meinem neuen Zuhause fahren, einer gemütlichen Einzimmerwohnung ganz in der Nähe meiner Arbeitsstelle, mit einer kleinen Terrasse, einer Waschmaschine, einer Mikrowelle, Zentralheizung und dicken Teppichen. Pauline hatte einmal, nachdem sie die schlimmste Phase ihres Lebens überstanden hatte, zu mir gesagt, man müsse nur so tun, als ginge es einem gut, dann würde das eines Tages auch wieder so sein. Das Wasser findet immer einen Weg in die Gräben, die man dafür ausgehoben hat. Also würde ich mir ein Auto kaufen und vielleicht eine Katze zulegen. Ich würde jeden Morgen früh zur Arbeit gehen. Ich wußte, daß ich meinen neuen Job gut machen würde. Ich würde alle meine alten Freunde wiedersehen. Es würde kein wirklich schlechtes Leben sein. Die Leute in meiner Umgebung würden nie erraten, daß mir diese Dinge nur sehr wenig bedeuteten, daß ich mich leer und traurig fühlte.

Es würde mir nie gelingen, in mein altes Ich zurückzuschlüpfen, mein Ich vor Adam. Die meisten Leute würden nie die Wahrheit erfahren, so wie Jake zum Beispiel, der jetzt mit seiner neuen Freundin glücklich war, oder Pauline. Sie hatte mich gebeten, die Patin ihres Kindes zu werden, und ich hatte ihr geantwortet, daß ich zwar nicht an Gott glaube, aber sehr glücklich und stolz sei, diese ehrenvolle Aufgabe zu übernehmen. Clive, der weiterhin von einer Beziehung in die nächste stolperte, würde in mir die Frau sehen, die die wahre romantische Liebe erlebt hatte, und mich jedesmal um Rat fragen, wenn er mit einer Frau ausgehen oder sie verlassen wollte. Auch mit meiner Familie und der von Adam würde ich darüber nicht sprechen können, ebensowenig wie mit Klaus und den anderen Bergfreunden. Das gleiche galt für die Menschen in meiner Firma.

Für sie alle war ich die traurige Witwe des Helden, der auf tragische Weise, von eigener Hand und viel zu jung gestorben war. Wenn sie mit mir – und wahrscheinlich auch über mich – sprachen, gaben sie sich respektvoll und besorgt. Sylvie wußte natürlich Bescheid, aber mit ihr konnte ich nicht darüber reden. Die arme Sylvie, die es nur gut gemeint hatte. Sie war zur Beerdigung gekommen und hatte mich um Verzeihung gebeten. Wie hätte ich ihr diese auch verwehren können?

Ich war müde, aber nicht schläfrig. Ich bereitete mir eine Tasse Tee zu, den ich aus einem von Adams Zinnbechern trank, der an seinem Rucksack gehangen hatte, als wir zu unserer Hochzeitsreise in den Lake District aufgebrochen waren, wo wir jene dunkle, sternenklare Nacht in der Hütte verbracht hatten. Ich saß im Bademantel auf dem Sofa, hatte die Beine unter den Körper gezogen und dachte über Adam nach. Ich dachte daran, wie wir uns das erstemal über die Straße hinweg angestarrt hatten. Wie er mich mit seinem Blick in seinen Bann gezogen hatte. Ich mußte an unsere letzte Begegnung auf dem Polizeirevier denken. Er mußte gewußt haben, daß es das Ende war. Wir hatten keine Gelegenheit gehabt, uns voneinander zu verabschieden. Es hatte wie in einem Rausch begonnen und in einer Katastrophe geendet.

Clive hatte mich ein paar Tage zuvor, als wir uns zum Mittagessen trafen und er seine Betroffenheit zum Ausdruck gebracht und ein paar Worte des Trostes gesprochen hatte, gefragt: »Wie soll jemals ein anderer Mann an ihn herankommen, Alice?«

Adam hatte sieben Menschen getötet. Er hätte mich ebenfalls umgebracht. Jedesmal, wenn ich mich an seinen so konzentriert und voller Liebe auf mich gerichteten Blick erinnerte oder vor meinem geistigen Auge seine Leiche an dem gelben Seil schwingen sah, mußte ich auch daran denken, daß er ein Vergewaltiger und Mörder gewesen war. Mein Adam.

Aber trotz allem konnte ich sein schönes Gesicht und die Art, wie er mich im Arm gehalten, mir in die Augen gesehen und voller Zärtlichkeit meinen Namen ausgesprochen hatte, nicht vergessen. Niemand hatte mich so sehr, so über alles geliebt wie er. Ich will nur dich, hatte er gesagt, nur dich. Nie wieder würde mich jemand so lieben.

Ich stand auf und öffnete das Fenster. Eine Schar betrunkener junger Männer ging unten auf der beleuchteten Straße vorbei. Einer von ihnen blickte nach oben, sah mich am Fenster stehen und warf mir eine Kußhand zu. Lächelnd winkte ich zurück. Dann wandte ich mich ab. Was für eine traurige Geschichte. Mein Liebster. Mein Herz.